李伯谦 著

添华集

李伯谦序跋辑录

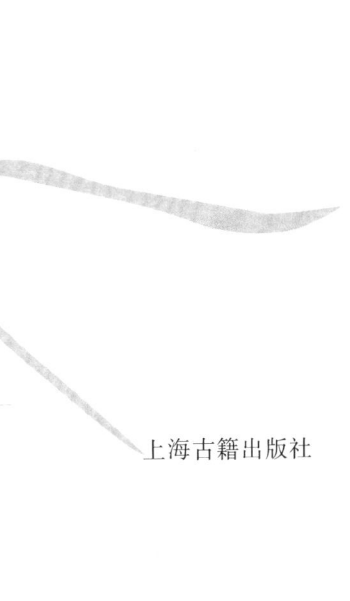

上海古籍出版社

图书在版编目(CIP)数据

添华集:李伯谦序跋辑录 / 李伯谦著. —上海:上海古籍出版社,2023.10

ISBN 978-7-5732-0860-6

Ⅰ.①添… Ⅱ.①李… Ⅲ.①商周考古-文集 Ⅳ.①K871.34-53

中国国家版本馆CIP数据核字(2023)第177920号

添华集
——李伯谦序跋辑录
李伯谦 著

上海古籍出版社出版发行

(上海市闵行区号景路159弄1-5号A座5F 邮政编码201101)

(1)网址:www.guji.com.cn
(2)E-mail:guji1@guji.com.cn
(3)易文网网址:www.ewen.co

苏州市越洋印刷有限公司印刷

开本635×965 1/16 印张24.75 插页5 字数309,000

2023年10月第1版 2023年10月第1次印刷

ISBN 978-7-5732-0860-6

K·3459 定价:139.00元

如有质量问题,请与承印公司联系

# 目录

《中国の考古学展：北京大学考古学系发掘成果（日文版）》序
　（1995年）/ 1

《一剑集：北京大学考古专业八六届毕业十周年纪念文集》序
　（1996年）/ 10

《跋涉集：北京大学历史系考古专业七五届毕业生论文集》序
　（1998年）/ 13

《真山东周墓地：吴楚贵族墓地的发掘与研究》序（1999年）/ 17

《中国东南土著民族历史与文化的考古学观察》序（1999年）/ 21

《中外性文物大观》序（2000年）/ 24

《好川墓地》序（2001年）/ 26

《古国寻踪：三星堆文化的兴起及其影响》序（2002年）/ 29

《印山越王陵》序（2002年）/ 32

《群雄逐鹿：两周中原列国文物瑰宝》序（2003年）/ 36

《揭阳的远古与文明：榕江先秦两汉考古图谱》序（2003年）/ 38

《商文化论集》前言（2003年）/ 42

《新出简帛研究：新出简帛国际学术研讨会文集》序（2004年）/ 45

《郑州大师姑（2002—2003）》序（2004年）/ 49

《中原考古大发现》序（2004年）/ 54

《博罗横岭山：商周时期墓地2000年发掘报告》序（2005年）/ 59

《吴城文化研究》序（2005年）/ 67

《吴城：1973—2002年考古发掘报告》序（2005年）/ 71

《揭阳考古（2003—2005）》前言（2005年）/ 76

《洛阳考古集成·夏商周卷》序（2005年）/ 79

《跋涉续集：北京大学历史系考古专业七五届毕业生论文集》序（2006年）/ 84

《大冶五里界：春秋城址与周围遗址考古报告》序（2006年）/ 88

《皖南商周青铜器》序（2006年）/ 92

《性别研究与中国考古学》序（2006年）/ 97

《灵石旌介商墓》序（2006年）/ 104

《华夏城邦：追踪夏商文化探索者的足迹》序（2007年）/ 107

《偃师文物精粹》序（2007年）/ 111

《登封王城岗考古发现与研究（2002—2005）》序（2007年）/ 114

《鸿山越墓发掘报告》序（2007年）/ 121

《晋系墓葬制度研究》序（2007年）/ 130

《燕山南麓地区早期青铜文化遗址发掘报告》序（2007年）/ 135

《新密新砦：1999—2000年田野考古发掘报告》前言（2008年）/ 140

《中国铅同位素考古》序（2008年）/ 145

《周代用玉制度研究》序（2008年）/ 149

《镇江出土吴国青铜器》序（2008年）/ 153

《晋国青铜艺术图鉴》序（2009年）/ 158

《中国历史若干重要学术问题考论》序（2009年）/ 162

《南海北岸史前渔业文化》序（2009年）/ 166

《商周时期车马埋葬研究》序（2009年）/ 169

《先周文化探索》读后的若干思考（2010年）/ 174

《炎帝·姜炎文化与民生》序（2010年）/ 183

《殷墟宫殿区建筑基址研究》序（2010年）/ 191

《中国古代装饰品研究：新石器时代-早期青铜时代》序
　　（2010年）/ 199

《晋都曲沃》序（2011年）/ 202

《荥阳文物志》序（2011年）/ 206

《无锡市文化遗产保护和考古研究所论文集：早期文明与峡江汉墓研
　　究》序（2011年）/ 211

《中国柯桥：越国文化高峰论坛文集》代序——越文化研究浅议
　　（2011年）/ 216

《邢台商周遗址》序（2011年）/ 222

《贵州董箐发掘报告》序（2012年）/ 226

《早期夏文化与先商文化研究论文集》前言（2012年）/ 229

《商周青铜器幻想动物纹研究》序（2012年）／ *232*

《中国古代玉器》序（2012年）／ *235*

《管城回族区文物志》序（2012年）／ *240*

《鹤壁刘庄：下七垣文化墓地发掘报告》序（2012年）／ *244*

《贾文忠金石传拓集》跋（2012年）／ *250*

《钱汉东考古文选》序（2012年）／ *252*

《话说金文》代序——金文学史的绚丽画卷（2012年）／ *257*

《入土为安：生态殡葬与生态文明研究》序（2013年）／ *261*

《民权牛牧岗与豫东考古》序（2013年）／ *263*

《泉州六朝隋唐墓》序（2013年）／ *270*

《晋学探微》序（2013年）／ *273*

《晋国通史》序（2014年）／ *278*

《两周封国论衡：陕西韩城出土芮国文物暨周代封国考古学研究国际学术研讨会论文集》代前言（2014年）／ *285*

《说陶论瓷：权奎山陶瓷考古论文集》序（2014年）／ *294*

《周易悬解》序（2014年）／ *298*

《夏商周考古探研》序（2014年）／ *302*

《具茨山岩画调查报告》序（2014年）／ *310*

《时惟礼崇：东周之前青铜兵器的物质文化研究》序（2014年）／ *312*

《宁乡青铜器》序（2014年）／ *320*

《考古学视野下的吴文化与越文化》序（2015年）／ *324*

《殷周金文族徽研究》序（2015年）/ 329

《殷代史六辨》序（2015年）/ 334

《怎探古人何所思：精神文化考古理论与实践探索》序
　　（2015年）/ 340

《重读郑州：一座由考古发现的中国创世王都》序（2015年）/ 356

《古礼足征：礼制文化的考古学研究》序（2015年）/ 359

《岭外求真：朱非素考古论集》序（2015年）/ 363

《文明之光：古都郑州探索与研究》序——融汇古今话郑州
　　（2016年）/ 368

《吉金萃影：贾氏珍藏青铜器老照片》序（2016年）/ 372

《治国方略史鉴》序（2018年）/ 374

《中国奴隶社会大一统：兼论龙山时代五帝的历史地位》序
　　（2021年）/ 378

《海岱地区商周考古与齐鲁文化研究》序（2022年）/ 385

《中国の考古学展：北京大学考古学系发掘成果（日文版）》序

北京大学考古系是中国大学中最早成立的考古学专业，历史悠久，可追溯到1952年正式成立的考古学专业，至今已有43年的历史。它的成立并非偶然，一方面是由于北京大学很早就开始了考古工作，另一方面是由于新中国对培养考古人才的迫切需求。

20世纪20年代，以田野考古学为标志的近代考古学引入中国。北京大学果断顺应时代的潮流，于1922年在北京大学国学门（后改名为文科研究所）下成立了以马衡教授为主任的考古学研究室。1923年，又在此基础上成立了古遗址调查会，1924年，该会改名为考古学会，从此开启了一系列的考古学活动。1925年，考古学会派遣陈万里参加美国哈佛大学华尔纳敦煌考古队调查敦煌古遗址，派遣马衡到朝鲜考察乐浪汉墓的发掘情况。1926年，考古学研究室在美国的费城博览会上展出了其收藏的照片和拓片。1927年，由北京大学考古学会发起成立的"中国学术团体协会"与瑞典的斯文·赫定合作，组织了"中瑞西北科学考察团"，团长是当时北京大学教务长徐炳昶，所有成员都是北京大学的教师和学生。另外，黄文弼代表北京大学考古学会，在新疆罗布泊、吐鲁番、塔里木盆地进行了为期三年的考古调查和发掘。同年，北京大学考古学会受邀与日本东亚考古学会负责人滨田耕作和原田淑人协商，共同成立了东方考古协会。1927年至1928年，东方考古协会在中国东北地区发掘了貔子窝、牧羊城等遗址，北京大学考古学会的马衡、陈垣、庄严等人参加了发掘工作。其后，日本东亚考古学会相继派驹井和爱、水野清一、江上波夫赴中国留学，他们曾在北京大学听课。

1929年，北京大学考古学会派马衡、傅振伦到河北燕下都遗址调查。1932年，北京大学考古学会与北平研究院等机构共同组织了燕下都考队。以马衡为首的考古队在燕下都姥姆台遗址进行了发掘。同年，还就河南洛阳汉魏古城进行了调查。1934年至1937年，考古学研究室的活动重点由田野调查和发掘转向室内资料整理和研究，先后对所收藏的金石拓片和文物以及西北科学考察团存放在北京大学的居延汉简进行了整理。1937年爆发卢沟桥事变，迫使北京大学南迁。尽管八年抗日战争期间环境恶劣，条件艰苦，但北京大学的考古活动没有中断。1939年，北京大学在云南昆明重建了文化科学研究所。1942年，向达参加了中央研究院组织的西北史地考察队，在敦煌莫高窟和安西榆林窟进行了实地考察。

1944年至1945年，北京大学文科研究所与中央研究院历史语言研究所、中央博物院筹备处、中国地理研究所共同组织了西北科学考察队。由向达任历史考古组组长，夏鼐任副组长，阎文儒任成员，在甘肃进行调查和发掘工作。1945年抗日战争胜利。1946年北京大学复校，向达被任命为文科研究所古文物整理办公室室主任，梁思永、裴文中被聘为导师，开始招收考古研究生。1947年，北京大学成立了以校长胡适为首的博物馆筹备委员会。公布了《国立北京大学图书馆及博物馆专科规程》。1948年，博物馆正式开始筹备运营，任命韩寿萱为馆长。

1949年10月1日中华人民共和国成立，为新中国的考古事业和北京大学的考古工作开辟了广阔的前景。同年，博物馆学被批准为独立学科，开始正式招收博物馆专业的学生。1950年至1952年，北京大学文科研究所派出人员参加中央文化部文物局组织的重要考古遗址或建设工程的紧急发掘工作，严文儒、宿白、刘慧达等人相继参加了雁北文物勘察队、东北考古发掘队，并参加了北京东郊、河南白沙水库、河北唐山贾各庄等地的调查和发掘工作。宿白出版了发掘报告《白沙宋墓》。同时，北京大学文科研究所积极参与国家急需的文物考古领域的人才培养工作。1951年，在历史系二年级的考古专业中开设了考古学必修课。1952年北京大学与文化部和中国科学院共同开设了考古工作人员培训班。与此同时，经周密的规划，在文化部和中科院的积极支持下，在北京大学历史系正式设立了考古学专业，并设立了考古学教研室。教研室主任由中科院考古研究所苏秉琦兼任。郑振铎、裴文中、夏鼐、林耀华、郭宝钧等被聘为兼职教授。北京大学文科研究所、北京大学博物馆和燕京大学史前博物馆合并为考古教研室文物陈列室。

考古专业建立之初，由于师资力量匮乏，教学任务主要由外聘教师承担。除第一批受聘的兼职教授外，梁思永、杨钟健、陈梦家、唐兰、傅振伦、王冶秋、王振铎、启功、徐邦达、佟柱臣、安志敏、陈永龄、沈家驹等人都曾是教学小组的成员或担任授课任务。田野考古实习主要委托中科院考古研究所。根据这些教学实践，逐渐认识到需要进一步提高教学质量，并在科研和编写教材方面下功夫。从1957年到60年代初，考古教研室先后在河北邯郸、陕西华县、河南洛阳王湾、北京昌平雪山、山西大同云冈等地多次独立组织了田野考古发掘实习，并对古建筑和佛教石窟进行了考察。1958年开始系统地组织中国考古学教材的编写工作。

经过十多年的不懈努力，到60年代中期，状况发生了较大的变化，在课程设置、师资培训和学术研究方面都取得了重大进展。可以说，基本上形成了比较完善的教育和科研体系，培养出一批批具有良好专业基础和实践能力的考古学专业毕业生。由于这些受过正规教育的考古专业毕业生充实到考古学行列，使全国的考古发掘和研究水平明显提高。

其后，长达10年的"文革"灾难给日渐发展的考古专业带来了巨大的损失。然而，尽管环境十分恶劣，许多教师仍未间断过对该领域的研究工作。

"文革"结束后，北京大学考古学专业步入逐步兴旺发展的时期。首先，对以前编辑的教材做了进一步的修订和改编。《中国考古学》各章的讲义和其他补充材料在1975年前基本完成。1977年正式恢复高考制度，开始实行学分制和学位制。1979年，由邹衡改编的《商周考古》教材正式出版。1981年，考古学专业被国务院学位委员会指定为博士点。1983年，考古学专业从历史系分离出来，成为独立的系，由宿白任系主任。同年，《元君庙仰韶墓地》正式出版。1984年，考古系学生成立了"北京大学文物爱好者协会"，苏秉琦应邀担任该协会的名誉会长。同年，吕遵谔带领研究生在辽宁省营口县金牛山遗址实习，发现了金牛山人化石。1985年，成立《北京大学考古学丛书》编辑委员会，着手编辑出版考古学教材、专业书籍和学术论文。1986年，与山西省考古研究所合作，在山西曲沃县曲村建立了基础考古实习基地。1987年，考古系与烟台市博物馆联合举办了"首届环渤海地区考古学研讨会"。1988年，严文明任考古系主任，考古系被国家教委指定为国家级重点学科。同时，作为"第四纪年代测定实验室"的年代学实验室被指定为国家专业实验室。同年，设立了博物馆学专业，开始招收学生。1989年，宿白主编的《克孜尔石窟》出版。1990年，北京大学考古学丛书《纪念北京大学考古专业三十周年论文集》(1952-1982)和《中国考古学文献书目》(1900-1949)出版。

1992年，李伯谦任考古系主任，北京大学"加速器质谱测年系统"

成功测定碳十四年代。同年,考古学系与历史学系共同建立的北京大学历史学博士后流动站开始工作。另外,考古学丛书《考古学研究》(一)、《库木吐喇石窟》、《龙门石窟》(一)(二)、《当阳赵家湖楚墓》也相继出版。与兄弟单位合作发掘的湖北江陵鸡公山旧石器遗址和山西曲沃晋侯墓地的发现,入选当年的全国十大考古新发现。1993年,"北京大学赛克勒考古与艺术博物馆"落成开幕。同时,举办了"迎接21世纪的中国考古学国际学术研讨会"。此外,与兄弟单位合作开展的山西曲沃晋侯墓地的晋侯邦父及其夫人墓的发掘、江西丰城洪州窑遗址的发掘,入选当年的中国十大考古新发现。1994年,与兄弟单位合作发掘的三峡淹没区古遗址调查、江苏南京市江宁汤山旧石器时代猿人遗址和河南八里岗新石器时代聚落遗址被评选为当年的十大新发现。1995年,成立了文物保护实验室,出版了《考古学研究》(二)。

现在,该系有教职员工69人,其中教授12人,副教授16人,高级技师和高级实验师及副研究馆员各1人,客座教授1人,兼职教授2人,在校学生共有150人,包括本科生、硕士和博士研究生、大专生、进修生、外国留学生及博士后。教学科研机构包括旧石器时代考古、新石器时代商周考古、汉唐考古和博物馆学等四个教学实验室,以及陶瓷考古研究所、第四纪测年实验室、技术办公室、文物保护实验室和博物馆。

教学方面以考古学系为中心开展工作,课程的设置与编排不仅重视扎实而广泛地传授基础知识,而且强调培养分析和解决问题的研究能力和实践能力。在保持课程内容稳定的同时,还在不断更新。我们强调实习是培养考古人才的重要一环。为此,考古系与相关部门合作,先后在内蒙古呼和浩特大窑、辽宁营口市金牛山、山西曲沃县曲村和湖北天门石家河建立了四个考古实习基地,为学生的考古实践创造了比较好的条件。

强化科研工作，也促进了教学质量的提高。近几十年来，我们贯彻科研与教学并重的原则，强调围绕教学中发现的学术问题进行深入研究。目前在中国考古学的各个领域中都取得了重要的研究成果。

自北京猿人化石的发现以来，对早期人类及其文化的研究一直是人们关注的课题。过去，在裴文中、贾兰坡、吕遵谔的指导和监督下，我们还参与了广西大新县牛睡山黑洞巨猿牙齿化石的发掘，以及北京周口店、湖北长阳和五峰、内蒙古呼和浩特大窑、四川资阳鲤鱼桥、辽宁营口金牛山、山东沂源、河南南召小空山、河北涞水北边桥、湖北江陵鸡公山等旧石器时代遗址的调查和发掘。其中金牛山人和鸡公山人的化石是处于从猿人到智人过渡阶段中近于完整的人类活动遗迹，对中国旧石器时代的人类进化和居住地点的研究具有重要意义。此外，以旧石器时代的石器和骨器的制作和使用为研究对象的实验考古学，近年来也取得了重大进展。

新石器时代和青铜时代的研究一直是我系的一个重点。几十年来，在苏秉琦、邹衡、俞伟超、李仰松、高明、严文明、李伯谦等人的指导和率领下，北京大学师生参与的新石器时代和青铜时代遗址的调查和发掘工作已达数百处，几乎覆盖了中国大陆的各个省及自治区。例如，陕西西安半坡、华县柳枝镇元君庙、泉户村南台地，河南洛阳王湾，河北邯郸涧沟、龟台寺，山东长岛北庄、诸城前寨、昌乐邹家庄，湖北宜都红花套、城背溪、江陵毛家山、天门石家河、黄陂盘龙城，甘肃兰州青岗岔，青海乐都柳湾、贵南尕马台，广东南海鱿鱼岗，北京昌平雪山，河南邓州八里岗、郑州二里岗、安阳大司空村、偃师二里头，江西清江筑卫城、吴城，山东临淄，湖北纪南城，陕西周原，山西曲沃曲村，北京房山琉璃河等著名遗址都留有北京大学师生的足迹。

通过大量的调查、发掘和综合研究，不断发现和提出新问题。

无论是在新石器时代考古文化的类型、时期划分、村落变迁、社会结构和农业起源等问题的研究，以及青铜时代文明和国家起源、夏文化、先商和先周文化、东夷文化、郑州商城和安阳商代遗址的考察方面，还是在考古学年代划分、周代晋侯墓地、商周青铜文化结构、甲骨文和金文以及简牍和帛书等课题的研究方面，都取得了重大成果。其中，邹衡的《商周考古》获首届全国优秀教材奖，高明的《中国古文字学通论》获全国优秀教材特等奖，《古陶文汇编》获全国首届古籍整理图书三等奖，严文明的《仰韶文化研究》和邹衡的《夏商周考古学论文集》均获北京市社会科学研究优秀成果奖。此外，在李仰松带领下开展的中国西南少数民族和民族考古研究也取得了丰硕的成果。

在汉代及以后各时期的考古研究方面，除了对各遗址的时代划分、城址和墓葬体系进行调查和发掘外，重点是对佛教石窟和陶窑遗址的调查。在阎文儒、宿白和马世长的领导和监督下，对全国大部分佛教石窟进行了调查，并对山西大同云岗、河南洛阳龙门、甘肃敦煌和麦积山、新疆克孜尔、宁夏须弥山和山西天龙山的石窟进行了较为深入的研究。在此基础上，阎文儒撰写了一系列论著和论文，如《中国石窟艺术总论》《龙门石窟》等。宿白则将考古学方法应用于石窟研究，开创了石窟研究的新阶段，由他主编的《中国石窟·克孜尔石窟》在1986年获得考古学研究成果一等奖，《中国石窟·龙门石窟》和《中国石窟·库木吐喇石窟》等还被翻译成日文出版。在宿白和杨根的主持下，结合学生实习，对河北磁县的观台窑、江西丰城洪州窑和四川江油青莲窑进行了发掘。观台窑等遗址的发掘和研究成果于1994年获得以日本著名陶瓷学者小山富士夫命名的第15届小山富士夫纪念奖。洪州窑的发掘、鸡公山旧石器时代人类活动遗迹和晋侯墓地的发掘与研究也获得了北京大学首届人文社会科学研究优秀成果奖。除了对陶瓷窑址的调查和发掘，该项目还对古代陶瓷器的烧制技术和技法进行了分析和研究。

我们一贯重视运用现代科学技术进行考古学研究。目前，我们已经拥有"C14测年""C14加速器质谱测年""铀系不平衡测年""热释光测年"和"电子自旋共振测年"等五种测年方法。此外，由陈铁梅和原思训参与研制的"C14测年中国糖碳标准"获得了中国科学院优秀成果一等奖和国家科技进步三等奖。利用这些方法获得的一系列新的测年数据，在旧石器时代、新石器时代、青铜时代和石窟的考古研究中发挥了重要作用。

在对外交流方面，考古系相继邀请美国、英国、日本、韩国等国家和香港、台湾地区的学者来讲学，还接收了来自俄罗斯、越南、日本、韩国、美国、英国、德国、法国、瑞典、丹麦、意大利、菲律宾、加拿大、澳大利亚、新西兰、阿尔及利亚、印度、墨西哥、斯里兰卡和其他国家的140多名留学生和进修生。同时，该系共有40多名教师出国参加学术会议、访问、讲学和联合研究，并派遣了8名学生赴国外留学或进修。此外，与美国、日本和其他国家的学者合作，开展了田野考古的发掘和研究工作。通过这些交流，发挥了本系的优势，弥补了自身的不足，大大提高了自身的教学和科研水平，促进了本系的建设。

43年来，北京大学考古系在艰难的条件下奠定了基础，不断以积极的态度，克服重重困难和阻力，在教育、科研和学科建设方面取得了令世人瞩目的成就。迄今为止，为国家培养了750多名本科生、120多名硕士生、10多名博士和500多名各类进修生、大专生，为国家的文物、考古和博物馆工程建设做出了应有的贡献。当然，我们取得的成绩与时代的要求还有很大差距，与国际接轨还有很大距离。今后我们将在考古学理论建设、现代科学技术应用、跨学科合作、国际学术交流、成人教育等方面更加奋发努力，不断提高教育和科研水平。面向 21 世纪，我们有决心把北京大学考古系建设成为具有国际水平的考古学和博物馆学人才培养基地及研究中心，不辱时代所赋予的使命，不断做出新贡献。

（原载出光美术馆：《中国の考古学展——北京大学考古学系发掘成果》，1995 年）

《一剑集：北京大学考古专业八六届毕业十周年纪念文集》序

打开古方、良高送来的《一剑集》稿子，我才真的意识到八二级同学毕业已经十年了。如果把他们在北大的四年学习生涯看作是在炼钢炉中的冶炼过程，那么经过十年工作岗位的不断磨砺，个个都已是锋芒毕露的利剑了。现在八二级的十九位同学大部分活跃在文物考古的主战场，少数几位选择了别的职业，但每个人都在自己的岗位上做出了无愧于时代、无愧于北大学子身份的成绩。每当我们听到这样的消息，心里总是乐滋滋的，感到莫大的慰藉和骄傲。他们把纪念大学毕业十周年的论文集命名为《一剑集》，是很恰当、很贴切的。

十二年前，我和刘绪、张辛等几位老师曾有幸带八二级同学到山西省曲沃县天马-曲村遗址进行田野考古实习。不必讳言，田野考古相当辛苦，生活条件那时候还比较差，但无论酷暑严冬，大家都能乐观地、一丝不苟地对待自己分内的工作。有时候，给哪位同学派的活少了，或看自己探方内的地层关系太简单、墓葬太残破，马上就能从脸上看出不高兴的样子，甚至遭到他们的"抗议"。学习上孜孜以求，争先恐后，艰苦的环境又培养了他们的团结互助精神和集体荣誉感，吃苦在前，助人为乐，蔚然成风。作为指导教师，看到这般景象，自然十分高兴，我们知道，他们毕业后，一定不会给北大考古系抹黑。

果不其然，如今他们已有一半以上的人成为中央和省、市文物考古机构考古队的负责人或业务骨干，有的已成为省、市文物考古机构的行政管理干部。有的还走出国门，继续深造，准备迎接新的挑战……再看看他们提交的论文，徐良高关于中国早期文字与宗教关系的探讨、唐际根关于殷商"落葬礼"的探讨、张昌平的楚鬲研究、古方的汉代玉器的分期、沈岳明关于秘色瓷的探讨等，都在当前该课题研究基础上，通过认真的分析，提出了自己新的见解，立论有据，颇具新意。华国荣关于南京人化石地点的讨论、张照根关于龙南文化的研究、何长风关于安徽淮河流域新石器早期文化及张春龙关于湖南澧水流域青铜时代皂市文化的研究、吉琨璋关于晋文化考古的初步认识、王明钦关于《归藏》的研究、戴宗品关于庄跻王滇的辨析、杜正贤关于钱塘故址的考证等，都是立足于自己从事发掘的考古成果之上、潜心研究的结晶，具有很强的说服力。樊燕华、温惠英、安都、王立群几位同学提交的论文是十年前他们毕业时的论文，现在看来不仅仍有意义，而且由此更可看到他们在校时受到的严格训练和扎实的基本功。他们现在虽然不在文物考古工作岗位，但他们受到的全面训练对于目前从事的工作，毫无疑问仍在发挥着潜在的作用。之前北大考古专业毕业的同学，不同程度存在着轻视管理的现象，其实从文物考古事业来说，不仅需要学有专长的研究人才，同样也需要学有专长的管理人才，这种偏向正在改变，卓军通过自己在杭州市文物处的工作实践提出的《杭州市历史文化名城的保护和利用》论文即是一个证明，我们希望今后有更多学有专长的人能参加到文物考古管理队伍的行列中去。考古这专业虽冷僻，但也有诱人之处，有的同学虽离开了这个岗位，但总也割不断这个情结。王连葵大学毕业后被推荐随我读了三年研究生，可说是个"铁杆"，意想不到的是毕业时却鬼使神差改了行。我原以为经过这么长的时间，他已经得到了彻底的解脱，但读他的《被感受着的历史》，却反而使我感到他对考古学、历史学的理解比过去更为深刻了。有意思的是，他虽然现在不从事这个行当，却有意通过艺术手段普及考古知识，使考古学真正发挥它的社会功能，这不能不说是一个值得肯定和推崇的努力，因为从某种意义上来说，这正是考古学生命之所系。

再过四年，就要进入伟大的21世纪，你们这一代人正是考古学科中跨世纪的主人。前面我说了许多你们的长处和成绩，但我们必须清楚地看到，时代在前进，学科在发展，我们现有的知识结构还差得很远。中国考古学要真正在世界考古学上有一席之地，还有许多工作要做。我愿意和你们一道为此而继续努力。

1996年2月28日于燕园

（原载古方、徐良高、唐际根：《一剑集：北京大学考古专业八六届毕业十周年纪念文集》，中国妇女出版社，1996年）

《跋涉集：北京大学历史系考古专业七五届毕业生论文集》序

1998年是北京大学的百年华诞，考古专业七二级同学献给母校的礼物就是这本凝聚着他们全班同学心血的《跋涉集》。

这本集子共收录了39位同学的39篇论文。从时代跨度来说，上起旧石器时代，下至宋元明清；从地域范围来说，几乎涵盖了中国版图的大部分省区。究其内容，既有对各时期中国考古学某些热点问题的探讨，诸如袁家荣关于湖南旧石器的埋藏地层、孙长庆（同殷德明、干志耿）与张敬国关于新石器时代玉器、刘忠伏与赵清关于偃师商城、黄锡全关于晋侯墓地晋侯排序、赵福生与刘绪关于西周燕文化与张家园上层类型的关系、林公务关于福建史前文化区系类型、刘诗中关于先秦铜矿、王晓田关于早期巴文化等的论文即属此类；也有在整理考古资料与文献资料基础上的综合研究与个案研究，这可以举出李超荣的《石球的研究》、吴耀利的《我国新石器时代的彩陶艺术》、吴加安的《史前农业研究的几个问题》、郁金城的《北京市新石器时代考古发现与研究》、何明的《吉林新石器时代的考古发现与认识》、张素琳的《试论垣曲古城东关庙底沟二期文化》、戴书田的《藁城台西商代墓葬分析》、胡昌钰的《三星堆遗址居民的族属》、古运泉的《从经济形态探索珠江三角洲先秦文化之源》、高崇文的《楚郢都礼制考》、王崇礼的《从楚国土木工程看楚人的环境选择意识》、黄德荣的《浅议云南青铜器的"黑漆古"现象》、刘恩元的《贵州古代青铜冶铸工艺研究》、于炳文的《读文物札记》、权奎山的《三国两晋南北朝时期制瓷工艺的突出成就》、易家胜的《南京出土的六朝早期青瓷釉下彩盘口壶》、杨焕新的《隋唐东都宫城、皇城形制与布局的探讨》、袁进京的《唐史思明玉册试释》、刘兰华的《中国古代陶瓷窑址的几大类别》、贾振国的《淄博古代瓷窑综论》、蓝日勇的《宋代广西陶瓷业兴盛原因初探》、高青山的《金代尺度考》、朱金奎的《明清时期的东南海防重镇乍浦》等。而刘绪的《田野考古中存在的几个问题》则是对田野考古方法提出的反思，张柏的《三峡文物与文物保护》则是从管理角度针对20世纪我国最大的基建工程长江三峡水利工程发现的文物提出的文物保护对策。唐晓峰的《跋宋版"唐一行山河两戒图"》、张承志的《王延德行记与天山硇砂》、傅文森的《浅谈〈陶冶图编次〉》等则是有关历史地理、民族史、图书版本目录等学科领域的研究成果。如果不了解前面提到的背景，乍一看或许会以为这本书是一个相当规模的学术讨论会的论文集，而实际上都是他们班各位同学在工作中长期研究的结晶。我不敢说39篇文章篇篇都是一流水平，也不敢说每篇文章做出的论断在学术界都会得到认同，但有一点却可以肯定，这本文集里没有一篇是空洞无物、七拼八凑的应景之作。

同学们将他们的论文集起名《跋涉集》是意味深长、令人深思的。我猜想，他们的初衷大概是想用"跋涉"二字表达他们这个特殊集体艰难曲折的成长历程。

1972年春天，由于"文革"浩劫6年没有招生的北京大学考古专业终于迎来了动乱后的第一批大学生，这就是被称为"工农兵学员"的七二级。经过多年"上山下乡"知识饥渴之苦，他们是多么希望学到有用的知识和技能啊！然而上边的目的却是要他们"掺沙子""上大学、管大学、改造大学"，加上入校之前在他们的脑子里早已灌满了北大是"封、资、修大染缸"的迷魂汤，刚入学之初，有些同学难免对老师畏而远之，生怕被说成是修正主义教育路线复辟；被整得惊魂未定的老师们刚接触这批年轻人，当然也免不了担心他们头上长角身上长刺。然而时间不长，一个渴望要多学，一个渴望要多教，两颗心便紧紧贴在了一起。面对"四人帮"及其爪牙在学校掀起的阵阵恶浪的干扰，师生们一起想办法去对付，眼看在燕园没有安静的学习环境，便以上边提出的"开门办学"口号为借口，将队伍拉出去，于是3年当中就安排了4次野外教学实习。第一次在1972年，大家去了房山董家林，发掘西周燕都遗址；第二次在1973年，校外上课参观，去安阳、郑州、西安转了一个遍；第三次在1974年，分头到湖北盘龙城和江西吴城进行基础实习；第四次又分成6个组分头去陕西宝鸡、湖北江陵、甘肃连城蒋家坪、青海柳湾等地做毕业实习。即使回到学校，我们也想方设法不让极"左"路线牵着鼻子走，上边让"以任务带教学""大批判开路"，我们就组织同学们查资料、写论文，或者参与编写教材。荣幸的是，其中多次活动我都和他们在一起，他们每个人的脾气、秉性我都清楚，每个人的成长、进步我都看在眼里。通过这些教学安排，他们不仅学到了系统的考古知识，掌握了田野考古的基本技能，还锻炼了工作能力。现如今，他们个个都是本单位的业务骨干，有的还走上了文物主管部门的领导岗位，做了省市博物馆的馆长、省市文物考古研究所的所长，当了副研究员、研究员、副教授、教授，成了硕士、博士、著名作家……这固然是他们自己在工作岗位上努力的结果，但也和在北京大学三年奠定的基础有关。如果把这看作一个过程，那正是他们从跨入北京大学门槛到现在，不断跋涉、孜孜以求、执着进取的生动写照。

其实，人的一生就是不断跋涉的一生，人类的历史也可以说是一部不断跋涉的历史。什么时候停止了跋涉，人的生命就要结束，历史也会止息。这本集子是献给北京大学百年校庆的，如果我对"跋涉"

一词的理解符合同学们起名时的用意，我想"跋涉"精神也应该成为全体北大人的精神。北京大学已经在崎岖不平的道路上跋涉了100年，为建设21世纪的新北大，为迎接北京大学更加灿烂的明天，让我们继续跋涉，永不停息！

1997年12月

（原载于炳文：《跋涉集：北京大学历史系考古专业七五届毕业生论文集》，北京图书馆出版社，1998年）

《真山东周墓地：吴楚贵族墓地的发掘与研究》序

苏州真山东周大墓的发掘无疑是吴文化考古的重大收获。自20世纪80年代初参加在苏州举行的首次吴文化学术讨论会以来，我对吴文化一直抱有浓厚的兴趣，也写过几篇与吴文化研究有关的文章，因此，当1994年我从苏州博物馆馆长钱公麟处得知这一消息时，既激动又兴奋，恨不得立刻飞到发掘现场去看个究竟，但终因未能成行而深感遗憾。不意四年之后，1998年秋，钱公麟、陈瑞近二位先生专程来京，携《真山东周墓地》发掘报告见示并嘱为之作序。作序虽不敢当，但先睹为快的喜悦一扫往日的遗憾。一遍、两遍拜读之后，情不自禁便生发了一些感想。

吴国是东周强国之一，吴文化考古在东周考古学上占有重要的地位。如果从1936年吴越文化研究会成立算起，对吴文化的研究迄今已有60多年的历史，如果从1984年专门研究吴文化的吴文化研究会成立算起，至今也已走过了16个年头。几十年来，在大家的不懈努力下，新的考古发现、新的研究成果不断涌现，取得了丰硕成果。在我看来，至少有三个方面可以作为吴文化研究取得重大进展的标志。

一是，吴文化研究逐步从以文献考证为主转到以考古发掘为主，从而奠定了吴文化研究的科学基础，极大地丰富了吴文化研究资料的来源。这一转变萌芽于20世纪30年代，开始于50年代，到80年代初吴文化研究会成立基本完成。研究方向的转变和研究观念的转变，开辟了吴文化研究的广阔前景。

二是，以20世纪50年代丹徒烟墩山宜侯夨簋出土为契机，学术界逐步将吴文化研究的视野从苏常地区扩大到了宁镇地区。目前，关于东周吴文化的来源，究竟是溯源到宁镇地区的湖熟文化，或者是太湖流域的马桥文化，抑或二者兼而有之，虽难以做出肯定的结论，但对宁镇地区商至西周时期湖熟文化的研究，却肯定有助于对以苏州地区为中心的吴文化认识的加深。

三是，苏常地区和宁镇地区在考古发掘的基础上已逐步建立起商至东周考古的分期框架，这使吴文化及其相关考古学文化关系的研究有了可以度量的标尺。

从以上三个方面来看，真山东周墓尤其是D9M1的发现具有的重要意义便不言而喻了。

D9M1封土台底部东西长70、南北宽32米，墓底至封土顶高8.3米，诚如报告所言，是苏南地区包括镇江发现的东周封土大墓中规模最大者。使用多层棺椁，随葬的精美玉器是苏南地区包括镇江发现的东周大墓所不能比拟的。其规格之高，与中原地区同时代封国国君的墓葬相比亦毫不逊色。发掘报告作者推测其为吴国某代国王的王陵不是没有根据。D9M1的发现是吴文化考古史上迄今最重要的发现之一，尽管被盗，但对研究吴文化的发展演变、东周吴文化的特征、吴国的生产发展水平、礼仪制度、吴国与中原及其他国家的关系等都提供了极为珍贵的资料。

当我们充分肯定D9M1发现的重要意义时，对D1M1、D2M1、D3M1这3座战国晚期墓的重要性同样不能低估。发掘报告根据墓中随葬器物的组合及形制推定，其为战国晚期的楚墓。曹锦炎先生还根据D1M1出土的"上相邦玺"考证出，这可能是楚考烈王时楚相春申君黄歇之墓。包括D1M1在内的3座战国晚期楚墓在原吴国王陵区内的发现，印证了《史记·春申君列传》关于楚灭越后"春申君因城故吴墟，以自为都邑"的记载，对于研究战国时期吴、越、楚三国的关系是十分重要的信息。同时，春申君将自己的墓葬在吴王陵区之内，也是一个令人深思的问题。

新的考古发现往往会带动一系列学术问题的解决，同时也会提出新的需要研究的问题，关键是新考古材料能否被客观、如实、全面、科学地介绍给学术界。《真山东周墓地》较详细地介绍了5座东周墓所处的地理位置、周围环境、发掘经过、封土与墓室结构、棺椁设置、随葬器物及被盗情况，并附有必要的照片、图表和检测报告。读者据其发表的资料有可能复原每座墓葬的基本原貌，并在此基础上进行自己感兴趣的研究。

考古发掘报告除了保证资料的完整性和科学性，同时也应该对资料反映出的问题以及与资料相关的问题做出初步的研究。发掘报告的作者往往是发掘的直接参加者和资料的整理者，而发掘和资料整理的过程也是研究的过程，从这个意义上讲，他们对发掘和整理过程中遇到的问题最有发言权。《真山东周墓地》的作者在仔细研究资料的基础上一一分析了各墓的时代、等级和国别。如根据现场发掘情况研究了 D9M1 的棺椁结构；根据 D9M1 随葬玉器的出土部位推断了玉器的组合和功能；参照实地调查资料推测了其他吴王陵可能所处的位置；根据 D1M1、D2M1、D3M1 这 3 座墓随葬器物的组合和形制，做出了其为战国晚期楚墓的论断，并探讨了它们所反映的战国晚期吴、越、楚三国之间的关系……可以说，对真山东周墓能反映和能提出的问题，报告作者都尽可能地做出了自己的解释和回答，这是难能可贵的。

当然，如何编写出理想的、高质量的考古发掘报告，还是需要在实践中不断总结、不断探讨的问题。《真山东周墓地》有自己的优点，报告作者们的确做出了很大努力，但在某些问题的处理上似还有可进一步研究之处。毕竟 D9M1 被盗，材料相对较少，故而对某些现象和某些问题只能做出推断。若以真山东周墓的发掘为契机，进一步加强对其周围地区的考古工作，相信随着考古成果的不断增多，对一些问题的认识也必将得到深化。

感想就是感想，感想不宜作序言，对乎？错乎？愿与大家共同探讨。

1999 年 2 月 22 日

（原载苏州博物馆：《真山东周墓地：吴楚贵族墓地的发掘与研究》，文物出版社，1999 年）

《中国东南土著民族历史与文化的考古学观察》序

地处长江以南的东南地区，在我国自然地理体系中是一个相对独立的分区。自古以来，生活在该区域内的居民及其创造的文化即有着鲜明的特点。研究这些特点，揭示其发展规律及融入中华统一文化的过程，对于增强中华民族的凝聚力，激发民族精神，共同创造新的灿烂文化，具有十分重要的意义。

在中国古代史籍中，很早就有关于东南地区地理、民族、历史、文化的记述，但大都简略而零散，难成系统。现代民族学、文化人类学和考古学相继兴起并传入我国之后，以林惠祥为代表的一些受到西方新思想、新学科影响的有志之士，曾做过不少民族学和考古学的调查，发表过很有见地的论文，筚路蓝缕，功不可没。1949年以来，考古调查发掘工作陆续展开，发现了一个又一个新的遗址，填补了不少空白。1977年、1978年分别在南京、庐山召开的"长江下游新石器文化学术讨论会"和"江南地区印纹陶问题学术讨论会"对东南地区新石器时代考古及青铜时代至早期铁器时代考古做了初步总结。肯定了几十年来取得的成果，明确了以后应该努力的方向，从考古学上将东南地区的研究推进到一个新的阶段。但是，将考古学、历史学、民族学、文化人类学、地理学等不同学科结合起来进行综合研究，尚极少见。

当大家正在回溯20世纪各学科走过的历程，展望21世纪学科发展前景的时候，我十分欣喜地看到了厦门大学吴春明同志的大作《中国东南土著民族历史与文化的考古学观察》文稿。由于没有完整的时间，仅断断续续地读过一遍，许多问题尚未来得及细细品评领会，但作为一个对东南地区考古一直怀有浓厚兴趣，比较熟悉它的研究历史，并自视还有一定研究心得的考古工作者，我可以毫不夸张地断言，这部书对20世纪东南地区考古做了历史性的总结，它的出版标志着东南地区考古翻开了新的一章，进入了一个新的时期。

我认为这部书有三个显著的特点。

第一，是研究内容的综合性。它从历史文献学的角度梳理了古代文献中对东南地区土著民族历史、文化的记述；从自然地理学角度阐述了东南地区特定的自然地理生态环境对形成当地居民具有鲜明特征的文化内涵所起的决定作用；从考古学角度对考古遗存系统地进行了分期和分区研究，构建了当地考古学文化发展的时空框架；从民族学、文化人类学角度探讨了其民族特性、文化特质及其相互关系。由于他的研究不是单一的，而是综合的，因而它展现给读者的是一幅东南地区特定地理区划内，从旧石器时代直至晚近，当地民族及其历史、文化发展清晰的、有血有肉的、丰满的全景画卷。

第二，是研究内容的开放性。它立足于东南地区，又不局限于东南地区，而是以东南地区为核心，联系其背倚的周邻和中原腹地及面对的海洋岛屿，搭建起了一个大范围的、有着千丝万缕联系的文化网络体系。读者通过这部书，既能看到东南地区内部多样而一体的文化格局，又能看到东南地区与周邻特别是中原地区的密切联系，从而加深对东南地区自身历史文化的认识。

第三，是研究方法的严密性。作为一部综合研究的学术著作，它是以大量个案专题研究为基础的，它的完成贯穿了学术研究从个案到综合的规律，是个案研究成果汇于一炉的结晶，因而其立论有理有据，令人信服。绝不像时下充斥书肆靠剪刀加糨糊攒出来的内容贫乏且错误百出的所谓"专著"。

春明是我的老朋友吴绵吉教授的高足，才华横溢，勤奋执着，在考古学、民族学领域做出了不少成绩，是一位很有前途的年轻学者。过去，我读他发表在《考古学报》《东南考古研究》等学术刊物上的论文，总有欲罢不能的感觉，今日再读他的大作，更是心潮起伏，兴奋不已。

"欲穷千里目，更上一层楼"，预祝东南地区考古研究再攀新的高峰。

是为序。

1999 年 4 月 25 日

（原载吴春明：《中国东南土著民族历史与文化的考古学观察》，厦门大学出版社，1999 年）

《中外性文物大观》序

人类社会的物质生产和人类自身的生产是社会发展的两大支柱，这是颠扑不破的真理。早在2400多年前孟子就说过："食色，性也。"认为吃饭和行房事是人之天性，是最平常不过的事情。正是由于人类物质的生产，才使人类能够养活自己；也正是人类的男女交合，才使人类繁衍至今。但是，长期以来，由于根深蒂固封建思想的影响，人们谈"性"色变，似乎一提到"性"字，便是品性不端。如今，人们已不再把"性"与"不道德"联系在一起，相反则把性教育提高到议事日程上来，性学研究也紧随国际该学科研究的步伐而愈益深入。

回溯人类由乱婚、群婚、对偶婚，到一夫一妻制的发展历程便会知道，这是人类自身在上百万年，几十万年，几万年，几千年的两性关系实践的基础上，不断摸索逐渐形成的认识和做出的抉择。当今社会，如何以科学的态度引导人们正确对待两性关系，正确对待恋爱、婚姻、家庭，维护人们身心健康，促进社会协调发展，不但不能回避，而且是必须引起社会高度重视的问题。

在人类自身发展的历史长河中，留下了丰富的具有历史、科学和艺术价值的文物，真实地记录和反映了古代先民的生产和生活。在这些珍贵的古代文化遗产中，与"性"有关的文物也占有相当的比例，但由于过去受封建禁欲主义的毒害，特别是"文革"的浩劫，致使不少文物惨遭毁坏，给我们留下了永久的遗憾。

上海大学刘达临教授长期以来排除意想不到的困难，摒弃各种各样的压力，以科学的态度，坚持不懈，搜集与"性"有关的文物及图片；不仅寻遍国内各大博物馆和考古工地，还远涉重洋到国外购买，历尽艰辛，终于编就了今天我们看到的《中外性文物大观》，虽不能说尽善尽美，但确实是国人迄今收集资料最多、有研究深度的严肃科学著作。书中逐一介绍了各件文物和图片的时代及含义，探讨了与"性"有关的种种社会问题，不仅使人们能了解人类对"性"认识的发展历史，而且对引导人们如何正确处理两性关系问题也有所裨益。作者对某些文物时代的判定，对某些文物寓意及其所反映的社会历史问题的阐释也是仁者见仁，智者见智，这在学术研究中是十分正常的。本书的出版，必将推动性学研究的进一步发展，同时也填补了文物研究的一个空缺，我愿将此书推荐给关心性学研究的学者们和文物考古界的同行们。

2000 年 5 月 10 日

（原载刘达临：《中外性文物大观》，宁夏人民出版社，2000 年）

《好川墓地》序

位于浙江省西南山地浙、闽、赣三省交界处的遂昌县，历史上几乎不见重要考古发现的报道，因此也很少受到考古学界的注意。1997年好川墓地的发掘，犹如一道闪电划破夜空，一下子吸引了大家的目光，原来在这偏僻的山地小县，几千年前也曾有过自己的辉煌。

1998年8月，当好川墓地田野发掘工作刚刚结束不久、正转入室内整理的时候，我曾有幸应邀去观摩墓葬出土的标本。尽管时间很短，不能一一摩挲，难以形成系统的认识，但丰富的、成组的、富有特色的新材料却令人耳目一新，至今仍深深印在我的脑海里。

好川墓地在学术上的重要性是不言而喻的，从墓地所在地点的地理环境和墓葬分布情况分析，除少数墓葬因施工遭到破坏，大部分保存完好，是一处基本完整的氏族（家族）公共墓地。它的发现，填补了浙江省西南部浙、闽、赣三省交界地区新石器时代考古的空白，为当地考古学文化发展谱系的建立奠定了坚实的基础，同时也为一些重大学术问题诸如良渚文化的去向、马桥文化的渊源、相邻考古学文化的关系等的研究提供了有益的线索。当然，通过这些材料，归纳其文化特征，探讨其反映的生产、生活及社会结构等，更是发掘者首先面对的课题。

作为读者，特别是从事考古工作的读者，最关心的莫过于希望尽早公布资料，出版正式考古发掘报告。考古队的朋友们十分理解大家的心情，他们发挥连续作战的精神，克服种种困难，经过两年多的努力，终于将《好川墓地》发掘报告摆在了读者的面前。看过这部报告便会发现，80座墓，除了比较详细的文字介绍，每座墓都公布了平面图、随葬器物组合图和照片，个别墓葬还根据需要发表了剖视图、填土出土器物图与纹饰、刻符拓片，并附有与墓地有关的遗迹、遗物资料及必要的统计表格，基本上做到了学术界对考古发掘报告的第一要求：发掘资料全部、完整、科学的发表。这就为发掘者的继续研究和没有机会接触实物资料的研究者的研究，提供了必要的前提条件，任何人只要有兴趣，都可以拿这些材料进行研究工作，独立做出自己的结论，提出自己的见解，而不是只能被动接受报告作者现成的观点。20世纪的五六十年代，经过批判所谓"资产阶级繁琐哲学"后出版的一些考古发掘报告，只发表典型器物图、典型墓例、典型单位，其他大量的所谓无代表性的非典型资料只用一份登记表或统计表交代完事，别人就很难再根据这些残缺不全的资料进一步开展研究。考古发掘报告不发表全部资料，在一定程度上阻碍了学科的发展，这种情况再也不能继续下去了。

同样令我们高兴的是，《好川墓地》在保证资料完整性的同时，也比较充分地发表了报告编写者自己的研究成果，较好体现了考古发掘报告的学术性要求。报告编写者是从发掘、整理到写作全过程的参与者，既有丰富的感性认识，又有经过深思熟虑的理性认识，他们的研究成果往往具有很强的说服力，理所当然也最为读者尊重和关注。我没有字斟句酌全部读过这部报告，但通过粗浅学习，还是有一些初步的体会。我认为，报告依据遗存之间的叠压打破关系、墓葬随葬器物组合及器物形制演变规律而建立起来的好川墓地五期七段分期标尺可以成立，今后该地区再有类似遗存的发现便有了可以衡量的依据；报告关于好川墓地文化类型遗存的文化内涵与特征的概括做到了谨严、准确，基本上反映了好川类型遗存的文化面貌；报告对好川类型遗存与周邻地区同时或稍早稍晚诸考古学文化关系的分析有一定深度，基本上揭示出了其间错综复杂的影响、融合、传承、替代等历史事实，从而在更加广阔的文化背景下进一步加深了对好川类型遗存重要性的认识。

除此之外，作为考古发掘报告有机构成部分的图版和线图，也相当丰富、清晰，有助于研究者研究视角的扩展和深入，这也是应该肯定的。

新材料的发现，是科学发展的强大动力，它有可能使一些学术上长期悬而不决的问题得到破解或为其解决提供有益的线索，同时也会提出一些新的需要研究的课题。而对于材料的释读，正因为其"新"，也往往会产生不同的认识。好川墓地作为一批新发现的材料，在对其年代、延续时间乃至文化性质问题上都可能会有争论，这是正常现象。通过讨论，我们的认识将进一步深化，这是可以肯定的。

2001年1月12日

（原载王海明：《好川墓地》，文物出版社，2001年）

《古国寻踪：三星堆文化的兴起及其影响》序

1986年四川广汉三星堆两座器物坑的发现，极大地震动了中外学术界。原来一向被认为直到战国时期随着蜀国的崛起方出现经济、文化飞跃发展的成都平原，竟然早在三千多年前的商代便建立了王权国家，产生了灿烂夺目的青铜文化。这一突如其来的发现，怎么能不在学术界尤其是历史考古学界引起震惊和关注呢？其实，回溯一下四川考古的历史便会知道，两座器物坑的发现是偶然的，也是必然的。早在20世纪20年代末30年代初，该地区就曾发现过玉圭、玉璋、玉琮、玉璧等礼仪用玉。1949年以来的多次发掘，又出土了丰富的文化遗迹和遗物，证明广汉三星堆一带确是一处范围广大的古代遗址。两座器物坑中的奇珍异宝，过去虽不曾露面，但它毕竟是该遗址的有机组成，它们的发现并非不可思议。

然而，关于这两座器物坑的时代、性质、文化归属与族属，在整个三星堆遗址中的地位，所反映的社会历史内容，以其为代表的三星堆文明的来龙去脉以及与其他文明的关系等重要学术问题，都随着它们的发现提了出来，都需要给予认真思考、研究和回答。

当然，对这些问题的回答并非轻而易举。首先，最重要的是需要对该遗址和其他相关遗址进行有计划的发掘。这项工作从1986年至今一直不曾间断。三星堆的土坯城墙、墓葬、窑址、房基和包含物丰富的文化堆积的发现，成都平原以宝墩古城、郫县古城等为代表的宝墩文化的发现、成都十二桥遗址的发现等，都为这些问题的回答积累了丰富的资料；但同时也必须开展以消化考古材料为重心的各方面的综合研究，包括对有关文献史料的研究，否则，回答就很可能是片面的、有欠缺的。

面对道道充满魅力的历史难题，许多人都在积极应答。摆在我案头的由江章华、李明斌执笔的《古国寻踪》书稿，便是众多应考者的答卷之一。我不敢说逐字逐句地做了研究，但毕竟是用了两天时间通读了一遍。在这部著作中，作者比较全面、系统地介绍了三星堆遗址和相关遗址发现、发掘的历史；归纳了方方面面的研究成果；在前人研究的基础上，依据所发掘的材料，并结合历史文献中的有关记载，围绕两座器物坑和三星堆文明诸问题进行了深入探讨。其中关于三星堆遗址的分期；三星堆文化来源于宝墩文化又相继发展为十二桥文化、晚期蜀文化；三星堆两座器物坑宝藏是三星堆文化阶段国家宗庙重器，后被取而代之的十二桥文化阶段人们毁坏掩埋；器物坑中出土的青铜器分别为被祭祀神灵、致祭者的形象和用于祭祀的礼器与仪仗；成都羊子山土台的始建年代和性质等问题的论断等均有新意。关于蜀文化研究相关问题的思考也发人深思。这份答卷是不是对上述问题最好的回答我不知道，但在我看过的一些相关著作中，我认为《古国寻踪》是一部对成都平原从新石器时代到战国时期诸考古学文化进行了系统梳理并做了相当深入研究的著作。这是在基于汉人扬雄《蜀王本纪》和晋人常璩《华阳国志·蜀志》等文献史料写成的古蜀历史之外，在研究了大量考古材料基础上构建的另一部古蜀历史。因为它依据的史料是古人活动时遗留下来的实迹和实物，因而也就更具有可信性。阅读过这部书的读者，对文献记载的蜀人历史可能还会半信半疑，但一定不会再怀疑成都平原自古以来就有自己的文化传统，就有发达的新石器文化和青铜文化，就曾产生过与中原商王朝并驾齐驱的古国，到秦汉时期才最终融入统一的文化体系。该书的写成与出版，为重建中国上古史特别是上古史的西南篇，奠定了一块厚厚的基石，这是可以肯定的。

　　我们追求的学术研究的最佳境界是百花齐放，百家争鸣。对任何学术问题的回答绝不会"舆论一律"。江章华、李明斌二位先生在该书中的种种论断，有些是大家一致的意见，有些得到了较多学者的赞同，有些也难免会有这样那样不同的看法，但不论属于哪一类，都尚有继续研究的必要，而且当你解决了一个问题的时候，也是提出新的研究课题的时候，学术研究永无止境。江章华和李明斌都是年轻有为之士，我相信一定会在这部专著问世之后，围绕其中已经涉及的或即将提出的一些关键问题，穷追不舍，继续钻研下去，不断做出自己新的回答。

2000 年 5 月 17 日

（原载江章华、李明斌：《古国寻踪：三星堆文化的兴起及其影响》，巴蜀书社，2002 年）

《印山越王陵》序

1998年全国十大考古新发现之一绍兴印山越王陵考古发掘报告即将付梓，陈元甫先生嘱我写序，我虽感惶恐，但作为越王陵发掘期间两次前往现场观摩的一个参观者和报告书稿的首批读者，的确又有话想说。因此考虑再三，还是决定不揣冒昧把想说的话写了出来。

春秋末年，地处中国东南一隅的越国，西灭强吴，争霸中原，一跃成为当时的强国之一。越文化继七千多年前的河姆渡文化、五千多年前的良渚文化之后，为长江下游地区又开创了一个繁荣昌盛的新时代。越文化对促进当地经济文化的发展，对促进不同文化之间的交流、融合和中华统一文明基础的形成发挥了重要的不可替代的作用。

正缘于越国在东周史上的重要地位，早在20世纪30年代，一些有识之士就对越文化研究产生了兴趣，发起成立吴越史地研究会，编辑出版吴越文化研究丛书，开始走出书斋，到野外调查越人史迹。1949年以后对越文化的调查、发掘和研究更以前所未有的速度、规模展开，取得了不小的成绩，其中最为突出的当数对西周至东周时期当地广泛分布的土墩墓和土墩石室墓的大规模发掘和分期标尺的建立。正是由于这一成果的取得使学术界开始认识到，东周时期越国的兴起绝非偶然，而是有着深厚的经济基础和源远流长的文化渊源。除此之外，当然还有距印山越王陵不远绍兴306号战国越国贵族大墓的发现，墓内出土的青铜房屋模型、歌舞裸俑以及大批青铜礼器、玉耳金舟等珍贵文物曾轰动中外学术界，令人对越文化的鲜明特色和精绝的铸铜工艺技术刮目相看。不过细细想来，以越文化研究和河姆渡文化、良渚文化的研究深度来比，不得不承认两者之间还有一定的差距，大家对越文化的整体认识似乎还处在若明若暗的状态，理不出清晰的线索。

绍兴印山越王陵的发现，一举改变了越文化研究的徘徊局面，若抓住机遇，必将开辟出一个越文化研究的新阶段。

印山越王陵虽被盗一空，丢失了许多珍贵信息，但重要性决不因此而降低。回顾中国考古发现史，印山越王陵无疑仍是20世纪东周考古的重大发现之一。横断面呈三角形长条两面斜坡状木构窝棚式墓室，为确保墓室永不朽烂，在墓室外部先包护140层树皮然后再在上下左右充填厚厚木炭和青膏泥，在我国历代墓葬考古中是首次发现，绝无仅有；巨大独木棺和墓地四周隍壕的设置虽分别见于成都蜀国和凤翔秦国王侯大墓，但在越地却是第一次见到，墓坑封土和甬道与墓道封土两次夯筑作法不同于中原和其他地区的封土大墓；墓道两侧壁浅排水沟的设置在其他地区也还没有发现；大件随葬遗物虽荡然无存，但仍留下了一些小件玉器、铜器、木器……毫无疑问，这些新的发现对于研究越国的陵墓制度、丧葬习俗、越文化形成诸因素的来源、越文化与周围文化的关系以及越国的制玉、铸铜、木作工艺都提供了极其难得的宝贵资料。

按照科学的程序、方法把深埋于地下数千年的遗迹、遗物一一发掘出来难能可贵，但能否将发掘的资料通过科学整理、分析、照相、绘图编辑成册，全部如实地公之于众，使有兴趣的研究者人人能用，同样重要。印山越王陵的发掘者，在发掘结束之后，发扬连续作战的精神，对发掘资料进行认真的消化、梳理，对能用现代科技手段检测的遗物都分送有关权威机构进行了必要的测试。在出版的《印山越王陵》考古发掘报告中，作者分章分节详细介绍了墓葬发掘经过、墓葬的结构、封土、葬具以及随葬遗物等情况，并附有木材树种、青膏泥中的黏土矿物、漆片等大量检测报告和测年数据，尽可能多地保留了印山越王陵留下的各种信息，达到了考古发掘报告资料报道的完整性、客观性的第一要求，从而为今后的研究奠定了坚实的基础。

考古发掘报告的首要任务是完整地、客观地发表经科学整理的资料，这是考古学界的共同认识，没有争议；但考古发掘报告要不要对相关重要学术问题发表自己的意见，看法可能就有所不同了。我认为，在保证发表资料的完整性、客观性的前提下，考古发掘报告不仅应该而且必须对重大学术问题发表意见。这是因为，第一，考古发掘报告的编写者往往是这批材料的发掘者、整理者，他们最有这个条件；第二，发掘、整理、编写报告是一个连续的完整的研究过程，这一研究过程的最后结果，自然是相关学术观点的形成。《印山越王陵》考古发掘报告的作者在详细介绍材料的前提下，对墓葬的时代、墓主人的身份进行了深入探讨，提出了颇有见地的论断。关于印山越王陵的年代，作者从封土夯土和填土中出土的几何形印纹硬陶、原始瓷片以及盗掘遗留下的一些小件随葬遗物的特征，推定在春秋晚期，我认为是妥当的，因为以往的研究包括对土墩墓、土墩石室墓出土印纹硬陶、原始瓷器的研究，已经形成了一个比较明晰的分期标尺和衡量时代早晚的标准，通过比较得出的这一认识，有充分的客观依据。关于墓主人的身份，报告作者在推定墓葬年代的基础上，继而从墓葬所在地点的地理方位等角度，论证墓主人即是开创越国霸主地位基业的勾践之父越王允常。虽然目前还没有任何文字资料可以直接证明这一论断，但不可否认，墓葬的时代和后世文献中有关越王允常木客大冢的位置确在此地的记载，的确是对这一论断的有力支持。显然，《印山越王陵》考古发掘报告对墓葬年代和墓主人身份推定结果的提出，为进一步开展研究提供了十分有益的启示，这是应予肯定的。

除此之外，报告作者还对印山越王陵最为引人注目的三角形木构窝棚式墓室是否与同为长条状的土墩石室墓的构造存在渊源关系，墓地四周的隍壕设置是否受到了凤翔秦公大墓隍壕的影响等问题做了分析，提出了自己的见解。不过由于资料的局限，对这类学术问题目前似还难以做出肯定结论。作为一部考古发掘报告，要不要涉及诸如此类尚存在较大讨论空间的学术问题，认识上也会有分歧；但无论如何，这些见解的提出，肯定有助于激发人们的思考，促进研究的深化。

印山越王陵的发掘，其宏伟的规模、奇特的墓室构造曾给我留下深刻印象。今日再读《印山越王陵》报告，更是难掩心中的喜悦、激动之情。作为一名考古工作者，我特别希望《印山越王陵》考古报告的出版，能唤起大家对越文化研究的关注，能吸引更多年轻同志的投入，能制订出一详细的、切实可行的越文化考古研究规划，围绕越国的都城、居址、陵墓、工艺技术、文化渊源、文化关系等课题扎扎实实地开展工作，将越文化研究推进到一个新水平。

2002 年 1 月 12 日

（原载浙江省文物考古研究所、绍兴县文物保护管理所：《印山越王陵》，文物出版社，2002 年）

《群雄逐鹿：两周中原列国文物瑰宝》序

今年是河南博物院成立七十五周年、新馆开馆五周年。为纪念这一文化盛事，河南博物院举办"两周中原列国文物瑰宝展"，具有非同寻常的意义。从社会演进的角度考察，中国历史上的西周、东周是一个经济文化长足发展，社会结构、政治体制发生重大转型的时期。

公元前11世纪中叶，周人灭商建立西周王朝。西周初年实行的分封制，不仅有力地捍卫了新兴的姬周政权，而且对促进民族、文化融合和各封国所在地区的社会、经济发展发挥了积极作用。洛阳是西周王朝的东都成周所在，郑州是周武王之弟管叔的封邑，应和晋分别是武王之弟和成王之弟因分封而建立的国家。我们看到的从洛阳北窑、郑州洼刘、平顶山和山西曲沃等宗周王室和管、应、晋等封国贵族墓葬出土的青铜器、玉器，造型典雅，花纹瑰丽，代表了当时最高的工艺水平。同一类器物的造型、花纹非常相似，同一类铜器铭文的行文格式雷同，字体作风也十分接近，充分显示了西周文化面貌的一致。鹿邑长子口大墓的墓主可能是一位殷遗贵族，墓中出土的铜方觚、方爵、方觥虽仍留有强烈的商文化之风，但同出的四耳簋却是典型的周人铜簋的形制。从西周后期开始，中央王朝日趋衰落，诸侯国势力日益增强，社会矛盾、民族矛盾逐渐激化，一些原来分封于西土的诸侯国如虢国、郑国先后东迁开辟新的生存空间，一些原来僻处边鄙的像秦国、楚国那样的小国、弱国一举变成了大国、强国。公元前770年，西周王室也经不起西邻犬戎的袭扰而东迁洛邑,开始了东周时代。

东周分为春秋、战国两个阶段。东周列国文化因挣脱宗周王朝的羁绊而日益彰显出自己的特色。江陵雨台山18号墓的彩绘双头镇墓兽,望山1号墓彩绘变形蝶纹方耳杯,荆门包山2号墓彩绘凤鸟双连杯及安徽寿县朱家集楚王墓"铸客"铭铜环链方炉,太原金胜村赵卿墓铜匏壶、高柄方壶及附耳牛头螭纹蹄足铜升鼎,安徽寿县蔡侯墓龙流方盉及蔡侯方尊缶,潢川黄夫人墓黄夫人甗形盉,河北平山中山王墓错银双翼铜神兽、错金银铜虎噬鹿插座、山字形铜器及磨光压印纹黑陶鸭形尊……充分反映了郑国、楚国、三晋之一的赵国、蔡国、黄国、中山国等诸侯国富有个性的艺术创造和审美意识,但各国各地与这些器物同出或同时的其他器物,甚至包括这些器物在内,无论是铜器、玉器、漆器、陶器,如果仔细分析,都能看出相互之间存在着相似相通之处。安徽寿县邱家花园出土的楚鄂君启节铭文记述了这位楚国商人所经的四通八达的水陆交通网络,也从一个侧面使大家窥见了当时各地之间活跃的经贸联系。东周时期激烈的社会动荡和列国战争非但没有切断各国之间的交往,反而促进了不同地区不同民族的交流与融合,加快了趋向统一的步伐。秦的统一,正是在此基础上实现的。

西周、东周文物在各地博物馆中几乎都能看到,但将两周列国有代表性的文物汇聚一起展出,可能还是首次。参观这个展览,不但可以饱览两周列国高超的工艺技术、艺术品格,从中了解一段生动活泼的历史,还可以学到先人们的创造精神,激励大家去创造新的生活。

2003年3月

(原载河南博物院:《群雄逐鹿:两周中原列国文物瑰宝》,大象出版社,2003年)

《揭阳的远古与文明：榕江先秦两汉考古图谱》序

今揭阳市所在的粤东地区，浅山、丘陵和河湖、平原交相分布，自然地理景观独具特点，很早以来就有人类栖息于此，留下了他们活动的各种各样的遗迹和遗物。

旧石器时代的遗址迄今尚未发现，不过采集自埔田车田村马头崁和新亨硕和村老鼠山的两件打制手斧形石器，则透露出了至迟在旧石器时代晚期这里已有人类居住的信息。

进入新石器时代之后，南澳岛象山细小石器遗址和潮安陈桥村贝丘遗址代表了其较早阶段。陶器虽已发明，但遗址中较多打制石器的存在，表明这时在石器加工工业上仍保留有一定的旧石器文化传统。大约距今6000年以后，该地区的新石器文化逐步进入了自己的繁荣期，普宁虎头埔15座时代基本相同的烧陶窑址密集一处，充分显示了新石器时代晚期当地陶器工业的发达程度。继虎头埔窑址为代表的虎头埔文化之后，兴起的是以普宁池尾后山遗址为代表的后山文化。后山文化与虎头埔文化有着密切的传承关系，无论是在陶器的造型抑或是拍印在陶器器表的纹饰，细细考察起来，其间均有明显的递嬗变化的痕迹。后山文化的绝对年代可能已进入夏商时期，不过在后山文化遗址中尚未有铜器发现，其呈现出来的仍是新石器文化的面貌。

粤东地区的新石器文化，虽在当地一脉相承的发展下来，但它并不是孤立、封闭的。在它的发展过程中，不断与周邻地区的文化发生交往，虎头埔文化的条纹、方格纹矮圈足罐与福建昙石山文化及粤北马坝石峡下文化层的曲折纹矮圈足罐，后山文化的凹圜底罐与石峡中文化层的凹圜底罐十分相似，应是相互影响所致。后山文化中富有特征性的器物"鸡形壶"与流行于长江下游及其以南地区的"鸭形壶"特征类同，可能有着渊源关系。

在粤东考古学文化发展历程中，继后山文化之后的浮滨文化是发生重大变化的时期。浮滨文化以最早发现于饶平浮滨而得名，其分布以粤东闽南为中心，影响所及则更为广泛。关于浮滨文化的来源，学术界看法不一：一种意见认为主要因素是继承后山文化而来，少部分因素是外来文化影响的结果；另一种意见则相反，认为浮滨文化是由闽南向粤东传播而来，浮滨文化的西进，正是后山文化消失的原因。尽管对浮滨文化的来源看法不同，但都认为这是一个重大变化时期。浮滨文化是广东省发现的最早的青铜文化，饶平顶大埔山浮滨文化墓地出土的青铜戈，长援直内，形制与中原地区商式戈相似，显系仿照商代戈铸造而成。除此之外，浮滨文化中还发现相当数量的商式石戈。这一方面表明浮滨文化的年代上限可早到商代晚期，下限不晚于西周前期，同时也可以从中窥见商文化对它的强烈影响。与青铜器一起，浮滨文化中还发现了广东省最早的在陶器表面施釉的釉陶器，或称之为原始瓷器。从陶器纹饰中常可见到长江下游尤其是宁镇地区湖熟文化中流行的梯格纹推测，包括青铜铸造技术、陶器施釉技术以及与中原商文化相同或相似的石器、陶器等的造型与纹饰，都可能是商文化由黄河流域南下至长江流域，再经过湖熟文化、吴城文化辗转传播到当地的。至迟在商代，粤东地区已同中原文化发生了接触，接受了中原文化的先进因素，应是不争的事实。

如果说浮滨文化时期，揭阳所在的粤东地区还和先前一样，保存着自己独有的文化传统和特点，那么从大约距今两千七、八百年的西周后期开始，随着兴起于珠江三角洲地区的夔纹陶文化向外扩展，粤东地区和现在广东绝大部分地区一样，也很快成为夔纹陶文化分布的地域。这一文化变迁的广度和深度都超过了从后山文化向浮滨文化的转换。自此而后，在广大的岭南地区开始打破了以前粤北、粤东、粤西、珠江三角洲各种文化类型并存的格局，开始形成了以夔纹陶为典型特征的统一文化面貌。夔纹陶文化也是青铜文化，其兴盛的时间大约在西周后期至春秋。到战国时代，夔纹陶消失，米字纹陶流行。米字纹陶文化时期，随着楚国势力的南下，先进的冶铁技术也传到了包括粤东在内的岭南地区，文化交流与融合的速度进一步加快，统一成为不可逆转之势。

粤东地区正式纳入中国版图是在公元前214年秦统一岭南战争之后，但从文化面貌上看，秦和西汉时期具有中原文化面貌的遗存还只是星星点点，大部分地区仍然是以米字纹陶为特征的土著文化的天下，只是从东汉往后，中原文化与土著文化才逐步融为一体，真正成为以中原文化为代表的中华古文化的有机组成部分。

由揭阳考古队和揭阳市文化局编写的《揭阳的远古与文明——榕江先秦两汉考古图谱》，吸收前人的研究成果并融入自己的研究心得，从文物、考古、博物馆工作者调查、发掘和征集的大批文物中，选择各时期最有代表性的典型标本汇编成册，生动的记录和再现了揭阳市及粤东地区古代先民所创造的考古学文化的发展历程及其演化轨迹。阅读这本图谱，不仅可以简明扼要地了解揭阳灿烂悠久的历史，而且可以从中学到古代先民艰苦奋斗的创业精神，倍加珍惜自己的光荣传统，去创造更加美好的生活。

作为这本图谱的主要策划者和编写者的揭阳考古队，是由国学大师饶宗颐教授提议，在揭阳市市委、市政府领导支持下开展"古揭阳（榕江）先秦两汉考古学文化综合研究"项目而组建的，参加课题组的有广东省文物考古研究所、中山大学、深圳博物馆、揭阳市博物馆和北京大学的考古工作者，他们在领导小组的领导下，短短几个月内复查了辖区内几十个先秦两汉遗址，到多所博物馆整理挑选标本，拍摄照片，编写说明，力求精益求精。我虽然不敢说这本凝聚着同仁心血的著作是否达到了当今一流水平，但他们执着认真的态度确实是值得自豪和欣慰的。在这本图谱即将面世的时刻，我谨向饶宗颐先生和热心支持这项研究的各位先生表示衷心的感谢，并以此书献给即将在揭阳召开的第五届国际潮学研讨会，以示祝贺！

2003年9月5日

（原载揭阳考古队、揭阳市文化局编：《揭阳的远古与文明：榕江先秦两汉考古图谱》，公元出版有限公司，2003年）

《商文化论集》前言

《商文化论集》是配合"夏商周断代工程"商代年代学课题研究而选编的一本论文选集，其目的是试图对商文化研究做一历史的回顾，为商代年代学的研究提供参考。

"夏商周断代工程"对商前期年代学提出的目标是建立比较详细的年代学框架，对商后期年代学提出的目标是确立比较准确的年代。要达到这一目标，其首要前提则是要从考古学上确认商文化，建立商文化的分期标尺，并根据古代文献提供的线索，通过考古调查、发掘和研究——指认出商人屡迁的都邑遗址。当然，商代甲骨文、金文，尤其是甲骨文分期的研究也是商代年代学不可或缺的基础工作。

我们所说的商文化是考古学文化意义上的商文化。从1928年前"中研院"历史语言研究所考古组发掘安阳殷墟开始，从考古学上探索商文化便开始了。七十多年来，几代学人，不懈努力，在商文化探索上取得了一个又一个重要突破。"自盘庚迁殷至纣之灭，二百七十三年更不徙都"，安阳小屯商后期都城遗址的确认及十万片甲骨卜辞的出土，郑州商城、偃师商城、小双桥遗址等商前期具有都邑规模遗址的发现，以郑州商城、安阳殷墟为中心的商时期其他文化的发掘……对商文化面貌的揭示与社会性质的认识，对商文化分期标尺的建立，对商文化与相关文化关系以及商文化渊源的探索均提供了丰富的材料。

当然，材料本身并不能自动转换成科学的结论。从考古调查、发掘获得的材料，经过排比整理，到进行分析、综合形成观点，是一个艰苦的研究过程。每一位研究者由于所处的时代不同，掌握的资料不同，以及研究方法和看问题的视角差异，在对每一个学术问题的探讨中，自然会形成不同的观点。例如，安阳小屯殷墟作为王都究竟是从盘庚开始还是从武丁开始，殷墟王陵各座大墓究竟和哪位商王对应，郑州商城究竟是汤都亳还是仲丁所迁之隞，偃师商城究竟是汤都西亳还是太甲桐宫，小双桥遗址究竟是与郑州商城晚期同时还是前后相接，二里岗期商文化究竟是直接继承二里头文化发展而来还是另有渊源，商文化究竟起源于豫北冀南还是豫东鲁西南，在所有这些问题上，"百家争鸣"是促进学术发展唯一正确的方针。随着新材料的不断涌现，随着讨论的不断深入，有的观点逐步修正完善，为学术界所接受了；有的互相吸收、补充融为一体了；有的则因论据不足而被否定了；但从历史的角度看，学术探索中所提出的每一种观点，对于某一个学术问题的解决都有积极的意义，即使是今天看来错误的观点，在当时它对于激发正确观点的提出，完善正确观点的论据都是大有裨益的。而对于每一位研究者个人来说，由于各种原因，自己提出的学术观点，有的正确，会被大家接受，从而成为公认的科学结论；有的则可能需要修正，完全正确或一贯正确恐怕是很难做到的。正是基于这样的认识，我们选编这本论文集，既考虑到照顾历史，对不同时期发表的有代表性的论文尽量有所选取，使读者能从中了解当时对某一学术问题研究达到的水准；同时也尽量照顾到不同的观点，以反映对某一学术问题讨论的实际状况。我不敢说我们在遴选文章时已经完全排除了主观的成分，熟习商文化研究的学者可能会发现，我们比较赞同的观点大体都有了，而自己不甚赞同或不太熟习的观点有的可能难免被遗忘了；但不管怎么说，这是一本希望能够把握商文化研究历史而不是某一学派观点的论文集录，至于能否达到这一要求，只有靠广大读者去评判了。

七十多年来，重大的考古发现和研究，构成了提出"夏商周断代工程"的科学基础，而自工程启动以来，一系列新的发现和新的研究，不仅对建立三代年表发挥了决定性作用，而且对于三代考古研究而言，开启了一个新的时代。在"夏商周断代工程"结题之后，如果能再编辑出版一本"夏商周断代工程"商代考古新成果的书，作为该论文集的续篇，将是十分有意义的。

本论文集分为先商文化，商前期文化，商后期文化和商文化类型、分布及与其他文化关系四个部分，重点放在考古学上对商文化的讨论，其他问题则基本上未予涉及。书后附有李海荣博士协助编定的"商文化研究论文索引"，以便读者检索。

本书编成之后，承蒙"夏商周断代工程"倡议者、特别顾问宋健同志题签，我们谨表示衷心感谢！

由于时间仓促和水平所限，本书一定会有不少缺点甚至错误，敬祈批评指正。

谨以此书献给所有参加"夏商周断代工程"的先生和对历史、考古有兴趣的广大读者。

（原载李伯谦：《商文化论集》，文物出版社，2003年）

《新出简帛研究：新出简帛国际学术研讨会文集》序

　　《新出简帛研究》是 2000 年 8 月在北京大学召开的第二届国际简帛研讨会——"新出简帛国际学术研讨会"的论文集录。这次研讨会是鲁斯基金会和达慕思大学资助的 1998 年 5 月在美国达慕思大学召开的第一届国际简帛研讨会——"郭店老子国际学术研讨会"的继续，两次会议均以新出土的简帛文献为讨论的主题。不同的是，前者目标比较集中，而这次会议范围则相当广泛，包括了许多正在整理或即将出版的简帛文献的报告。除 11 位代表报告介绍了上海博物馆入藏的楚简、慈利楚简、新蔡"平夜君成"墓楚简、王家台秦简、虎溪山一号汉墓竹简、随州孔家坡汉墓简牍、温县东周盟书和湖北秦汉简牍、香港中文大学文物馆藏简牍，还分专题专门讨论了上海博物馆楚简的《孔子诗论》王家台秦简《归藏》《马王堆汉墓帛书〈式法〉》和温县盟书，对郭店楚墓竹简和其他新出简牍及相关问题也分别做了讨论。

　　正像一种新理论、新方法的提出会极大地推动学术前进一样，新材料的发现也往往会带动学术的快速发展。作为当时社会、思想、文化综合反映的简帛文献的大量出土，为研究中国古代文字发展史、思想史、文化史、政治史、经济史、军事史提供了崭新的资料，对这些新材料的解析研究，使得历史上一些悬而未决的问题迎刃而解，或为其解决提供了契机，同时也会提出一些新的需要重新思考和解决的问题。马承源先生在会上报告了正在准备出版的由上海博物馆从香港古董市场上购回的大批竹简。他对《孔子诗论》的详细介绍和分析，使与会者看到了我国最早的、前所不知的一部诗学论著的全貌，而围绕着该书作者、成书年代乃至编联体例的争论，则催生了一个诗学研究的新高潮。慈利地处湘西边远山区，在一座战国楚墓中居然出土了最早抄本的《国语》《逸周书》和久已失传的《宁越子》，尽管竹简过于残碎，难窥全豹，但所余残简仍能纠现代传本之误，补其缺，增其无。前所不知的一些占卜文献，现在已在不同的墓中被发现。这些文献包括《周易》和《归藏》，以及更多的流行著作，如日书、历谱等。荆州王家台秦墓出土的《归藏》，不仅证明传本的《归藏》并非伪书，还为研究其与《周易》的关系提供了重要线索。同墓所出的日书，与河南新蔡平夜君墓和湖北随州孔家坡出土的材料相同。卒于汉文帝后元二年（公元前162年）的沅陵侯吴阳，其墓（虎溪山一号汉墓）出土的《黄簿》和《美食方》亦是首次发现，是研究西汉初年地方户籍、赋税制度和饮食状况难得的材料。这次发现甚至还包括一部有详细制作方法的食谱。几千件温县盟书和马王堆汉墓帛书《式法》提供了根据传世文献所无法想象的春秋时期的社会历史。在随州孔家坡发现的历谱是另一份重要的历史材料。

很多代表讨论了在整理以及准备出版过程的困难。目前仍有很多简帛文献，其中有一些是20世纪70年代出土的，还没有被发表。这个问题困扰着一直在对其进行研究但不能完成其研究的中外学者。会议上提出的问题包括：简帛资料状况不佳，有些非常破碎而无法阅读；考古学家和古文字学家承受的压力使得他们把注意力放在新的发现上；有限的资金，以及从事此项工作所需要的高技术专家的缺乏等。然而，不同项目的延误，同样也出于时间、地点和出土环境以及出土材料的自然状况的原因等。例如，李学勤先生和陈松长先生展示了一个新的重新拼复的马王堆3号墓中发掘的帛书，以前称为《篆书阴阳五行》，现在重题为《式法》，发表于《文物》2000年第7期，讨论了以前对于帛书碎片拼复时发生的错误。李先生讲述了关于其他占卜的文字，如日书等，指出我们目前对于此类文献的理解比刚刚发现它们的时候要深入得多。

由河南省文物考古研究所郝本性、赵世纲先生与哈佛大学法学院东亚法律研究中心罗凤鸣女士合作的20世纪80年代初在温县发现的盟书的数码影像数据库的研究报告，也引起了与会者很大的兴趣。

学者所面临的另一个复杂问题就是非法盗墓的问题。在香港和国际古玩市场上出售的出土文献资料，完全没有有关出土记录，使我们不仅失去了必要的层位资料，而且也给我们的拼复整理造成了极大的困难。马承源先生和濮茅左先生介绍了上海博物馆收购的竹简以及他们在竹简排序整理过程中出现的一些问题。陈松长先生也报告了香港中文大学艺术博物馆收藏简帛中的一些问题。

出土文献的整理出版是我们进入一个研究中国古代历史、哲学和古文字学的新世纪的第一步。在这次研讨会之前，已经有一些关于郭店楚简的研讨会，郭店楚简自1998年发表以来，已经发表了上千篇有关文章，从其活跃的讨论可见，对郭店材料的真正理解仍需要很长的时间才能实现。同样，对于其他新近发现的出土文献的意义的认识，也会成为近年的研究和讨论的重点。

郭店《老子》虽然已有过多次专题讨论，但这次会上围绕郭店《老子》及与其同出的其他文献残篇的争论仍然十分活跃。开阔眼界，取长补短，相得益彰，是与会代表们的共同评价。

材料新，新材料最集中，是会议最引人注目之处。除此而外，在与会代表的组成上也很有特点。如果你留意一下这本文集所收论文作者的名录便会发现，在近60位作者中有20多位是古文字学家和考古学家，11位报告人都是竹简和盟书出土的发掘者或整理者。简帛文献研究，是一项涉及学科范围非常广泛的系统工程，有考古学家，特别是主持出土竹简和盟书墓葬发掘的考古学家的参加，使大家能够更好地了解这些珍贵资料的埋藏环境、出土及修复过程，有利于整理时按当时的实际情况进行编联、排序和复原，以尽可能保持原貌。而古文字学家通过对简文和盟誓文字的考释，则有可能最大限度地保证读懂原意。有了这样的前提条件，无论是文献学家还是思想史家的进一步研究就具有了扎实的科学基础。不同学科领域学者的有机结合，不仅保证了研讨会应有的学术水准，也对今后如何更好地研究出土简帛文献提供了有益的启示。

这次会议还有一个特点是不能不提到的。在从8月17日至23日的会议期间，为了对讨论的对象有一个实际的感受，我们在国家文物局和各有关发掘、收藏单位的支持下，在北京大学赛克勒考古与艺术博物馆专场举办了"新出简帛精品展"，68套201件展品多数是首次公之于世。虽然一晃3年过去了，但当时人头攒动、争睹为快的情景，至今仍历历在目。这个小小的展览，成了研讨会不可分割的有机组成部分，为研讨会增色不少。

《新出简帛研究》就要和读者见面了，我们希望它的正式出版能为简帛研究推波助澜，掀起新的研究高潮，同时，我们也期待着今后能有机会再围绕新出土的简帛文献继续召开相关会议。通过不断的切磋讨论，推进简帛学的发展繁荣。

我们感谢鲁斯基金会对本书的出版、对"新出简帛国际学术研讨会"以及2000年8月在北京大学赛克勒博物馆举行的"新出简帛精品展"的资助。

2003年8月

（原载艾兰、邢文编：《新出简帛研究：新出简帛国际学术研讨会文集》，文物出版社，2004年）

《郑州大师姑（2002-2003）》序

在郑州大师姑发现二里头文化古城的消息，我很早就知道了。大约还是2002年，刚刚开始试掘，揭露出二里头文化层叠压夯土城墙的地层的时候，是古城的发现者和发掘主持者王文华打电话告诉我的，我当时真是激动极了。一来是因为这座夏代的古城离我的老家沟赵乡东赵村只有十五、六华里之遥，在我的老家居然有一座三千六、七百年前的夏代古城，作为一个考古工作者怎么能不感到自豪？二来是因为它的发现，为正在进行的"中华文明探源工程预研究"课题提供了崭新的资料。虽然2000年"中华文明探源工程预研究"课题启动的时候，大师姑遗址的调查试掘尚未展开，但2002年"中华文明探源工程预研究"课题举行中期成果汇报会，我还是特地提议邀请王文华先生与会，以二里头文化第一座城址的发现为题做了报告。

大师姑二里头文化城址的发现，对于二里头文化研究、夏文化研究，意义之重大是不言而喻的。二里头文化遗物20世纪50年代初最早发现于登封的玉村，紧接其后的是郑州洛达庙，从那时到现在50多年过去了。回顾二里头文化、夏文化发现与研究的历史，在大师姑城址发现以前，至少可分为三个阶段，掀起过三次高潮。

第一个阶段，是从二里头文化的发现到1976年在登封召开的第一次夏文化讨论会。在这次会议上，确认了二里头文化的命名；就二里头遗址的分期、各期文化的族属、二里头遗址与山西夏县东下冯遗址的关系交换了意见；夏鼐先生提出的夏文化定义得到了与会学者的认同；邹衡先生提出的郑州商城亳都说和二里头一、二、三、四期俱属夏文化的论断，为夏商文化分界提供了一个界标，为确定夏文化提供了一个定点。

第二个阶段，是从登封会议到1983年偃师商城的发现。偃师商城位于今偃师市之西的洛水北岸，南距二里头遗址约16华里，目前学术界大多倾向认为此即汤灭夏后所建的西亳。因此，偃师商城的发现，二里头文化早于偃师商城的事实，基本上结束了二里头文化一期属夏，二至四期属商；二里头文化一、二期属夏，三、四期属商；二里头文化一至三期属夏、四期属商与二里头文化一至四均为夏文化的长期争论。二里头文化一至四俱属夏文化，二里头遗址可能为夏都斟鄩，偃师商城才是真正的西亳，基本上成为多数学者的认识。

第三阶段，是从偃师商城的发现到"夏商周断代工程"和"中华文明探源工程预研究"课题组织的对禹县瓦店、登封王城岗与新密新砦等遗址的再发掘。这几处中心聚落遗址的再发掘和研究，尤其是 ^{14}C 系列测年所得出的河南龙山文化最晚期的下限已延至公元前1900年前后，晚于河南龙山文化早于二里头文化的新砦期遗存约在公元前1900年至前1800年之间的结果，使得越来越多的学者认识到二里头文化只是夏代中晚期的文化。更早的夏文化应该从河南龙山文化晚期遗存中去寻找，登封王城岗城址有可能确如安金槐先生所推测的就是文献中记载的"禹居阳城"之阳城。新砦期遗存含有较多的东方文化因素，很可能与文献中记载的"后羿代夏"有关，也许新砦期遗存就是"后羿代夏"时期形成的夏文化。

大师姑二里头文化城址发现的时候，也正是上述几个遗址点的发掘和研究还在进行的时候。它的发现使二里头文化、夏文化的研究掀起了又一个新的高潮，进入了又一个新的阶段。大师姑二里头文化城址始建于二里头文化二期，四期后衰落，与二里头遗址开始废弃的时间一致，该报告依据现在的材料，指出遗址上发现有二里岗下层偏早阶段的遗存，早商环壕的始建年代亦在二里岗下层时期，这再一次表明了夏商文化的分界应在二里头文化四期与二里岗下层之间。二里头文化四期时可能实现了商灭夏的政权更替，但二里头文化四期仍应属夏文化的范畴。大师姑城址的发现如同以往任何一项重大发现一样，解决了一些过去长期争论的难题，同时也会提出一些新的等待去解决的学术课题。可以预期，由于大师姑城址的发现，连同新近披露的二里头遗址范围达十万平方米的宫城的发现，今后一段时间内，二里头文化反映的社会结构，包括大师姑城址与二里头遗址的关系、大师姑城址的性质等将是二里头文化、夏文化研究的重点。从而成为继"中华文明探源工程预研究"之后启动的"公元前2500年至前1500年中原地区社会形态研究"项目的有机组成部分。

2002年，当得知大师姑遗址发现二里头文化第一座城址时，我的心情是激动的。2003年，当王文华把《郑州大师姑（2002-2003）》的稿子放到我面前的时候，我的心情是惊讶的。我的确没有想到，在这么短的时间内，一部60万字的考古发掘报告便写完了。缘于我对夏文化研究的兴趣，也缘于遗址发掘主持单位郑州市文物考古研究所所长张松林先生委托"审稿"的责任，应该说，我看得是比较仔细的。我可以负责任的说，这是一部高质量的考古发掘报告。我说它质量高，不仅仅体现在章节结构安排合理，图版、线图配备得当，更重要的是它较好地把握了一本好的考古发掘报告的功能要求，即它的资料性和学术性。就资料性来说，资料完整不完整，是评判考古报告的质量高低的第一标准。在这部报告中，作者把所有发掘的灰坑、文化层、墓葬都毫无例外地全部按单位发表了材料。我说的材料，既包括这些遗迹单位本身，也包括其所在的层位，既有文字的介绍又有丰富的图像。关于图像，例如陶器，完整的、能复原的发表了，更多的虽不完整也不能复原但仍能看出器形或纹饰特点的也尽可能多的发表了，这样就为读者提供了进一步研究的条件。当然作者在发表资料时，并非杂乱无章的堆砌，而是充分考虑了其时代先后、有机联系和检索的方便。资料性和学术性不是对立的，而是相辅相成的。考古发掘报告的学术性，既体现在资料发表的科学性上，也体现在作者对材料的消化程度和研究深度上。报告中，作者基于自己的研究，将大师姑遗址二里头文化遗存分为连续发展的五个阶段，不仅有可靠的地层和器物形态演变的逻辑依据，而且有二里头遗址成熟的分期标尺作为比照，是可信的，经得起检验的。作者基于大师姑遗址的地望、城址的年代并联系有关文献记载，对大师姑城址性质所做的推断，限于目前的材料虽然还不能说是定论，但对进一步的深入研究却颇有启发意义。不过，我需要提醒读者的是，这部考古报告刊布的内容毕竟只是2002年至2003年调查、发掘的材料，依据这些有限的材料要对一个面积达50多万平方米的城址提出完整准确的认识是远远不够的。因此对于报告中的某些论断，只可以看作是依据现有材料得出的阶段性研究成果。例如，由于发掘面积有限，遗址中出土的二里头四期遗存相对较少，这对于准确把握这一阶段遗存的整体特征带来了一定的困难，个别遗迹单位的归属也许还有讨论的余地。大师姑早商环壕的始建年代直接关系到大师姑二里头文化城址的废弃时间，作者依据现有材料推断其始建年代在二里岗下层早、晚阶段之间，这是根据材料说话，但由于环壕下层出土的陶片极为破碎，数量很少，也由于个别地段尚未完全发掘到底，所以这一结论也只能看成是阶段性的。似乎不能完全排除，随着今后进一步的发掘，将早商环壕的始建年代提早到二里岗下层偏早时期的可能。大师姑遗址尚在进一步发掘当中，也许将来新发现的材料会修正现在的某些结论，那是没有什么可以奇怪的。

我期望着大师姑遗址考古的新收获。

2004 年 7 月

（原载郑州市文物考古研究所：《郑州大师姑（2002-2003）》，科学出版社，2004 年）

《中原考古大发现》序

2004年7月20日我将出发前往郑州,准备参加河南博物院主持召开的"中原文明之光"陈列大纲座谈会前夕,突然接到原先在河南省文物局工作的赵会军的电话,希望我能为文物战线的一位同志即将出版的《中原考古大发现》一书写个序言。电话中他简单介绍了书的作者苏湲女士,说是著名诗人苏金伞的女公子,似乎并不是考古圈子里的人。电话来得太突然,又因为我虽然在家乡上中学时就很崇拜苏金伞先生,但对他的女儿苏湲却一无所知,特别是没有看过书稿,能不能接这个任务,就很犹豫。于是只好回答说,过两天我会到郑州,咱们见面再谈吧!隔了一天,7月21日傍晚我到了郑州,下榻于新世纪大厦。因为22日全天开会,晚上又有主持会议的东道主的宴请,只好约在22日午饭后与作者见面。当天吃过午饭回到房间,虽然感到有些困乏,但有约在先,不敢贸然躺下休息,直到大约1点40分才听到了"笃、笃"的敲门声。当我打开房门,见到两位客人的时候,他们还在喘着粗气。后来才知道,书稿是中午12点才在河南人民出版社打印好,紧赶慢赶送过来的。因为下午两点半钟还要开会,和他们约定过两天再见面后,他们就留下书稿告辞了。

送走客人,睡意全消。看看手表,还有些时间,便迫不及待地从大塑料袋所装书稿中抽出目录,想先看个大概。不看不知道,一看吓一跳,13个大题目,加起来足有100多万字,西峡恐龙蛋化石群、裴李岗、仰韶、郑州商城、殷墟、鹿邑太清宫大墓、虢国墓地、应国墓地、长台关楚墓、郑韩故城、芒砀山梁王陵、龙门石窟、巩义宋陵,我熟悉的名字,一个接一个从眼前闪过……1921年开始的由瑞典人安特生先生主持的渑池仰韶村遗址的发掘,是中国现代考古学诞生的标志,我上大学二年级时,老师讲新石器时代考古课就介绍过,自信是十分熟悉了。心想,写这一类书,最主要的是真实。如果这部分写得出入太大,恐怕写序的任务就得打退堂鼓了。于是随手便找出《细说远古的奥秘——仰韶文化遗址考古发掘纪实》一章读起来。读着读着,就放不下了,读着读着疑虑就烟消云散了。在这一章里,作者不仅写了安特生等人到渑池仰韶村等地考古活动的日程和收获,还写了他的心理活动,以及他根据仰韶遗址出土彩陶和西亚彩陶有些类似,提出仰韶文化西来说,后来自己又予以否定的经过。除此之外,还有较多的笔墨叙述了中国学者围绕仰韶文化所做的工作,尹达等中国学者对仰韶文化西来说的批判,以及学术界对安特生评价的前后变化,过程详尽,介绍客观,评价公允。这是我读过此章之后真实的感受。无奈开会的时间到了,只得暂时放下。之后,22日晚上、23日晚上、24日上午,我想方设法谢绝一切应酬,又怀着兴奋的心情连续看了裴李岗发掘、殷墟发掘和郑州商城发掘、虢国墓地、应国墓地发掘和郑韩故城发掘等章节。尽管由于我早买好机票24日下午便要返京,没有来得及全部看完,更没有时间细细推敲,但一个清晰的判断已在我脑海中油然而生:苏湲女士虽然没有学过考古,但她在河南博物院工作的环境,她对考古的浓厚兴趣和坚忍不拔的毅力,决定了她写出来的《中原考古大发现》这部大作,的确是一部难得的好书。

这部书好就好在忠实于史实。它对13项重大考古发现,每一项都详细地记述了发现、发掘的经过,披露了在一般考古报告中难得见到的一些新材料，使每一段发掘史更加充实丰满，有血有肉，填补了不少空白。例如，关于殷墟发掘，一般只知道1928年至1937年一共进行了15次发掘，而且收获巨大。但很少有人知道，刚开始并不顺利，由于地方一些人反对，考古队曾一度停工。后来还是"中研院"院长蔡元培亲自出面给时任国民政府河南省主席的冯玉祥写信后，又同南京中央政府交涉，才得以继续进行。又例如郑州二里岗商代遗址的发现，过去只知道是一位小学老师韩维周提供的线索，看过这部书才知道，原来韩维周早在20世纪30年代就是河南古迹研究会的成员，曾参加过多次考古活动，他发现二里岗遗址并非偶然。可惜这位热爱考古事业的人士在1957年竟然被打成"右派"分子，不仅剥夺了他从事考古工作的权利，连他平日搜集的古代陶片、石器也被席卷一空，有的还被无端打碎抛掉。郑州商城发掘首任队长安金槐先生几十年呕心沥血、兢兢业业为中国的考古事业做出了重大贡献，但过去谁也不知道他因劳累过度突然晕厥曾被当成癌症患者送到医院。后来经检查，才知道并非癌症，让大家虚惊了一场。

这部书好就好在不是单纯记录每项发掘的过程，而是在记录发掘经过时还围绕研究中出现的学术争论，客观、公正地做了介绍。例如对郑州商城的性质，既用较多的文字报道了安金槐先生的仲丁隞都说，也用一定的篇幅介绍了"汤始居亳"的亳都说。作者并不因为自己同安金槐先生早就熟悉和邹衡先生素未谋面而有任何贬抑。又如虢国墓地，既尊重发掘者所认定的时代在西周晚期至春秋早期的意见，同时也提到了不少学者依据文献考证，推定虢国墓地乃周室东迁至虢为晋灭期间遗存的看法。作者并没有因为持后一种意见多是当今著名学者而过多渲染，持前一种看法的发掘者都是年轻人而看轻他们。裴李岗文化是新中国建立后最早发现的早于仰韶文化的一支新石器时代文化，但对裴李岗遗址的发现经过却出现了不同的说法。在没有找到可靠证据可以否定哪种说法的情况下，作者没有听信一家之言，而是对两种说法同样做了介绍，为以后继续研究留下了空间。从这一层意义上说，这部书也可以看作是一部考古方面的学术史著作。

这部书好就好在文字活泼，语言生动，有故事，有情节。不像常见的考古发掘报告和有些考古学史性质的著作，只罗列材料和最后的结论，干巴巴的，调动不起读者的口味。例如，写虢国墓地发掘，除描写郝本性、姜涛、王龙正等考古工作者一丝不苟的认真态度和发现铜柄铁剑时的兴奋激动，还特地描写了三门峡市公安局刑警队队长李全军等乔装走私客打入盗墓团伙，机智勇敢地同盗匪进行周旋，终于破获盗墓大案，将匪徒绳之以法的详细经过。忠于职守、正直、勇敢、机智的公安民警形象跃然纸上，令人肃然起敬。

正是因为这部书有这样的特点，所以读者一定会爱读，读起来一定会有收获。首先，读者会从中了解到现代考古学在中国诞生、发展的基本过程；会通过书中描写的重大考古发现及其研究成果，掌握我国从原始时代进入文明时代，一步步发展至今的社会演进历程，增加历史知识，受到历史教育。

其次，读者会从书中描写的像郑州商城发掘主持者安金槐先生那样将自己的一生奉献给考古事业，为复原中国辉煌的文明史做出重大贡献的考古工作者身上学到不怕苦、不怕累、热爱本职工作、不断探索、不断追求的事业心和科学创新精神。

再次，读者会从书中描写的中国普普通通的老百姓对自己家乡的文化古迹想方设法加以保护的举动，会从像三门峡公安局刑警李全军等那样同盗窃、破坏古墓的犯罪团伙做斗争的英雄事迹，学习提高对祖国珍贵文化遗产重要性的认识，增强全民文化保护观念，使文化保护成为全民的行动。

苏湲女士写这部书的初衷可能不是要写成一部思想教育的教材，

但我可以肯定地说，读者读过之后，一定会受到作者意想不到的教育和熏陶。

在我对苏湲女士这部大作做出充分肯定的同时，我也还想就其中的不足和希望说几句话。了解考古史的人都会知道，除书中列举的13项发现，其他像二里头遗址、王城岗遗址、平粮台遗址等的重要性并不亚于此。这些遗址的发掘，虽然在书中也有提及，但并未列出专章，因而难以充分展开，不能不说是很遗憾的。因此我希望，今后苏湲女士有时间，最好还是再想办法写个续篇，以满足读者的要求。是为序。

2004 年 10 月

（原载苏湲:《中原考古大发现》，河南人民出版社，2004 年）

《博罗横岭山：商周时期墓地 2000 年发掘报告》序

2000 年全国十大考古新发现之一、广东博罗横岭山商周墓地的考古发掘报告就要出版了，对于中国考古界，尤其是关注岭南考古的学者来说，这无疑是一个令人振奋的喜讯。

横岭山墓地的发掘是配合广州到惠州的高速公路建设进行的，作为一个墓地来说，并未彻底揭露，不过，仅在施工的 8500 多平方米范围内，即已发现墓葬 332 座，其中商周时期墓葬 302 座。一次发掘中，发现如此多的商周墓葬、堪与马坝人化石、石峡文化、浮滨类型、南越王墓和南越王宫署苑囿遗址的发现相媲美。这是广东的又一项重大考古发现，具有重要的学术意义。

首先，对于广东地区相当于中原夏商周时期的考古学年代分期标尺来说，它的发现填补了西周至春秋时期的缺环。考古发掘报告的作者，根据墓葬随葬器物的形制、花纹的分析，将商周时期的墓葬分为四期八段，第一期（一、二段）约在商周之际，第二期（三、四段）为西周早期，第三期（五、六段）为西周中晚期，第四期（七、八段）为春秋时期。作为一个单一的墓地，这是广东所见最为详细的分期了。以此为基础，上溯早于它的、相当于中原夏代晚期至晚商偏早阶段的深圳屋背岭墓地、浮滨类型早期遗存，下连晚于它的相当于中原地区春秋末至战国早期的清远马头岗、四会鸟旦山等铜器墓葬，广东地区相当于中原夏商周先秦时期的考古学分期标尺便基本完整地树立起来了。

第二，对于梳理岭南地区相当于中原地区夏商周时期的考古学文化发展谱系来说，它的发现既提出了新的认识，也使大家认识到问题之复杂。岭南地区在相当长的时间内曾被简单地认为是几何形印纹陶遗存的分布范围，甚至将之归入一个统一的几何形印纹陶文化。大约从20世纪后半叶开始，随着新材料的不断发现，在苏秉琦先生考古学文化区系类型理论的启发下，人们发觉单凭几何形印纹这一种特征来概括在广大范围内发现的不同区域、不同时代的考古学遗存是不符合实际情况的。1978年在江西庐山召开的"我国江南地区几何形印纹陶学术讨论会"上，我们首次将含几何形印纹陶的遗存分为六区，其中五岭以南被分为粤东闽南和岭南两块。粤东闽南区相当于中原商周时期的遗存以浮滨类型为代表，岭南地区包括广东北、中、南部和广西，相当于中原商周时期的遗存以石峡遗址中层、第四期墓葬、石峡遗址上层和清远马头岗东周铜器墓、始兴白石坪遗址、四会鸟旦山铜器墓葬等为代表，两区以东江为界，以东是粤东闽南区，以西属岭南区。而博罗横岭山商周墓地的发掘证明，其虽地处东江流域，但与浮滨类型却明显有别，属于两个不同的文化系统。报告作者在第二章第五节年代推测部分明确指出"第一段墓葬出土的1件釉陶豆，属浮滨类型文化的产品，非本地生产。墓地还发现其他几件浮滨类型的原始瓷小罐，可证不是孤例"。由此我们看到，岭南地区，无论是新石器时代抑或青铜时代，考古学文化的谱系和分区并非原先认识的那样简单。根据目前发现的考古资料，岭南大致可分为以下五个区域，即粤东的梅江—韩江，榕江流域，粤中、粤北的东江、北江流域以及桂东北的桂江、贺江流域，珠江三角洲地区，粤西南地区及桂南的郁江流域，桂西北、桂北的红水河、柳江流域。以上五个区域的新石器时代和青铜时代早期的考古学文化其实都各有特点，发展、演变的途径也不尽相同。因此，要真正建立起岭南地区的考古学文化区系类型体系，还有许多工作要做。

第三，对于阐明岭南地区文明演进及其融入中华古文化的历程来说，它的发现提供了丰富的研究素材和新的例证。考古发现表明，早在距今六七千年以前，珠江三角洲地区已与长江中游地区有了交往，深圳咸头岭、大黄沙等遗址出土的绳纹釜、罐、彩绘圈足白陶盘等从形制到花纹，都与湖南石门皂市下层和大溪文化早期遗址中的同类器接近，其由长江流域传播而来是不容置疑的；相当于中原地区龙山时代，玉琮、玉牙璋等黄河流域流行的玉礼器在岭南不止一个地点有所发现，其间的联系有明显加强的趋势；进入相当于中原地区的商代，浮滨类型的釉陶、原始瓷及大型无阑石戈、青铜戈均分别与长江流域、黄河流域有着渊源关系。过去，岭南地区相当于西周时期与中原地区的文化联系知之不多，横岭山墓地的材料，不仅说明至迟自西周中期开始，以F纹（即通称的夔纹）为典型特征的文化因素，已逐渐渗入岭南大部分地区，基本上实现了岭南区文化系统的统一，而回首夔纹、青铜鼎、青铜甬钟、长援直内带胡青铜戈、双翼青铜镞以及玉玦、水晶玦等的出现，则在一定程度上再现了先进的中原文化对岭南地区的强大冲击，同时这些青铜器虽模仿中原但又为当地铸造的事实表明，在中原文化的影响下，岭南地区至迟在西周时期，已开始迈进了文明社会的门槛。秦始皇统一岭南之后，虽然在整体文化面貌上尚绵延了一段时间，但至汉代，整个岭南地区已融入了中华古文化的大系统。

由以上介绍不难看出，横岭山商周墓地的发现及其研究成果，不仅可以推进广东地区考古学文化分期年代标尺的完善，而且对于廓清岭南地区考古学文化区系类型体系，以及阐明岭南地区与长江及黄河流域文化的联系、发展和融入中华古文化的具体历程，也必将发挥重要作用。

横岭山墓地的材料固然是重要的，但发掘工作能按照田野考古操作规程尽量多而科学地采集古代先民遗留下来的信息、整理工作又能够科学地分析、综合研究这些信息，并将其客观、系统地提取出来，编写成考古发掘报告，使考古界同仁和有兴趣的研究者都能方便使用，则是保证这些材料能充分发挥作用的关键。横岭山墓地发掘期间，我曾有幸亲临现场参观，考古队成员顶着炎炎烈日，手拿小铲，在南方特有的红壤土上刮来刮去寻找墓边的执着态度，将墓坑填土中发现的碎陶片对来对去，看是否可以拼对复原从而判断其性质的认真精神，给我留下了深刻的印象。同样是配合基本建设，一种情况是放任自流，靠技工去挖去拣，一种是像带着课题主动发掘一样，一丝不苟。两种态度，两种结果。横岭山墓地的发掘，正是在工地负责人以身作则的带领下，采用了认真负责的态度，从而保证了所获资料信息的科学性与可信性。在发掘资料运回广东省文物考古研究所整理期间，2003年我也曾有机会前往观摩学习，就随葬器物的分型分式、墓葬分期及年代推断等问题，同报告编写工作的主持人吴海贵同志做过深入的讨论。我发觉他们对材料的处理特别细致，对任何东西都是琢磨又琢磨，决不轻易放过，生怕从自己眼皮底下丢失隐含其中的信息。但同时又特别果断，一方面表现在只要是自己从材料分析中概括出来的看法和观点，尽管与传统认识不同或与大家学者的看法相左，但总是敢于坚持己见，绝不随波逐流；一方面表现在敢于大量运用现代科学技术手段去解析所获资料，将各方面的研究成果归入报告正文。正是细致、果断两者的有机结合，才使《博罗横岭：商周时期墓地2000年发掘报告》达到了既有丰富的资料性，又有严谨科学性的要求，成为当前所见众多考古发掘报告中较好的典范。

该报告丰富的资料性，突出表现在对发掘的300多座墓葬，不论形制大小、随葬品多寡有无，都一一详做介绍，除文字描述，都配有墓葬的平剖面侧视图、出土器物图、出土器物的纹饰及刻划符号的拓本和必要的照片，并列有各种附表，同时将多学科的相关研究论文收入报告的下篇，将相关分析测试报告收入附录，以最大限度地满足各方面读者的要求。为保证资料的完整性，一个突出的例子是报告对墓葬填土中出土陶片的处理。一般来说，墓葬填土中出土的陶片是不能归入随葬品的，但横岭山许多墓葬中都出土碎陶片，这些碎陶片有的又可以拼对成完整器物的现象在田野发掘时就曾引起考古工作者的注意，有的残碎器物当时就被编入随葬品了。报告的作者在器物类型学分类、墓葬分期排队研究工作的基础上，经对填土陶片的拼对、修复和认真分析，又将一些器物个体归入随葬器物之列，使一些墓葬的随葬品构成完备的器物组合。墓葬随葬品一部分放置于墓室底部，一部分砸碎后放置填土之中的现象，乃是当地特殊埋葬风俗所造成的。做出这种论断，是有说服力的。如果对这种屡屡出现的现象不做分析，仍然按照一般认识和做法处理，将之视为与随葬品无关的填土陶片对待，就会丧失资料的完整性，造成读者对随葬品组合的错误认识。例如M291，墓口长3、宽1米，墓底长2.8、宽0.75米，墓坑存深0.9米，在横岭山墓地中应该是中型偏大一些的墓，发掘时仅在墓底北端出土1件陶罐，而墓室填土中则出土一堆碎陶片，经拼对复原出2件陶罐、1件陶瓿，3件不能复原的陶瓮个体的残片则较少。如果按照常规，将这6件器物作为填土陶片排除在外，那么这座不算太小的墓就只有1件随葬品了，显然这是不符合实际情况的。当然，墓葬填土中陶瓷器残片的属性又是复杂的，有随葬品砸碎的可能，也有下葬时混进的可能，报告的作者只是将部分器物归入随葬品，并在增加的器物编号后做了标记，后缀"（+）"。对于其他器物个体的残片，则尽量多地选作标本来发表，这种详尽公布资料的做法非常难得，值得称赞。

报告的科学性，首先表现在上篇第二章墓葬综述部分。作者在交代层位关系、墓地布局和墓葬概况之后，用较大的篇幅对出土器物进行了研究，严格按照类型学方法，将各类器物分型分式，理清形制、纹饰的演变轨迹，并以此为基础，对206座出土随葬品的墓葬做了分期和年代推断，使大多数墓葬有了时段归属，从而使读者能够清晰地掌握整个墓地墓葬形制及随葬的各类器物的演变规律。继之再读第三章，按照期别从早到晚的顺序对各个墓葬的分述，显得条理分别、眉目清楚，方便读者对各期段文化特征的整体了解，无杂乱无序之感。当然，这是每一部考古发掘报告都应具备的最基础的研究，都应达到的要求。报告的作者通过自己的分析，将6件田野发掘时编入随葬品的陶瓷器排除随葬品之列，又对6件被编入随葬品的陶瓷器的属性产生怀疑，排除和怀疑的理由在墓葬分述中一一做了交代，并将这些器物的资料翔实公布出来，在原有器物编号上后缀"（-）"和"（？）"。这种处理材料的做法是很新颖的，既客观地忠实于原始的田野资料，又有主观的审慎分析，同将填土中出土的残碎器物归入随葬品一样，在器物编号后加上标记，以提示读者这是作者的主观认识，其他研究者在使用这些材料时需要慎重，当然也需要将来更多的发现来验证。无论如何，作者并没有将那些与自己的研究结论相左的田野考古资料隐瞒不报，即使作者的主观判断错误，将来也有更正的可能，并不损害报告的科学性。报告的科学性还表现在大量应用自然科学技术手段对相关问题的研究上。报告下篇的研究文章主要是运用现代各种科技手段，在对陶器、原始瓷器、青铜器、玉石器进行多种分析测试的基础上而展开的相关研究，取得了一系列重要研究成果。通过对横岭山和屋背岭出土原始瓷胎元素组成的分析，可以看出两者明显有别，表明产地非一。通过对横岭山出土原始瓷的黑青色釉和青釉成分的分析，以及与浮滨类型黑青色釉原始瓷的对比，推断青釉可能在博罗本地烧制，而黑青色釉可能在浮滨类型分布地区烧制。用 INAA 和 WDXRF 方法测得硬陶和原始瓷所用原料不同，澄清了长期以来人们认为原始瓷即是硬陶加釉的误解。这些论断不仅加深了人们对这些器物本身及其工艺技术的认识，同时也为探讨其产地和不同文化之间的交往关系提供了新的线索。通过对 8 件青铜器成分和金相组织的分析、对青铜甬钟音响的实验与分析、对玉器的考古地质学研究，所得出的某些结论，也极其富有新意，给人启迪。参加报告编写工作的几位同志基于自己的基础研究，对双 F 纹的来源及其发展演变的过程提出了全新的观点，显示了其较强的分析能力，既有新意又有说服力。报告没有将这些研究论文列入附录而是作为正文看待，表明作者已将自然科学技术在考古学上的应用开始看作新时期考古学的有机组成部分和发展方向。这是难能可贵和富有远见的。

该报告除在编写体例上有所创新外，最大的创新就是随书附有内含大量图片的光盘。光盘中有大量的现场照片和器物照片，丰富了报告的信息量，使之与信息总量的比值增加，令人有亲临现场观摩实物之感。书中发表的墓葬平剖面侧视图、器物线图、纹饰和刻划符号的拓片全部收在其中，并设有储存、打印等功能，可方便其他研究者将来使用。点击"器物分类""纹饰""刻划符号"模块，既可了解各类器物、各种纹饰和符号的特征，也可对报告作者的分类工作进行检讨。总之，随书配备此类光盘是一种崭新的理念，为其他研究者能够全面系统地重新进行研究，最大限度地提供了可能。这也使我们意识到，如此公布资料则预示着一种新的趋势和更加广阔的发展前景。

《博罗横岭山：商周时期墓地 2000 年发掘报告》对新时期如何编写达到大家期望的高质量的考古发掘报告做出了新的探索，取得了较好的成绩，这是要特别向发掘者、整理者、编写者和主持者表示感谢。同时也希望他们和对岭南考古有兴趣的朋友，能就报告中已经展开的研究和新提出的问题，例如年代分期、文明发展程度、与其他文化的关系以及族属等问题，继续做出新的探讨，共同推进岭南考古向更高层次发展。

2005 年 2 月 14 日

（原载广东省文物考古研究所：《博罗横岭山：商周时期墓地 2000 年发掘报告》，科学出版社，2005 年）

《吴城文化研究》序

彭明瀚博士在自己学位论文基础上补充修改完成的《吴城文化研究》一书，是吴城文化发现三十多年来第一部专以吴城文化为研究对象的论著，仅此即可足见其在中国考古学史上的重要地位了。

吴城文化得名于江西省樟树市（原清江县）吴城遗址的发掘。吴城遗址发现于1973年，同年开始发掘，迄今已有三十二年的历史。吴城文化是长江以南第一个被确认的青铜文化，吴城遗址不仅发现了青铜武器、工具和青铜礼器，而且出土了铸造青铜器的石范。而后来发现的新干大洋洲铜器墓，更以其规模宏大、随葬的铜器种类繁多、铸造精良而令人叹服。

吴城遗址第一个发掘简报发表于1975年，依据1974年发掘资料做出的吴城文化的分期是长江流域最早确立的青铜文化分期标尺，为确立其他遗址的年代坐标提供了一个基础。吴城遗址内涵丰富，除包涵大量几何形印纹陶、原始瓷器等本地特色的因素，尚有明显的中原商文化特色的因素，从而第一次将长江流域乃至长江以南的青铜文化与中原地区有机地联系了起来。而吴城遗址大型建筑基址、夯土城墙、文字、青铜器群和新干大洋洲贵族大墓的发现，则为研究长江流域的文明化进程提供了可贵的资料。吴城文化的一系列重要发现，从中国考古学史的角度考察，无疑是长江流域乃至长江以南地区青铜器时代考古的重大突破。

目前吴城文化遗址已发现 200 余处，面对这些异常丰富的资料，及时开展综合研究不仅是吴城文化本身研究的需要，也是考古学学科发展提出的要求。彭明瀚博士在导师彭裕商教授指导下选择吴城文化作为博士学位论文的选题，可谓远见卓识。

功夫不负有心人，彭明瀚博士经过多年潜心钻研，在前人研究基础上，对三十多年来吴城文化的发现做了系统全面的总结。全书除绪论共有六章，涉及了吴城文化的各个方面。首先，它依据典型层位关系和对出土的有代表性的器物例如鬲、豆、盆、折肩罐、折肩瓮、折肩尊、器盖、甗形器等的类型学研究成果，提出了吴城文化可分为四期五段新的分期意见，补充了原来分期的缺环，使得吴城文化的年代分期标尺更加细密，更加精准。第二，在全面总结吴城文化特征的前提下，运用文化因素分析方法对不同地区发现的遗址的内涵进行比较研究，将主要分布于赣江下游一带的石灰山类型遗存纳入吴城文化范畴，提出了将吴城文化分别以吴城遗址和石灰山遗址为代表划分为两个既有密切联系又有各自特点的不同类型的论断。第三，在确立吴城文化区系类型体系框架之后，依据历次发掘资料对其反映的生产和经济生活状况进行了全景式的勾画描绘，使读者看到了一幅吴城文化在发达的农业生产基础上活跃的铸铜、琢玉、原始瓷器烧造、建筑以及交换、贸易等手工业和商业活动的图景，与中原和周邻地区同期文化比较，不仅毫不逊色而且富有独到的特点。第四，依据政治是经济的集中表现的原理，在分析吴城文化经济生产、生活的基础上，深入考察了依此形成的吴城文化的政治结构和反映的社会发展阶段，做出了吴城文化已存在多级聚落和强制性社会公共权力机构以及最高的政治中心，进入了文明社会，建立了国家的结论。关于导致这一重大变化的动因，他特别强调了以铜为中心的贸易所引发的中原商文化对它的影响和它对商文化礼仪制度的学习与模仿。第五，依据考古材料并参考有关文献记载，推断了吴城文化居民的构成，提出了是世居本地的枭阳氏和夏代以来不断南迁的三苗以及夏末商初迫于商人追剿南下的夏人支系虎氏、戈氏共同创造了吴城文化的认识。第六，在指出吴城文化曾受到中原商文化强大影响的同时，突出强调了吴城文化作为当时长江中游地区唯一产铜区和印纹硬陶、原始瓷烧造中心，也对周邻的文化例如东部的万年文化、马桥文化，东南部的黄土仑类型，南部的浮滨类型、石峡类型，西部的费家河文化、荆南寺类型乃至中原的商文化产生过这样那样的影响，阐明了其间双向互动的错综复杂的文化交往关系。毫无疑问，彭明瀚博士在书中提出的这些富有创见的论断，对于我们深刻理解吴城文化，认识吴城文化发现的重要意义将起到极大的推动作用。

在学术研究上，取得重大成绩、重大突破的时候，也是开始提出新的研究课题、新的研究任务的时候。尽管以《吴城文化研究》的问世为标志，吴城文化研究已取得骄人的成果，但我觉得，有些问题还需要继续深入探讨，同时也会提出一些新的问题。例如，吴城文化本土因素的来源问题。在1974年我带领一部分学生发掘吴城遗址时，李仰松老师和贾梅仙老师曾带领一部分学生发掘距吴城不远的筑卫城遗址，当时我们曾认为吴城文化的源头可能是筑卫城遗址的早期遗存，但实际上两者之间仍有时间缺环，以后的发掘也没有新的发现。因此，还不能说吴城文化本土因素的来源已经解决了。与此相关，就是吴城文化构成因素中商文化因素的传播路线问题。郑州商城至盘龙城，再由盘龙城沿江而下至九江再溯赣江逆水而上所至，还是另有路线？瑞昌铜矿是迄今所知最早被开采的铜矿之一，那么它究竟是吴城文化先民为贸易而开采，还是商王朝为掠夺资源而开采？吴城文化的消失恐怕也还是个谜，它是被别的新兴起的文化取代了，还是因为自己内部的原因萎缩消亡了？继之而起的是哪一支考古学文化，它和吴城文化又是什么关系？吴城文化已进入文明社会，这是大家都同意的，但吴城文化文明化过程的模式是什么？从彭明瀚博士的分析可以看出是多种因素综合发生作用的结果，但其中起决定作用的究竟是哪一因素？无疑这关系到了吴城文化的文明是原生文明还是次生古文明的问题。

我作为1974年吴城遗址发掘的参加者和吴城文化命名的倡导者，对《吴城文化研究》这部大作取得的丰硕成果感到由衷的高兴和感佩，对由此引发的围绕吴城文化研究提出的新问题也充满向往和兴趣。学无止境、学海无涯。当我向彭明瀚博士表示祝贺的同时，更希望彭明瀚博士和新一代年轻学者发挥连续作战的作风，在学术研究的征程上做出新的贡献。

2005年5月

（原载彭明瀚：《吴城文化研究》，文物出版社，2005年）

《吴城：1973-2002年考古发掘报告》序

位于江西省樟树市（原清江县）的吴城遗址，1973年发现，同年开始发掘，至今已有32个年头了。作为1974年秋季吴城遗址第三次发掘的参加者，我是怀着喜悦和激动的心情读完《吴城：1973-2002年考古发掘报告》的。

该报告共分5章18节。第一章概论分两节介绍了吴城遗址所在地区的地理位置、环境、历史沿革，以及发掘和研究工作概况。从工作概况一节，我们可以清楚地了解到吴城遗址发掘和整个吴城文化研究的历史。这一节当然不是全书的重点，但我读起来却勾起了许多难忘的回忆。1974年春季的一天，时任中国科学院考古研究所研究员、北京大学历史系考古教研室主任的苏秉琦先生通知我们一起观摩我的老同学李家和千里迢迢从江西扛来的吴城遗址出土的陶片标本，并决定由我和李仰松、贾梅仙两位老师率领1972级考古班部分同学到吴城考古实习。当年9月，我们一到达发掘工地，便白天冒着酷暑和江西省博物馆考古队李家和等老师们一起布探方、揭表土、划地层、掏灰坑、拣陶片、量坐标、包小件，晚上一边和蚊子战斗一边写发掘日记、填发掘记录。我仅是1974年秋季吴城遗址第三次发掘的参加者，发掘和整理只有四个半月的时间，而主要的发掘、整理和最后考古报告的编写，则是由江西省博物馆考古队、江西省文物考古研究所和厦门大学、中山大学历次参加实习的老师与同学们完成的。从我参加的短短几个月的发掘工地生活,完全可以想见他们经历了多少艰辛,付出了多少心血。当年关心吴城遗址发掘和保护的一些领导与专家王冶秋局长、苏秉琦先生、饶惠元先生,和我一起参加发掘的胡义慈、李玉林等先生已经离开我们了;和我们一起在工地奔波的张汉城馆长、马得志先生、刘林先生因身体欠佳也早早脱离他们心爱的考古工作了。我想,这部考古报告的出版应该是对已逝者最好的纪念,是对不能再赴考古工地和年轻同志们一起战斗的老战友们最好的慰藉,而对于年富力强正活跃在考古第一线的年轻朋友们来说,既是丰收的庆贺又是奔向新征程的鼓励。第二章是遗址分区与地层堆积,作者依据城址内的地理环境特点和工作情况,将城址内分为9区,选择其中7个区的11组单位,详细地交代了地层堆积情况。由此可以看出,吴城遗址不同地点文化层堆积情况是有差异的,有厚有薄、有早有晚,有的是各个文化期连续堆积,有的只有个别期段的堆积,其在功能上也不完全一致。第三章城址,重点对城垣、城壕及城门介绍之后,按照功能不同,分为居住区、祭祀区、制陶区、冶铸区和墓葬区,报道了各区的发掘情况和作者的分析意见。第四章文化遗物,详尽公布了出土的石器、陶器、原始瓷器、青铜器和各类质料器物,以及一些器物上刻划的文字、符号和图像资料。第五章结语,重点探讨了吴城遗址的年代分期和吴城遗址的特征与性质,提出了吴城遗址是商时期"中国长江以南最早跨入文明门槛的地区"的论断。报告随文插图258幅、彩版16幅、图版64幅,真可谓图文并茂,并附有各种统计表、登记表14个,各种检测报告和相关文献7篇,作为各种立论的数据依据和参考。毫不夸张地说,这部考古发掘报告凝聚了所有参加发掘、整理和编写者的心血,吸收了迄今所知所有研究论著的研究成果,比较充分地介绍和阐明了吴城遗址的重要发现及其意义,较好地做到了资料性和学术性的统一,是一部符合要求的考古发掘报告。

吴城遗址是长江以南地区第一个发现的年代明确的青铜文化遗址,其周长达2960米的堆筑城垣,由红土台、建筑基址、广场、柱洞群和长廊式道路组成的祭祀场,残长达7.5米的龙窑,铸造戈、矛、锛、斧、剑、刮等青铜器武器、工具的石范,随葬青铜器、工具、兵器的墓葬及大量成组的硬陶、原始瓷器等均是首次发现,其中有的还是迄今唯一的发现。对这些重要发现,报告作者不是简单罗列,而是在分期和分区研究基础上,一一将其置于特定的时空框架之中,使读者能看到吴城遗址一个完整的、有序的发展图景。

关于吴城遗址的分期,报告从依据地形、地貌及工作情况所分的9区中,选择了Ⅱ-Ⅷ区7个区中的9组地层叠压关系,结合各层出土器物主要是陶瓷器的形制、演变特点,先分为早晚连续发展的7个年代组,继而根据其差别的大小合并为早、中、晚三期,从而建立起了一个较以前我们所分的三期更为完整、细密的三期七段分期标尺,并通过与其他考古学文化分期的比较研究、参考 ^{14}C 年代测定结果,推断了各期、段的绝对年代。依据这一标尺,我们知道,在范围达4平方千米的吴城遗址上兴建周长约2960米的堆筑城垣和城内中心部位的祭祀场都是在吴城二期;一期早段时尚未发现青铜礼器;长达7.5米的龙窑也出现于二期或以后;硬陶和原始瓷,从一期至三期所占比例越来越多,三期时达到高峰。吴城遗址从形成吴城文化的政治中心到走向衰落,经过了一个相当长的时间。

吴城遗址是吴城文化的中心,是吴城文化方国都邑的所在地。而作为一个城邑,是具有明显功能分区的。报告在明确各重要遗迹所属期别年代的前提下,从诸遗迹功能的角度探讨了城内的布局。祭祀区位于Ⅳ区,坐落于城内中轴线上;陶窑主要发现于Ⅰ区,与铸铜有关的灰坑等遗迹主要发现于Ⅲ和Ⅳ区,预示手工业生产已有明确的分工;与居住区有关的房址、窖穴、水井、灰坑等在各区均有分布,但从房址规模和结构分析，属一般建筑，高等级贵族的住地似尚未发现；23座墓葬地点相当分散，其中以城址南关外正塘山略微集中，规格也较高，随葬青铜器的墓都发现于此。综观吴城遗址遗迹的分布状况，显然祭祀区处于城内中心部位，表明宗教祭祀活动是当时吴城文化最高统治者的主要活动和对属下实行统辖的最重要手段之一；烧陶、冶铸等手工业作坊区虽不在中心位置，但也在城内，表明在很大程度上可能受到官方的控制，至少铜器的铸造是如此。

原始瓷是吴城遗址发掘出土最有特色的器类之一。原始瓷作为瓷器的前身，一经发现，便在学术界引起了强烈的反响，1978年在庐山召开的"江南地区印纹陶问题学术讨论会"上，原始瓷是大家都感兴趣的讨论热点问题。报告作者在报告附录中用较大的篇幅以龙窑的发现为契机，从窑业技术发展和胎、釉等不同方面，深入探讨了由硬陶到原始瓷的生产过程，对作为瓷器前身的原始瓷的发明及其技术的改进提高做出了有说服力的论证。

吴城文化的性质，从吴城遗址发掘开始就存在不同看法。一种意见认为，吴城文化是受到商文化影响、包含有一定商文化因素而以土著因素为主的一支地方性土著文化；另一种意见认为，它虽有一些当地特征但仍然属于商文化范畴，是商文化的一个地方类型。报告运用文化因素分析方法，在将吴城文化的构成因素分为六组的基础上，结合其文化分期推定吴城文化一期早段仅有甲、乙、丙、丁四组因素。其中甲组是由中原地区商文化传播来的因素；乙组"是来自中原商文化一支的人群来到吴城地区后，综合多种器物特征，因地制宜而独创出来的具有自身特点"的因素；以大口缸为主的丙组是来自商文化盘龙城类型的因素；丁组是"赣西地区真正的土著文化因素"。在四组因素中占主导地位的是甲、乙、丙三种因素，而这三种因素均与中原地区的商文化有密切关系，因而"吴城一期早段文化"应是来源于中原商文化的一支。只是"这一人群来到吴城地区后，其文化内涵自身与其母体产生了一定的变异，并对其母体文化进行了一定的创新"，通过以后的逐步发展，并吸收周邻地区的文化因素（戊、己组因素）从而构成了吴城文化独具特色的文化内涵和面貌。这显然是比上述非此即彼的看法更接近于实际情况的一种认识。

在年代上和吴城遗址相当的遗址近年来在江西省境内有许多发现，报告通过分析，认为江西商时期文化可分为赣南、赣西、赣东北、赣北四个相对独立区域，赣北以石灰山遗址为代表，赣西以吴城遗址为代表，赣南以竹园下遗址为代表，赣东北以万年遗址为代表。每个相对独立的区域在文化面貌上既有区别又有相似之处，但"唯有吴城遗址包含了殷商时期赣境内诸多文化因素"，其间的文化共性是主要的，因而"倾向于把整个赣鄱流域商时期文化命名为吴城文化"。其结论虽与我在《试论吴城文化》一文中的观点相同，但分析得更为深入细致，依据的材料也更为充实。

报告取得的研究成果有目共睹，但它毕竟只是1973-2002年吴城遗址发掘收获的总结，随着今后工作的继续开展，吴城遗址还会有新的发现，属于吴城文化的其他遗址也会有新的发现，因此建立在吴城遗址1973-2002年发掘资料研究基础上做出的某些论断，不可避免地会受到新材料的挑战。即使没有新材料发现，认识问题的角度如果改变了，分析问题的方法改变了，也不排除对原来自己所做的结论在重新审视之后会有所修正，甚至改变，别人也会提出新的看法。因此《吴城：1973-2002年考古发掘报告》的出版，虽然是吴城文化研究的重大突破，但仍宜看作是阶段性成果。新的收获、新的成果仍期待着大家通过自己扎扎实实的工作去争取、去获得。我预祝新的重大突破早一天到来。

（原载江西省文物考古研究所、樟树市博物馆：《吴城：1973-2002年考古发掘报告》，科学出版社，2005年）

《揭阳考古（2003-2005）》前言

《揭阳考古（2003-2005）》是"古揭阳（榕江）先秦两汉考古学文化综合研究"课题组继编写出版《揭阳的远古与文明——榕江先秦两汉考古图谱》之后推出的第二项成果。

"古揭阳（榕江）先秦两汉考古学文化综合研究"课题是2002年北京大学兼职教授、震旦古代文明研究中心顾问国学大师饶宗颐先生首先倡议，同中心主任李伯谦酝酿，并征求广东省考古研究所等有关单位业务人员意见后提出的。按照当初的设想，课题范围将涵盖今揭阳、汕头、潮州三市，先由揭阳市做起。目的是整合相关单位的研究力量，在前人已有成果基础上，通过新的调查、发掘，系统梳理先秦时期粤东地区考古学文化的发展演变轨迹、谱系与年代分期，探讨其文化进程及与中原和周邻地区的文化关系，揭示其在多元一体的中华文明起源、形成与发展过程中所起的作用。

2003年初，当课题组一经向揭阳市领导提出，便得到了中共揭阳市委、市政府的大力支持，很快便在"潮汕历史文化研究中心"协助下成立了领导小组与课题组，组建了揭阳考古队。依照课题组拟订的计划，第一阶段（2003年3月至2003年10月）主要是整理揭阳市及辖下各县博物馆收藏的文物标本。从其出土地点寻找可以重新调查和发掘的遗址线索，并选择出土地点和时代明确的有代表性的标本编写一本图录，这便是2003年10月由香港公元出版有限公司出版的《揭阳的远古与文明——榕江先秦两汉考古图谱》。第二阶段（2003年10月至2004年底）主要是开展对遗址的重新调查和重点遗址的考古发掘。期间通过普查和重点调查共掌握先秦两汉遗址及文物点86处，从中选择了普宁市虎头埔遗址、揭东县面头岭墓地和宝山岽遗址，重新做了发掘。第三阶段（2005年1月至2005年8月）整理调查、发掘资料，编写调查、发掘报告，撰写研究论文。经过课题组考古队同仁连续紧张工作，完成了预订计划，基本实现了课题目标。

《揭阳考古（2003-2005）》分上、下两篇。上篇是调查、发掘的考古报告，共收入普宁虎头埔、揭东县面头岭和宝山岽等3个发掘报告，揭阳市及揭东县、揭西县等4个调查报告。3个发掘报告披露的材料，除了此次重新发掘的收获，也包括了以往发掘的资料。4个调查报告，除此次普查和重点复查发现的遗迹、遗物，还包括以往历次调查采集的标本。处理这些资料的原则是借鉴新调查和发掘的资料的研究成果，考订其所属遗址和年代，将其一一归位。这样既补充了有关遗址资料欠缺的不足，也保证了其科学性，使大量收藏于各博物馆内的文物最大限度发挥了在科学研究中的作用。下篇是研究论文。其中《揭阳两件手斧石器的初步研究》《仙桥石璋——兼论先秦中原文化对岭南的影响》和《论浮滨文化》《浮滨文化的石璋、符号及相关问题》等4篇论文，曾经在有关刊物上发表，其余5篇均为重新撰写。上述4篇论文之所以重新收入本书，是因为其所论文物标本为本地出土，或其所论内容与本地考古学文化研究关系至为密切。在新撰写的5篇论文中，《虎头埔文化与岭南考古研究》与《普宁虎头埔陶窑的初步研究》是依据此次对虎头埔窑址发掘的新资料并参照其他地方的有关发现，对虎头埔文化的内涵、特征、分布、时代、性质等进行的较为全面、系统的探讨，对以虎头埔遗址为代表的虎头埔文化的确立做出了有力的新认证。《揭阳榕江流域的后山类型》通过对以普宁市池尾后山遗址为代表的一类遗存的特点、分布、时代及与周临同期文化关系的分析，提出了其为"榕江流域新石器时代晚期向青铜文化过渡的一种地方特色明显的土著文化"的论断；《东南中国树皮布石拍使用痕迹试释——后山遗址石拍的功能》通过对后山遗址出土的 10 件残断石拍上的面沟槽纹的崩断现象和石拍器身的破损折断现象的细致观察，并与珠江三角洲及其他地区有关遗址出土石拍破损状况和有关民族学材料的比较研究，认为其非制陶时拍打器坯或锉磨其他东西时损毁，而是在制作树皮布时在石砧上用力捶打树皮所致，从而对其功能做出了符合实际情况的结论。《揭阳出土陶器上刻划符号的研究》将揭阳市境内出土的刻划符号做了系统收集，并按时代进行了梳理，提出了包括揭阳在内的岭南广东地区的刻划符号"与中原地区大量流行的刻划符号是同源的，功能也是相同的，即包含有数字、指事以及象形文字多种"的意见，与收入本书的饶宗颐先生的《浮滨文化的石璋、符号及相关问题》一文中的观点相呼应，为进一步深入研究刻划符号所蕴含的信息提供了丰富的资料和启示。

综合此次调查、发掘和研究成果，基本上勾画出了揭阳地区先秦两汉时期考古学文化发展的脉络、建立起了年代分期标尺，为今后进一步深入研究奠定了较好的基础，但古代考古学文化的发展并不以现行的行政区划为局限，揭阳考古取得的成果，仅是饶宗颐先生提出的粤东考古课题的开始，如果没有在粤东地区更大范围内的工作，许多问题是难以弄清楚的。我们希望继揭阳考古初战告捷之后，发扬连续作战精神，在汕头、潮州继续开展工作，以新的发现、新的研究成果报答关心、支持粤东考古的各方领导、各位学者和当地热心的人民群众。

（原载揭阳考古队、揭阳市文化广电新闻出版局：《揭阳考古（2003-2005）》，科学出版社，2005 年）

《洛阳考古集成·夏商周卷》序

洛阳古称"天下之中",地处伊洛平原的洛阳及其邻境地区,不仅有着发达的旧石器、新石器文化,更以其为夏、商、周三代都城之所在地而闻名于世。汉代史学家司马迁在《史记·封禅书》中所说"昔三代之居,皆在河洛之间",通过半个多世纪以来的考古工作,已逐步得到证实。由洛阳师范学院组织、洛阳师范学院河洛文化国际研究中心编辑的《洛阳考古集成·夏商周卷》,将各时期围绕三代都城及文化发表的考古调查、发掘报告汇集出版,不仅客观地记录了这一曲折的探索过程,也为后来的研究者提供了检索的方便,的确很有意义,是值得庆贺的。

夏朝是学术界公认的我国历史上第一个奴隶制国家,史载夏朝开国之君禹都于"阳城",关于阳城的具体地望,历来有多种说法,但自20世纪70年代在登封告城王城岗发现河南龙山文化小城,在告城镇东北不远发现战国"阳城",最近又在登封王城岗发现河南龙山文化大城以来,"禹都阳城"告城说在学术界已越来越占优势。而对新密市新砦遗址的重新发掘,河南龙山文化至新砦期二里头文化城址的发现,又成为《穆天子传》"启居皇台之丘"探讨的主要对象。如果说"禹都阳城"和"启居皇台之丘"究竟与何处考古遗址相对应,目前尚存在较多分歧,那么偃师二里头遗址经过四十多年的发掘、研究,其为桀都斟鄩,在学术界恐怕已接近成为共识了。二里头遗址范围广大,发现有迄今所知我国最早的青铜铸造作坊和青铜礼器、最早的王城宫城和经过周密设计的围绕中轴线左右对称布局的宫殿建筑群，其时代又早于始建于商代早期的郑州商城和偃师商城，论证其为夏代都城遗址是有充分根据的。

由汤革夏命建立的商朝，定都于亳，史无异说；但亳究在今何地，同样也是众说纷纭。20世纪60至80年代，考古学界争论的焦点主要围绕郑州商城和二里头遗址。1983年偃师商城发现以后，二里头遗址为夏都的观点被越来越多的人所接受，亳都的争论逐渐转移到它是郑州商城还是偃师商城。国家九五科技攻关重大项目"夏商周断代工程"启动之后，专设"郑州商城的分期与年代测定"和"偃师商城的分期与年代测定"两个专题，在前人研究成果基础上，通过新的发掘和研究，接受商初存在"两京制"的观点，认为郑州商城和偃师商城的年代基本同时，"是商代最早的两处具有都邑规模的遗址"，郑州商城为汤所居之"亳"，偃师商城是汤灭夏后在下洛之阳所建之"宫邑"，亦即"西亳"。偃师商城发现有多组宫殿建筑基址和宫城、内城、外城三重城垣及城壕，王城内尚发现有苑囿性质的水池遗迹和祭祀遗迹，其与董仲舒《春秋繁露·三代改制质文》所云汤灭夏"建宫邑于下洛之阳"和班固《汉书·地理志》偃师县下自注"尸乡，殷汤所都"等记载恰相契合。和郑州商城一样，偃师商城也是商汤所建的一处都邑已为多数学者所认可。

继商而起的西周王朝，其首都虽仍设于武王始建的镐京，即宗周，但为了控制广大的东方，一开始就考虑如何将政治中心东移的问题。武王灭商回师途中驻留洛阳，曾亲自考察当地的地理形胜，《逸周书·度邑解》和《史记·周本纪》所记"我南望三涂，北望岳鄙，顾詹有河，粤詹雒（洛）、伊，毋远天室"，正是武王当时进行实地考察的写照。经过此次考察，武王已决定在号称天下之中的洛阳营建东都，只是因为不久即生病去世，建东都的任务到成王时方才完成。铸于成王时的何尊，真实地记录了营建东都成周的过程。成周城位于今天洛阳的什么地方？经过考古工作者不懈地踏实研究，现已大体锁定在今洛阳老城一带的瀍河两岸，在西至史家沟、东至塔湾、北至北窑、南至洛河北岸东西长约3千米、南北宽约2千米的范围内，迄今已发现有西周早中期贵族墓地、铸铜作坊和大型建筑基址、祭祀遗址等，塔湾附近尚发现有殷人墓地。根据文献记载并参考西周卫国、晋国都城考古成果，高等级贵族墓地一般都设在城北或城东的高爽之地，从洛阳北窑等地西周高等级贵族墓地所处方位推断，成周城应距之不远，当然这还需要考古工作者今后的继续努力予以证实。

公元前770年，受戎狄族的胁迫，周平王由镐京东迁洛邑，定居王城。王城与成周是一地还是两地，历来有不同认识。20世纪50年代，汉河南县城和东周王城相继被发现，东周王城位于涧河和洛河交汇地带，其下面及邻近亦未发现西周城墙，因此，王城与成周并非一地，西周时期的洛邑除了成周是否还有一处王城也就成了未解之谜。东周王城内经考古勘探和发掘，发现有烧陶窑址、居民点和成片的大型夯土基址。在城内和城外东面，发现有多处贵族墓地，而位于今洛阳人民广场一带，有四个墓道的大墓及六驾车马坑的发现更不能不使人怀疑，这有可能就是某位周王的陵墓和陪葬坑，因为考古发现商代只有国王一级才使用四个墓道，周代仅"天子驾六"见于文献记载。根据史籍记载，周敬王四年（公元前516年）由王城迁居成周，周赧王时又复归王城，其间又曾分为东周、西周，但从公元前770年至公元前256年周赧王去世，洛阳一直是东周王朝的首都。洛阳西周、东周都城考古是一个十分复杂的课题，前面我们已经提到，根据几十年来的考古成果，西周成周、东周王城的方位已基本可以确定，但在汉魏故城下发现周代城墙的报道却又提出了新的问题，它的时代是西周还是东周，与文献记载能否对应？距此不远的金村大墓是否与之有关？自然会引起关注洛阳周代都城考古学者的兴趣。

都城作为当时全国的最高政治中心，不是孤立存在的，都以特定的考古学文化为依托。考古学文化的谱系、分期、年代弄不清楚，依托于考古学文化的特殊聚落——都城遗址的年代和文化属性也难有定论，因而夏、商、周三代都城研究总是和夏、商、周三代考古学文化的研究密不可分的。翻一翻《夏商周卷》的目录和附录就会知道，不论是夏、商，抑或两周，除有关遗址的调查、发掘报告，大量的是关于遗址分期、年代和文化性质的讨论。因为大家都清楚，无论多么重要的遗址，即便是一座城址，假如年代不清楚，文化属性不清楚，也就谈不上是夏都、商都，还是周都，当然其为何王所都更无从谈起了。以偃师二里头遗址的认识为例，当1959年徐旭生先生赴豫西调查"夏墟"发现该遗址时，是将其作为汤都西亳对待的。以后通过发掘，从地层上知道了二里头遗址晚于河南龙山文化早于郑州二里岗期商文化，并先后将其分为三期或四期。对其文化性质也曾先后提出过一、二期为夏文化，三、四期为早商文化；一期为夏文化，二至四期为早商文化；一至三期为夏文化，四期为早商文化和一、二、三、四期俱属夏文化等不同意见。只是到1983年偃师商城发现以后，将二者进行比较研究，二里头遗址一至四期俱属夏文化、偃师商城为西亳、二里头遗址是夏都的意见才逐步成为主流认识。到"夏商周断代工程"设立"早期夏文化研究"专题，通过对登封王城岗、禹县瓦店、新密新砦等遗址的重新发掘研究和对相关测年样品的系列碳14年代测定，才逐渐认识到二里头文化只是史载"后羿代夏""少康中兴"以后夏代中晚期文化，以登封王城岗、禹县瓦店、新密新砦等遗址为代表的河南龙山文化晚期遗存才是夏代早期文化，登封王城岗遗址发现的面积超过30万平方米的河南龙山文化大城有可能真是史籍记载的"禹都阳城"的所在。其实，偃师商城为汤都西亳的确认也是以对其年代的确定为前提的。现在大家基本上都接受了偃师商城与郑州商城基本同时或略有先后的意见，但很长时间以来，不少学者是把郑州商城看作中商遗存的，如果接受了这种观点，以郑州商城为参照，偃师商城就早不到商代早期，既然偃师商城早不到商代早期，那么推定其为汤灭夏后所建的西亳岂不也就失去了依据？

考古学研究不是单纯的以物论物，参考有关的文献记载，对于原始和历史时期考古来说，不仅应该，而且必须。因为夏、商、周三代的名称本来就是来自文献，如果无视文献记载的重要信息，那么，夏都、商都、成周、王城也就无从说起。从如何更好地运用文献记载进行考古研究的角度来看，我们也必须指出，文献记载尽管是重要的信息来源，但因为多数文献并非当时的实录，而多系后人的记载，在历代流传过程中更难免传抄讹误，造成歧义。因此，利用文献必须先做可信性研究，弄清其来龙去脉，而且应与考古发现密切结合，以考古发现的实际为第一标准进行取舍。否则一味跟着"文献"跑，在文献记载有分歧的情况下，便无所适从，甚至做出错误的判断，这也是我们在回顾洛阳夏、商、周都城研究过程中得到的有益启示。

《集成》即将付梓，我希望它的出版能得到学术界朋友们的欢迎，给三代都城进一步深入的研究以新的推动，是为序。

2005 年 6 月

（原载洛阳师范学院河洛文化国际研究中心：《洛阳考古集成·夏商周卷》，北京图书馆出版社，2005 年）

《跋涉续集：北京大学历史系考古专业七五届毕业生论文集》序

北京大学历史系七二级是一个团结的集体、战斗的集体，我虽不是他们中的一员，但他们在北大上学期间，我作为一名年轻教师却经常和他们摸爬滚打在一起。每当回忆起和他们朝夕相处的日子，我心中都会情不自禁地滋生出喜悦、幸福的感觉，当听到或从报刊上看到他们在工作岗位上取得成绩的报道时，我会很自然的和他们一样感到无比的骄傲。我说他们是一个团结的集体，是因为他们毕业后虽各奔东西，天南地北，但从未中断过彼此之间的联系，谁工作上有了进步，大家会一起向他祝贺，谁工作上遇到困难，大家会不约而同向他伸出援手、鼓励、批评、叮嘱、提携以求共进，是他们早就形成的班风的延续。我说他们班是一个战斗的集体，是因为他们虽不在一个单位，甚至不在一个系统，但他们献身于祖国文物考古、博物馆事业的决心和实践却从未有过动摇或停止。继 1998 年北京大学百年华诞他们推出《跋涉集》之后，为纪念他们从学校毕业走上工作岗位三十周年，又推出了《跋涉续集》，就是最好的证明。

《跋涉续集》所发表的论文和《跋涉集》一样都有一个明显的特点：几乎清一色是作者在自己的考古及相关工作岗位上长期实践的体会和深入研究的结晶。在这里我们看到，旧石器时代考古方面，有参加北京王府井东方广场旧石器遗址发掘的郁金城和李超荣分别撰写的《北京地区旧石器时代文化遗存》与《王府井东方广场遗址骨制品研究》，有湖南旧石器考古的领军人物袁家荣撰写的《湖南旧石器考古回顾》；新石器时代考古方面，有长期从事新石器时代考古研究的吴耀利撰写的《追溯仰韶文化的发现》，王晓田撰写的《鄂西屈家岭文化遗存的分期与研究》，赵清与戴伦英合写的《关于龙山文化的考古学思考》，以及朱金奎撰写的《太湖平原和杭州湾以北地区的新石器时代文化源头——马家浜文化》，而《陶器与原始社会的葬俗》《探索中国史前文明的源头——读玉凌家滩》则是长年分别从事陶瓷考古和玉器研究的刘兰华与张敬国做出的对新石器时代陶器、玉器专项研究的成果。此外有关新石器时代考古专项研究的论文尚有孙长庆的《黑龙江饶河小南山新石器时代墓葬出土石材加工工艺研究》和刘恩元的《浅谈贵州原始农业起源与发展》；青铜器时代考古方面，有洹北商城的发现者之一刘忠伏撰写的《安阳洹北商城的发现及其意义》，对陵墓制度素有研究的高崇文撰写的《中国古代陵墓制度的发展》，善于运用计算机对文物考古资料进行量化研究的戴书田撰写的《商代墓葬族属分析》，长期从事楚文化考古研究的王从礼撰写的《试论商代文化对楚人的影响》，长期从事四川考古的胡昌钰撰写的《对三星堆祭祀坑出土"神坛"等器物的研究》，负责三峡石沱遗址发掘的袁进京撰写的《重庆市涪陵区石沱遗址发掘的简单收获》，参加天马-曲村晋文化遗址及晋侯墓地发掘的刘绪撰写的《晋国始封地与早期晋都》，参加过永凝堡墓地发掘的张素琳撰写的《山西洪洞永凝堡西周墓葬再析》，专门研究先秦货币和文字的黄锡全撰写的《近些年先秦货币的重要发现与研究》，主持对广东东江流域三处先秦烧陶窑场发掘的古运泉撰写的《东江北岸先秦三大窑场的初步研究》，来自齐国都城所在地淄博博物馆的贾振国撰写的《齐国贵族墓出土战国银器与饰银器研究》，对福建先秦考古有独到见解的林公务撰写的《福建光泽先秦陶器群的研究——兼论"白主段类型"》，主持江西悬棺发掘的刘诗中撰写的《龙虎山千年悬棺之谜》；汉及以后考古及有关历史、文物研究方面，有对滇国考古素有研究的黄德荣撰写的《滇国青铜器中的力学现象》，收集小型青铜文物颇丰的高青山撰写的《中国小型青铜器》，钟情于西域考古史并对西域出土死文字特别关注的何芳编译的《佉卢文书》，长期在南京市从事考古研究的易家胜撰写的《南京市博物馆藏六朝墓志》，中国历史地理学领域的翘楚唐晓峰撰写的《略谈宋代地图上的长城以及"古北口"问题》，长期从事陶瓷考古教学与研究的权奎山撰写的《试析宋元时期的制瓷手工艺》，毕业后一直在吉林省做考古工作的何明撰写的《金代肇州考》，既是著名作家又是民族史学者的张承志撰写的《关于早期蒙古汗国的盟誓》，既是资深专业编辑又是文物学者的于炳文撰写的《读文物札记（二）》，毕业后一直在广西壮族自治区做考古工作的蓝日勇撰写的《广西合浦上窑瓷烟斗的绝对年代及烟草问题别议》。而张柏的《由编写〈中国文物古迹保护准则〉所想到的》和吴加安《我国文物保护科学发展及其特点》则是他们分别在国家文物局和中国文物研究所领导岗位上，根据长期工作实践提出来的关涉中国文物保护事业建设发展所应关注的方向性问题，傅文森的《社会科学文献出版社出版的历史考古类图书评述》和赵福生的《〈北京市文物地图集〉概论》则是根据他们分别在编辑考古类图书和文物地图集工作实践中的深切体会提出来的真知灼见。

这些论文研究的问题有大小，涉及的范围有广狭，探索的深度也有深浅，但没有一篇是无病呻吟的应景之作。这种认真的态度是由他们对事业的责任心决定的。在上大学期间，尽管囿于当时的形势，形形色色的"政治运动"耽误了他们许多宝贵的时间，但他们还是挤时间学到了不少专业知识和技能，从老一辈考古工作者身上学到了忠于职守、献身于祖国文博考古事业的精神，每位同学在撰写论文时的认真态度正是这种精神的具体体现。我在为《跋涉集》所写的序言中曾说:"人的一生就是不断跋涉的一生,人类的历史也可以说是一部不断跋涉的历史。什么时候停止了跋涉,人的生命就要停止,历史也会止息。"如今,从他们毕业走上工作岗位,已经在考古文博战线奋斗跋涉了整整三十年,他们班最年轻的王晓田还因在国家博物馆副馆长岗位上操劳过度,而过早地逝去了自己的生命。三十年来,同学们在各自的岗位上都做出了优异成绩,但他们并不以此为满足,从他们将自己的第二部论文集命名为《跋涉续集》即可看出,他们虽然都已五十开外,有的同学身体也不算好,但他们思想上丝毫没有懈怠,仍然精神饱满得像往常一样为攀登学术高峰跋涉不止。这种精神是可贵的,这种精神是值得学习的,我在阅读他们文章的过程中也每每为他们的精神所感染,好像自己又年轻了十岁。再过十年,到2015年,就是他们毕业四十周年的日子,我希望能再看到他们《跋涉续集》的续集。是为序。

(原载《跋涉续集》编辑委员会:《跋涉续集:北京大学历史系考古专业七五届毕业生论文集》,文物出版社,2006年)

《大冶五里界：春秋城址与周围遗址考古报告》序

湖北省文物考古研究所的朱俊英和熊北生同志将《大冶五里界：春秋城址与周围遗址考古报告》送来让我写序，我一看到题目，马上联想到同为大冶境内的铜绿山矿冶遗址。《铜绿山古矿冶遗址》考古发掘报告在介绍发现与分布情况时指出，"在大冶境内，还发现了3座东周时期的古城址，其中两座古城址处于矿冶遗址比较集中的地方，且时代与矿冶遗址时代相当，疑为管理矿冶生产的所在地"。看过报告全文，使我确信，五里界春秋城址以及该报告附录报道的鄂王城战国城址、草王嘴汉代城址均与该地区铜矿的开采冶炼有密切关系，确是管理矿冶生产的机构的所在地。这3座古城性质的确定，具有重要意义，因为以往发现的先秦城址，无论规模大小，皆认为与政治或军事有关，即使商业、手工业相当发达，也都是依托政治性质的城市才得以发展起来。而这3座城址则是首次被确认的直接与经济生产有关的城址。这不仅表明春秋战国时期的"城市革命"应包含有经济的内容，而且对今后拓展先秦城市考古领域、转变研究观念也有积极的启发意义，这是该报告对先秦城市研究做出的贡献之一。

《大冶五里界：春秋城址与周围遗址考古报告》是配合基本建设对五里界古城、鄂王城古城、草王嘴古城及周围遗址调查、发掘的成果的资料集，但它不是寻常见到的一般意义上的资料汇编，当我读完报告的全部文字，我才发觉这本报告从调查、发掘到体例的编排有内在的逻辑，调查、发掘、整理和报告编写者们有明确的课题意识和学术目的。此次为配合武汉至九江铁路建设工程在五里界城及其周围所进行的考古工作，是继大冶铜绿山矿冶遗址考古发掘之后，在大冶境内围绕采矿与冶炼开展的又一次大规模的田野考古工作。在这一特定区域内，从聚落考古的角度出发，把城址与冶炼遗址、居住遗址统筹考虑，通过有限的发掘和普遍的调查、勘察，以点带面进行有机联系的综合研究，对配合基本建设开展的考古来说，是具有创新意义的有益探索和尝试。从报告中可以看出，五里界城考古一开始就确立了课题，制订了严密的工作方案，把弄清大冶境内五里界、鄂王城、草王嘴城等城址之间，城址与周围居住遗址、冶炼遗址之间，以及遗址与遗址之间的时空互动关系，探讨大冶及邻境地区古代铜矿的开采、冶炼技术和相关问题作为学术目的。在工作中，能够以五里界城的发掘为突破口，在对五里界城进行调查、钻探和重点发掘的同时，展开对周围遗址以及鄂王城、草王嘴城详细调查，将廓清当时人们在大冶地区以采矿、冶炼为中心的生产、生活等行为的思路贯穿工作始终。应该说，报告基本达到了课题思想的要求，科学地、较为完整全面地报道了调查、钻探与发掘的收获，重点解决了以下四个方面问题：

1. 判明了三座城址的年代及相互关系。通过对五里界城内正式发掘出土的陶器的层位关系和形式分析，与同时代周邻地区出土遗址进行比较，将五里界城的始建年代推定在两周之际，使用年代推定在春秋至战国时；通过对鄂王城调查所获资料，特别是城垣夯土内出土有典型战国筒瓦、板瓦的情况分析，推定鄂王城始建与使用年代应为战国；通过对草王嘴城内出土较多汉代卷云纹瓦当、筒瓦、板瓦等建筑材料的情况分析，草王嘴城为西汉城址。它们是随着采矿和冶炼重心的转移而修筑的、和采矿冶炼紧密相关的城址，三者是历时性的关系。

2. 论定了三座城址的性质。通过对 3 座城址的形制、规模、城内文化堆积厚度和出土遗物的分析以及其所处地理环境和与周围其他同时期的城址的比较，推定其既非地方行政城邑，也非军事堡垒，而是不同时期大冶地区与采矿、冶炼的管理有关的城池。

3. 弄清楚了五里界城的形状、规模、布局、城墙建筑方法、城壕长宽尺寸及功能、城门道路、建筑遗迹，以及与城外水道的关系，揭示了春秋时期一座与矿冶有关的经济性城邑的特点。

4. 分析了五里界城与周围遗址的关系。在五里界城周围 5.5 平方千米范围内调查发现 19 处西周至春秋时期的遗址，多数遗址中发现有铜炼渣。春秋以前，特别是商末至西周遗址中铜炼渣的发现，说明在五里界城兴建之前该地已有人进行铜矿的开采和冶炼。到春秋时，随着冶炼规模的扩大，为加强对冶炼的管理，始兴建五里界城。五里界城与周围西周遗址是历时性的关系，与春秋遗址是共时性的关系。

不论是围绕特定学术课题进行的考古工作，还是配合基本建设进行的考古工作，最后如何提交出来一部符合要求的、读者满意的考古报告，是从事田野考古的同志们都在思考的问题。按照我个人的理解，考古报告质量的高低，主要取决于此项工作有无明确的课题意识和学术目的，工作方法是否科学严谨，发表出的资料是否翔实可靠，获取信息是否全面，对获取的资料和信息的解析是否客观和有深度。合格的考古报告应该能够将报告提供的信息资料还原到报告中的各个单位，复原遗存的本来面貌和人们的各种行为过程。这本报告的编写，编撰者显然是花费了一番心思的，报告不仅详细地报道了各种遗迹现象，还详尽地介绍了各遗迹单位所包含的遗物并尽可能做到按单位发表，方便研究者对资料的使用。而将调查、发掘所获得的看似没有关系的资料联系起来综合分析，并由此推导出一系列有说服力的结论，在我看来，则是本报告最成功之处。当然，在一年内，对先后累计进行了十年的田野工作获得的资料彻底整理消化并编写出报告，时间是过于仓促了。如果能在年代测定、铜炼渣成分及铅同位素分析，文化归属与国别等方面再做些工作，读者将会由此获得更多的知识和启迪。我虽然在学校教书，但年轻时是经常外出带考古实习和同学们摸爬滚打在一起的。我深知一部考古报告的诞生十分不易，从田野调查、发掘到室内资料整理、编写报告，一环紧扣一环，不知有多少人为此付出了辛劳和汗水。许多同志长年奋斗在田野第一线，他们抛妻别子、远离家室，夏抗酷暑，冬耐严寒，在世风浮躁、拜金肆虐的今天，还能够忍受清贫，耐住寂寞，为祖国的考古事业而默默无闻地工作着，是需要有一定的精神力量支撑的。请允许我利用为这部考古报告写序的机会向奋斗在田野考古第一线的同行者致以真诚的敬意。

（原载湖北省文物考古研究所：《大冶五里界：春秋城址与周围遗址考古报告》，科学出版社，2006年）

《皖南商周青铜器》序

皖南是我国长江流域以南集中出土商周铜器较多的地区之一。1959-1975年在屯溪奕棋发掘了8座土墩墓，共出土青铜容器、工具、兵器107件，在学术界引起极大的轰动，学界展开过热烈的讨论。此外，在铜陵、芜湖、青阳、广德、宣城、繁昌、贵池等地区也屡有青铜器出土，总数在500件以上。

青铜器作为当时生产力发展水平的标志物，集历史、科学、艺术价值于一身，对研究古代皖南地区的文明发展状况、社会结构乃至风俗习惯、思想观念、审美情趣、宗教信仰等均具有重要意义，但遗憾的是，这些青铜器科学发掘出土者少，大部分是零星采集所得，失去了其存在的背景关系，而且资料发表不全，发表的图像也多不清晰，给研究工作带来了一定的困难。2004年9月26日至28日在铜陵市召开的"中国古代青铜文明暨《青铜文化研究》学术研究会"上，安徽大学陆勤毅教授，安徽省文物考古研究所所长杨立新研究员、宫希成研究员以及铜陵市文物管理所张国茂所长等几位朋友商议，为推进皖南青铜器研究，给研究者提供方便，决定联合编写《皖南商周青铜器》大型图集。该动议一经提出，立即得到了与会的安徽省文化厅和铜陵市政府领导的赞同，双双表示要给予大力支持。从2004年底开始，在不到两年的时间内，编写组的同志克服种种困难，走遍了皖南各县、市文物管理所、博物馆，调查青铜器的出土、收藏和保存状况，摄影、绘图、拓片、记录、分期、分类，一一做出评估，如今初稿已经完成，已交付文物出版社，赶在铜陵市今年9月即将召开的"青铜工业与早期文明国际学术讨论会"之前出版发行。这无疑是学术界的一件盛事，表示热烈的祝贺和真诚的感谢。

作为编辑出版《皖南商周青铜器》一书动议酝酿的参加者和提前阅读过书稿的一个读者，编辑组的朋友们要我在前头写几句话，我虽感能力不逮，但又难以推辞，只好借此机会谈些读后感想抛砖引玉吧！

本图集共收录皖南出土商周青铜器150件，其中铜陵县西湖镇童墩村出土的爵和斝，年代可早到商代二里岗期晚段，形制、花纹都是典型的商式，与其时代基本相当的郎溪出土的绳耳云纹圜底锥足鼎，外形、花纹与中原同期同类鼎相仿，唯腹内壁有四个对称舌形支钉的作法则不见于中原地区。相当于商代晚期的铜器可以马鞍山、宣城出土的大型铜铙为代表，形制、花纹与湖南、江西等地出土者相类似，但马鞍山铜铙内、外均饰有花纹，是其特有的作风。西周、东周的铜器最多，多为土墩墓中所出，可见器形有鼎、鬲、甗、匜、盉、尊、瓿、罍、甬钟、铎、句鑃、戈、剑、矛、刀、锥、镞、斧、凿、锛、镰、耨、锯等。它们的形制、花纹，一类与中原周式铜器相同，一类具皖中群舒铜器风格，大部分则具有明显的本地特征。本图集虽未能将调查所得青铜器悉数列入，但据此已可使读者了解皖南青铜器的总体特征和其演变轨迹，这应该是本图集编辑出版对学术界的最大贡献。当然，其意义决不仅限于此，由这些青铜器透露出的信息，其实还可以提出许多新的研究课题，如果假以时日深入做些工作，对皖南青铜器的认识有可能会有新的突破。我粗粗想想，至少有以下几个问题是可以着手进行的。

第一，既然在皖南发现了典型的二里岗期商式青铜器，便预示着二里岗期商文化的影响已波及此地。但迄今为止，皖南地区，甚或安徽省境长江北岸沿线也尚未发现与其时代相当的遗址。我们知道，由铜陵溯江而上，在湖北黄陂盘龙城发现了始建于早商时期的商城，与其隔江相望的湖南岳阳铜鼓山，也发现有类似的遗存；由铜陵顺江而下，以南京北阴阳营遗址第3层为代表的一类遗址也发现过高锥足分裆绳纹鬲、假腹豆、绳纹深腹盆等为代表的有明显早商文化影响痕迹的遗存。由此推测，介于西、东两者之间的安徽长江沿岸也应该有这样的遗址存在，至于其性质是像盘龙城遗址那样属于商文化系统，是商文化的一个地方类型，还是像南京北阴阳营等遗址那样只是受了商文化的影响，包含某些商文化因素，是要继续研究的，但寻找发现这类遗址则是当务之急。

第二，商代晚期，皖南地区至今还没有发现过典型的晚商式铜器，那么，相当于晚商阶段，皖南地区究为哪个族群居住，文化面貌又是如何？如前所述，马鞍山和宣城出土的大铙，时代可能属商代晚期，但其形制、花纹均与湖南、江西出土的铙相同，而与殷墟发现的小铜铙不类。由此是否可以推测，如果说因铜陵县西湖镇童墩村商代早期铜爵、斝的发现，还可以说早商文化曾波及于此，而到了商代晚期，商文化也像在其他许多地方一样急剧退缩，在这里已毫无踪影了，那么，像马鞍山、宣城独具特色的大铜铙，其存在背景关系又是如何？根据对宁镇地区的研究，相当于商代晚期，宁镇地区分布着被称为湖熟文化的晚期遗存，皖南地区会不会也是这种情况，它们和湖南、江西商代晚期的文化遗存又是什么关系，自然也为安徽考古界的同行们提出了新的研究课题。

第三，研究表明，西周至春秋时期，皖南地区东部是以宁镇地区为核心的湖熟文化的后续文化早期吴文化的分布范围，但将二者加以比较，就会发现，皖南地区和宁镇地区还有一定区别，宁镇地区出土的铜器数量较少，而皖南地区出土的铜器数量则较多，细细琢磨，其实两者在组合上及形制、花纹特点上也不完全相同，有的研究者主要根据对土墩墓和陶器的研究，已将皖南地区列为湖熟文化—吴文化的一个地方类型，这是一个很好的意见，但要确切地确立该类型的年代分期，归纳出该类型的总体特征，单靠目前掌握到的多已失去自己的存在背景关系的铜器的资料还不够，还需要有更多的科学发掘出土的资料的支持。

第四，皖南地区，不仅是集中出土铜器较多的地区之一，也是我国自古至今重要铜产地之一，铜陵更以铜都之称而闻名于世。自20世纪80年代以来，据不完全统计，在铜陵、南陵、繁昌等地已发现周代采铜、冶铜的矿冶遗址20多处，出土了许多与采矿、冶炼、铸造有关的遗迹和工具。20世纪80年代我有幸赴南陵参观考察，清楚记得时任南陵县文物管理所所长的刘平生先生带我等路过一处冶铜遗址附近的小村时，看到家家户户的院墙用清一色的炼渣堆砌而成，村旁大道和村中小路铺的也全是炼渣，曾令我激动不已。2004年9月乘参加"中国古代青铜文明暨《青铜文化研究》学术研讨会"之机，又在主办单位组织下亲自下到矿坑，目睹了古代先民的采矿现场，同样留下了深刻印象，当时采摘的可用来帮助找铜矿的铜草标本至今仍夹放在我的笔记本中。需要提出的问题是，皖南地区之所以出土铜器数量相对较多，是否和皖南地区发现的古代铜矿较为密集有内在联系。依形制、花纹分析，至少在两周时期皖南出土的青铜器有明显的地域风格，为当地铸造是毫无疑问的，但它的铜料是否就是来自附近的铜矿，怎么证明是来自附近的铜矿，青铜合金中的锡和铅又是来自何地？要回答这些问题，单靠传统考古工作是难以做出令人信服的科学答案的。学科的发展迫切需要科技考古工作者的介入和参与。十分可喜的是，包括中国科技大学科技考古系的朋友们在内，一大批搞科技考古的同行已经有了这样的认识和行动,他们围绕这个问题已经做了一些有开创意义的工作,但总的来看,科技考古工作者的队伍还不够壮大,运用的科技手段和方法还不够全面,我们期望在不太长的时间内局面会有较大的改观。

可以提出的问题还有很多,但任何一个问题的解决都不会是一蹴而就。我坚信只要行动起来扎扎实实地干,一定会有收获。《皖南商周青铜器》的出版,对皖南青铜文化研究来说是上了一个新台阶,而因此又有更新更高的台阶在等待着大家。学术研究的艰辛在此,乐趣也在此。向为该书的成功面世付出诸多辛劳的同行们致敬,愿与在科学探索的道路上继续不懈努力、勇敢攀爬的朋友们共勉。

2006年8月12日

(原载安徽大学、安徽省文物考古研究所:《皖南商周青铜器》,文物出版社,2006年)

《性别研究与中国考古学》序

很高兴美国匹兹堡大学艺术史与考古学教授 Katheryn M. Linduff（林嘉琳）和宾夕法尼亚州盖底兹堡学院艺术系助理教授孙岩两位女士同意将她们主编的《性别研究与中国考古学》一书的中文稿作为北京大学古代文明研究丛书之一在中国出版。正如许倬云教授在他为该书所写的序言中所说，该书是"当代中国考古学专著中，第一本讨论性别问题的研究专集"。因此，我相信它的出版，必将进一步引起中国考古学界对性别研究的关注，促进中国性别考古研究更好的开展。

中国考古学从1921年瑞典人安特生发掘河南省渑池仰韶村遗址算起，至今已有80多年的历史。在其80多年的发展历程中，虽也曾不时出现过一些从性别研究出发探讨历史上两性关系、男女社会角色、地位及演变的文章，但总体来看，性别问题受关注的程度不高，研究范围狭窄，研究深度不够，研究手段单一，成果不够显著。1978年改革开放，与国外学术界的交流日益频繁，受国外考古同行新思潮新理论方法的启发影响，性别研究已逐步受到中国考古学者的重视，但时至今日，在中国考古学界似乎仍没有把性别及其相关问题当作一个独立的研究领域。之所以出现这种状况，一方面，是因为过去较长时间内，大家太过重视马克思主义的社会发展理论，将研究社会性质看作是考古工作者的主要任务，而研究社会性质又主要是运用考古材料去证明和阐释马克思主义者所主张的母权制—父权制—奴隶制—封建制的直线社会发展模式。这样即使在研究中涉及了两性问题，也难以扩大展开；即使做出了一些有价值的研究成果，也只能是作为社会性质研究的"副产品"看待。另一方面，也许是因为在社会发展历程中，从父系家长制开始以来，男性长期居于主导地位，因而考古工作者在自己的研究实践中，无形中对作为主人、掌权者的男性关注过多，而忽略了对人类的另一半女性的社会地位、社会角色、思想观念、审美意识及其在社会发展中所起作用的独立探讨。我接触考古上的两性问题，还是1959年春季到陕西华县考古实习发掘元君庙仰韶文化墓地的时候。当时仰韶文化的社会性质是母系还是父系，是学术界讨论的中心议题。在发掘中，我们不仅发现有单人葬，还发现了许多多人合葬墓，经鉴定，多人合葬墓中的死者有男性也有女性。有的墓中，是青年男性、女性合葬；有的是青年男性、女性和儿童合葬；有的是老年女性和青年男性、女性合葬；有的是老年男性和青年男性、女性合葬。这中间有二次葬，也有一次葬。这些合葬墓中的死者究竟是一种什么关系，一时间成为同学们争论的焦点。我是仰韶文化母系说的拥护者，记得我们作出的解释是，合葬墓中的青年男女是兄弟姐妹，儿童则是合葬墓中青年男女的外甥或青年女性的儿子，在整个墓地中，没有一座合葬墓中的死者是父子关系。支持我们这种解释的理由是，母系时代实行的是对偶婚，而对偶婚是没有稳定的夫妻生活和家庭的，反映在墓葬上，当然就没有夫妻，以及夫妻与儿子的合葬，而只有兄弟、姐妹与外甥或母子、母女合葬。后来，1975年我带学生到青海乐都柳湾实习，又碰到几座齐家文化的合葬墓，一般男性死者仰身直肢，随葬品放在自己的头前，女性侧身曲折面向男性，没有自己单独的随葬品或只有很少的随葬品置于自己的身旁。根据脑海中固有的从母系至父系的发展规律，这自然是再好不过的继母系家庭之后出现的一夫一妻制父系家庭确实存在的实物例证了。记得当时我还组织学生以此为材料，写过论证父权制、贫富分化、阶级压迫怎么产生的文章。30多年过去了，现在再回忆这些情节，我虽然不认为观点有什么大错，但也的确是把性别研究看得太简单了。

时过境迁，现在是我们遇到的学术环境最为宽松的时代。马克思主义的辩证唯物主义依然是我们分析问题、观察问题的基本方法，但马克思、恩格斯等马克思主义经典作家对一些具体问题的论断不再被看作是不容讨论的"金科玉律"，实事求是成为判断一切理论、观点是否正确的唯一标准。古代的、现代的、国内的、国外的只要是对促进学术繁荣发展学术进步有帮助的理论、方法，我们都会毫无障碍地予以吸收、借鉴和利用。单就考古学科来说，北京大学自1984年邀请世界著名考古学家、美国科学院院士张光直教授来讲授"考古学专题六讲"以来，迄今已有30多位国外学者到校讲学。召开的以考古为主题的国际学术会议已有10多次。从全国范围来看，30多年间，国内考古学界与国外同行的交流，无论是规模、人数、领域、深度可谓与日俱增，一年比一年红火。流行于欧美考古学界的新理论、新方法，几乎是出来没多久，很快就会传到国内来。毋庸讳言，正像中国学者做出的某些论断，在西方学者眼中不被认同一样，也不是所有来自国外的理论、方法和某些论断全为中国学术界接受，全都适用于中国。实际情况是，有不少慢慢销声匿迹了，而有些例如聚落考古、酋邦理论、拉网式调查以及DNA分析、GPS定位等技术手段，或则发挥了极大影响或则已落地生根为中国学者所采用，产生了很好的效果。我想性别考古，在西方同行们的推动下，在以这本汇集了对中国不同社会发展阶段性别问题的个案研究范例的启示下，很快也会成为中国考古学一个重要的研究领域。

那么，这本论文集在哪些方面对我们有所启示呢？我接到孙岩女士发来的稿子，曾断断续续看过两遍，不能说领会得很深，但我体会至少有以下几个方面是我们在研究两性问题时可以借鉴和应予注意的。

第一，人类是由男女两性共同构成的，人类社会的发展既取决于维系人类生活的物质资料的生产，也取决于人类自身的生产。而无论是物质资料的生产，抑或人类自身的生产，都是由男人和女人合作完成的。因此，作为历史学有机组成部分的考古学在涉及性别研究时既要注意对男性的研究，这是我们常常看到的；同时更要注意对女性的研究，因为过去对女性的研究常被忽视。收入这本论文集的 Katheryn M. Linduff（林嘉琳）教授的《安阳殷墓中的女性——王室诸妇、妻子、母亲、军事将领和奴婢》一文，专以安阳殷墟发掘的女性墓为材料，结合甲骨文中的有关记载，集中探讨女性在商代的地位，给研究者做出了示范。

第二，墓葬是研究性别问题很好的材料，但同时也要对居址、生产工具、生活用具、仪仗、装饰品等遗迹、遗物给予足够的注意。这些材料中透露出的有关性别及其关系的信息，对我们的研究来说，可能是更为直接、更为关键的。十分高兴的是，收入这本论文集的沙瑞·A·鲁罗（Sheri A. Lullo 的）《汉代女神形象》、邱兹惠的《云南青铜文化的骑马纹样》和佩尼·罗德（Penny Rode）的《云南青铜器时代的纺织业和妇女地位》3 篇文章均突破了墓葬材料的局限，分别从祠堂、墓葬出土的画像石、画像砖及青铜器上的图像纹样出发提出问题、展开讨论，得出了一些值得重视的结论。

第三，墓葬材料对研究性别问题固然很重要，但墓葬毕竟不是死者生前生活的"实录"，正像孙岩、杨红育在他们的《中国西北地区新石器时代的男女葬俗及其所反映的社会观念——以马家窑文化和齐家文化为例》一文中引述的一些学者所主张的那样，"墓葬习俗实际上是由生者来操纵的，它最终反映的是生者的态度和观念，而不一定是死者生前社会角色和地位的真实反映"。这就要求我们在研究墓葬葬俗时，也要像孙岩、杨红育所做的研究那样，将墓葬习俗中所反映的对男、女两性的态度和观念，通过男女的埋葬方式去重建他们生前的社会关系和角色，分为两个不同的层次、两个不同的步骤进行。

第四，运用墓葬材料研究性别问题既要弄清楚墓主的性别、年龄及其与随葬品的组合、放置位置的关系，又要考虑墓葬的位置、分布及墓葬与墓葬之间的关系。因此，对基础资料的统计并根据统计结果提出假设，确定分析方法，对于能否达到预期结果，做出科学论断就至关重要。在这方面，吴瑞满的《墓葬习俗中的性别角色研究：以内蒙古自治区大甸子墓地为例》一文，有许多可以借鉴参考之处。他通过以上步骤的研究所得出的大甸子墓地墓葬的"壁龛和填土是放置显示墓主社会地位的随葬品的处所，而葬具是放置显示墓主个人身份随葬品的私密处所"、"不同性别墓主的葬具中的随葬品是显著不同的"、"大甸子墓地，玉饰品既不是身份地位的象征也与性别无关，和它们在中原同一时期的角色不同"、"壁龛中发现的海贝是涂成红色的，葬具中的海贝则不涂红色而是缀在纺织品上，暗示壁龛中的海贝的礼仪功能和葬具中海贝的个人用途"、"虽然根据随葬品的多少所确定的社会地位通常被归类成等级，但是实际上各个等级仍然可以依性别年龄细分为等级"等论断非常新颖，且有充分论据。

第五，墓葬随葬品的数量、组合、质地、特征及放置位置的差异，一般反映的是墓主人身份地位的不同，但从性别角度观察，可能会透露出作为财富的随葬品的来源的多元化等更多的信息。江瑜、黄翠梅、雍颖、吴霄龙、李健菁等在他们的文章中，根据各自的研究，几乎都指出了男性随葬品来源的比较单一性和女性随葬品来源的复杂性。认为女性的随葬品除有象征地位者，一部分与婚姻有关，可能来自男性配偶的赠予；一部分与自己的职业有关，可能是工作中使用的工具和用具，如纺轮、针、锥之类；一部分则与其所出的家族有关，可能是出嫁时由原家族带来的"陪嫁"。

第六，性别研究也像其他领域的研究一样，既要注意一事、一时、一地的研究，也要注意长时段的考察，因为只有长时段的考察，才会看到变化，看到质变。沙瑞·A·鲁罗的《汉代女神形象》一文，从文字记载和绘画艺术方面系统考察了从周代到汉代一千多年间西王母这位"女神"形象的变化，并与同时期思想史研究相结合，揭示出这种变化正是社会观念、社会思潮变化的反映。逻辑性强，有说服力。

上述研究对在熟习性别研究的学者看来也许会有这样那样不尽如人意之处，但对我来说，启发是多方面的，值得认真吸收和借鉴。

在这里，我还要特别提到论文集中由吉迪（Gideon Shelach）撰写的唯一一篇从学术史和理论层面评论新中国学术界性别研究的文章《马克思主义及后马克思模式在中国新石器时代性别研究中之应用》。吉迪在他的大作中公正地指出"自中华人民共和国成立以来，中国的考古学家们一直致力于性别问题之探讨，特别是20世纪60年代至80年代（90年代至今研究成果略呈下降趋势），诸多的学术论文及著作运用考古学资料对一系列问题进行了探讨，诸如妇女在史前及早期社会中的社会政治及经济地位，家庭结构之变化，性别观念及其在宗教活动中之体现等。笔者怀疑世界上是否还有任何其他国家和地区对于这些属于'性别考古学研究范畴'的题目曾经给予过如此充分的重视"；但同时他也直言不讳地批评了中国学术界在研究性别问题上较长时间内存在着将作为指导思想的马克思主义教条化、模式化的错误。应该说，他的意见是中肯的、符合实际情况的；但他在评论当前中国学术界研究状况时，除实事求是地指出性别研究较以前出现了弱化趋势外，却不加分析地冠之以"民族主义模式"的帽子，认为"这种模式的一个重要表现就是有意将中国历史时间向前延伸"。他举出的例证一个是"夏商周断代工程"，一个是所谓"将神话和传说当作历史"。我想，对此应该具体问题具体分析，不可一概而论。我不否认有的研究者，确有将神话和传说误以为是真实历史的情况，但它并非当前中国学术界对远古和上古历史研究的主流。中国先秦古籍确有五帝时代的记述。将古籍中的有关记载和考古发现相对应，提出古籍中的某某阶段大体相当于古籍中所说的"五帝时代"并无不妥，而将五帝一一人格化则是我们也不同意的。至于说到"夏商周断代工程"，作为该研究项目的参与者和负责人之一，我想我有必要告诉对此持批评态度的朋友。"夏商周断代工程"所做出的年表，可能会有这样那样的不足，但绝没有"将中国历史向前延伸"，它得出的夏王朝始年为约公元前2070年。属公元前21世纪前期，最接近传统三个说法（公元前23世纪、公元前22世纪、公元前21世纪）中最晚的一说。尽管我和吉迪在某些问题上有不同观点，但他在文章最后所指出的"搞好考古学研究必须搞好性别考古学研究，因为性别关系是任何一个社会中社会结构的一个基本方面"，是十分正确的。他提出"不要再忽略与性别相关问题的探讨"的希望是发自肺腑的，我想我们中国学术界理应作出积极的响应。

这本论文集也是献给本书的作者之一雍颖女士的。雍颖在赴美师从林嘉琳（Katheryn M. Linduff）教授攻读博士学位以前，曾在北京大学考古系师从赵朝洪教授研究中国古玉，是一位聪颖、勤奋好学的学生，在匹兹堡大学也深受林教授的关爱和赏识。谁知天有不测风云，人有旦夕祸福。正当她学业有成，准备在新的岗位上展现才华的时刻，突被飞来的横祸夺去年轻的生命，这是对她的家人、对她在美国的老师和同学、对国内的老师和同学沉重的打击。雍颖走了，雍颖的文章和雍颖的美好印象将永远留在熟识她的人的脑海里。

2006年9月11日

（原载林嘉琳［Linduff, K. M.］、孙岩：《性别研究与中国考古学》，科学出版社，2006年）

《灵石旌介商墓》序

山西省考古研究所海金乐、韩炳华两位先生编著的《灵石旌介商墓》考古报告就要出版了。在正式付印之前，我曾有幸通读全部书稿，深感这是一件非常有意义的工作。

灵石旌介位于山西省晋中地区，东南距安阳殷墟大约240千米，地处商文化与北方草原青铜文化的缓冲地带。根据殷墟出土甲骨卜辞的研究，在包括灵石在内的商都西北一带，分布着许多部族方国，其中有的与商王朝有着比较稳定的臣属关系；有的则常常袭扰商土，与商王朝处于敌对状态。灵石旌介商墓的发现，对研究商王朝与商都西北一带部族方国的关系，提供了一批珍贵的资料。这些资料一经披露，便引起了学术界广泛的关注。1988年我也曾写过一篇《从灵石旌介商墓的发现看晋陕高原青铜文化的归属》的文章，参与讨论。实事求是地讲，无论是戴尊德先生根据1976年清理的墓葬的材料写成的《山西灵石县旌介村商代墓和青铜器》，还是1986年陶正刚、刘永生、海金乐先生根据1985年的发掘写成的《山西省灵石旌介商墓》，当时都尽可能多地报道了清理、发掘材料，但不必讳言，限于当时的条件，也还有一些材料未能发表，为研究工作带来一定的缺憾。时隔第一次发掘30年之后，海金乐、韩炳华两位热心人对1976年清理的墓葬重新进行了调查，对三个墓葬的资料重新进行了整理，与以前发表的两个简报相比，该报告不仅资料更为齐全，为进一步深入研究提供了更多方便，而且还有几个明显的特点。

一是在编写体例上，将发掘资料的介绍和作者自己的研究区别开来，分为上下编，使读者既能对三座墓葬有一个整体的认识，同时又能比较清晰地了解作为发掘整理者的研究心得，给自己的研究以借鉴和启发。

二是对墓葬资料的描述较以前的报告更加细化，注重从多角度描述、多方位度量，线图、照片、拓片、X线片随文安排，便于阅读。而全彩色的器物出土场面，也是以前无法相比的。

三是将旌介商墓资料发表以来学术界有关研究成果和讨论一一列入，便于读者查阅有关资料，了解研究历史和报告编著者的研究结论与此前学术界提出的诸多观点之间的异同。

四是在上编中，除安排了地理环境章节，又增列历史文化背景一章，不仅使读者了解旌介商墓所在地区的地理环境，而且可以使读者了解该地区历史发展的线索和该地区周围与旌介商墓同时期的其他晚商文化，将旌介商墓的研究纳入更为广阔的时空背景当中。

五是作者能在熟知的材料中提炼出自己新的认识，提出了许多新的见解和论断，诸如关于旌介商墓的族属，认为青铜器铭文中常见的丙为商代十干氏族之一的丙族；关于青铜器上常见纹饰的组合思想，认为对称夔纹表现兽面，兽面或蝉纹表现成蕉叶纹；关于青铜器组合中的觚、爵搭配，认为觚爵搭配的出现，觚的数量从不超过爵的数量，证明觚才是墓葬随葬铜器组合中真正体现等级的因素；关于从商代觚爵组合到周初爵觯组合的变化，认为是不同族属代表的不同文化在交流中碰撞与融合的体现，爵是商周文化皆能融洽，周人得以续殷人青铜文明的内涵所在；关于旌介商墓青铜器的来源，认为其中一大部分可能是在殷墟订做的，由此推测丙代表的族团不可能是游离于殷商王朝之外的方国，墓葬的主人当为世代承袭戍边任务的军事贵族。

可以预计,《灵石旌介商墓》的面世,必将掀起一个新的对商王朝与周边关系,特别是与北方关系研究的高潮,但由此我也联想到围绕着灵石旌介商墓还有不少考古工作可做。例如,在这三座墓葬周围还有没有同时期的墓葬,它是不是也像其他地区发现的那样是一个既有大墓又有中、小型墓的墓地?旌介商墓的附近既有推测可能是储粮的窖穴存在,那么与其同时的居址又在何处,其面貌又是如何?迄今在山西境内已发现诸如临汾庞杜墓地、浮山桥北墓地等与灵石旌介商墓同时期的墓葬,那么,它们之间究竟有何异同,它们之间又是什么关系?学术研究没有止境。如果有可能,我非常希望围绕旌介商墓引发的问题能再做些工作。只要我们的工作做到了,上面提出的这些问题应该是可以解决的。是为序。

2006年9月9日

(原载海金乐、韩炳华:《灵石旌介商墓》,科学出版社,2006年)

《华夏城邦：追踪夏商文化探索者的足迹》序

金秋 10 月，丰收的季节。

2004 年 10 月，我曾应约为苏湲女士的《中原考古大发现》一书作序，此书已于 2005 年 1 月由河南人民出版社正式出版，至今不到两年的时间，她的两本《续集》书稿又摆在了我的案头。

尽管正是国庆长假期间，但是我却一点外出旅游的心情也没有。如果说当年阅读《中原考古大发现》书稿时，给我带来的是心灵的巨大震撼，好像惯常不会饮酒的人，猛然间喝下一口二锅头，顿时热血上涌，激动不已的话，那么，现在读《续集》书稿，则更多的是感到亲切、自然和感怀，如同盛夏时节啜饮冰镇啤酒，燥热的心田得到滋润……因为书中所描写的人和事离现实太近，我实在是太熟悉了。

《中原考古大发现》1 至 4 册的出版，在社会上产生了意想不到的反响。第一版 4000 套，不到一年已销售一空。该书不仅在考古学界得到一致好评，可喜的是中央电视台《探索·发现》栏目的编导还特意找到作者，希望以该书为蓝本，和她合作拍摄 30 集大型专题纪录片。不久前见到苏湲女士，她告诉我，中央电视台已在河南境内全面开机，该片不久即将与热心的观众见面。

为什么会有如此奇妙的效果？我在为她的《中原考古大发现》所作的序言中，曾以三个"好就好在"概括其特点，但是还应该不止这些。细想想，我认为作者不仅对中原文化有着深厚的感情，而且对考古工作的意义也有着深刻的认识。作者是用心在写这部书，是用极大的热情和社会责任感在写这部书，这才是她成功的最主要原因。

《续集》与之相比，作者除继续投入极大的热情，继续坚持严肃认真的写作态度外，还坚持了"实事求是""客观公正"的写作原则。书中的主人公，目前绝大多数都还活跃在考古阵地上，为了取得第一手资料，作者想方设法尽可能多地对他们做了面对面的采访，因而描写的过程更曲折，情节也更生动。像前书一样，作者既能一环扣一环，详尽地揭示出遗迹遗物的神秘性和发掘过程的刺激性、趣味性，又能刻意剖析发掘者的心路历程，同时还能细致交代围绕着每项重大发现前前后后的各种不同观点的争论，并重点突出了每项重大考古发现的价值和意义。

其中《黄帝时代》，报道的是仰韶文化郑州西山城址、灵宝铸鼎塬大型房屋基址和大型墓葬的发掘；《遥远的王国》报道的是传说中伏羲故里淮阳发现的河南龙山文化平粮台古城；《崇山古堡》报道的是登封王城岗、新密古城寨和新砦、偃城郝家台以及豫北辉县孟庄等地发现河南龙山文化城址群的详细过程；《华夏城邦》报道的则是考古学界围绕着偃师二里头、尸乡沟早商城址所展开的夏、商文化探索的过程。以上这些，都是围绕着中华文明起源、形成、发展研究开展的考古工作中的重大发现。如何将这些重大发现介绍给广大社会公众，培养他们对古文化的热爱和兴趣，让他们了解其重要价值，作者显然费了很多心思。

作者不是就事论事，枯燥地介绍发掘的过程和结论，而是围绕着每项重大发现，用文学的语言，富有感情的笔触，饶有兴趣地将相关民间传说、先秦典籍和《史记》中的记载等，与学者们的研究心得穿插糅合在一起，做纵深解剖，给读者展现出一个多视角的科学与神秘的世界。另外，作者还详细记述了发掘者是如何判断遗迹现象的，又是如何化解发掘中围绕着遗迹的性质、年代所产生的矛盾的。读者一面阅读，一面就会情不自禁地进入这个曲折复杂的过程，和书的作者、和书中的主人公——重大遗迹的发现者、研究者一起，穿行于历史隧道的画廊中，并和他们展开交流与讨论，同时，读者会受到史的教育和分析问题、解决问题的能力的锻炼以及美的熏陶。

而对我来说，阅读这部书带来的更多的是往事的回忆和与朋友的叙旧。书中所报道的郑州西山、灵宝铸鼎塬、偃城郝家台和辉县孟庄等遗址，我虽然没有去过，但是有关它们的报道，无论是发表于专业刊物上的考古报告，或是见于报纸上的新闻，我都十分留心和关注。至于这些遗迹的发掘者、研究者，如郑州西山城址的主持和发掘者黄景略、郑笑梅先生都是我老师辈的学长，而主持平粮台、铸鼎塬、郝家台、孟庄遗址发掘的曹桂岑、陈星灿、张居中、袁广阔、魏兴涛等，则是与我年龄相仿或更为年轻的朋友，我虽然没有参加过他们的工作，但是对他们的成果却时刻关注着，并十分熟知。而登封王城岗、新密古城寨和新砦以及偃师二里头、尸乡沟商城等地点，在开展"夏商周断代工程"和"中华文明探源工程预研究"期间，我则是重新发掘的提议者和支持者，我不但多次前往学习、考察，甚至有些诗意的、充满挑战和刺激的发掘和研究过程，我都亲身经历过。如新砦及二里头遗址，我还曾带学生前去实习，并亲自参加过调查和发掘，因此读到这些，往事历历，我难以克制激动的情绪。

活跃在发掘现场的郑光、方燕明、刘绪、蔡全法、许宏、杜金鹏等诸位学界中坚、青年才俊，都是我时常请教和讨论问题的对象，和他们结下了深厚的友谊。读着有关他们的报道，他们冒酷暑、抗严寒、风餐露宿战斗在田野考古第一线的身影，一次又一次清晰地在我眼前闪现；和他们讨论问题时，他们有时慷慨激昂有时又轻声细语的讲话腔调，一次又一次回响在我的耳旁；他们不达目的誓不罢休的执着态度,像方燕明发掘王城岗龙山城时,为弄清是否是夯土,一遍又一遍用嘴吹去浮土,最后终于得以验证的感人事例,一件又一件深深印在我的心坎上。

在作者笔下,我看到:探索学术上的不解之谜,是一代又一代考古工作者为考古事业献身的最大动力;一个新的发现、一个学术问题的求解,是他们最大的快乐和满足;团结奋战、不计个人名利是考古事业取得长足发展的最大保证。在他们身上,体力劳动、脑力劳动的结合得到了完美的体现。作为一名考古工作者,我从内心崇敬他们,崇敬他们所从事的事业。我阅读《续集》和阅读《中原考古大发现》一样,感到自豪,感到又年轻了许多。我相信读过这部书的朋友,你也一定会在不同程度上有这样的感觉。

感谢广大的考古朋友,感谢苏湲女士!

2006年10月

(原载苏湲·《华夏城邦:追踪夏商文化探索者的足迹》,清华大学出版社,2007年)

《偃师文物精粹》序

偃师得名很早。司马迁《史记·周本纪》记载，周武王灭商返回镐京途中，曾于洛阳驻留。想到天下即将太平，于是决定"纵马于华山之阳，放牛于桃林之虚，偃干戈，振兵释旅"。所谓"偃干戈，振兵释旅"，就是刀枪入库，解散军队，今后不需要再打仗了。这就是偃师一名的由来。

偃师地处号称十三朝古都洛阳的近畿，二里头遗址、偃师商城遗址的发现和发掘表明，在夏、商两代，曾一度是当时全国的政治中心所在地。由于其所处的特殊地理位置，在中国文明形成的初期和以后历史发展演变的过程中，便成为一幕紧接一幕的历史剧出演的大舞台的一部分，留下了许许多多可歌可泣的历史故事和遗迹与文物。除了二里头夏都斟鄩遗址、偃师商城早商都城"西亳"遗址，尚有我国建立最早的高级教育机构东汉太学遗址、汉魏都城遗址、隋唐大运河遗址以及武则天亲书的升仙太子碑、唐代高僧玄奘、宋朝名臣吕蒙正故居等等。而一些帝王贵胄和历史名人死后也以这里为安身之地，据文献记载或考古勘察，西周时的伯夷和叔齐墓、秦相吕不韦墓、唐代武则天长子李弘墓和诗圣杜甫墓等均在现在辖境之内。

偃师现有全国重点文物保护单位7处、河南省文物保护单位10处，县级文物保护单位44处，市博物馆馆藏文物18000余件。在馆藏文物中，有精美的新石器时代仰韶文化的彩陶，古朴庄重的夏至早商时期的爵、斝、牌饰、鼎、尊、戈、斧等青铜礼器、兵器和工具，汉代至唐宋时期青铜质的壶、盆、甗、盉、雁足灯、兽形水注、花纹各异的铜镜等日常生活用器和鹿、牛、马、象等动物造型，北魏、北齐、金代的青铜佛教造像，唐至清代的杯、盏、熏炉等金银器，夏、商时期的七孔玉刀、璋、钺、戈、柄形器、绿松石雕以及汉晋隋唐时期的玉猪、玛瑙璧等玉石礼器与饰品，战国的彩绘陶鼎、陶敦、陶壶以及汉至晋唐时期的彩绘陶器、仓、灶、井、几、砚等模型明器以及牛、羊、犬、马、骆驼、鸡、猪、人物伎乐、骑马武士、镇墓兽等陶俑，晋、唐、元、明、清各代的各类瓷器等等，可谓应有尽有。在这些不同时代、不同类型、不同质地的文物中，不乏具有典型性和代表性的精品，而在二里头遗址出土的夏代乳钉纹青铜爵、方格纹鼎、绿松石镶嵌兽面纹铜牌饰，偃师商城遗址出土的涡纹青铜平底斝、饕餮纹青铜尊以及唐恭陵哀皇后墓出土的釉陶器和高级贵族墓出土的唐三彩陶俑等，更可称之为国宝级文物。这些遗迹和文物本身不会说话，多数也缺乏文字记录，但它们都蕴含着丰富的社会历史信息，是某一时期、某一地区、某一社会层面实际状况和某一历史事件的直接见证，具有珍贵的历史价值、科学价值和艺术价值。

偃师商城博物馆的同志们数十年如一日，不仅长年不辞辛劳地奔波在野外大遗址之间，为保护它们不受自然破坏以及盗掘而忙碌，而且征集和调查采集到上千件的单体文物，对其进行了保护、整理、造册，保存并展览了出来，供观众参观欣赏，使观众在观摩文物的过程中，学习到历史知识，获得美的熏陶，受到科技和艺术创造的启迪以及爱国主义的教育。现在他们又在博物馆收集展陈的文物中精选出各代各类文物二百四十多件，编辑成册，公开出版，的确是值得赞扬和学习的。

我们国家有三十多个省、两千多个县，每个县都有不少反映当地历史的文物。我想，如果我们每个县的博物馆，都像偃师博物馆一样，把自己的馆藏整理出来正式公之于世，将是对全国文物博物馆工作的一个不小的推动。第三次全国文物普查工作已经开始，我们期待偃师博物馆的同志们通过这次文物普查，进一步摸清家底，采集到更多更好的文物，以充实自己的馆藏并及时与公众见面。

（原载周剑曙、郭洪涛：《偃师文物精粹》，北京图书馆出版社，2007年）

《登封王城岗考古发现与研究（2002-2005）》序

《登封王城岗考古发现与研究（2002-2005）》一书即将出版，作者嘱我写个序言，我没有推辞，欣然接受了。这倒不是我对王城岗遗址有什么特别研究，胸有成竹，而是因为它的重新发掘与我曾参与主持的国家"九五"科技攻关重大项目"夏商周断代工程"、国家科技攻关计划"中华文明探源工程预研究"，以及国家"十五"重点科技攻关计划"中华文明探源工程（一）"的课题的拟定有直接关系，我也想借此说几句想说的话。

大家知道，已故著名考古学家安金槐先生于1976-1981年主持的王城岗遗址的发掘，发现了两座东西并列总面积约一万平方米的河南龙山文化晚期城堡，并在其东北方向不远处发现了出有"阳城仓器"陶文的陶器等遗物的东周阳城城址。王城岗古城是自1931年梁思永先生在安阳后岗发现河南龙山文化城墙遗迹近半个世纪之后新发现的河南龙山文化晚期城址，意义重大，一经披露，立即在学术界引起轰动。国家文物局为此专门召开了名为"河南登封告成遗址发掘现场会"的讨论会，以夏文化为主题，围绕着王城岗古城的年代、性质以及是否即文献记载的"禹居阳城""禹都阳城"展开了热烈的讨论。以安金槐先生为首的一派主张王城岗古城很可能是夏初禹都之阳城，另外不少人则以城堡面积太小为由对"禹都阳城"说提出质疑。时任中国科学院（即后来的中国社会科学院）考古研究所所长的著名考古学家夏鼐先生出席了这次会议,他在会议闭幕讲话中对王城岗龙山文化城址的性质未做明确的表态,但对东周阳城则认为"没有问题",而且认为"它的发现为寻找禹都提供旁证和线索"。夏先生的说法为与会学者广泛接受,河南龙山文化和二里头文化遂成为从考古学上探索夏文化的主要对象。

1996年启动的国家"九五"科技攻关重大项目"夏商周断代工程"提出了以人文社会科学与自然科学相结合,兼用考古学和现代科技手段,进行多学科交叉研究的研究路线。其中夏代年代部分,除了梳理文献中关于夏年的记载,便是对作为探索夏文化主要对象的河南龙山文化晚期以及二里头文化进行^{14}C测年。由于以往的发掘对采集含炭样品注意不够或采集的多非系列含炭样品,于是对包括王城岗遗址在内重新进行发掘,采集系列含炭样品便成为夏代年代学研究课题中早期夏文化研究专题的主要任务之一。本书主笔方燕明先生是当时早期夏文化研究专题的负责人,共采集各期可用来测年的含炭样品数十个,经过对其中11个样品测试并经树轮校正,将过去安金槐先生所分五期合并为三段,王城岗一段(一、二期)的^{14}C年代落在公元前2190-前2103年之间,取其中值约为公元前2150年;王城岗二段(三期)的^{14}C年代落在公元前2132-前2030年之间,取其中值约为公元前2080年;王城岗三段(四、五期)的^{14}C年代落在公元前2041-前1965年之间,取其中值约为公元前2003年。根据地层关系,王城岗小城的始建年代在王城岗遗址原来分期的二期即重新分期的王城岗一段偏晚阶段,至王城岗二段(原三期)已经衰落。王城岗小城这一测定结果,与文献推定的夏代始年约为公元前2070年的结论相比,明显偏早。而其规模只有一万多平方米的面积,与发现的龙山时代的其他城址比较,均较小,极不相称。因此,在《夏商周断代工程1996-2000年阶段成果报告(简本)》中我们只是作了"河南登封王城岗古城、禹州瓦店都是规模较大的河南龙山文化晚期遗址,发现有大型房墓、奠基坑及精美的玉器和陶器,它们的发现为探讨早期夏文化提供了线索"的表述,未涉及其是否"禹都阳城"的问题。

夏商周断代工程是中华文明起源、形成及其发展研究的第一步。1999年下半年,当夏商周断代工程进入尾声的时候,我们已经开始了包括征求建议、编写可行性论证报告在内的中华文明探源工程的各项准备工作。2000年9月,当夏商周断代工程取得阶段性成果,经验收宣布结项之后,"中华文明探源工程预研究"、"中华文明探源工程(一)"便一环紧扣一环分别于2001年、2004年适时启动了。从2001年到2005年在"中华文明探源工程预研究"和"中华文明探源工程(一)"实施阶段,王城岗遗址新的调查、发掘和研究均以不同的侧重点作为子课题列于其中。之所以作出这样的安排,一是希望进一步补充和细化夏商周断代工程时建立起来的 ^{14}C 年代标尺,使之更为完善和准确,二是试图从考古角度对其布局和内涵做出定性和定量的考察,探讨其在当时社会结构体系中所处的聚落等级及地位。而按照我内心的想法,还包括通过连续不断的工作,看能否从考古与文献的结合上对王城岗龙山文化晚期城址的性质,亦即是否"禹都阳城"的问题做出科学准确的判断。

十分可喜的是,由北京大学考古文博学院和河南省文物考古研究所联合组成的以刘绪、方燕明两位先生为首的课题组,没有辜负大家的期望,在从2002年到2005年只有短短四年的时间内,共发掘1024平方米,重点调查、测绘了颍河中上游登封、禹州境内的30余处遗址,并在分别完成"中华文明探源工程预研究"和"中华文明探源工程(一)"中所承担的子课题结题报告的基础上,编写出了这部融调查、发掘和研究为一体的考古报告,公布了许多新的发现和新的研究成果,大大加深了对登封王城岗河南龙山文化晚期城址的认识,将夏文化研究推进到了一个新阶段。这些新的重要发现和研究成果主要有：

通过对王城岗龙山文化遗址的重新调查，将遗址的面积由过去所知的 40 万平方米扩大为 50 万平方米；

通过地层叠压关系和出土陶器的类型学排比，将过去王城岗龙山文化所分五期合并为前后期三段，使其发展演变的阶段性更加明晰；

发现了王城岗龙山文化晚期大城城墙和城壕，复原面积达 34.8 万平方米，是已知河南境内发现的龙山文化城址中最大的一座；

发现了王城岗河南龙山文化晚期大城城壕打破西小城城墙的地层关系，证明大城和小城并非同时，小城始建于一段偏晚（原分期的二期），二段已废弃。大城始建于二段（原分期的三期），延续使用至三段偏早（即原分期的四期），三段偏晚（原分期的五期）也已衰落下去；

新采集含炭样品 55 个，经加速器质谱仪（AMS）测定和高精度 ^{14}C 树轮校正曲线校正，并用贝叶斯统计数据拟合软件 OxCal 3.10 拟合，建立了更加完善、细化的王城岗龙山文化 ^{14}C 年代标尺；重新推定了王城岗龙山文化小城的年代，上限不早于公元前 2200－前 2130 年，下限不晚于公元前 2100－前 2055 年，其中值约为公元前 2122 年；大城城墙的年代，上限不晚于公元前 2100－前 2055 年或公元前 2110－前 2045 年，下限不晚于公元前 2070－前 2030 年或公元前 2100－前 2020 年，其中值约为公元前 2055 年，与距文献推定的夏之始年基本相符；

王城岗龙山文化城址所在地的地势西高东低，经实测大城北城壕西部所开探方 W2T6571 距偏东部所开探方 W5T2373 为 190 米，二者高差（以探方西南角坐标点为准）4.346 米，而城壕底部高差不足 0.4 米，证明当时城墙和城壕的建造是经过事先设计和测量计算的；

经模拟试验，建造大城城墙和城壕，从挖沟到堆土施夯，假定每天出动 1000 名青壮年劳力，约需要一年零二个月的时间，根据现代农村经验，按照一个村落能够常年提供50-100个青壮年劳力计算，要一年内完成这个工程，需要动员10-20个村落的劳力。这与调查的颍河上游登封地区龙山文化晚期聚落遗址的数量基本符合，由此推出王城岗大城的兴建可能是动员了以王城岗遗址为中心的整个聚落群的力量来共同完成的。根据调查，王城岗龙山文化晚期遗址是颍河上游周围数十千米范围内规模最大、等级最高的聚落遗址，王城岗龙山文化晚期大城是当时该地区涌现出来的可以看作是国家雏形的政治实体的中心所在；

根据地望、年代、等级、与二里头文化关系以及"禹都阳城"等有关文献记载的综合研究，王城岗龙山文化晚期大城应即"禹都阳城"之阳城，东周阳城当以"禹都阳城"即在附近而得名，而早于大城的王城岗龙山文化晚期小城则可能是传为禹父的鲧所建造，从而为夏文化找到了一个起始点。

通过王城岗龙山文化晚期遗址动物遗骸的研究，证明当时已经驯养了猪、狗、黄牛．绵羊等动物，获取肉食资源的方式已经进入了开发型阶段；

通过对王城岗龙山文化晚期遗址出土植物遗存的研究，证明当时种植的农作物中，除了传统的粟类作物，还有一定数量的稻谷和大豆，表明河南龙山文化晚期的居民已由种植粟类作物的单一种植制度逐步转向了包括稻谷和大豆在内的多品种农作物种植制度，人类的食谱已趋多样。

类似的成果还可以举出一些。这些成果的取得，一是因为研究目的明确，目标清楚，态度认真，田野工作做得细致；二是从调查、发掘到室内整理研究，贯彻了人文社会科学和自然科学相结合多学科联合攻关的技术路线，从而获得了更多的古代信息。当然，新的发现，新的研究成果，并不会自动转换成为一个合格的、高质量的考古报告。

我曾在多个场合谈到过,一部好的考古报告,一定要做到资料性和学术性的统一。完整、客观、翔实的刊布材料是考古报告的第一要务,所谓完整、客观、翔实,就是要将调查、发掘获得的资料全部原原本本地不做任何改动地发表出来,读者在阅读考古报告时,可以将任何遗迹、任何遗物复原到它原本的层位和单位,还其本来面目;所谓学术性是指一部考古报告应有作者依据这些资料做出的研究,应该回答这些资料解决了什么学术问题,又提出了什么需要值得注意的问题。除此之外,章节安排的逻辑性,插图、图版、图表的合理配置,也是不能忽视的。如果以此标准来衡量这部考古报告,我认为是较好地做到了。首先,上面我们提到的各项新的发现、新的研究成果在报告中得到了较好的体现;第二,对新发现的大城城墙和城壕,使用图表、照片和文字做了尽可能的详细介绍;第三,按遗迹单位介绍了出土遗物;第四,不仅报道了将有关现代科技手段引入考古调查、发掘和研究工作取得的成果,而且介绍了其原理和方法;第五,丰富的图表、图版有助于增加读者的感性认识和对文字介绍的理解。可以认为《登封王城岗考古发现和研究(2002-2005)》一书的出版,不仅标志着课题组圆满地完成了从"夏商周断代工程"到"中华文明探源工程"等国家重大科研项目对其提出的任务,达到了预期目的,而且也为今后如何更好地开展考古工作,如何编写考古报告提供了一个可供讨论的参考。不过以更高的标准要求,也需要指出,可能是因为执笔人不同或者是同一执笔人在不同时期所写,有些地方文字显得有些重复;另外,在发表的个别晚期单位出土陶器图中,含有早期遗留物,读者如不细加比较,可能会认为全部属一个时代而引起误会。这些不足,都是今后需要改进的。

　　瑕不掩瑜。作为王城岗遗址重新发掘的提议者、支持者,看到取得的这些成绩,心里感到无比欣慰和骄傲,在此谨向课题组和参加该项工作的全体同志致以衷心的感谢！我知道课题组的成员大都是年轻朋友，朝气蓬勃，意气风发，富有创新精神，也希望大家能够认真总结经验，发扬成绩，克服不足，在新的研究工作中取得更加突出的成绩。

2007年3月5日

（原载北京大学考古文博学院、河南省文物考古研究所：《登封王城岗考古发现与研究2002-2005》，大象出版社，2007年）

《鸿山越墓发掘报告》序

位于江苏无锡、苏州两市交界处的鸿山东周越国贵族土墩墓群，于 2004 年 4 月至 2005 年 6 月抢救发掘，2005 年 6 月至 2006 年 1 月进行文物修复和资料整理，2006 年 8 月完成发掘报告编写，2007 年下半年四本一套的《鸿山越墓发掘报告》即将出版，这无疑是考古学上的一件盛事。作为一名曾经参观过发掘现场、观摩过出土文物、一直关注越文化考古进展的同行，我心中充满了激动和喜悦。所以，当发掘和报告编写主持者张敏先生邀我为报告写序的时候，我没有推辞，而是高兴的接受了。因为我知道，这是给我的一个先睹为快、认真学习的机会，我衷心地向他们表示感谢。

鸿山贵族墓地 2005 年 4 月被国家文物局、中国文物报社和中国考古学会评为 2004 年全国十大考古新发现，2006 年 5 月被国务院公布为第六批全国重点文物保护单位，由此即可见其发现的重要意义和大家对它的重视。而要更深入地了解其在中国考古学上的地位，我觉得还有必要回顾一下越文化考古的历史。

大家知道，早在上世纪 30 年代，一些热衷于越文化研究的学者就开始走到田野，调查越人史迹。卫聚贤、陈志良、金祖同等人于 1935 年、1936 年、1937 年先后在江苏常州奄城、苏州，上海金山戚家墩和浙江上虞、平湖、乍浦、海盐、嘉兴、杭州古荡、良渚等地采集到几何形印纹陶器和新石器时代遗物，并曾在上海举办过展览。1936 年，在他们的倡导下，成立了吴越史地研究会；1937年出版了《吴越文化论丛》。这些在卫聚贤于1937年出版的《中国考古学史》一书中，均做了记述和报道。尽管现在看来，他们当时的调查是粗放的，缺乏严密的计划，甚至可以说是不正规的，但它毕竟具有开创的意义。1937年至1945年的抗日战争和1945年至1949年的国内解放战争时期，有关的考古活动和全国其他地区一样，基本上处于停滞状态。新中国建立以后，随着基本建设的大规模开展，在吴越文化分布的核心地区浙江、江苏及江西、安徽、福建、广东、湖南等邻近省区，不断有越文化系统（包括东周时期的越国和吴国）的以几何形印纹陶、原始瓷为主要特征的遗存出土，同时由专业文物考古机构负责的围绕越系文化研究有目的有计划开展的考古调查、发掘工作也日趋活跃，发现了不少与此相关的遗迹和遗物，其中，上世纪50年代在安徽省屯溪发现的随葬有颇具地方特色的青铜器和原始瓷器的土墩墓最为引人注目。从1966年5月开始的所谓"文化大革命"的"十年浩劫"，曾再次将包括越文化研究在内的考古工作打入低谷，但"拨乱反正"之后，很快便迎来了新的高潮。1978年，在江西庐山召开的"江南地区印纹陶问题学术讨论会"，对上世纪20年代以来围绕印纹陶问题开展的工作做了初步总结，成为新中国成立之后三十年间吴越文化考古的一次大检阅，极大地推进了相关研究工作的开展。在这次会议上，邹厚本先生提出的土墩墓的分期和我们提出的几何形印纹陶遗存的分区，为包括越文化研究在内的相关研究，树立了年代学标尺和分区的依据，奠定了进一步研究的基础。此后，越系文化考古的重大发现一个接着一个，其中，仅就文献所讲的于越所在的以太湖、杭州湾为中心的浙江、江苏地区而言，1981年绍兴306号土坑铜器墓、1983年海盐黄家山成批仿铜原始瓷乐器、1998年绍兴印山越王陵以及本世纪初浙江安吉大型城址和大型土墩墓、长兴鼻子山土墩墓等的发现，更在学术界引起了广泛关注和轰动。

绍兴306号土坑铜器墓虽遭盗扰破坏，但基本形制得以保留，是一座带墓道和壁龛的大型土坑墓，残留随葬品计有铜、玉、金、玛瑙、琥珀、陶、漆器等共千余件，是迄今浙江省越文化墓葬中出土铜器最多的一座，其中铜质房屋模型及屋内的乐舞裸俑群最具特色。

海盐黄家山仿铜原始瓷乐器是由村民采石时发现，应是出于一座土墩墓或土墩石室墓。1984年我到浙江做考古调查，牟永抗先生曾带我前往参观，当时正在拼对修复。据1985年《文物》第8期发表的简报，计有成列的甬钟13件、句鑃12件、錞于2件、镈钟3或4件、铃11件、磬4件，另有同出的原始瓷鼎5件、罐1件、碗1件和印纹陶罐、坛等11件及羊角状器42件，是当时所知原始瓷乐器最集中的一次出土。

与黄家山出土原始瓷器组合、形制相仿的是2003年长兴鼻子山土墩墓，该墓坑口长14.8、宽5.1-5.7米，带墓道，出土原始瓷器43件，另有玉器、琉璃器等。

印山越王陵是1998年的全国十大考古新发现之一，其面积达8.5万平方米的陵园及隍壕设置，东西底长72、南北底宽36、中心高达9.8米的封土，全长54、底宽3.4-8.7米的墓道，凿岩而成长40、宽12、深12.4米的墓坑，横断面呈三角形两面斜坡状长条木构窝棚式墓室以及独木棺等均前所未见，惜随葬品几乎被盗一空。

安吉九龙山大型城址周围发现的大型土墩墓，有的亦有隍壕设置，规格可比印山王陵。

与以上发现相比，鸿山越墓的独到之处是：

鸿山越墓不像绍兴306号墓、海盐黄家山墓、印山王陵及长兴鼻子山墓等只是单独一墓，而是一个土墩墓群中的7座墓葬，根据其封土及墓室规模和随葬品的质地与数量，《报告》作者将其分为五个不同的等级，显示埋在同一墓地内的死者，尽管可能同属贵族阶层，但亦存在高低之别，从一个侧面反映了越国的社会结构；

鸿山越墓中最大的邱承墩墓不像印山越王陵等有单独的陵园和隍壕设置，规模亦较其略小，它虽也曾被盗，但遗留下来的随葬品之丰富却是印山越王陵等墓不能比拟的；

鸿山越墓中的邱承墩墓和海盐黄家山墓、长兴鼻子山墓虽同出仿铜原始瓷乐器，但前者出土仿铜原始瓷乐器的数量、器类乃至质地却为后者望尘莫及，据统计，鸿山越墓共出原始瓷甬钟26件、镈钟11件、磬16件、句鑃29件、錞于10件、钲3件、铃34件，数量分别大于后者一倍或数倍，而振铎、缶、鼓座等乐器更为后者所无，其等级显然高于后者；

鸿山邱承墩墓虽未像绍兴306号墓出土青铜器，但其和仿铜原始瓷乐器伴出的原始瓷仿铜鼎、豆、壶、罍、鉴、提梁盉、盆、盘、匜、温酒器、冰酒器等礼仪和生活用器等，品类之全、数量之多却又远胜于后者，何况，它还出土了许多精美的玉器。

通过比较可以看出，鸿山越墓的发掘，毫无疑问是考古工作者新打开的又一座越文化研究资料宝库，是越文化考古史上又一次空前大发现。

由于鸿山墓群的发现，如果再加上以往发掘的资料，对东周时期越文化（这里主要是指建立越国的于越族文化）做一总体的考察，我们便可清楚的认识到：

越文化源远流长，至春秋战国时期，作为越文化核心部族的于越族所建立的越国一跃成为当时中国政治舞台上的强国之一，正像《鸿山越墓发掘报告》所分析的那样，鸿山越墓的年代应在公元前473年越灭吴之后至公元前468年越徙琅琊之间，当时是越国最强盛的越王勾践时代。

当时的越国社会，如同中原诸国一样，同样分化严重。如果将据研究可能是越王允常木客大冢的印山越王陵作为第一等级的象征，那么，鸿山墓群所分的5个等级，就分别代表了第二至第六等级。《报告》将第六等级也归为贵族阶层，如果加上处于社会最底层的广大平民，越国和中原诸国一样也是一个等级森严的宝塔式的社会结构。

当时的越国社会，如同中原诸国一样，同样盛行礼乐制度，但其内涵却明显不同。中原诸国以青铜礼乐器作为贵族身份地位的标志，越国则主要以仿铜原始瓷礼乐器作为身份地位的标志。而且越国比中原诸国似乎更喜爱乐舞，这从绍兴306号墓铜质裸体乐舞俑和巡止墓群句鑃、錞于、丁宁、振铎、三足缶、悬鼓座、悬铃等多达十类的青瓷乐器的出土已可见一斑。振铎、三足缶、悬鼓座三种乐器是首次发现，是研究越国音乐史的极为珍贵的资料。

当时的越国，如同中原诸国一样，同样有着发达的手工业，而其青瓷烧造更代表了最高水平。鸿山越墓等级较高的墓葬出土的随葬器物主要是原始青瓷器，反映了青瓷器在当时因普通而被广泛的应用。原始青瓷器不仅种类多、数量大，而且用料和制作工艺精细。其中有少量青瓷器烧制火候很高，造型规整、胎色泛白、内外施釉、釉色泛青泛绿、胎釉结合极好，经检测，各项指标已十分接近后来的青瓷。《报告》将过去习称的原始瓷器径称为青瓷，不是没有道理的。

先秦文献《尚书·顾命》有"越玉五重，陈宝"的记载，马融注曰："越地所献玉也。"表明越地是有美玉的，但以往的考古发现，只有零星出土，很难与中原诸国相比。鸿山越墓因被盗，也只出土40多件玉器，当然，数量不算多、组合亦不全，但与绍兴306号墓、长兴鼻子山墓等出土的玉器以及其他地点出土的玉器结合起来看，仍可看到其面貌，尤其是鸿山越墓所出玉器之造型与工艺更堪称一流，与当时中原诸国出土玉器相比，毫不逊色。越墓玉器也可分为葬玉、佩玉两种，其中葬玉中的覆面和佩玉中的五连璜等明显有中原和楚地玉器的影响，但如蛇凤纹带钩上四蛇、四凤相互交织，三角形神兽管上三条蛇从双头神兽的胸前盘至脑后，凤形玉佩上凤鸟振翅欲飞、羽毛纹饰细到肉眼难辨堪称"微雕"，其生动的造型设计和精湛的雕镂技艺充分表现了越文化玉器的奇巧和细腻。

东周时期，琉璃釉在中原诸国也已出现，但邱承墩墓出土的由8条蛇盘成、蛇身施以红彩和蓝色、白色点状琉璃釉的盘蛇玲珑球则是首次发现，其构思之奇特、造型之别致、色彩之绚丽无与伦比。越人崇蛇，文献有记载，考古发现的实物上也多有表现，《报告》作者推测这件盘蛇玲珑球"为象征王权、神权的法器或神器"是有可能的。

鸿山越墓所蕴含的信息是丰富而全面的，仅从我们初步的观察，已使我们对东周时期越文化的特色和发展水平有了比过去更深的印象。鸿山越墓作为越文化研究资料的又一座宝库，对它的"开发"还刚刚开始，我相信随着《报告》的出版，随着大家从不同角度对它的解读，一定会提出更多新的见解和认识，将越文化和越国历史的研究提高到一个新的高度。

我之所以做出这种预测，除了鸿山越墓本身资料丰富，还因为《鸿山越墓发掘报告》为如何如实刊布这些资料，做出了富有成效的探索与实践。

考古发掘报告作为一项考古活动的有机组成部分，其基本任务是如实、全面、科学地报道发掘获得的资料。以此标准来衡量《鸿山越墓发掘报告》，应该说是高标准的达到了。该《报告》一套四本，第一本是对此次发掘的7个土墩墓的总介绍，共分绪言、墓葬形制与随葬器物、相关问题的讨论三大部分，并附有碳十四测定和出土青瓷的理化分析两个测定与分析报告。第一章绪言部分，详细介绍了墓葬所在地的地理环境与历史沿岸、墓葬分类与墓葬分布、发掘经过与报告编写；第二章墓葬形制与随葬遗物部分，分七节以各墩为单位分别介绍了各自的土墩的堆土层次、营建过程、形制构造，随葬遗物的放置位置、类别及每件遗物的质地、形制、纹饰特点和尺寸大小；第三章相关问题的讨论部分，分七节分别讨论了墓葬的国属、年代、等级、墓主和随葬的原始瓷礼器、乐器和玉器，最后一节"结语"对整个墓葬研究成果及其意义做了简要概括。作为以刊布资料为主要任务的第一、二章不仅用准确、翔实的文字介绍了土墩墓本体及其随葬遗物，而且尽可能地配以清晰的插图，有的还附以图版，真正做到了图文并茂，使读者对其有一感性的整体了解。这样，就为广大没有参加过发掘的学者提供了研究的条件。

  我向来主张，考古发掘报告除了客观如实地介绍发掘资料，也应该包括有最熟悉这批资料的发掘者、整理者的研究成果。该报告的第三章正是他们在发掘、整理过程中，手摸心思，耳濡目染，从感性认识到理性认识逐步形成的研究心得，其中不乏真知灼见，或提出了新的值得进一步研究的问题。其中，墓葬的国属一节，关于越国贵族墓葬与吴国贵族墓葬的区别，鸿山墓群应属越国贵族墓葬。墓葬年代一节，鸿山墓群7座墓年代大致相同，应为春秋末期至战国早期，约在公元前473年至公元前468年之间。墓葬等级一节，鸿山墓群7座墓可分为5个等级，加上绍兴印山越王陵，越国贵族墓葬至少可分六等，印山越王陵为第一等，鸿山邱承墩墓即为第二等，大体相当仅次于越王的越国大夫一级。礼器研究一节，鸿山越国贵族墓葬出土礼器，大致可分为仿中原与越两大系统，仿中原系统礼器以鼎、豆、壶组合为核心，但数量明显不合周代礼制，或与受徐、楚影响有关；越系统礼器有越式鼎、甗、罐、筒形罐、三足盆、三足盘、鸟形钮盖钵、温酒器、冰酒器、吊釜、长方形炙炉、虎子、角形器、璧形器等，具有明显地方特色。乐器研究一节，越国贵族墓葬大多随葬有乐器，有的全部为青瓷质,有的半为青瓷半为硬陶,有的则全为硬陶,表示级别不同;乐器种类也可分为中原和越两大系统,中原系统主要是甬钟、镈钟和磬,越系统主要是句鑃、錞于、丁宁、振铎、三足缶、悬鼓和悬铃;越国贵族墓葬出土的乐器充分反映了越国乐器的独特风采,也揭示了越文化在保留自身文化传统的同时,又如何对中原礼乐文化进行吸收、改造和融合。玉器研究一节,鸿山墓群出土玉器代表了越国最高水平的治玉工艺,同时也突出表现了越国玉器自身的特点。这些论断,论据充分,论证过程严密而富有逻辑性,可谓不易之论。此外,关于越国政治中心随时代而迁移,商代至西周早期湘江流域可能为古越族的活动中心,西周中晚期的都城大致在安徽屯溪一带,春秋中晚期的都城应在浙江的安吉,以及苏州真山东周大墓 D9M1 不属吴应属越,鸿山墓群疑为越国大夫文种或范蠡家族墓地等推断,目前虽因材料不够充分,尚难成定论,但它的提出,却给人以启迪,为今后对此类问题的进一步深入研究展开了广阔的空间。

  作为一部考古发掘报告,全面、系统地公布了发掘所得的资料,又报道了发掘者,报告编写者取得的研究成果,应该承认已经达到了作为考古发掘报告的要求;但是在此基础上,还有没有改进的余地?这恐怕是今后应该考虑的问题。《鸿山越墓发掘报告》的作者在自己整理资料和编写报告的过程中,考虑到此次由墓葬发掘出土的随葬遗物大都保存完好或可完整复原,而且数量巨大的青瓷器和 40 多件玉器造型奇特、制作精美,不仅具有重要的历史、科学价值,尚有重要的艺术价值,遂决定在发掘报告之外,再分门别类地予以专题研究,并配以精美的彩色图版,和发掘报告一起提供给读者,这就是可以称为《鸿山越墓发掘报告》姊妹篇的《鸿山越墓出土礼器》《鸿山越墓出土乐器》《鸿山越墓出土玉器》三册大型图录和发掘报告同时出版的由来。我相信,这定会引起广大读者的浓厚兴趣,扩大读者群的范围,特别是受到文物美术界朋友们的关注。

越文化考古，如果从上世纪30年代成立"吴越史地研究会"，出版《吴越文化论丛》算起，至今已有70年的历史。70年来，通过考古工作者的努力，涌现出了许多重要发现，积累起了丰富的资料，推出了一个又一个研究成果，越文化发展演变的过程，越国很快崛起又很快消亡的历史已逐渐明晰起来，这是大家都甚感欣慰的；但是，我们也必须冷静的看到，越文化作为一个庞大的体系，在其内部究竟可以分为多少个支系和区域类型，它们和文献记载中的诸越能否一一对应，又如何对应，越国的都城究竟有几次迁徙，其遗址都在今天的什么地方，都城的规划设计和一般居址具有什么样的特点，越文化和中原诸国及吴、徐、楚的文化关系，越文化对后来秦汉时期中华一统文明的形成，发挥了什么样的作用等问题，还是需要深入研究的。在2002年初，我在为《印山越王陵》发掘报告写的序言中曾经提出，希望能有更多的年轻朋友参加到越文化考古的队伍中，"能制订出一个详细的、切实可行的越文化考古研究规划，围绕越国的都城、居址、陵墓、工艺技术、文化渊源、文化关系等课题扎扎实实地开展工作，将越文化研究推进到一个新的水平"，承继《印山越王陵》之后越文化考古又一重大成果《鸿山越墓发掘报告》及三巨册图录出版之际，我愿意再一次发出这一呼吁。

2007年4月27日

（原载南京博物院、江苏省考古研究所、无锡市锡山区文物管理委员会：《鸿山越墓发掘报告》，文物出版社，2007年）

《晋系墓葬制度研究》序

宋玲平的《晋系墓葬制度研究》一书就要出版了，这是值得高兴的一件事。这部书是在她的博士学位论文基础上修改完成的，从选题、撰写、通过答辩，到补充、修改定稿，前后断断续续大约经过了六七年的时间。作为她攻读硕士和博士学位的指导老师，我深知她投入的精力和付出的艰辛，此书如今能够公开面世，实属不易。尽管她本人觉得还不太理想，有些问题还需斟酌，不能算作最后结论，拿不拿出来还在犹豫；我自己也认为有些地方的确还有进一步加工的余地，还需要继续深入研究，但是，全面衡量，纵观来看，此书毕竟是现在从考古学角度比较全面、系统地研究从晋国始封直至韩、赵、魏三晋灭亡长达近八百年的晋系墓葬制度及其演变的第一部专著。它的出版，对当前晋文化考古、晋及三晋历史研究乃至整个西周时期考古与历史研究都有启发意义，是一个新的收获。

根据史籍记载，公元前11世纪中叶武王灭商之后，为了巩固新兴的西周政权，实行了分封制，晋国即是成王时期分封的诸侯国之一。据估计，迄今经科学发掘的两周时期宗周和各封国的墓葬已在万座以上，但周王陵尚未发现，卫国、虢国、燕国、蔡国、齐国、秦国、楚国、许国等国君一级的墓葬虽有发现，但不成系列或被盗严重。比较起来，两周时期不同发展阶段、不同等级的晋系墓葬发掘的最多，保存的也较好，虽说晋系墓葬也有缺环，也不算完整，但对从长时段观察其发展演变，研究其等级制度的转化过程，资料相对较为丰富，最有条件。就作者的情况来说，宋玲平在山西省考古研究所工作多年，接触过不少晋系墓葬的资料；攻读硕士学位期间，撰写的论文也与晋系墓葬有关。况且，她自己还参加过晋侯墓地的发掘工作，对晋文化研究的历史和现状比较熟悉。因此，她以晋系墓葬制度研究作为博士学位论文的选题，应该说也具有很好的基础，但尽管如此，我对她能否做好这篇博士论文仍心存疑虑。因为我深知，要做好这么大部头的文章，除了掌握考古材料，还必须去查阅大量历史文献和有关论著；除了有决心、有毅力，最关键的还要有很高的悟性和驾驭材料的能力，有切实可行的方法。没有想到的是，从确定选题到提出有清晰思路的开题报告，她仅用了不到半年的时间。只是到这时，我才松了一口气，我才断定她具有从庞杂的材料中，通过条分缕析，分清主次，抓住重点，提炼出需要进一步深入研究问题的能力，能够通过自己一步一步合乎逻辑顺序的研究步骤，做出最后的决断。

现在，她的著作已经摆在了大家面前，听候各位的评断。我看过之后，觉得比原来的博士论文有了很大的提高，重点更为突出，论据更为可靠，论证更为有力，也更有逻辑性。其中，对晋系墓葬的分类和晋系墓葬等级秩序的演变，以及晋系墓葬等级秩序破坏的社会背景等问题的分析，具有新意，是晋文化研究取得的新成果，对今后晋文化特别是晋系墓葬制度研究的深入定会发挥推动的作用。

关于晋系墓葬的分类，她认为分类的标准和依据应该是多方面的，而且是因时而异的。她依据墓葬规格及随葬品材质、种类、数量的不同，将晋系墓葬分为五类。A类是最高级铜器墓，墓主属国君级别；又根据其所处历史阶段的不同，再分为Aa、Ab、Ac三小类，Aa类是年代从西周早期到春秋早期的晋侯墓，Ab类是年代从春秋早期到战国早期的晋公墓，Ac类是年代从战国早期至战国晚期的三晋诸王墓。B

类是高级和普通铜器墓；又分为两小类，B-1类是高级铜器墓，墓主属高级贵族，大体相当于卿、大夫阶层，B-2类是普通铜器墓，墓主属普通贵族，大体相当于士阶层。C类是陶器墓，属平民阶层；又可分为三小类，C-1类是陶礼器墓，C-2类是日用陶器和陶礼器墓，C-3类是日用陶器墓。D类是无陶小件器物墓，墓主属被奴役者。E类是无随葬品墓，墓主属被奴役者或阵亡人员。这样的分类既是从各个不同方面横向比较的结果，也考虑到了因时而异出现的变化，是符合实际情况的。

关于晋系墓葬等级秩序的演变，她根据对各类墓葬各个不同方面的考察，将其划分为三个阶段。第一阶段为西周早期至春秋早期，是晋系墓葬等级秩序的逐步规范化与稳定期，A、B、C三类墓各自的纵向演变轨迹自然正常，等级秩序由松散状态逐步走向规范化，未见异常现象。第二阶段为春秋中期至战国早期，是晋系墓葬等级秩序的破坏期，B类墓的历时性演变规迹出现异常波动，B-1类墓在墓室面积、车马坑规模方面开始增大，在器用制度方面开始出现僭越，从春秋早期的3鼎一跃而升至7鼎，过去不能享用的编钟编磬、玉覆面在B-1类墓中成为新的时尚，其与A类墓的差距逐步缩小；随葬陶礼器以及陶礼器和日常使用陶器伴出的墓开始出现，单纯只随葬日常使用陶器的C-3类墓日益少见。第三阶段为战国中期至战国晚期，A、B、C三类墓均出现重要转折，此时A类墓由以往的"集中公墓制"开始向"独立陵园制"过渡；B-1类墓出现带双墓道的中字形大墓，B-2类墓开始出现随葬编钟编磬、使用玉覆面、墓室积石积炭者和随葬陶礼器者；C类墓中单纯随葬日用陶器的C-3类墓和日用陶器与陶礼器伴出的C-2类墓基本不见，随葬陶礼器成为陶器墓的普遍状况，墓葬等级秩序错乱无序，由其体现的礼制走向彻底崩溃。

关于晋系墓葬等级秩序破坏的社会背景，她认为存在嫡长子继承制受到前所未有的挑战而开始有所动摇,小宗必须服从大宗的规定遭到了破坏,周天子在诸侯心目中的地位急剧下降,诸侯国内国君的地位受到了来自卿大夫的威胁,有些公室被瓜分、列国纷纷称王等现象,这些社会等级制度由西周时期的稳定到东周时期的破坏,周天子土地所有制和诸侯土地领有制的井田制逐步转变为土地私有制的土地支配关系的变化,和东周时期宗法制的衰落瓦解、世族世官制逐步被君主集权的官僚制度所代替,以及急剧的社会变革对旧的社会观念产生巨大的冲击等社会经济、政治和思想观念的重大变化与晋系墓葬等级秩序的破坏密不可分,是这种重大变化的间接或直接的反映。

上述这些带有结论性的论断的得出,不是来自作者个人头脑的空想,也不是来自现成的书本知识,而是建立在作者在第四章各节中对晋系墓葬的墓地制度、墓祭、墓上封土和墓上建筑、墓葬形制与规模及车马坑、墓室封护与棺椁重数、随葬器用制度、殉葬制度等的具体分析和研究基础之上的,有足够的材料支撑,经得起讨论和推敲,是有说服力的。

学术研究没有止境。任何一项学术研究,都不可能回答所有的问题,有些问题即使试图回答了,也不见得完全正确。而且,当研究有所进展,取得了一定成果的时候,同时也会暴露出一些薄弱环节,也会提出一些新的问题需要继续深入研究。就晋系墓葬制度来说,我认为,将其放在整个周代墓葬制度的大背景下来看,虽然作者对晋系墓葬制度及其演变规律做了很好的梳理,但晋系墓葬与宗周墓葬及其他诸侯国墓葬比较,它自己究竟有什么独有的特点,宗周墓葬制度和其他诸侯国墓葬制度对晋系墓葬制度的形成与演变有没有影响、究竟是什么影响;还有,正如书中已经提到的,晋系墓葬用鼎制度的形成为什么会晚于宗周地区;晋系墓葬用鼎制度为什么会与虢国等国的用鼎制度存在等差;为什么使用五鼎四簋制的晋侯墓可以有墓道甚至有南北两个墓道，而使用七鼎六簋制的虢公墓却没有墓道等问题，都还需要在深入研究的基础上做出新的回答。从这个角度来说，《晋系墓葬制度研究》一书的出版，既是对以前该问题研究的一个总结，也是新研究的开始，我很期盼今后宋玲平还会不断有新的研究成果问世。

2007 年 5 月 14 日

（原载宋玲平著：《晋系墓葬制度研究》，科学出版社，2007 年）

《燕山南麓地区早期青铜文化遗址发掘报告》序

首都所在的北京地区,自新石器时代开始直至晚近历史时期,一直是中原古文化与北方古文化交往的舞台。历史时期,因为有较多的文献记载,这种交往的具体情况就不必多说了。单就新石器时代和早期青铜时代的情况而言,根据以往考古发现的材料,考古工作者已经勾画出了大体的轮廓;从门头沟东胡林经平谷上宅到昌平雪山一期,大约自公元前 9000 年至公元前 3000 年的新石器时代,发现于北京地区的新石器文化,时代有先后,面貌有差异,但总的特征却具有鲜明的北方新石器文化的印记。到东胡林遗址、上宅遗址参观过或观摩过其出土标本的学者,一看到东胡林出土的石刃骨梗刀、石磨盘、陶平底盆或者上宅出土的之字纹筒形罐、陶支脚,马上就会联想到在北方有广泛分布的兴隆洼文化、赵宝沟文化的同类器;熟悉雪山一期文化内涵的学者,一看到雪山遗址出土的彩陶片、双耳壶、大口罐便很容易和北方地区的小河沿文化联系起来。而其后,相当于中原龙山文化时期的雪山二期文化却和以唐山大城山遗址为代表、过去曾一度被称为河北龙山文化的中原龙山文化系统遗存有较多相像之处。这种表现在不同系统考古学文化上的来潮和退潮,自然是当时中原与北方不同民族之间互有进退的写照。

当历史的车轮转动到早期青铜时代,似乎出现了更为复杂的文化态势。雪山三期文化时期,从一些遗址出土的材料可以看出,一方面有从雪山二期文化继承发展下来的因素，可以举出的最明显的例子就是鼓腹绳纹空袋足鬲；一方面又可看到来自遥远的西北朱开沟文化中的以蛇纹鬲为代表的因素；还可以从中分辨出数量虽少但特征鲜明的来自早商文化影响的因素；但给人印象最深刻的恐怕还是来自北方夏家店下层文化的因素。这正是包括我在内的一些研究者过去之所以将其称为夏家店下层文化燕南类型或大坨头类型的原因。复杂的文化面貌，令一些研究者困惑，也令一些研究者向往，如何解释这一时期的文化现象，曾一度成为学术界关注的课题。但遗憾的是，类似雪山三期的遗存，北京地区只是零零星星的发现，缺乏规模较大、内涵丰富又经过科学发掘的典型遗址，雪山遗址虽然较好，但并不单纯，而且至今未能出版正式的发掘报告，这不能不为对这类遗存的深入研究带来一定的障碍，以至于对它的文化特征、文化结构和年代分期等基本问题都难以取得较为一致的认识。"功夫不负有心人"，经过北京市考古工作者的努力，现在搬开这些障碍的机会终于来到了，这就是北京市文物考古研究所、北京市昌平区文化委员会组织的对昌平张营遗址的发掘和由我十分熟悉的主要发掘者郁金城、郭京宁主笔的《昌平张营——燕山南麓地区早期青铜文化遗址发掘报告》的问世。

2004年，张营遗址发掘资料整理期间，我曾有幸到整理现场观摩标本；现在报告初稿完成以后，又获邀为报告写序，得以先睹为快，自是感到无比的兴奋。最令我受鼓舞的是，张营遗址面积虽然不大，但时代单纯；内涵虽不算丰富，但居址、窖穴、窑址、烧灶、墓葬等各类遗存却应有尽有；文化堆积虽不算厚，但层次清楚，从而为探讨上述有关问题提供了难得的有利条件。《报告》作者依据地层叠压关系，将早期青铜时代遗存分为连续发展的三期，建立起了新的分期标尺，并一一与中原夏商文化的分期标尺相对应，推定了各期的绝对年代；依据对遗存文化构成因素定性定量的分析，讨论了其文化性质，认为其为典型的大坨头文化遗存；而且在此基础上，又探讨了其与周邻文化的关系，认为大坨头文化的形成及其与周邻其他文化的密切交往关系，完全证实了当时的北京地区的确是南北文化交流的重要枢纽，是一个开放、包容、虚怀若谷的舞台。除此之外，作者还以仅有的材料探讨了其经济结构、聚落形态以及陶器的制作工艺。作为雪山遗址发掘的参加者，作为对北方青铜文化怀有浓厚兴趣且围绕某些问题写过文章、发表过议论的同行，我认为上述论断是实事求是、符合实际情况的，我同意他们的论断。以《报告》作者提出的这些新的认识与以往相关研究成果相比较，无疑有了新的发展。第一，在年代分期上，《报告》所分的三期虽不能概括整个大坨头文化的分期，但就相当于中原地区的夏代晚期至商代中期早段而言，三期的划分显然更为精细，而且它是依据单纯一个遗址的地层叠压关系作基础提出来的，真实性就可能更大；第二，在文化性质上，《报告》将张营一类遗存归入大坨头文化，而不采用夏家店下层文化燕南类型或大坨头类型的说法，是建立在对其文化内涵定量分析基础之上的，具有更充分的说服力，过去我们虽将这类遗存归入夏家店下层文化系统，但实际上也不认为它和以药王庙遗址为代表的夏家店下层文化有共同的来源，实际情况的确是，它虽有较强烈的夏家店下层文化的影响，但毕竟不如土著因素数量多、特征更鲜明，《报告》将之从夏家店下层文化中独立出来，更能反映历史的真实；第三，在文化关系上，《报告》除进一步论证了过去曾经有所涉及的其与夏家店下层文化、二里岗期商文化、朱开沟文化的关系，更扩大探讨了其所受到的来自中原龙山文化后冈类型、造律台类型乃至东方岳石文化的影响，视野更为宽广。

  学术研究的规律证明，当你在某些问题上取得突破的时候，也往往会提出一些新的需要研究的问题。张营遗址是大坨头文化的一处典型遗址、大坨头文化与夏家店下层文化是燕山南北两支渊源有自并行发展的文化的确认，似乎并不排斥二者间存在某种特殊的关系。如果从更大范围、从更长的历史时段来看早期青铜时代华北与北方地区的文化格局，我认为，尽管燕山南麓地区的大坨头文化有自己的独有特点，其最初还是源自带有浓厚中原文化色彩的雪山二期文化，但总体看来，它仍然可以划归为北方文化大系统，直至继其而起的围坊三期文化——张家园上层文化都是如此，只是从西周初年"召公封燕"建立燕国，在中原文化大潮的冲击下，北方系文化才又一次向北退缩，在此历史舞台上，演出了又一幕南来北往、跌宕起伏的话剧。其实，《报告》的作者也有这样的认识，夏家店下层文化与大坨头文化"在某种程度上已构成一个层次更高的亲缘文化区"的表述已证明这一点，而且他们也明确表示同意对我国北方地区青铜文化有深入研究的已故刘观民先生等关于夏家店下层文化晚期其中心有由北向南即向燕山以南移动的趋势的分析。当然，围绕张营遗址提出来的需要研究的问题还有很多，例如墓葬与居址的关系、青铜冶铸技术的来源、居民的族属等，都是今后应该继续深入探讨的。

《报告》作者之所以能提出有真知灼见的论断，是与他们能很好地处理材料、消化材料、运用材料，能较好地运用从原始材料中发现问题、分析问题、解决问题的科学研究方法分不开的。《昌平张营——燕山南麓地区早期青铜文化遗址发掘报告》共分六章并包括四个附表、六个附录，除第一章绪言、第六章结语和第四、五章对早于和晚于张营早期青铜时代的遗存的介绍，最大篇幅的第二章、第三章集中、客观、有序地报道了张营最重要发现的大坨头文化的地层关系、遗迹、墓葬和遗物。除了对遗迹、遗物的综述和对陶器等的分型分式的类型学研究，还特地分灰坑、房址、灶址、墓葬、陶窑、灰沟等6类遗迹按单位做了分述。这种对发掘材料全部公布的做法，既为读者提供了再研究的可能，也成为支撑《报告》作者自己所做出的各种论断的依据。《报告》第六章结语部分的许多结论，包括前面我们曾经提到过的年代分期、文化性质、文化关系等的论断的可信性，都可以通过《报告》第二章、第三章公布的材料去验证。除此之外，《报告》还请有关方面专家分别对出土人骨、动物骨骼、青铜器、碳样标本等做了测定，予以公布。评论一本考古报告是否合格，首先是要看对发掘材料是否尽可能多的予以发表；第二是要看对发表材料的处理是否科学；第三是要看是否尽可能多的运用现代科技手段对发掘材料做了解析；第四是要看发掘者、报告编写者是否依据这些材料做出了应有的研究成果。从这四个方面考察，该《报告》都做出了积极的努力，并达到了较高的水平，是一部较好的考古报告。

作为一名考古工作者、作为一名考古发掘报告的编写者都知道，考古报告的质量如同田野考古的质量一样，是一个不断追求、不断提高的过程，精益求精永远是我们的目标。从这个角度来看，该《报告》无论是文字的推敲、前后照应的技术处理，还是研究的广度和深度，都有改进的余地。我知道，作为北京市考古工作的领军人物和业务骨干，郁金城、郭京宁两位先生除此之外还有新的考古报告编写的任务，我祝愿他们在新编写考古报告时，在不断追求精益求精的过程中有新的提高。

2007年6月16日

（原载北京市文物研究所、北京市昌平区文化委员会：《昌平张营：燕山南麓地区早期青铜文化遗址发掘报告》，文物出版社，2007年）

《新密新砦：1999-2000年田野考古发掘报告》前言

1999年9月开始的对新密新砦遗址的发掘，是1999年5月28日北京大学古代文明研究中心成立时设立的"新密新砦遗址的分期与年代研究"课题的工作内容，目的是探索早期夏文化，为"夏商周断代工程"拟定夏代年代学基本框架提供支撑，并为即将开展的"中华文明探源工程"积累资料。发掘工作由北京大学考古文博学院和郑州市文物考古研究所联合组成的考古队承担，以"夏商周断代工程"名义招收的硕士研究生武家璧参加了1999年的发掘，博士后研究人员赵春青作为骨干力量自始至终参与了从发掘、整理到编写报告的全过程。

新密新砦遗址，1964年由当时的县文化馆馆长魏殿臣先生调查发现。1979年中国社会科学院考古研究所赵芝荃先生首次对其进行了试掘，认为该遗址有早于二里头文化一期又晚于河南龙山文化晚期的过渡性遗存，并提出了"二里头文化新砦期"的命名。惜因当时试掘面积过小，出土材料有限，"新砦期"是否真的存在，长期未能得到确认。

1996年，国家"九五"重大科技攻关项目"夏商周断代工程"启动。当时，为慎重起见，在"夏代年代学的研究"课题所列"早期夏文化研究"专题中，只列了登封王城岗和禹县瓦店两处遗址的发掘，新密新砦未列其中。1999年底，对新密新砦遗址第一期发掘结束之后，证实赵芝荃先生提出的"新砦期"遗存的确存在。因此，还是将"新砦遗址的分期与研究"列为"夏商周断代工程"新增补的一个课题，2000年上半年对新密新砦遗址的继续发掘遂成为课题组的中心任务。现在，摆在大家面前的这部报告，即是北京大学古代文明研究中心和郑州市文物考古研究所1999-2000年对新密新砦遗址发掘所获资料的汇集和初步认识。也许在某些方面学术界还会有不同的看法，但它填补了河南龙山文化与二里头文化之间的缺环、拓展了夏文化研究的领域，则是不争的事实。

从考古学上探索夏文化，自1931年徐中舒先生发表《再论小屯与仰韶》一文提出仰韶文化是夏文化以来，至今已有七十多年的历史。七十多年来，随着相关考古遗存的不断发现，围绕何种考古学遗存是夏文化的讨论日益深入。

1947年，继徐中舒先生之后，范文澜先生在其所著《中国通史简编》第一册中，以文献中有"夏人尚黑"的记载，将以蛋壳黑陶为特征的山东龙山文化视为夏文化。

20世纪50年代，考古工作者在河南登封玉村、郑州洛达庙等地相继发现了早于以郑州二里岗为代表的早商文化又晚于河南龙山文化的洛达庙类型遗存。李学勤先生率先提出洛达庙类型遗存最有可能是夏代遗迹的观点。

1959年，中国科学院考古研究所（现中国社会科学院考古研究所）研究员徐旭生先生以七十多岁的高龄率队赴豫西、晋南做"夏墟"调查，于河南省偃师县（今偃师市）发现二里头遗址，并于当年组织发掘，揭开了以二里头遗址和以二里头遗址为代表的二里头文化为研究夏文化主要对象的序幕。

1977年，安金槐先生开始主持登封告成王城岗龙山文化城址的发掘，第一次夏文化讨论会以"登封告成遗址发掘现场会"的名义在登封召开。会上中国科学院考古研究所所长夏鼐先生提出了考古学上夏文化的定义，认为只有"夏王朝时期夏族人民创造和使用的文化"才能称为夏文化；考古研究所二里头工作队和东下冯工作队分别介绍了两地发掘的收获和他们的观点，二里头文化可分为连续发展的四期，有二里头和东下冯两个类型的观点得到确认；安金槐先生认为正在发掘的王城岗龙山文化城址有可能是文献上所讲的"禹居阳城"的阳城；邹衡先生提出郑州商城亳都说，认为二里头文化一至四期均属夏文化。

1983年，西南距二里头遗址仅6千米的偃师商城被发现，原来主张二里头遗址为西亳，二里头文化一、二期或二、三期是夏、商文化分界的学者，转而认为偃师商城为西亳，二里头文化主体是夏文化，二里头四期时实现了夏商王朝的更替，二里头文化四期已是商灭夏后的夏文化。

1986年，田昌五、李伯谦分别根据对有关文献记载和考古材料的研究，先后提出了二里头文化可能是"后羿代夏""少康中兴"以后的夏文化的观点。

1996年，国家"九五"重大科技攻关项目"夏商周断代工程"启动，在1997年工程召开的"夏代、商前期考古年代学讨论会"上，经过热烈讨论，逐步形成了"郑州商城、偃师商城的始建年代基本同时或略有先后，都是划分夏、商文化的界标，二里头文化一、二、三、四期是夏文化，但二里头文化一期不是最早的夏文化，早期夏文化要在嵩山南北的河南龙山文化晚期遗存中去寻找"的主流认识。

从1996年"断代工程"开始至2000年启动的"中华文明探源工程预研究"继续进行的对登封王城岗遗址的再发掘，发现了一座打破小城、面积达30多万平方米的大城，经 ^{14}C 测定，年代约为公元前2000年，证实此地确为文献记载的"禹都阳城"的所在地，以其为代表的河南龙山文化晚期遗存才是早期夏文化。

1999年至2000年新密新砦遗址的发掘，除填补了河南龙山文化与二里头文化之间的缺环,其中有相当数量的来自东方文化因素的存在,还证明了文献记载的夏朝初年发生的"后羿代夏"事件确有其事,"新砦期"遗存是"后羿代夏"时期形成的即以河南龙山文化系统因素为主又融合有东方山东龙山文化因素的"夏文化",晚于它的二里头文化确为"少康中兴"以后的"夏文化"。

回顾这一过程,使我们看到夏文化的发展历程曲折而又漫长。大体来说,以王城岗大城为代表的河南龙山文化晚期遗存—"新砦期"遗存(或曰新砦文化)—二里头文化是夏文化经历的三个大的阶段,约从公元前21世纪至公元前16世纪,贯穿了其起始至消亡的始终。新砦遗址的发掘,正像以上提到的其他遗址的发掘一样,也对夏文化的确认和对夏文化发展道路的深入认识提供了重要的佐证。

该报告正文共分十章,插图348幅,图版570幅,插表74个,附表40个;另有附录4个。第一章为概论,分五节分别介绍了遗址所在地区的自然地理环境、历史沿革、古文化遗址分布概况、新砦遗址概况、工作经过和工作方法;第二章为地层堆积,分别介绍了探方分布和南部、北部、东部三个发掘区的地层堆积概况与典型文化层;第三、四、五章分别介绍了第一、二、三期遗存,一期为河南龙山文化或曰王湾三期文化晚期,二期为"新砦期",是此次发掘的主要收获,三期为二里头文化一期;第六、七章分别是对动物遗骸和植物大遗骸的研究;第八、九章分别是对当时人类食谱和生存环境的专题研究;第十章结语,分三节分别概括、分析和阐述了各期文化特征、考古材料反映的环境状况和社会生活,以及"新砦期"遗存发现的意义。四个附录分别是对出土铜器、人骨和1999、2000年出土石器种类及岩性的检验与鉴定报告。

报告编写的指导思想是科学的尽可能多的发表材料,以供读者研究之用;同时,作为发掘者和第一手资料的掌握者,我们也力求对某些问题做出自己的分析，提出自己的见解，为今后更深入的研究抛砖引玉，做个开头。

该报告的提出，是参加发掘的同仁和获邀参与相关工作的各方朋友共同努力的结果。虽然我们尽力了，但肯定还有这样那样的不足，这是要特别恳请读者、研究者提出批评、不吝赐教的。

2007年10月5日

（原载北京大学震旦古代文明研究中心、郑州市文物考古研究院：《新密新砦：1999-2000年田野考古发掘报告》，文物出版社，2008年）

《中国铅同位素考古》序

2008年是我国铅同位素考古研究的丰收年,继崔剑峰、吴小红的《铅同位素考古研究:以中国云南和越南出土青铜器为例》一书之后,被该书誉为中国铅同位素考古第一人的金正耀教授的《中国铅同位素考古》专著又行将公开面世,这无疑是我国科技史与考古学界的一桩喜事。作为金教授的朋友和他的铅同位素考古论文的热心读者,我谨对这部凝结着他多年研究成果精华和心血的著作的出版,致以衷心的祝贺!

我最早知道金正耀的名字还是20世纪80年代初,当时,他发表在中国社会科学院研究生院学报上一篇谈中国早期红铜器的文章引起我浓厚的兴趣,我认为一个在读的研究生能写出如此有见地的论文,很了不起,很有发展前途。后来,我又陆陆续续看到他既写有关道教的文章,又写冶金史、铅同位素考古的文章,颇觉好奇,经打听才知道,他在合肥中国科技大学毕业后,曾师从著名的钱临照、李志超教授攻读理学学士学位,专门研究铅同位素考古。得到硕士学位后,又考入中国社会科学院宗教研究所,随著名学者任继愈攻读博士学位,专门研究道教问题,成为一名哲学博士。现在在学科越分越细的情况下,一个人能同时涉足两门完全不同的学科实属不易,也着实令人羡慕。不过在我看来,在他二十多年的学术生涯中,他虽也发表过许多研究道教的文章,甚或不止一次出版过专著,在哲学宗教学界有相当广泛的影响，但他最重要的学术贡献还是在铅同位素考古领域，他自己似乎也更钟情于此，这从他在中国社会科学院宗教研究所工作长达二十多年之久，又毅然回到自己的母校合肥中国科技大学，专门从事科技史与科技考古研究即可证明。

诚如崔剑峰、吴小红所言，金正耀的确是我国铅同位素考古第一人。早在上世纪八十年代初，在国际学术界刚刚证明运用铅同位素方法可以应用于青铜器矿料产源研究之后不久，他在攻读硕士学位期间，即在钱临照、李志超教授指导下，开始对殷墟青铜器同位素比值的测定和研究，在12件青铜器中，发现有6件的铅同位素比值是高放射性成因铅，属于密西西比型高放射性成因铅的一种，而在我国，当时的研究只发现在云南永善金沙厂地区的铅锌矿床具有这种特征，从而在他于1984年完成的硕士论文《晚商中原青铜的矿料来源研究》中提出了"商代青铜矿料西南说"，在中国考古学界尤其是商周考古研究学者中引起轰动，极大地拓宽了人们研究文化交往关系的视野。论文的主要成果于1984年8月在"第三届中国科学史国际学术讨论会"上报告后，亦为国外学者所重视，英国《剑桥中国史（先秦卷）》曾予引用。

此后，金正耀克服各种困难，排除各种障碍，一直执着的、斗志昂扬的在中国铅同位素考古领域驰骋。九十年代，他与美国史密森研究院汤姆·齐思博士、日本东京国立文化财研究所马渊久夫和平尾良光研究员合作，通过采样、测量获得了郑州商城、盘龙城、三星堆等地出土的大量商周青铜器以及战国货币的化学组成与铅同位素数据。进入21世纪，金正耀又先后测定了偃师二里头、新干大洋洲、成都金沙、汉中城固、天马-曲村等遗址出土青铜器的铅同位素比值，发表了几十篇专题研究文章和测定报告，通过持续不断的研究实践，在铅同位素考古领域特别是对高放射性成因铅的研究，得出了一系列重要认识，主要有：

一、确定中国发现的高放射性成因铅的规模性开采利用,主要发生在中国青铜时代的商代。

二、确定这种高放射性成因铅金属资源在商代规模性开采利用的年代区间是从商代初期到殷墟三期。殷墟四期的青铜生产中,这种金属资源的供应已基本中止。

三、推断这种高放射性成因铅金属资源产地的靶区在西南地区。证据是中国其他地区西周遗址出土的青铜器都很少含有这种高放射性成因铅,只在远离中国青铜文明发展中心区域的四川盆地,如年代在商末周初的成都金沙遗址出土青铜器中,多数还含有这种高放射性成因铅。

四、结合青铜器合金成分分析,确定这种高放射性成因铅来自铅矿,并推断这种铅是同西南地区优质铜锡金属资源一起进入黄河流域商代青铜生产的,它是西南地区青铜金属资源的指示剂。

在我们回顾金正耀教授的学术经历和在中国铅同位素考古领域做出的重要贡献的时候,有一件事我还想借机提一提。大约是上世纪九十年代中期我担任北京大学考古系主任期间,为了推进考古学与自然科学的结合,扩大北大科技考古的覆盖范围,有意请金正耀来校创建铅同位素考古实验室,这一想法得到金正耀的积极响应,他一面酝酿计划,一面同马渊久夫先生商量,作为北京大学考古系和日本东京国立文化财研究所的国际合作项目,由日方捐赠相关仪器设备,共同开展研究。这一计划后来因故未能实施,未免有些遗憾,但他们两位的热情和为此付出的辛劳却令我始终心存感激,难以忘怀。

从1984年金正耀完成铅同位素考古硕士论文到现在,24年过去了。铅同位素考古经过国际学术界1995年至1999年的反思和大讨论,其在青铜器矿料产源研究中的作用,得到越来越多学者的肯定,在我国也日益受到重视和更多的采用。金正耀教授的《中国铅同位素考古》

见证了铅同位素方法在中国生根开花结果的历程，也为今后的发展和普及奠定了坚实的基础。时代在前进，学科在发展，铅同位素考古作为一种研究方法和技术手段，也必然会不断改进和提高，其与其他学科的相互渗透和结合也将以更快的速度前进。我衷心祝愿作为中国铅同位素考古开创者的金正耀教授，在今后的研究实践中，以更宽阔的胸怀和眼光借鉴国内外同行的经验，从新的理论、方法中汲取新的营养，继续引领中国铅同位素考古航船破浪前行，做出不愧于时代的新贡献。是为序。

（原载金正耀：《中国铅同位素考古》，中国科学技术大学出版社，2008年）

《周代用玉制度研究》序

玉器作为古代先民社会生活的一种遗物，在我国已有八千多年的历史。在其绵延不断的发展历程中，大约可分为五个阶段：在距今约八千年至五千五百年前后的新石器时代中、晚期，玉器主要作为人们的装饰品使用，以北方地区的兴隆洼文化，中原地区的裴李岗文化、磁山文化、仰韶文化、长江中下游地区的石门皂市下层文化、大溪文化与河姆渡文化及崧泽文化为代表，常见的玉器是耳饰玦和作为坠饰的玉璜等；在距今约五千五百年至四千五百年前后的新石器时代末期，以北方地区的红山文化和长江下游地区的良渚文化为代表，常见的玉器是巫师作法时佩戴的玉龙、玉鸟、玉蝉、勾云形佩等佩饰和向各种神祇致祭时使用的琮、璧等；在距今约四千五百年至公元前十一世纪中叶的尧、舜、夏、商时期，以龙山文化和夏、商文化中心聚落遗址为代表，常见玉器是作为王权、军权权力象征的斧、钺、戚、戈、牙璋等；在距今约公元前十一世纪中叶至公元前三世纪末的西周、春秋、战国时期，常见玉器是在各种礼仪场合使用的圭、璋、璧、环、璜、珩、柄形器、玉覆面等；而自秦汉以降，玉器则逐渐失去神秘色彩，成为人们日常生活使用的物件和玩好。

追溯这一发展历程可以看出，在我国古代不同社会历史发展阶段，玉器在人们社会生活中的地位和其功能意义虽有不同，但却一直不曾间断，而且有着清晰的发展演变轨迹。正由于其历史悠久、种类繁多、艺术性强和意涵深邃的鲜明特点，很早以来就已成为人们关心和研究的对象，并逐步形成为现代考古学的一个研究分支。在其材质、产地、功能、制作工艺以及美学意蕴等诸多研究领域，功能以及功能的演变无疑是最重要的一个方面，因为只有如此，才能揭示出其扮演的社会角色的本质特征。对这一领域的研究，方兴未艾，成绩斐然，自上世纪九十年代以来，李学勤、张长寿、张永山、王宇信、刘云辉、曹楠等均有相关论文发表，日本学者林巳奈夫、町田章等出版了研究专著。而即将公开面世的孙庆伟《周代墓葬用玉制度研究》一书，无疑是周代用玉研究的最重要的一部新作。这部书三十多万字，配有八十四幅插图、二百个附表，分上、下两篇和结语三大部分。上篇是资料，是对周代墓葬出土玉器的复原和统计；下篇是分析，是围绕服饰用玉、瑞玉和丧葬用玉及其制度展开的研究；结语则是分析研究之后所做的综合，集中条列出了其提出的重要结论性意见。

孙庆伟的这部著作，是在其博士学位论文基础上补充修改而成的。他一九八八年考入北京大学考古学系，一九九三年开始随我攻读硕士、博士学位，如果从其撰写硕士学位论文《西周墓葬出土玉器研究：兼论西周的葬玉制度》算起，和玉器结缘至今已有十多年的历史了。十多年来，他系统梳理了玉器研究历史，古代文献有关玉器和用玉事例的记载，考古发掘出土玉器或与研究玉器有关的资料，参加了集中出土西周玉器的山西曲沃北赵晋侯墓地的发掘，随玉器研究名家吴棠海先生专门研习过玉器制作工艺技术，为论文的写作打下了比较坚实的基础。在撰写过程中，经常与同学、老师切磋，又通过硕士、博士学位论文答辩吸收了各位答辩委员提出的合理中肯的意见，做了认真的修改和增删。因此，我认为这部著作资料丰富扎实，分析精辟透彻，结构严密合理，提出的许多带有结论性的论断充满新意而且有理有据，是经得起推敲的。尽管这些论断在书中均有详细论述，但是我还是想借此机会将其简明扼要的提出来以引起读者的注意。这些带有结论性的论断主要有：

一、将周代用玉分为三大发展阶段，西周早期至西周中期前段为第一阶段，是周代用玉制度的萌芽期。表现在审美意趣有一定的原始性和"民俗性"器类常见，而具有等级意义的器类如大型石玉圭、饰棺用玉、玉覆面和墓祭用玉等则罕见或不见；西周中期后段至春秋为第二阶段，是周代周玉制度的高峰期。审美意趣表现出"尚文"的倾向，礼制性的玉器大型石玉圭、饰棺用玉、玉覆面和墓祭用玉出现并盛行；战国时期为第三阶段，是周代用玉制度的变革期。传统器类出现革新，新旧器类开始更替，礼制性器类在低等级墓葬中开始使用并流行。

二、从用玉制度考察，将周天子之下的诸侯、大夫、士及庶民四个等级进一步概括为两大阵营，诸侯和大夫属第一阵营，士和庶民为第二阵营。在两大阵营的内部，墓葬用玉情况较为接近，而两大阵营之间，用玉情况则有不可逾越的鸿沟。第一阵营，普遍用玉随葬，随葬的玉器器类多、数量大，第二阵营，玉器墓比例明显低于第一阵营，玉器的种类和数量普遍要少甚至不用玉器随葬；高级玉料、主要器形、有纹玉器主要见于第一阵营墓葬，低级玉料、次要器形和少纹或无纹玉器则多见于第二阵营墓葬。

三、从性别用玉考察，周代服饰用玉具有明显的"男卑女尊"特点，礼仪用玉则是"男尊女卑"，而丧葬用玉则表现为"男女平等"。

四、从用玉的地域特征考察，周代用玉明显表现出南北分野现象。北方是周秦文化系统，南方是楚与吴越系统。两大系统在服饰用玉等习俗层面上基本相同，但在礼仪层面上却表现出较大的差异，前者普遍使用瑞圭和饰棺用玉、玉覆面等，后者则根本不用。

五、玉是周代主流社会主导思想的载体和象征物，玉文化在周文化中居于核心地位，周代玉文化是中国玉文化发展历程中的最高峰。

除以上这些在较高层级上对周代墓葬用玉制度做出的带有规律性的概括，其他诸如对玉器中璜、珩的判别，对金文中"葱黄""葱衡"非玉之解释，对玉器中戈与圭为一物两名、玉含与贝含意义不同的分析，对周代贵族大墓中常见的山字形铜片为文献中所讲送葬时"随柩车而行翣"之翣首的考证，对文献中玉有"六器""六瑞"之说的否定等，也无不具有新意，读起来犹如静坐品茗，饶有兴味。

这些富有新意的认识和论断的得出，正像前面我们已经提到的，固然与他的勤奋、执着和持之以恒的精神有关，这从他在撰写论文过程中对3800座周代墓葬随葬玉器一一做出复原统计、查阅了429部相关论著即可见一斑。但同样重要的，也在于他善于思考，善于在研究中正确处理文献与考古的关系，以相关文献记载为线索，通考古研究最后做出裁断。

作为孙庆伟攻读硕士、博士学位时的导师和现在的同事，我很注意不该说什么过誉的话，但从周代周玉制度研究的历史和现状来看，从与同类论著比较其涉及的广度和达到的深度来看，实事求是地说它的确是相当优秀的。

当然，学术研究没有止境。作为一名考古工作者，研究领域宽广的很，比较起来，玉器仅是一个很小的范围。即是玉器，一个人的力量也难以都研究清楚。况且本书中的一些论断也还存有不同看法，是否真的如此，还需经得起检验，也有一些问题例如柄形器究竟是何用途等也还没有能够提出看法。因此，当我怀着和孙庆伟同样的心情为本书的出版感到高兴的同时，也希望孙庆伟进一步放宽视野，驰骋于更为广阔的领域，不断有新追求，不断有新成果问世。是为序。

2008年5月

（原载孙庆伟：《周代用玉制度研究》，上海古籍出版社，2008年）

《镇江出土吴国青铜器》序

为了迎接镇江博物馆建馆五十周年，以馆藏为主的《镇江出土吴国青铜器》一书即将付梓，这是学术界的一大盛事，谨致以热烈的祝贺和诚挚的谢意！

在镇江博物馆五十年发展的历史上，吴文化研究和吴国青铜器的收藏一直是馆里工作的重中之重。1954年，因丹徒烟墩山随葬宜侯夨簋等青铜器的土墩墓的发掘而兴起的新中国建立后第一次吴文化研究热潮，直接或间接促成了镇江博物馆的成立。自博物馆成立一开始，探索吴文化和收藏吴文化遗物很自然就成为馆的重要课题。从上世纪六十年代以来，句容城头山、白蟒台，镇江马迹山，丹徒丁岗断山墩、赵家窑团山，丹阳王家山和凤凰山，镇江大港乌龟墩、谏壁月湖乌龟山等遗址的发掘；溧水乌山土墩墓，句容浮山果园土墩墓，金坛鳌墩土墩墓，丹徒大港母子墩土墩墓、磨盘墩土墩墓、大港土墩墓、北山顶土墩墓及粮山、王家山、青龙山、四脚墩等土墩墓的发掘；镇江博物馆都是积极的参加者或主持者。1982年，经过时任镇江博物馆馆长的陆九皋诸位先生的协调奔走，江苏吴文化研究会成立，1984年，镇江博物馆便主办了声势浩大的第二次吴文化学术讨论会，吸引了省内外众多研究者与会。作为吴文化研究的倡导者和基干力量，馆内陆九皋馆长和刘兴、肖梦龙、刘建国等先生提交的论文或者发言所阐述的观点，因为有自己亲自发掘和整理的材料作依据，倍受与会学人的注意。作为上述许多遗址和墓葬发掘现场的参观者,作为吴文化研究会成立大会和镇江博物馆主办的吴文化学术讨论会的参加者,这些虽然都是二十多年前的往事了,但我回想起来仍历历在目,言犹在耳,难以忘怀。经过学术界二十多年持续不断的努力,这里要特别提到镇江博物馆考古同仁们付出的辛劳,吴文化研究已取得了重大收获。在我看来,这些收获主要是:确认了吴文化自宁镇地区发源然后向东和其他方向逐步扩展的发展趋势;发现了一大批吴文化发展历程中不同时段的重要遗址和墓葬,总结出了吴文化的特征和演变轨迹;基本梳理清楚了吴与中原、吴与楚、吴与越等的文化异同与文化交往关系;揭示了吴国社会结构特点和走向文明的独特道路以及其在形成中华一统文明过程中发挥的作用。了解了吴文化研究的历史和现状,了解了吴文化研究已经取得的成绩,回头来再看这部新出版的《镇江出土吴国青铜器》,可以毫不夸张的说,它的确是一部具有坚实科学基础的、具有内在紧密联系的、足以从一个重要侧面反映吴文化的特征及其发展历程及发展高度的重要著作。

首先看其选材。在收入图录的198件(组)铜器中,142件有明确出土单位,主要是墓葬,个别为遗址或窖藏。其余56件,43件有明确出土地点;13件为废品收购站拣选,虽无具体出土地点,但一般也不出废品收购站所在的县域或邻近各县。这就保证了入选器物的真实性和可靠性,从而排除了像有些图录出现的某些器物真赝或文化归属同异的争论的可能。

第二看其编排。该图录没有采用常见的先按器类再分时代先后排列的做法,而是引入考古学上的"组合""共存"等概念,先分大的时代再按出土单位排列器物,从而为读者提供了相对而言比较完整的、存在内在联系的研究资料,进一步增强了作为研究素材的科学性。

第三看其器物说明。除了名称、尺寸大小、形制花纹描述、出土时间、出土单位或地点，还特地注明了现在收藏单位，为想观摩实物的读者提供了指南。对于那些从废品收购站拣选的铜器，还注明了废品收购站所在的县市，为某些对这类器物想进一步追索其来龙去脉的研究者提供了可贵的线索。

第四看其器物年代定位。该图录只分为商晚、西周和春秋三个大的时间段，看似粗疏，但实际上是经过深思熟虑后的裁定。因为，尽管图录的编纂者除商代晚期又将西周、春秋各分为若干段，但实际上对一些铜器包括出土铜器的墓葬的年代是有不同意见的，例如，对宜侯夨簋和出土宜侯夨簋的土墩墓的年代的看法即不尽相同，现在这样处理，既保持了其合理性，又为进一步研究留下了应有的空间。

第五看其墓葬性质判定。收入图录的大部分青铜器尤其是有铭文的青铜器，主要出土于大型土墩墓中，其中有些据其规模、形制、随葬器物及有无殉葬人、陪葬墓等判断，确为王一级的墓葬。有的研究者，包括该书的作者肖梦龙先生在内，在自己有关研究论文中，已经推定出宜侯夨簋的墓即宜侯夨墓，出伯簋的大港母子墩墓或即吴国第六代国君熊遂之墓，青龙山春秋中期偏晚大墓或即吴国第一个称王的吴王寿梦之墓，出"甚六""尸祭"铭文铜器的背山顶春秋晚期大墓或即吴王余眜之墓，但在编辑该图录时，除了采纳郭沫若、唐兰、李学勤诸位先生的意见将出宜侯夨簋的墓径指为宜侯夨墓外，其余均只标出时代，而未提及自己推断的可能墓主。这并非否定自己的结论，也并不表示没有这种可能。这样处理，恰恰反映了作者的慎重。正像在定位器物年代时为读者留下应有的空间一样，在判定墓葬性质时也为读者留下了足够的思考余地。

而就铜器本身而言，通过综述和器物说明，特别是精美的照片，我们更可以清晰地看到吴国青铜器所独有的特征。正像综述所已经指出的，吴国青铜器从西周至春秋都可以分为三个不同的组群，一个组群是典型的中原周式铜器，如丹徒烟墩山土墩墓出土的宜侯夨簋、大港母子墩土墩墓出土的伯簋等，该群铜器数量少，而且主要见于西周早、中期，其铸造地点不在吴地，而在中原；一个组群是仿中原周式铜器，如丹徒烟墩山土墩墓出土的兽面纹鼎、弦纹鬲、附耳簋、溧水乌山一号墓出土的变形兽面纹鼎、二号墓出土的卷云纹方鼎、丹徒大港母子墩土墩墓出土的云形鸟纹鼎、雷纹鼎、雷纹鬲、勾连雷纹尊、鸟形盖钮提梁卣、丹阳司徒砖瓦场窖藏出土的夔纹鼎、环云纹鼎、双兽耳乳钉纹簋、棘刺纹尊、附耳勾连纹盘、弦纹盘、谏壁青龙山春秋大墓出土的云雷纹甗等，器形总体特征类似中原同类器，但纹饰往往经过变形或为本地所独创，该群铜器数量最多，全部为当地铸造；一个组群从形制到纹饰皆为当地特点的铜器，如丹徒烟墩山土墩墓和谏壁粮山土墩墓等出土的竖耳撇足铜鼎、烟墩山土墩墓出土的蟠龙纹盉、角状器，大港母子墩土墩墓出土的鸳鸯形尊、双耳鸟盖壶、丹阳司徒砖瓦场窖藏出土的乳钉纹矮锥足鼎，谏壁王家山春秋大墓出土的兽形虎子、钲、锯镰，谏壁青龙山春秋大墓出土的折线暗花纹矛、菱形暗花纹矛等，该群铜器总体数量位居第二位，但从早到晚是逐步增加的发展趋势。需要指出的是，无论哪组铜器都是随时在变的，不仅形制在变，花纹在变，数量在变，作为第二组群的仿制铜器，到春秋晚期，随着吴与楚交往的增多，受楚的影响，也开始仿制楚器，谏壁粮山春秋大墓出土的S形带盖鼎，即是明显的楚式铜鼎风格。

《镇江出土吴国青铜器》一书的出版，展现了具有创造性的吴国青铜器的风采，标志着吴国青铜器研究取得了重要成果。读到它的读者，不仅会得到艺术享受，也将由此而扩大了解中华文化的博大精深和丰富多彩。如果你是一位吴国青铜器爱好者、研究者，你也将由此受到启迪，促使你在研究上向更深层次迈进。不过，我想在此指出的是，吴国有从商代晚期立国至春秋末年被越所灭长达五百多年的历史，领土范围曾涉及江苏、安徽、江西、上海、浙江、山东乃至湖北长江中、下游的广大地区，其政治中心随政治军事形势变化也屡有迁移。因此，镇江辖区内出土的吴国青铜器，并不能反映整个吴国青铜器的全貌，根据镇江辖区内出土青铜器的墓葬或遗址的研究做出的某些关乎吴文化、吴国历史的论断，也难以回答吴文化和吴国历史上的所有问题。有鉴于此，我愿借此机会向关心吴国青铜器研究、关心吴文化研究的有关人士和朋友们呼吁，在各单位、各省市工作的基础上，更好的发挥吴文化研究会的作用，制订切实可行的发掘和研究规划，提倡不同观点、不同学派间的切磋和讨论，加强研究人员和研究成果的交流，把吴国青铜器研究、吴文化研究推进到一个新的水平。是为序。

2008年10月于北京

（原载杨正宏、肖梦龙：《镇江出土吴国青铜器》，文物出版社，2008年）

《晋国青铜艺术图鉴》序

李夏廷先生的大作《晋国青铜艺术图鉴》一书，即将付梓，很快就会和读者见面。这是他和著名考古摄影艺术家梁子明先生共同编著《侯马陶范艺术》之后，完成的又一部全面、系统研究晋国青铜器艺术的专著。作为朋友和《北赵晋侯墓地》考古报告的合作者，夏廷邀我在书的篇头写几句话作为序言，我感到十分荣幸。因为我知道，这是给我的一个先睹为快、分享殊荣的机会。

李夏廷先生从事考古绘图工作已有三十多年的历史，我和他相识也已有二十多个年头。在考古界，一提起李夏廷的名字，可以说很少有人不知道，因为许多大部头的考古发掘报告或专著，譬如《侯马铸铜遗址》《太原晋国赵卿墓》《上马墓地》《临猗程村墓地》《灵石旌介商墓》《北齐东安王娄睿墓》《吉金铸国史》《花舞大唐春》以及由邹衡先生主编的巨著《天马－曲村》等报告的线绘图，大都出自他的手笔。有些人对考古绘图这一行不怎么看得上，好像考古绘图不算本事，不算学问，只要能照猫画虎，依葫芦画瓢，画得不走样就行。其实，这是一种极大的误解。我虽然对考古绘图不在行，但说考古绘图不算什么本事，不算什么学问，肯定是错了。我是学考古出身的，大学二年级刘慧达老师上考古制图课，第一堂是从教我们如何削铅笔开始的，接下来又是素描，又是写生，到了学期中才学画线条、上墨线。记得刘老师曾严肃地告诉我们：不要瞧不起考古绘图，这也是一门必修课。第一，干考古离不开考古绘图；第二，考古绘图既要有科学性，又要有艺术性。过去我不懂，现在看得多了，接触得多了，对当年刘老师说的话体会得也深些了。我认为，刘老师说考古绘图要有科学性，主要是指绘图者要有严谨的科学态度，绘出来的图要和实物对得上，不失真；刘老师说的考古绘图又要有艺术性，主要是指绘图者要在做到科学求真的基础上，有进一步的艺术加工，绘出的图要有美感，要由形似上升到神似。以这样的理解和要求来看当前考古报告上的考古绘图，应该说总的情况是好的，绝大部分做到了科学严谨和形似，但真的达到富有神韵和神似，恐怕就凤毛麟角了。就我个人的品评而言，达到这个高度的，上一代的代表人物是张孝光，当今的代表人物恐怕就非李夏廷莫属了。

张孝光先生从中央美术学院毕业后，长期在中国科学院（后来的中国社会科学院）考古研究所做考古绘图工作，把考古遗迹和遗物上一般看不明白、难解其奥妙之处，通过绘图的手段，将之分层次清晰的表现出来，传达给读者，帮助读者加深认识和理解，是他的一个创造。李夏廷继承了张孝光先生的传统，又有所发扬。他绘的考古器物图，不仅数量多，而且涵盖的时代长、范围广、品类繁杂，既忠实原物，一丝不苟，又手法娴熟，富有神韵，是当今考古绘图这一行的佼佼者，无人能出其右。他考古绘图的最大特点是传神，并能够运用线条准确把握器物的时代风格和质感。翻阅他即将出版的《晋国青铜艺术图鉴》，无论依据侯马铸铜遗址出土陶范所作的图 20、27 等饕餮纹的展开复原，图 45、46 等饕餮衔凤纹的展开复原，图 117 等夔龙衔虺纹，图 143 等飞龙纹及图 273 凤鸟纹，图 275、296 龙凤纹壶和鸟兽龙纹壶，还是图 342、343 晋侯墓地出土猪尊、兔尊，图 346 山西博物院藏刖人守囿挽车，图 416 长治分水岭出土铜牺立人擎盘，图 426 太原出土鸮尊，图 427 美国弗利尔美术馆藏子之弄鸟尊，图 449 美国弗利尔美术馆藏车马猎纹鉴，图 450 故宫博物院藏龟鱼纹方盘的写实动物和后面的人物图像，无不栩栩如生，动感十足，甚至像图494、516、522等几何形图案，经他画来，也妥帖灵动，让人愿意多看几眼。

李夏廷的考古绘图之所以能出神入化达到传神境界，是因为他不是简单摹写，而是在写实基础上经过了再创造的过程。我是现场看过李夏廷画图的，他的步骤大概是这样：第一步观摩实物，通过观摩、揣摩，掌握要画对象的各项特征；第二步凝思构图，通过构思过程，就像老式相机在底片上成像一样，在心中形成要绘对象的图像；第三步下笔成图，只量一量要画对象的几个关键点和尺寸，瞄上几眼便笔走龙蛇，立刻画出。可以看出，和一般考古绘图不同的是，他有第二个过程，这第二个过程就应是他特有的再创造的过程，而做到这一步又与他的综合业务素养密不可分。

我之所以用较多的篇幅介绍李夏廷的考古绘图，是因为他的考古绘图与他的《晋国青铜艺术图鉴》一书的写作有密切关系。晋国从西周初年周成王将自己的弟弟叔虞封于唐地，其子燮父改称晋国，至韩、赵、魏三家三分晋国，经历了六百余年的时间，在其发展历程中，铸造了大量青铜礼器、工具和兵器，在春秋中期至战国中期更创造出了青铜器制作的"新田风格"，成为当时中原地区青铜文化的代表。李夏廷生于晋地，又长期在山西省考古研究所担任技术室主任，从事绘图工作，对于晋系青铜器，知其表，识其里，不仅在拥有资料方面占有优势，而且对于青铜器的特征及其演变规律了解得最为透彻，从而保证了这是一部晋国青铜器研究的高质量著作。在本书中，作者把晋国青铜艺术放在中国青铜文化发展的大背景中，勾画了晋国青铜艺术的发展过程；并从横的方面，分出神化动物类、写实动物类、几何形类和图像人物类，概括了各时期不同类别的特征，每类都选择大量由他亲手画出的图像作为典型代表予以介绍；最后并做出总结，提出了许多重要的见解：

西周时期晋地生产的青铜器和宗周青铜器没有明显的差别，只是从公元前585年晋景公迁新田开始逐渐形成"新田风格"以后，晋国的青铜艺术才表现得繁花似锦，散发出强烈的自由浪漫气息和泱泱大国风范，成为当时晋国强大国势和"百家争鸣"的特定时代的精神产物；新田时期的晋式青铜器产量巨大、品类齐全，是现存各地域类型青铜器之首，充分反映出晋国（及早期三晋）青铜制造业的繁荣；晋式青铜器绝大多数没有铭文，而且品质高低悬殊，反映了当时青铜生产的商品化和对不同消费者的不同需求。而同期产品因地域不同而出现的差异，更可能是适应不同地区特殊需求的产物，反映出晋国文化的多元性和兼容并蓄的开放特质；写实性和装饰手法的多样性是晋国青铜艺术的重要特征，这种基于现实主义传统的创作理念和创作手法，生产出了许许多多反映社会生活和寄托人们内心追求的艺术作品，成为当时列国青铜艺术中的翘楚；晋国青铜艺术和整个中国青铜艺术的发展轨迹一样，大致也经历了由重神到重人，由神怪到世俗，由程式化到自由化这样一个演化过程，到东周时期，由社会剧变引发的文化艺术的勃兴，也带动包括晋国青铜艺术在内的中国青铜艺术完成了由庙堂到居室、由娱神到娱人的功能的转变。

这些富有规律性的认识，是作者几十年研究成果的结晶，符合晋国青铜艺术发展的实际，是经得起推敲的真知灼见，不容置疑，但艺术真谛的探究是没有止境的，特别是任何一项新的发现，都会对研究者提出新的挑战，研究者做出的每一项研究成果，虽然都包含一定的绝对真理，但从发展的观点看，则具有更多的相对性。与时俱进，赶上学术研究前进的步伐，是包括作者在内的广大研究者必须面对的新形势。祝作者今后有更多新的研究成果问世，愿与作者共勉。是为序。

2007年6月于侯马

（原载李夏廷、李劭轩：《晋国青铜艺术图鉴》，文物出版社，2009年）

《中国历史若干重要学术问题考论》序

中国是一个具有优秀史学传统的国度。在成文典籍出现以前有丰富的口耳相传的传说,在戏文典籍出现以后,主要的著作无不与史有着密切关系,章太炎在《论经史儒之分合》一文中说"《尚书》《春秋》皆史也,《周礼》言官制,《仪礼》记仪注,皆史之旁支。礼、乐并举,乐亦可入史类。《诗》之歌咏,何一非当时史料。……《诗》之为史,当不烦言。《易》之所包者广,关于哲学者有之,关于社会学者有之,关于出处行藏者亦有之。其关于社会进化之迹,亦可列入史类,故阳明有六经皆史之说。语虽太过,而史与儒家,皆经之流裔,所谓六艺附庸,蔚为大国,盖无可疑"。对经、史、子、集、甲骨、金文无所不通的国学大师饶宗生在给郭伟川君《儒家礼治与中国学术》一文所作序言中亦主张"史学出于礼家",他说史公著《五帝本纪》,取之《大戴礼》斯其明征。由此可见,研究中国古史,如果不了解古代传说,不熟悉先秦典籍,就很难成为一名真正的史学家。香港郭君伟川出身书香门第,家学渊源,文得饶宗颐先生真传,从其《儒家礼治与中国学术》及《先秦六经与中国主体文化》两部著作即可看出其深厚的经学修养。唯其如此,继其之后推出的《中国历史若干重要学术问题考论》专著,可以想见一定是一部多有新见的著作。该书共分两大部分,一为考辨,一为论述。考辨部分收有8篇文章,涉及对古"儒"、古"县"的认识,宗周钟的年代与制作人,《汲冢竹书纪年》源流,战国楚简《孔子诗论》与《诗经》类序以及汉南越国与南海国的历史关系及族属，魏晋南北朝的历史演变与隋唐军政制度渊源等重要问题，其质疑论辩的对象有胡适之、傅斯年、郭沫若、唐兰、王国维、钱穆、蒙文通、陈寅恪及唐德刚等史学大师。即此一端，亦足见其敢于向权威挑战的学术勇气。论述部分，收有7篇文章，内容涵盖了远古、上古、夏商周三代有关史实的辩证及宋、明理学历史本源的探讨，其涉及时间之长、范围之广，亦足见其知识的广博。而就其具体内容而言，我虽不敢说各篇立论皆无懈可击，但真知灼见的创新之论的确随处可见。钱穆先生是公认的经、史兼通的国学大师，他《中国学术通义》中所言"中国经学应自儒家兴起后才开始。直到两汉初年，经学传统始正式成立"，经伟川君对先秦典籍中有关记载着力研究，排比分析，认为"显然并不符合我国经学发展的历史事实"。如果我们读一读他的《先秦六经与中国主体文化》及亦收入本书的该书的自序，就会知道，他讲的是有道理的。

郭沫若、唐兰是公认的古文字学家、著名商周青铜器研究学者，他们对清乾隆十四年（1749）编纂的《西清古鉴》所著录的所谓"宗周钟"，均有研究，但结论有异。郭沫若定为昭王，唐兰则定为厉王。伟川君继李朝远之后，通过字斟句酌和器形、纹饰比较，则主张该器既非作于昭王，亦非作于厉王，而力主作于穆王。其具体结论虽有可商，对铭文中一些字、词的解释亦难成定论，但其作出的该器非昭王时所铸亦非厉王时所铸的论断，在学术界则得到了广泛响应。

上海博物馆藏竹书是上世纪九十年代先秦文献一次空前大发现，《孔子诗论》尤为世人所注目。其中争论最多最激烈的是诗的类序问题，即如当年《光明日报》等新闻报道所言，"在排列顺序上《诗经》是风、雅、颂，而竹书《孔子诗论》中却是颂、雅、风，倒了个头"。《孔子诗论》的整理者的马承源、濮茅左等先生认为，今传《毛诗》的风、雅的类序、颂编排次序并非孔子整理《诗》时之类序,孔子真传的《诗》的类序是竹书孔子诗论之颂、雅、风。而李学勤、廖名春等先生则不同意马承源等先生以《孔子诗论》为论据将《毛诗》类序颠倒过来。认为《孔子诗论》中与排序有关的几枚简的顺序是可以调整的,不能一看到简文有倒数《颂》《雅》《风》就说《风》《雅》《颂》之序错了。伟川君在收入本集的《战国楚简〈孔子诗论〉与〈诗经〉类序考析》一文中同意吕绍纲、蔡先金两位先生在其论文《楚竹书〈孔子诗论〉"类序"辨析》中提出的"《诗》的结集是一个动态过程"的观点,从西周至春秋社会政治演进的大背景分析《诗》的类序的变化,认为《颂》《雅》《风》反映的是西周早期中央王朝势力强大、一切以姬周先公先王为大的社会政治状况,而《风》《雅》《颂》反映的则是西周中晚期至春秋中央王朝势力衰落诸侯国势力增强、礼崩乐坏的社会政治状况,《孔子诗论》以《颂》《雅》《风》为序,正是"郁郁乎文哉吾从周"、以"复古"为重要政治哲学理念的孔子对《诗》整理的结果。我对此没有研究,不敢妄加评论,只是从一个读者的角度考量。

收入论述部分的《炎黄时期南北强弱之转化及战争的起因、地点考析》附《略论马在中国历史上的作用》与《论上古南北统一战争与王权、神权及"绝地天通"诸问题:兼论〈易〉于周初不列太学的历史原因及六经次序》两篇论文皆涉及传说史学,他没有对相关传说一概否定,也没有篇篇视为神明认为完全可信,而是采取分析态度,对传说可能反映的事实素地尽量开掘,以还原其历史原貌。伟川君通过对司马迁《史记·五帝本纪》等有关记载的研究,考证《国语·晋语》所载"少典娶于有蛴氏,生黄帝、炎帝,黄帝以姬水成,炎帝以姜水成"句中炎帝所成之"姜水"应是"江水",并引《山海经内经》谓炎帝之裔孙"祝融降处江水,生共工"为证,从而将传说中黄帝与炎帝的斗争理解为以黄帝为代表的北方部族与以炎帝为代表的南方部族之间所进行的统一战争，战争的结果则以北方部族统一南方部族而告终。在这种认识基础上，遂将《尚书大传》所谓黄帝战胜炎帝之后，"帝炎帝，神祝融"解释为黄帝采取的"南人治南"策略，战败的炎帝虽被赐予帝号，但掌握占卜以通天地、占幽明以受天命神权的职位则由北方系统的祝融担任，阻断了南方部族领袖人物通过宗教活动沟通天地、交接人神的渠道，这是我看到的对《国语·楚语下》等文献记载的"绝地天通""人神异业"做出的最为新颖的阐释，极大的开阔了人们的思路。类似之处在本书中当然还有很多，可谓不胜枚举。

没有认真读过这些文章，可能对郭伟川先生的学识知之不多。当我比较仔细的研读之后，我才体味到贯穿于各篇的充满新意的论断和严密的分析并非凭空而来，而正如我在前面曾经提到的是因为他有深厚的国学基础，对国学基础之基础的经学有系统深入的研究，能通连经学史学，从发展的观点分析问题，而且不故步自封，注意与时俱进，善于吸收其他学科成果，将地上已知文献材料和考古出土的材料有机结合做综合研究，而且更为难能可贵的是他不迷信权威，一切以服从真理为依归，做起学问来没有条条框框，当然刻苦用功、持之以恒从不满足也是重要的原因。每个人自身条件不同，成长环境有别，不可能要求都一样，但对于有志于成为一名真正的历史学者的年轻朋友来说，从郭伟川先生的经历和他的著作中是会找到启迪的。

（原载郭伟川：《中国历史若干重要学术问题考论》，北京图书馆出版社，2009年）

《南海北岸史前渔业文化》序

中国是一个大陆国家，也是一个海洋国家。海岸线全长3.2万多千米[1]，从北往南濒临渤海、黄海、东海、南海和北部湾，海域面积约473万平方千米，又有台湾、海南岛等大小岛屿数千座。前中国考古学会理事长苏秉琦先生研究中国新石器时代考古学文化，在划分为六大区系的基础上，又将其区分为面向内陆和面向海洋两大块，是完全正确的；但从考古工作来看，发展并不平衡，严重存在着重大陆、轻海洋的倾向。导致这一局面的出现，原因是多方面的，既有客观条件的制约，也有主观上努力不够的问题。改革开放三十年来，我国经济实力不断提升，科学技术手段日益精进，走向海洋已成为考古工作者向往的目标，中国水下考古中心的成立及以"南海一号"沉船成功打捞为标志的沉船考古领域的一系列业绩，已成为国人的骄傲。不过从总体来看，以面向海洋为中心开展考古工作，还相当薄弱。在此情况下，肖一亭继《先秦时期的南海岛民》一书之后，又推出了《南海北岸史前渔业文化》专著，实属难能可贵。

该书涉及地域、海域十分辽阔，时间从旧石器时代直至秦汉，在很好把握南海北岸居民文化的共性和区别，又考虑到了不同时期发生的变化的前提下，分九章二十七节详述了南海北岸发现的早期人类、

---

[1] 其中大陆海岸线1.8万多千米，岛岸线1.4万多千米。

南海丰富的生物资源以及考古发现的居民的渔猎工具、水上工具、制盐业和居民的精神生活，归纳了南海渔业文化的特点及其交流与影响，是一部在掌握分析考古材料基础上，参考有关文献记载和民族志材料，经过综合分析，全方位介绍南海北岸居民渔业文化面貌的著作，资料丰富，视角独特，分析合理，读后对南海北岸居民的生活会有一个比较清晰、完整的认识。

2003年至2005年我曾有幸在粤东揭阳做过一些考古工作，但总的来说对南海北岸的了解仍属一知半解，这次乘肖一亭邀我写序的机会，认真读了一遍，算是补了一课，增长了不少见识。其中，第一章第三节对贝丘遗址和沙丘遗址异同及形成原因的分析，第五节、第六节对南海先民人种和文献记载的早期南海族群的介绍；第二章第一节和第二节生物学家了解的南海海洋生物与考古出土的海洋生物的比较；第三章第一节关于宝镜湾遗址出土石网坠、沉石、石锚的分别，第四节关于穿孔石器用途的分析；第四章第四节关于出土及岩画上渔船资料的介绍；第五章关于古代捕鱼方法及工具演进历史的梳理；第六章第三节从考古发现的灶、灶具及炊具对先秦南海岛民生活的推断；第七章关于南海制盐业起源的线索；第八章关于渔民精神生活诸方面的介绍；第九章从考古学角度做出的对南海渔业文化特点的概括以及其与周边的交流和影响，都开阔了我的视野，对我因长期在内陆做考古工作而形成的重中原轻周边、重大陆轻海洋的思维模式以极大的冲击，使我意识到，研究滨海地区和岛屿考古，就必须站在当地向外看，而不能仍站在大陆、中原的角度去考虑问题。正像该书所展现出来的那样，南海北岸的广东、广西以及海南岛等地，也有自己悠久的历史文化，缘于当地的自然地理环境，当地的居民也有自己独立的生产和生活方式，在积极吸收周边文化精华的同时，也不断对外交流发生影响。站在大陆看海洋是一番风景，站在海洋看大陆又是一番风景。如果飞上天空，既看大陆又看大海，感受会全然不同，那时看到的风景，也许会更接近于现实世界的真实。这个境界，我难以企及，一亭也还有距离。依该书为例，重点虽然是南海北岸史前渔业文化，但对海外的涉及也过于少了。南海北岸居民与太平洋诸岛居民在人种、族属和文化上的联系十分密切，本可以有更多一些描写，考古上也还会找到更多的证据，但只在第九章第三节用了三千多字做了交代，未免美中不足。这点缺憾，我想将来一定是会补上的。

我和作者肖一亭相识已近三十年，1987年他考入北京大学研究生院以后接触就更多了。他原在江西省萍乡市博物馆工作，1993年调入珠海市博物馆即致力南海考古。二十多年来，他兢兢业业，孜孜以求，从未放弃过在考古学上的追求，出版了多部专著，发表了数十篇论文，从自己特有的视角对南海北岸考古做出了应有的贡献。这种精神值得赞扬，值得学习。

是为序。

2008年11月于侯马

（原载肖一亭：《南海北岸史前渔业文化》，中国评论学术出版社，2009年）

《商周时期车马埋葬研究》序

《商周时期车马埋葬研究》一书，是由吴晓筠的博士学位论文补充修改而成。1997年，吴晓筠由台湾东吴大学历史系毕业只身来到北京，以中国古代史考试第一名的成绩被北京大学考古系录取为硕士研究生，师从徐天进教授，她做的硕士论文就是有关古代车马器的。因此，如果从她1999年开始撰写硕士论文算起，到今天博士论文最终修改定稿交付出版，她围绕先秦车马埋葬课题做研究，已经整整十个年头了。

车马埋葬遗迹是商周乃至秦汉时期考古遗存的重要门类之一，随着20世纪20年代时以田野调查发掘为特征的现代考古学传入中国，以及安阳殷墟、浚县辛村等地的发现，从考古学角度研究这些遗迹，便成为考古工作者责无旁贷的任务。回顾相关发现和研究历史，正像吴晓筠在该书第一章引论中提到的，石璋如、郭宝钧、林寿晋、张彦煌、张长寿、杨泓、孙机、杨宝成、张岱海、李自智、傅举有、渠川福、郑若葵、黄文新、胡永庆、贺陈弘、杨英杰、曾永义、扬之水、李零、林梅村、王巍以及林巳奈夫、Stuart Piggott、William Watson、Magdalene von Dewall、夏含夷（Edward Shaughnessy）、Anthony Barbieri-Low 等国内外学者，分别在马车结构的复原、车马器、马车的制作、系驾法、车马殉葬制度、马车起源等问题上，都做过深入研究，取得了很好的成果。吴晓筠《商周时期车马埋葬研究》，正是在一代又一代学者们研究成果基础上，对一系列新发现、新材料进行系统、全面分析研究之后做出的新概括。这部书具有以下几个明显的特点：

1. 资料丰富。从殷墟发掘到2008年底止，考古发掘出土的有关车马埋葬的资料，只要是已经公开发表的，基本都已收录。从该书参考书目可知，考古材料一项共收入274部（篇）考古报告或简报，论文一项共收入中文论文126篇、外文论文18篇。书中所附的《商周时期出土马车尺寸登记表》，共收入商代、西周至两周之际、春秋至春战之际、战国、秦马车237辆，一一标明了其时代、单位号、马数、殉人、轮径、辐数、轮牙宽度、轮牙厚度、毂长、毂径、车舆宽度、车舆深度、车舆高度、軏长、軏径、轴长、轴径、衡长和资料出处。可以说，考古出土的车马埋葬相关资料无一遗漏，研究者提出的各种论断和观点无一遗漏，从而保证该书的研究有了坚实的基础。

2. 方法科学。掌握了丰富的资料，熟悉了各种不同的观点，并不保证必然会得出正确的结论，关键是要有科学的研究方法和途径。吴晓筠在该书第一章引论部分专门交代了该书的研究方法和途径，概括起来说，就是先进行类型学分析，再引入背景考古学（contextual archaeology）概念，进行区位分析。类型学分析是大家都比较熟悉的，对区位分析可能就略感生疏。其实，按我的理解，区位分析就是考古背景分析，"这个背景小到遗存出土的地层、单位、相对位置和共生关系，大到它所在的遗址、文化和自然与社会环境"。因为"世界上任何文化都是特殊的，是历史传统延续下来的结果。同样一个物体在不同的文化中可能具有不同的含义"。因此，任何遗物或遗迹，都必须放在其存在的区位即考古背景中去分析，才能得出符合实际的结论。

3. 涵盖面广。从该书涉及的时间范围来说，从商到秦绵延了一千多年；从该书涉及的地域范围来说，涵盖了古代中国的大部分地区；从该书涉及的内容来说，包括了独辀马车的起源、马车的结构、马车的复原、马车的分类、马车的装饰、车马器、系驾法以及车马殉葬制度及其演变和分区等与车马埋葬有关的方方面面，可以说这是迄今对车马埋葬相关问题最系统、最全面的一部论著。

4. 新见迭出。该书在第一章引论中开宗明义指出，分析考古材料、解释考古材料是构成该书结构的基础。如果说第二章至第四章重点在分析考古材料，那么第五章的总结和第六章的余论重点就是解释考古材料了。其实阅读该书，从第二章到第六章甚至某些注释，处处都可见到作者在分析考古材料、解释考古材料过程中提出的自己的见解和认识，其中有的原先已经有学者提出过，但大量的是我们第一次看到。书中这些新见解、新认识，因为只看过一遍，很难件件都记得清楚，但确有相当一部分给我留有深刻印象：

銮和当卢是周人的发明，周人马车和商人马车虽有很多相似之处，但应属两个不同的系统；

商时期车马埋葬主要是贵族身份地位的标志，发展到西周时期则成了礼制的有机组成部分，被赋予了礼的意义；

銮是礼车的象征，西周晚期以降，銮经常和鼎、簋配套使用，成为区分贵族等级的一种标志；

春秋中期以后，銮在车马器中基本消失，表明在西周时期形成的以銮为中心的车礼器随葬制度走向了终结；

春秋时期，晋、楚两地在车马坑设置、随葬车马器组合上表现出来的差异表明，晋地表现的是重在财富占有，楚地表现的是重在强调死后维持生时的一切享有；

战国时期，燕下都、辉县琉璃阁车马坑所见随葬前已基本绝迹的西周型式銮铃的现象，反映了此时在一些地方出现了浓厚的复古意味；

大量车马埋葬资料证明，先秦时期没有真正实行过"列车制度"，文献所记"遣车视牢具"可能并非统一而普遍的现象……

类似的当然还有很多。这些新见解、新认识，对于深入了解商周时期车马埋葬现象，无疑有着重要启发意义。

大海无涯，学术研究亦无止境。该书尽管搜集了尽可能多的资料，尽管对资料一一做了分析、做了解释，提出了自己的见解和认识，但是否所有的解释、所有的见解和认识都符合实际、都无懈可击，我想，再自信的学者包括晓筠自己在内，都不敢做这种肯定的断言。虽然我对该书做了充分的肯定，但我同时也认为，其中有些见解可能离实际尚有距离，有些见解可能还需要有更多材料和证据予以证实。例如，作者根据虢国墓地车马坑与主墓关系的统计，认为"虢国墓地车马坑的等级并不是以随葬车马数量的多少来决定，而是更多地取决于车马坑的长度上的倍数关系"。这在虢国墓地的确如此，但从离其不远的晋侯墓地来看，情况并不是这样。北赵晋侯墓地共发现 9 位晋侯及其夫人的墓葬，每组晋侯及其夫人墓葬东边都袝葬有一座车马坑，但 M8 晋献侯及其夫人的车马坑的规模要较其他车马坑大出许多，该车马坑已发掘完毕，内有 48 辆车 105 匹马，是已知西周时期车马坑中最大的，远为晋侯墓地其他车马坑所不及。它们之间大小如此悬殊，原因可能非常复杂，虢国墓地的情况似乎不是普遍的规律。

我举出这几个例子，目的不在否定作者的论断，而是要提醒大家，类似的问题还有较大的讨论空间。作者在论及研究方法时，很强调背景关系的分析，这是完全正确的。研究具体问题，如果能在背景关系上再下点功夫，把背景关系理解得更广一些，更远一些，最后做结论时就会更加谨慎，就会有更多的选择，提出更多更过硬的证据。苏秉琦先生用《庄子》中"庖丁解牛"的故事教导我们，做科学研究要做到"游刃有余",我理解苏先生的意思就是要我们从多方面下手,由表及里层层深入,甚至不怕反复,只有如此,才能找到问题症结,并最终解决问题,取得成功。愿与大家共勉!

(原载吴晓筠:《商周时期车马埋葬研究》,科学出版社,2009年)

《先周文化探索》读后的若干思考

自1933年北平研究院史学研究会徐旭生先生率队在陕西西部进行考古调查、1934-1935年苏秉琦先生在调查基础上发掘宝鸡斗鸡台遗址以来，从考古学上探索先周文化，迄今已有近80年的历史。近80年来，一代又一代考古工作者围绕与此相关问题所开展的一系列工作，诸如沣镐、周原、碾子坡、周公庙等遗址的发掘及其重要发现，不断推进并加深着先周文化探索课题的进展。徐旭生、苏秉琦、石璋如、邹衡、徐锡台、胡谦盈、张长寿、尹盛平、任周方、卢连成、张忠培、王克林、刘军社、梁星彭、孙华、徐天进、张天恩、李峰、王占奎、徐良高、王巍、牛世山、雷兴山、张翠莲、孙周勇、种建荣以及日本学者饭岛武次、西江清高等先生所撰写的调查、发掘报告或论著，就是这一课题进展的记录，而我们即将翻开新的一页，即是现在摆在我案头的雷兴山先生的专著《先周文化探索》一书。

一

雷兴山从1991年开始发掘麟游蔡家河、史家塬、园子坪遗址，至今仍活跃在与寻先周文化有关的考古调查、发掘工地上。在麟游发掘时，他还是一个正在读硕士研究生的黑发青年；在周原发掘时，好像刚刚有了一丝白发；而如今，到周公庙遗址发掘现场参观见到他的同行好友，无不为他仍然满面红光但却已满头黑白参半的花白头发而感到惊奇。他的确付出了很多，但的确有了不少收获。在他这部凝结着他十多年心血的著作里，我认为以下几个方面是应该得到肯定的：

1. 清晰地梳理了从考古学上探索先周文化的历程，对前辈学者的贡献做出了公正的、实事求是的评价，对探索方法上存在的问题进行了认真的反思，提出了进一步深入探索先周文化的思路和技术路线；

2. 依据新的思路和技术路线，在对诸相关遗址居址、墓葬分期分段基础上，提出了与探索先周文化相关遗存五期 10 段的分期体系，树立起了统一的年代分期标尺；

3. 在对周公庙甲骨坑 H45 等单位个案分析基础上，总结提出了区分先周单位与西周单位的判断标准；

4. 依据新的思路和研究路线，在分期基础上通过居址、墓葬的横向比较，提出了与探索先周文化相关遗存的分类体系，即存在有商文化京当型、郑家坡文化、碾子坡文化、孙家类型以及"沣西类"居址遗存、"西村类"墓葬遗存、"刘家一类墓葬遗存"等。

以上建立在丰富资料基础上的新的比较系统、完备的分期体系和分类体系的得出，是从考古学上参与先周文化探索的考古工作者共同努力的结果，但雷兴山的整合工作无疑发挥了关键的作用。

二

相关遗存的分期与分类，是族属研究的基础，但共同的基础，不见得一定会得出相同的结论。大家知道，在分期、分类问题上，诸家意见虽有小的差别，但并无根本的不同。可是要问何种考古学遗存是先周文化，观点却南辕北辙，针锋相对。问题究竟出在什么地方呢？雷兴山反思的结果，认为是在探索何种考古学遗存是先周文化时使用的"追溯法"和"都邑法"存在问题。他说"无论是'都邑法'和'追溯法',还是其他判断考古学文化族属的方法,虽在一般情况下皆有其有效性与合理性,但或因使用条件不完全具备,或因仅立足于'陶器本位'或'文化本位'而致使这些方法尚存不够周密之处"。因此,他呼吁"在考古学文化谱系已基本建立而有关聚落考古的研究尚很薄弱的情况下,以后有关族属判断等相关研究,应由以往的'器物本位',转变为'背景本位'"。他所说的"背景",是"考古背景","主要是指相关考古学遗存所处的聚落特征,包括区域聚落形态、单个聚落的聚落结构与聚落性质、聚落内各功能区的特征与性质、单个堆积单位的属性等"。他的批评是对的,他的呼吁是应该引起重视的。对此,我完全同意、完全支持。其实,在研究过程中,采用何种研究方法,是由特定的研究目的决定的;任何一种研究方法也都是有条件的。所谓的"追溯法""都邑法",最初似乎都不是为研究族属问题而选用的。"追溯法"惯常用于文化谱系研究,由山东龙山文化到大汶口文化,由大汶口文化到北辛文化谱系的建立;由河南龙山文化到庙底沟二期文化,由庙底沟二期文化到仰韶文化谱系的建立;尤其是邹衡先生从殷墟晚商文化到郑州二里岗早商文化谱系的建立,主要都是采用了"追溯法"。"都邑法"成功运用的实例,是邹衡先生郑州商城为商汤亳都的考定和夏、商分界标尺的建立,它原本只是为确定夏文化寻找一个定点而已。在考古学文化族属问题研究上,二里头文化是夏文化几乎已是学界的共识,回顾这一研究过程,主要是从二里头文化的年代范围、分布地域、文化特征、文化关系及其反映的社会发展阶段几个方面与文献中有关夏族的记载比较研究而得出的,并非主要运用"追溯法""都邑法"的结果。可见研究方法再好,也不宜赋予它过多的功能,当你对它期望过高,而实际上它又难以达到,这时候回过头来把责任都归罪于它,不仅于事无补,也是不公平的。我想借此机会提出来讨论的也正在于此：在先周文化探索方法上，是否也有类似情况呢？与此相关，为要探索考古学文化的族属，要求将"器物本位""文化本位"转变为"考古背景本位"的提法，也要秉持慎重的态度。考古学上的器物，是考古遗存的有机组成部分，由于其出土数量大，形制变化比较敏感，是研究考古学上许多问题尤其是分期、谱系问题的重要材料，但也必须看到，它毕竟只是遗存的一部分，什么都由器物出发，什么都以"器物本位"，显然是不合适的，但"文化"，我们这里说的是考古学文化，就不一样了。按照夏鼐先生的定义，考古学文化是特定时间范围、特定地域范围内考古发现的遗迹、遗物乃至遗迹现象的总和，考古学研究，无论是分期、谱系、社会结构、聚落形态、文化变迁、文化关系乃至居民的组成及其族属等，都必须由"文化"（整体或部分）出发，以考古学文化为本位，因为以上所列各项研究，无一能离开考古学文化。所谓"考古背景"，并非固定的概念，而且涉及的范围要宽泛得多，在一定范围内它可说是考古背景，但换了一个场合，它可能就成了需要研究的问题本身。实际上，在研究中，根据研究目的的转换和范围大小的变化，以上所列各项是可以互为背景的，考古学文化族属的研究，当然和被视为考古背景的聚落形态、聚落结构、聚落性质等的研究有密切关系，这几个方面研究清楚了，肯定有助于族属问题的解决，但要说这些所谓"考古背景"的研究是解决族属的关键，恐怕就得考虑考虑了。

三

那么，解决考古学文化族属问题的关键在哪里呢？研读雷兴山先生的《先周文化探索》，从其字里行间悟到，关键应该就在于，在相关考古学遗存的分期、分类体系确立之后，在考古学文化反映的聚落形态、聚落结构、聚落性质等所谓"考古背景"研究取得一定成果之后，如何将这些考古学研究成果与文献有关该族的记载进行科学整合了。法国历史学家 Christopher Hawkes 先生将人类社会历史的发展划分为史前、原史、历史三个阶段，所谓史前，是指漫长的、没有文字的原始时代，大体相当于考古学上的旧石器时代、新石器时代；所谓原史，是指文字正在或已经发明，但还没有成系统的文字记载的历史，那种由原始社会向国家社会过渡或初期国家阶段，大体与考古学上的铜石并用时代、青铜时代相对应；所谓历史，是指一般从考古学上早期铁器时代开始的有了系统的历史记载的成文历史时代。中国考古学上的夏商周考古、先商文化研究、先周文化研究，都属于原史时代考古的范畴，刘文锁、吴晓筠对中国的原史时代都有过很好的界定和讨论。原史时代考古的重要特点，是要将有关文献记载与考古结合起来进行研究，但所谓文献记载，主要不是当时的实录，而是后人的追记，有的追记可能是根据历代口耳相传的传说形成文字的，有的就难免杂有荒诞不经的杜撰，因此使用这些文献之前，就必须经过可信性研究，看看哪些是前者，哪些是后者，从而决定哪些可用，哪些不可用，可用的可信度是多少，又怎么去使用。我们主张将考古与文献科学的整合，既包括事先对文献的可信性研究，也包括在使用时如何正确处理考古与文献的关系。在以田野调查发掘为特征的近代考古学传入中国之初，一些锐敏的学者即试图将新发现的考古材料与文献结合去研究古史，但多是以文献为主，将考古材料作为注脚，结果往往得出错误的结论。根据长期的研究实践，现在大家都已体会到，正确的方法应该是以文献记载为线索，通过实地考古调查发掘和研究，对文献所记做出判断，但需要说明的是，学者当中，由于对文献和考古材料认识及理解上的差异，即使研究过程无懈可击，得出来的结论也不会完全相同，见仁见智是常有的事情。即以先周文化探索为例，现在的几位研究大家，在相关遗存分期、分类体系上是基本一致的，在将考古与文献整合研究所用方法上，也挑不出明显的毛病，但除了共同认定商文化京当型不是先周文化、刘家文化是羌戎族文化之外，其他几类遗存的主人究竟何者是姬姓周人，认识远未统一，碾子坡文化是先周文化、郑家坡文化是先周文化两大主张仍然相持不下。雷兴山先生原来是郑家坡文化为先周文化的拥护者，后来经过深入研究，在对"沣西类居址遗存""西村类墓葬遗存""孙家类型"等做出新的定位，并比较它们之间以及与碾子坡文化、郑家坡文化之间的异同之后，转而支持碾子坡文化为先周文化的意见。以上基于新材料和新分析提出来的不同的新见解，既标志着先周文化探索的新进展、新收获，同时也充分说明了先周文化探索的艰巨性、复杂性，很难说哪一种观点绝对正确，哪一种观点绝对错误。雷兴山先生在关中西部跋山涉水摸爬滚打十多年，深知其中的深浅，他对经过倾心分析研究做出的新判断，肯定是满怀信心的，但他在这几种不同观点面前，也仅说自己的观点是诸种选项中的一项而已。我相信这不是言不由衷的客套话，而是他内心真实的想法。我同意并支持这种实事求是的科学态度。

四

学术研究没有止境，对整个学术事业而言是如此，对某一个学术问题而言也是如此。先周文化探索虽已有近 80 年的历史，取得了一个又一个新的收获，但正如雷兴山先生在其新著结语中所言，包括他的充满新意的论断在内，也"仅仅是一个阶段性成果"。展望今后研究的方向，他列出了包括填补关中西部龙山时代至商代二里岗上层考古学文化上的空白，"豳"地文化谱系的完善，"豳地以及漆水河下游、丰镐、周原等区域聚落形态、结构、性质研究的深入等 4 个方面。对先周文研究而言，这4个方面无疑都很重要，但我觉得这是应该分出层次的，确认何种考古学文化是先周文化是一个层次，然后研究其发展过程及其反映的社会结构的变迁，回答相当于周族何位先公先王时期周族开始向文明国家阶段转化，并最终灭掉商朝是又一个层次，把研究目的有别又不属于同一层次的问题放在一起研究，尽管该涉及的问题可能都涉及了，结论也都有了，但却难以给人一个十分明晰的印象。

我虽对先周文化研究有兴趣，1991年为响应和配合邹衡先生的先周文化课题还专门安排当时是硕士研究生的雷兴山、牛世山到麟游、武功实习，发掘与先周文化相关的遗址，但我始终未涉足此领域，因此对先周文化很难有什么具体的真知灼见。如果从对今后研究的角度出发，除了上面的一些议论，还想围绕族属与文化研究有关问题提些建议。

周的始祖名弃，约与唐、虞同时，其母为有邰氏女，活动地域大体在今武功一带。周灭商之前，从弃至文王，共有15代（实际当然应该更多）。而自第二代不窋奔戎狄之间至第十三代古公亶父"度漆、沮，逾梁山，止于岐下"贬戎狄之俗，12代均生活于戎狄部落之中。不窋所奔的戎狄在今何处，无从考证，第五代庆节所居的豳，文献多指在今之旬邑。如果以文献所记为线索，我想，考古学在以下方面是可以做些工作的：

1. 在今武功及周邻地区，针对龙山时代遗存做些工作，看其文化面貌与不窋所奔戎狄部落、庆节所居豳地（亦属戎狄范围）龙山时代的戎狄文化面貌有何异同。

2. 漆、沮、梁山、岐下的大体方位是清楚的，古公亶父与商王廪辛、康丁大体同时的推定是基本取得共识的。针对约当殷墟三期古公亶父迁岐前后漆、沮、梁山、岐山南北文化异同做些工作。以多数学者认同的岐下即周原为例,在关中西部统一考古分期的第一、二期时,周原分布的是年代下限约在殷墟二期的商文化京当型遗存,第三期即相当殷墟三期的古公亶父迁岐时期,周原突然出现的是以高领袋足鬲为代表的碾子坡文化遗存。如果此时漆、沮、梁山、岐山以北也是碾子坡文化,那么即可证明,至少在古公亶父迁岐之初,周人(也不排除尚有其他族人)使用的仍然是未"贬戎狄之俗"的戎狄文化。如果确实如此,是否将碾子坡文化视为戎狄族文化更符合实际,周人只是使用了戎狄文化而已?

3. 文化与族属是两个不同的概念,既不能不加分析的否定两个不同的族在特定情况下可以使用一个考古学文化,亦不能不加分析的认为无论什么情况一个考古学文化只能对应于一个特定的族,具体问题必须具体分析。仍以周原为例,依据新的分期、分类研究成果,在统一分期的第三期后段即第 6b 段时,周原开始出现重大变化,以礼村 H8 为代表的遗存兴起,它既含有前此以高领袋足鬲为代表的碾子坡类遗存因素,也含有以联裆鬲为代表的郑家坡文化因素。对这一变化做出怎样解释,是否应从多角度考虑?参考文献所记,有无可能是古公亶父"贬戎狄之俗"出现的变化呢?如确实如此,那么礼村 H8 居址以及"西村类型墓葬"、沣西类居址等具有自己共同特点的遗存,是否才应该称作真正的先周(或以周族为主体)文化呢?

4. 聚落形态、聚落结构及其演变研究,目的在于考察其反映的社会组织结构和社会性质的变化,回答周人及其相关国族从部落到国家的演化过程。根据新的分期体系,在其第三期约当古公迁岐之时,聚落形态及结构似乎没有发生太大变化,而其第五期即约当文王迁丰前后,不少人认为已进入国家阶段。那么,重点是否对第四期即约当王季之时的遗存多加分析,并做出回答呢?这是先周文化探索不能回避的。

先周文化探索是艰巨而又复杂的任务。雷兴山先生的工作和成果推进了先周文化研究，达到了又一新的高度，我没有倾向性的意见，我的上述议论，只是想在此基础上为先周文化探索再加一把推力，因为即使取得了如此重要成果，但结论还远未统一。不过有一点是肯定的，今后谁再做先周文化研究，都不能绕开《先周文化探索》这部书，同意书中的论断，需做出新的论证；不同意书中的论断，更需下大力气进行反驳，这是意料之中的。

阅读这些报告和论著，每每对他们执着的、一丝不苟的学术精神和学风肃然起敬，同时也为他们取得的收获和成绩感到骄傲和高兴。但是，时至今日，在何种考古学遗存是先周文化、先周文化的特征及其演变过程、姬姓周人与先周文化关系等问题上，仍然是歧见纷呈，未能取得一致意见。这里既有材料尚不够充分的问题，也有理论、方法方面的问题。通过调查、发掘获得新的材料，特别是关键地点、关键时段的材料，当然重要，但理论、方法上的问题更不能忽视，假如在理论上理解不一，在方法上做不到无懈可击，尽管大家依据的是同样的材料，但得出来的结论却可能完全不同。回顾先周文化索的历程，参看雷兴山即将出版的《先周文化探索》一书对这一问题的梳理和总结，我们就会有一个清晰的认识。

（原载雷兴山：《先周文化探索》，科学出版社，2010年）

《炎帝·姜炎文化与民生》序

这次研讨会的主题是姜炎文化与民生。民生是永恒的主题，不管是个人、团体还是政党，如果不把民生放在首位，不关心人民疾苦，老百姓生活过不好，那肯定是要出问题的，是不行的。胡锦涛总书记在十七大报告中提出了要加快推进以改善民生为重点的社会建设，"努力使全体人民学有所教、劳有所得、病有所医、老有所养、住有所居，推动建设和谐社会"。只有把民生放在首要地位，一个政党、一个国家、一个民族才能不断进步发展，兴旺发达。今天召开这次研讨会，目的就是总结历史经验，从姜炎文化中汲取营养，讨论如何更好地促进民生建设。

我一辈子从事商周考古研究，这几年也开始关注炎黄文化，因为炎黄文化关系到中国文明的起源和形成。前年，我在长沙召开的炎黄文化研讨会上做过一个演讲，题目是"考古学视野下的三皇五帝时代"，其中对炎帝神农氏做了很高的评价。三皇五帝是战国时人们构建的中国古史体系，他们认为中国的兴起、发展与神农氏发明农业至关重要。这符合当时实际的论断。我们研究姜炎文化，要有历史的眼光，要有发展的眼光，不仅要了解传说中的三皇时代，也应该知道五帝时代以及更后的历史，这样才能更深刻理解姜炎文化的意义。

今天我借这个机会，向大家简要汇报一下建国 60 年来中国考古学所取得的重大成就。看似和这次会议的主题有点远，但从我刚才说的看，还是有密切关系的。最近我写了篇文章，摘要发表在 2009 年 8 月 7 日《人民日报·理论版》，题目为《追寻从未间断的中国文化——新中国考古学发展》。

新中国成立 60 年来，考古学发展迅速，收获很大，至少取得了五个方面的重大成果。

一、建立了考古学分期标尺，理清了其发展谱系

发现了从旧石器时代、新石器时代到青铜时代一系列的重要遗址，建立了考古学分期标尺，理清了其发展谱系，说明从古至今，中国文化的发展是一脉相承、不曾间断的。

苏秉琦先生认为，中国历史有百万年的根系，一万年的文明起步，5000 年的文明古国，2000 年的帝国。

旧石器时代，过去我们只知道山顶洞人、北京猿人。几百万年的人类历史演进积累了丰富的文化根系。目前，在我国已发现古人类旧石器遗址有 100 多处，而且从早期、中期到晚期，没有任何缺环。

研究人类起源的学者，多主张人类最早出现在非洲大陆，然后才搬迁到其他地区。有人认为，第一批来中国的古人到距今 10 万年左右时，就消失了。随后又有一批来自非洲的古人到了中国，成为现代中国人的祖先。

考古发现证明，中国旧石器时代文化的发展没有断裂，认为中国人是外来的这种看法是站不住脚的。

新石器文化，过去我们只知道仰韶文化、龙山文化。建国 60 年来发现的新石器时代考古学文化已有几百种，全国各地都发现有新石器时代文化。比如，宝鸡的北首岭遗址，就是比仰韶文化还要早的新石器文化遗址，此外宝鸡还有更早的关桃园文化。

苏秉琦先生把距今 8000-7000 年到 5000 年前后全国新石器时代考古文化分为六大区系，认为每个大区都有自己的发展谱系，都有自己的文化传承，他根据文化渊源、特征、发展道路的不同，分为以长城地带为重心的北方地区，以晋、陕、豫三省接邻地区为中心的中原地区，以洞庭湖及其邻境地区为中心的长江中游地区，以山东及其邻境地区为中心的黄河下游地区，以江浙（太湖流域）及其邻境地区为中心的长江下游地区，以鄱阳湖-珠江三角洲一线为主轴的南方地区六大区系。每个区系都有相对独立的文化传统，各自孕育产生出文明因素。研究中国文明起源必须立足于这样的基础之上。因此，我们认同中国文明起源的多元说。

对于青铜器时代，过去我们只知道安阳小屯殷墟、益都苏埠屯、宝鸡斗鸡台、扶风、岐山的周原等为数不多的重要商周遗址，而如今又科学勘察和发掘出夏时期的偃师二里头、商时期的郑州商城和广汉三星堆以及西周时期的岐山周公庙、洛阳北窑、北京房山琉璃河、曲沃曲村等众多青铜器时代遗址。建立了中国青铜器时代比较完备的考古学文化区系类型体系，基本廓清了各文化的源流及其关系，为重建中国上古史准备了条件。

宝鸡是周人老家，周原是古公亶父到文王迁来前居住的地方，周公庙是周公采邑。后来的秦国也在这里崛起。

从旧石器时代、新石器时代到青铜时代的考古发现，为中国文明的起源、形成，夏商周三代历史的复原、重建，准备了资料条件。

二、提出了中国文明本土起源说和中国文明起源、形成、发展的多地一体模式

中国文明本土起源说，是建立在从旧石器时代经新石器时代直到

青铜器时代乃至以后文化的连续发展基础之上的。随着文化的不断发展，文明因素逐渐孕育，当文明因素积累到一定阶段一定程度的时候，就会建立国家，进入文明时代。在这个过程中，中国本土文化一直是主流，在此基础上诞生的中华文明自然是本土起源的。

在 70-80 年以前，中国学术界基本上赞同中国文化西来说，认为中国的彩陶、青铜器都是外来的。

在中国现在国土范围之内，六大新石器文化区系，各有发明创造，发展并不平衡。从文明因素的起源来说，是多源的。文明因素起源以后，通过交流融合，逐步向一起汇聚，至少到夏代已由多源融汇成一体。这个一体又逐步扩大，像滚雪球一样，延续发展。

三、经过 60 年研究，中国古代国家形态演进分为古国—方国—帝国三阶段说，渐渐成为学术界的主流认识

中国古代最早出现的国家，考古学界称为"古国"。苏秉琦先生认为，大体处在距今 5500-4500 年这个阶段，古国酝酿、开始形成，并成为"凌驾于部落之上的实体"。古国的特征是神权为主，崇拜各种各样的神。在中国古代典籍中，这个阶段被称为"万国"，又叫"万邦"，相当于古史传说五帝中的黄帝、颛顼、帝喾时代。古国不同于部落。古国是高于部落之上的、稳定的、独立的政治实体，一般以崇尚神权为特征，是神权国家，这在"红山古国""良渚古国"中表现得最为充分。

从距今 4500 年至公元前 221 年，是方国阶段，大体相当于古史传说中的尧、舜和夏、商、周三代。方国阶段的特征是王权为主，王权、军权结合，方国已是王权国家，神权一般已降至次要地位。当时中国大地有很多这样的方国。

帝国从公元前221年秦始皇统一中国直到满清灭亡。我所理解的帝国的特征是，中央集权，实行郡县制，帝国是制度国家，要受各种制度的约束，不是国王通过占卜就可随意作为的。

我最近写过一篇文章，认为古国阶段可能并不简单，有以神权为中心的崇拜神灵的"红山古国""良渚古国"，在那里发现了大量的玉器，对社会财富极度消耗，盛极一时，但却难以为继。而河南灵宝西坡仰韶文化庙底沟类型晚期，相同规模的大墓里，只发现有1-2件玉器，而不见用于祭祀的璧、琮等一类玉器。他们的部族是以中原地区祖先的崇拜为主的"仰韶古国"，包括传说中的炎帝、黄帝在内，没有那么奢华，创造的社会财富能继承下来、维持社会发展，没有断掉，一开始就走上以军权和王权结合为基础并突出王权的道路，走在了其他地区文明的前头。而且由仰韶而龙山、由龙山而二里头，绵延不绝，越来越强，使中原地区成为中华文化的中心与核心，并通过各种途径从诸文化中汲取先进营养，重组、融合为一体。多元一体模式，是对中国文明化进程最简洁、最明晰、最准确的概括。

四、以考古发现为基础，通过整合考古材料和文献材料，中国考古学界提出了有充分依据的更为可信的中国上古史基本框架

中国上古史，以汉朝司马迁的《史记》为代表构建而成的"三皇五帝夏商周"古史体系，几千年来可谓根深蒂固。上世纪20年代，以顾颉刚先生为代表兴起了"古史辨"思潮，对旧的古史体系进行了彻底的破坏，人们对这个体系发生动摇，不太相信。从考古发现客观地看，三皇五帝夏商周的基本格局还是站得住的。

中国考古学自1928年从西方引进后的八十一年来成绩巨大。关于商代文化，晚期的找到了安阳殷墟，证明此地是商朝最后一个都城殷的所在地；早期发现了郑州商城，是商朝开国之君商汤所建的亳都，从而将商朝由传说史变成了信史。

关于商朝之前的夏文化，考古找到了河南偃师二里头遗址，认为是夏代最后的王——桀都斟寻，发现了夏文化早期的河南登封王城岗，证明是禹都阳城所在地。这是夏代考古的重大突破。

周文化考古发现的成果更多。通过对周原、丰镐、成周、周公采邑以及齐、鲁、滕、薛、虢、应、燕、晋、芮、邢、郑、蔡、秦、楚、徐、黄、钟离、吴、越等宗周和封国的都邑或墓葬遗迹的发掘，学术界对西周王朝更是刮目相看，认识早已超越了文献材料之上，基本理清了各自文化发展演变的轨迹，揭示了其社会结构、礼制、文化的面貌。特别值得一提的，宝鸡周公庙出土的先周甲骨，有许多人名、地名，周人的祖先出现了好几个，如太王、王季、文王。过去人们认为，周人早期的历史是周人编造的，靠不住。通过几十年考古研究，夏商周三代上古史已经很清晰地摆在了人们的面前。

通过考古发现证实的以夏、商、周为核心的中国上古史基本框架，使我们对中国文明起源和形成发展有了基本清楚的认识，证明了中国的上古史已不是虚无缥缈的传说而是可信的历史了。

五、经济技术领域考古一直在中国考古学界占有重要地位，展示出中国古代高超的文明成果

为什么社会会一步一步发展过来，这是与社会发展所依赖的经济技术进步分不开的。社会进步的根本动力在于经济技术的发展。60年来，中国考古学既未局限于艺术史考古，也未单纯侧重于社会

政治结构的研究，在其发展过程中经济技术领域考古一直占有重要地位。经济技术领域考古，其中就有农业发明、就有炎帝神农氏的功劳。

在农业考古方面，确认了中国不仅是粟作农业的起源地，同时也是世界稻作农业的起源地之一。过去认为水稻起源于印度，因为在云南与印度相近的地方，考古发现了野生稻。距今9000年前后，甚至更早，考古又发现了由野生稻培育驯化成的栽培稻的实物。江西万年仙人洞、湖南道县玉蟾岩，发现了距今12000年前后正在培育的稻谷，长江流域距今9000年前后许多遗址都有稻谷，甚至发现了距今7000-8000年的稻田。我以为这是神农氏传说产生的社会背景，如果没有这个背景，是不会产生神农氏的传说的。

在冶金考古方面，仰韶文化西安半坡和姜寨遗址发现有黄铜器，龙山时代河南、山西、山东等省区发现有红铜器，夏代开始，青铜器的发现已几乎遍布黄河、长江及北方广大地区，证明中国是世界上青铜文化发展水平高而且又有自己特点的地区；商代发现有陨铁，西周晚期发现有块炼铁，春秋发现有铸铁，证明中国是铸铁发明最早的国家。铁的发现，中国不是最早，铸铁却是中国最早发明的，只有铸铁发明后才能铸造更多的东西。在陶瓷考古方面，江西万年仙人洞、河北徐水南庄头等处距今一万年陶片的发现，证明中国是世界上发明陶器最早的国家之一，这也是定居农业的证明。

距今4000年前原始瓷器的出土和西周烧制原始瓷窑址的发现，则以更充分的根据证实中国的确是瓷器的故乡。首先是硬陶，然后上釉，釉不是特别纯，但它是原始瓷器，毕竟与陶器不同。除此之外，在制漆、织染、造纸、机械等领域，考古发现的遗迹、遗物也都从不同侧面、不同程度上反映了中国对世界文明做出的贡献。

六、考古发现与研究证实，中国古代文化具有宽广胸怀，善于吸收消化外来文化的精华

中国文化、文明的发展不是在封闭环境中孤立进行的，在其发展过程中始终存在着文化的交流，既有对外的传播影响，也有对外来文化的借鉴和吸收。考古发现与研究证实，作为典型事例的佛教及佛教造像艺术的东传及其汉化过程，生动地表明中国古代文化不是排外的文化，它具有宽广胸怀，善于吸收消化外来文化的精华，通过融合重组不断发展壮大，以求生生不息。

以上只是说了一个大概，但仅从这简单的概括来看，已足以证明中国历史的悠久和辉煌。特别是它的绵延不绝，不曾间断。这其中可以总结的经验很多，其中就包括姜炎文化、神农氏的功绩。好好总结，发扬光大，是我们义不容辞的责任。

谢谢大家！

（原载霍彦儒：《炎帝·姜炎文化与民生》，三秦出版社，2010年）

《殷墟宫殿区建筑基址研究》序

　　范围广大、数量众多的宫殿建筑基址，是殷墟最重要的发现之一，正是它和商王陵墓、甲骨刻辞以及精美的青铜器和玉器等的发现，才证实了《竹书纪年》自"盘庚迁殷至纣之灭，二百七十三年更不徙都"记载的真实可信，安阳小屯确是商朝最后一个都城殷的所在地。回顾殷墟自1928年开始发掘以来的历史，特别是宫殿区建筑基址发掘的历史，我们既对"中研院"史语所考古组以李济、石璋如为代表的各位先贤对宫殿区建筑基址发掘和研究做出的巨大贡献由衷感佩，同时也对限于当时的条件在发掘中存在的问题抱有遗憾。新中国建立以后，虽然很快恢复了殷墟的发掘，但对宫殿区的工作迟迟未能开展，直到1989-1996年才发掘了位于乙组基址东南方向的54号（即本书的丁组）基址。在研究方面，继李济、石璋如之后，虽然邹衡、杨鸿勋、陈志达、郑振香、朱凤瀚、宋镇豪、唐际根等诸位先生都从不同角度对宫殿区建筑基址的年代、布局、性质、组合关系等的某个方面发表过真知灼见，但还没有一部全面系统研究殷墟宫殿区建筑基址的著作问世，学术界对它还缺乏比较符合实际的清晰的认识。十分可喜的是，杜金鹏先生以10多年准备、5年写作呕心沥血完成的《殷墟宫殿区建筑基址研究》即将出版，不仅会把殷墟宫殿基址的研究提升至一个新的阶段，而且会改变学术界原有的一些不正确认识。

考古学著作，一般给人的印象总是枯燥乏味，但我读杜金鹏先生这部专著时却爱不释手，其原因，一方面是我和他都研究夏商考古，业务上有需要；另一方面，则是因为他的分析环环相扣，引人入胜，新见迭出。作为一个考古工作者，作为一个读者，我认为这部书至少有以下五个方面对殷墟宫殿区的研究有所突破，特别值得关注：

1. 全面系统地梳理了殷墟宫殿区建筑基址发掘和研究的历史，充分肯定了从1928年至1937年间及以后石璋如先生等对殷墟宫殿区建筑基址发掘和研究取得的巨大成绩、做出的重大贡献，补充和丰富了中国近现代考古学史的重要内容；同时也客观地、实事求是地指出了以往在发掘和研究中存在的问题，纠正了由此导致的一些不正确认识。

就成绩和贡献而言，正像本书所指出的，通过发掘揭露了50多座宫殿建筑基址，揭示了作为商朝最后都城重要组成部分的宫殿区的基本面貌；通过研究将宫殿区建筑基址分为甲、乙、丙三组，并推定其分别为寝宫、宗庙和社坛遗迹，最为重要。

就存在问题而言，正像本书所指出的，发掘中对地层关系关注不够，致使一些基址年代、期别混淆不清；对夯土辨识能力不够成熟，致使不少基址未能完整揭露；采用"掏心战术"见夯土就挖，致使一些基址仅留下础石而夯土消失殆尽。研究中限于基础材料存在问题和研究方法的局限以及过多的假设和推想，致使对一些基址的复原和功能性质的考证缺乏过硬的证据，最为突出。

2. 依据地层叠压、打破关系以及其他相关材料，一一重新考订了甲、乙、丙三组各建筑基址的年代，提出了甲、乙、丙三组基址皆始建于武丁，并经过后来的局部改建、新建继续使用至乙辛时期的新论断，纠正了以往做出的甲组最早、乙组次之、丙组最晚的结论。

应当说殷墟建筑基址主要发掘者石璋如先生是比较注意地层叠压和遗迹之间的打破关系的，在他主笔的《殷墟建筑遗存》皇皇巨著的第七章是专门讲基址的时代的，他曾把宫殿区发现的遗迹分为基址本身、基下窖穴和墓葬、基上窖穴和墓葬以及基址旁边与之没有直接叠压打破关系的窖穴墓葬几种情况，并据此和各遗迹中的包含物推定其年代，但从字里行间不难看出他更看重包含物一项中的有字甲骨，因为他认为董作宾先生将殷墟出土甲骨分为五期的"断代已成为定论"，故而"以甲骨为标准"判断各组基址的年代，就成为他最重要的根据。实际上，根据学者们后来的研究，董作宾先生分入第四期（武乙、文丁）的自组卜辞应该是第一期即武丁时期的，由于石璋如先生把该组卜辞看得较晚，自然也就把乙组、丙组那些基下地层单位包含有自组甲骨的基址的年代拉向后头了。杜金鹏先生对过去发掘的甲、乙、丙三组53座基址和后来发掘的54号（即丁组）基址有关可以用来判定年代的信息，统统进行了收集和重新分析，从而将各组基址的年代的推定放在了更为科学的基础上。

3. 在确定各基址年代、复原其可能形状的基础上，探讨了各组基址内部和各组基址之间的组合关系，提出了乙组基址分别是以乙五组、乙十一组、乙二十组为核心的三座四合院式建筑，丁组基址中F1、F2、F3组成的丁一基址如复原亦是一座四合院式建筑的新认识。

宫室建筑渊源有自，偃师二里头夏代晚期都城、偃师尸乡沟汤都西亳乃至陕西周原都有所发现，这些宫殿建筑都是四合院形式。杜金鹏先生长期在偃师二里头遗址、偃师尸乡沟商城遗址工作，在偃师尸乡沟商城考古队队长任上更是多座宫殿基址发掘的主持者，经验的积累，眼光的开阔，促使他在研究殷墟宫殿建筑时对殷墟宫殿的主体做出四合院形式的判断，是顺理成章的，而且后来发掘的洹北商城一号、二号宫殿亦是四合院结构，就完全证明了这种判断的正确。

4. 对50多座建筑遗迹完成考古学上的研究之后，结合有关文献记载，参考有关研究成果，对其性质做出了它们是继承夏和商前期宫室建筑传统、遵循中轴对称、前朝后寝、左祖右社原则通盘规划设计而建成，甲组基址主要是寝、乙组基址主要是朝、丙组基址为社、丁组基址为祖的结论。

关于殷墟宫殿建筑依循的原则和各宫殿基址的功能，从发掘开始就备受关注，以后的研究更代不乏人，李济、石璋如、陈志达、郑振香、杨鸿勋、宋镇豪、朱凤瀚、唐际根等先生在文章中均有涉及。尤其是石璋如先生，在他的《殷墟建筑遗存》等专著和论文中，更是有详细的考证和论述，学术界无人不晓的甲组为寝宫、乙组为宗庙、丙组为社坛之说即最早由石先生所提出。只是因为时代的局限和长期脱离殷墟考古实践，石先生后来发表的有关文章就难免有些过多推想的成分了。《殷墟宫殿区建筑基址研究》正确总结了前人的研究成果和存在问题，理清了研究思路和研究方法，既重视对每组基址的个案研究，又重视从其间的联系和全局出发分析问题，从而得出了全新的认识。

5. 针对以往殷墟宫殿建筑基址发掘和研究存在的问题，总结偃师二里头、偃师商城、洹北商城乃至周原宫殿建筑基址发掘的经验，展望今后殷墟宫殿建筑研究的前景，提出了重新查阅、核对、整理先前发掘资料和出土文物，重新揭露原来发掘现场确认地层关系和夯土结构，对宫殿区开展新的勘探发掘，组织考古、古建筑、古天文、古环境、古动植物等多学科专家开展联合研究的建议。

殷墟宫殿建筑基址范围广大、数量众多、形制多样、结构复杂，延续时间又长，是迄今所知最重要的一处研究古代宫室制度的宝库。正如前面已经提到的，由于历史的原因，某些基址的层位关系注意不够，年代不明；有的基址没有完整揭露，形制不清；没有全面勘探，宫殿区范围究竟多大，心中不知。因此，在此基础上做出的一些推论就难免存在问题，使人难以完全相信。很显然，要想弄清和回答殷墟宫殿建筑基址研究中一些悬而未决的问题，杜金鹏先生提出的建议是适时的，也是必须的。作为一个考古工作者，特别是夏商周考古研究者，我不仅举双手赞成，也迫切希望能早日开始实施。

《殷墟宫殿区建筑基址研究》取得的成果当然还有很多，限于篇幅恕不能一一列举，但仅以上几点已足以肯定，这是殷墟宫殿建筑基址开始发掘以来，继石璋如《殷墟建筑遗存》及相关著作之后，对殷墟宫室建筑研究收集材料最为丰富、分析最为深入、论断最为可信的一部具有突破和创新意义的著作。

不过，殷墟宫殿区的发掘主要是上世纪三十年代的事，从发掘、整理到编写报告，该书的作者并未亲历其事，因此对某些材料和现象的解析理解就可能会与实际有一定距离，就我学习研读过程中感觉到的至少有以下几点是可以提出来讨论的。

关于甲组基址的方向问题。作者在第一章第三节谈到这个问题时说"以前，学者多认为甲组基址是面朝东的，理由大约是朝向洹河。……现在，发现了宫殿群西侧的大型水池，笔者坚信甲组基址宫殿就整体而言是面西即朝向人工池苑的"。从甲组基址的构成来看，如本书图所示，甲十二与甲十三东西对称，甲十一与新探出的甲十三西侧的夯土基址东西对称，按照作者总结的殷墟宫殿建筑中轴对称的原则，似乎甲十二面向西、甲十三面向东，甲十一面向西、甲十三西侧新探出的夯土基址面向东才容易理解。从图上看，这两组东西对称的建筑西距所说的人工大池苑至少也在50多米以外，它们面西是否都能看到水景还是问题，如果都面西，那两两对称还有什么意思呢？我觉得甲组基址的方向还需要通过今后的工作解决，目前尚难肯定整体方向一定是面西。

关于乙一基址的性质和其与乙五基址的关系。乙一基址位于乙组基址最北端的宫殿区中轴线上,关于其性质,作者在第三章"乙一组基址研究"第四节论述时,排除了讨论中曾经提出过的宗庙说、祭坛说、测影说,而赞同宋镇豪先生的"臬台说",认为乙一基址"应是一个相当神圣、重要的坛台类礼仪建筑基址。可能就是规划建造宫殿区时,进行方位测定、控制所有宫室建筑方位(即古代所谓"辨方正位")的专门设施,可称为'方位台'"。关于乙一基址与乙五基址的关系,作者在同一章第二节讨论时,认为"很可能,乙一早于乙五存在,建造乙五时便把乙一纳入进去,作为基础使用,而没有将乙一基址平毁",并推定"包围乙一基址的夯土应该就是乙五基址的东延部分"。乙一基址是"方位台"的推定如果可信,那就和乙一基址与乙五基址关系的推定产生了矛盾。试想,乙一基址作为"规划建造宫殿区时,进行方位测定、控制所有宫室建筑方位"的专门设施,怎么可能在乙五组这座四合院宫殿尚未完全建成就在夯筑基础时即被乙五包筑进去呢?看来乙一基址的性质、乙一与乙五的关系也还有讨论的空间。

关于乙五基址的构成和复原。乙五基址是位于殷墟宫殿区中部乙组基址最靠北的一组建筑,平面呈凹字形。石璋如先生当年发掘时,依据土色、厚薄、夯土质量等将之分为A、B、C、D、E、F、G、H、I共9部分,其中,A为黄夯土,其他主要是灰夯土。石先生认为这些夯土块的形成,可能与当时分段夯筑以及后期补筑有关,可分为前后三期,即A、B、E、G属早期,H、I属中期,C、D、F为晚期。《殷墟宫殿区建筑基址研究》认为石先生所言大体可信,并"根据各块夯土的平面、剖面关系初步推定,夯土A、B、E、G应是该基址的主体,而C、D、H、I则是后来形成的,它们是否一定与乙五基址有关,尚难定论"。但接着却又说"从现有遗迹分析,现已揭露的乙五基址的主体基址，大体可分解为三部分，A可独立为一部分，B的主体（南半部）可为第二部分，D、E、G等为第三部分。由夯土上柱础石的布列情况推定，这三部分基址很可能就是三个单体建筑基址，即北殿、南庑和西庑"。前面既已推定D和C、H、I为后来形成，是否与乙五有关都难成定论，这里怎么突然又和E、G成了北殿即主殿的组成部分？显然，这两种不同的判断是不能调和的。我们不否认乙五基址是一座四合院式建筑的可能，但目前的材料和对这些材料的分析，要成为充分的论据和公认的结论还有不小的距离。

关于丙组基址最晚遗存的性质及其反映的问题。丙组基址位于乙组基址西南方，被多数学者推定为社坛及相关遗迹。丙组基址的主体是丙一和丙二，丙一、丙二上面或其周边从地层关系上被判定晚于丙一和丙二的墓葬（如M354、M375）、灰坑（如H313）等，一般认为是祭祀遗存，是有道理的，但杜先生将其与《逸周书·克殷解》和《史记·周本纪》有关武王灭纣在纣宫举行祭社活动的记载相联系，并在第九章第五节中用相当多的篇幅进行讨论，设想"丙组基址上面那些不同寻常，甚至具有破坏性的祭祀坑"，反映的可能是武王灭纣后"在这里主持举行了一次祭社活动"。得出这一论断非同小可，看来要想得到大家认同就需要拿出更多的材料予以证明了。因为，第一，目前还难以证明这些祭祀遗存确已晚到周初；第二，丙组建筑既遭破坏，作为寝宫的乙组建筑和作为朝堂的甲组建筑也难以幸免，在甲组和乙组基址上是否存在同样的类似性质的破坏迹象？第三，无论文献记载还是周文化传统，祭祀活动主要以牛、羊、豕为牲，而少见这些祭祀遗存以人为牲的现象，这该如何解释？

类似问题可能还有一些。

此外，作为一部专门研究殷墟宫室建筑的专著，对与宫殿区有密切关系的道路、排水设施、防护设施等较少涉及，有的提到了但未能深入展开，给人留有美中不足的感觉，也不能不说是一种遗憾。

我和金鹏是几十年的朋友，爱好一样，相知甚深，当我把这本沉甸甸的书稿读过之后，我已深知它在夏商周考古学史上的地位了，但我没有过多赞美之辞，反倒提了不少希望引起讨论的问题，就我对金鹏的了解，我想他是不会怪罪的。

是为序。

2010 年 9 月 3 日于北京

（原载杜金鹏：《殷墟宫殿区建筑基址研究》，科学出版社，2010 年）

《中国古代装饰品研究：新石器时代-早期青铜时代》序

秦小丽博士新著《中国古代装饰品研究》的出版，特别是其将人体装饰品从服装史研究中独立出来，标志着对该领域的研究又进入了一个新阶段。

对中国古代人体装饰品的研究，在我国学术界已经有七、八十年的历史，成绩卓著，收获良多，但遗憾的是，这些研究大多缺乏系统性，不大连贯，颇给人支离破碎的感觉。如果说以往的研究成果是一颗颗晶莹剔透的珍珠，秦小丽博士的这本书就是将这些珍珠穿缀串联起来的丝线。当然这只是一个比喻，因为它不仅仅是一条丝线，它在这个领域研究的广度、深度以及运用的方法已经远超以前。

就研究的广度来说，它突破了以往服装装饰品研究的范围，将装饰品从服装的附属品扩大到了人体的头部、颈部、臂腕部乃至足部，诸如头饰、面饰、耳饰、颈饰、手饰、足饰等饰品；从现实生活中人体的装饰研究扩大到丧葬礼仪习俗及冥界人体装饰研究；从以往重视金、银、铜、铁等金属制品和丝、麻、棉、毛制品扩大到陶制品，并将陶环等陶质装饰品作为研究的重点。

就研究的深度来说，从以往重视时代、功能和美术史范畴的分析，扩大深入到地域差异和社会学范畴的分析；"以不同地域装饰品的分析为主线，在各个不同地域之内再重视装饰品的种类、材质和时代变迁"，在此基础上"将研究的视点转入对装饰品佩带的社会礼仪、传统文化习俗的比较、地域间装饰习惯存在的异同以及对它们的背景进行论述。进而分析不同人群在装饰习惯上的差别以及比较不同地域间装饰习俗的异同及其蕴含的特殊意义"。

就研究方法来说，从艺术史方法转入考古学方法并将二者紧密结合起来、从定性分析转入定量分析并将二者紧密结合起来，是给我最强烈的印象。关于将考古学方法引入装饰品研究，正如作者所言，"将在吸收以上前人丰富而有见地的研究成果之上，将重点关注于全面收集最新考古学发掘的资料以及对此所进行的分析。特别是对于每个遗址中出土装饰品的数量、种类形态以及在地域分布等等方面，进行异同点的差异性研究。然后对墓葬资料中装饰品的佩带状况、佩带种类、材质选择以及佩带者的性别和年龄在地域间的异同进行比较。最后对这些考古资料进行考古学的科学性分析并对得出的结论进行阐释和分析"。关于从定性分析转入定量分析，阅读本书就会知道，各有关章节不仅按遗址对出土的装饰品分类、分型、分式进行统计，而且分时代通过统计以展现其变迁程度与速率，这些都是过去的研究论著中少见或者不见的。

正是研究广度的扩大、研究深度的加强和研究方法的改进以及三者的综合运用，我们才从本书的结构体系和章节安排上得以看到其独有的特点。本书序章和第一章、第二章在交代基本概念、研究史和分类之后，从第三章至第八章即按西北地区、东部地区、中部地区、北方地区、长江中游地区、南方地区六大区块依次展开，先交代各区不同的艺术特质，继而进行资料分析和数量的统计分析，在夯实资料基础上，在第九章、第十章和终章中集中做综合研究，分别对装饰品佩带的地域差异与文化习俗的地域特性、图像资料所反映的佩带习俗及社会礼仪、唯美的装饰品与礼仪的装饰品之区别与联系进行深入剖析，提出了系统、全面、深刻的论断，其中有许多都是作者具有创新意义的独到见解。

当然，要对该书做出全面、准确的评价尚需深入研究，但仅据初步浏览的印象，我已经深感本书在收集资料之丰富，对研究史梳理之清晰，对前人研究成果评价之公允，对研究范围之拓展，对问题分析之精深和论述之严密诸方面都相当突出，它的确是装饰品研究领域一部精心之作，一部难得的好书。

作为较早翻阅过本书文稿的一名读者，我怀着喜悦的心情真诚地向朋友们推荐，无论你是历史、考古、思想史、艺术史、社会史、文化史研究者，或是对此有兴趣、有好奇心的学生或普通读者，都不妨找时间读一读它，我相信它一定会给你以启迪和美的享受。

像任何一件艺术作品都难免留下遗憾一样，这部成功之作也有其美中不足。这部书正像其书名表明的那样，是专门研究中国新石器至夏商时代的人体装饰品的，但无论是其对六大区块的分析还是其第九章、第十章或终章的综合研究，几乎都集中于新石器时代，而较少涉及夏商。中国古代文化在世界上具有独一无二的连续性特征，青铜时代的夏商文化是新石器时代文化自然的延续和发展，在从新石器时代到夏商时代的转换过程中，人体装饰出现了哪些变化？还有哪些得以保留和发展？它又反映了什么问题？这些都饶有兴趣，充满新奇。如果对夏商时期也像对新石器时代一样着力，那就更加丰富多彩，更加诱人。我知道，从小丽博士的学术经历和已有学术成果来看，她不是没有这个能力，而是缺少时间和一个相对安静能潜心做研究的环境，这从她写的本书的后记中，读者即能窥知其原委。从她到北大读研究生开始到现在，在我和她二十多年的交往中，我一直认为，她虽形貌柔弱，但却有坚强的毅力，只要给她创造条件，她是一定会完成自己的心愿、满足读者的期盼的。是为序。

2010年11月26日于昌平区回龙观通达园寓所

（原载秦小丽：《中国古代装饰品研究：新石器时代-早期青铜时代》，陕西师范大学出版社，2010年）

《晋都曲沃》序

景元祥先生新作《晋都曲沃》将要付梓，嘱我作序，欣然从命。

元祥先生年长我几岁，是位德高望重、从曲沃县政协主席岗位上退下来的老同志。由于常到曲沃和侯马的缘故，我与他相识已有较长的时间，在2008年举行的"侯马晋国春秋古都文化节"学术研讨会上，我们围绕晋文化问题还有过深入的交谈。元祥先生给我最深的印象，一是没有官架子，一是对学术问题锲而不舍的钻研精神。因为研究晋文化，他和山西省考古研究所的田建文、吉琨璋常有来往，他们两位都是从北京大学考古专业毕业，都是我的学生，长期在晋南从事晋文化考古工作，对晋文化有深入的研究，对推进晋文化考古和普及做出了一个考古人应有的贡献。我和元祥先生认识也是由他们两位介绍的。元祥先生在推出《晋都曲沃》专著以前，曾发表过有关晋文化、晋国史方面的文章，也出过诸如《三晋典故》《晋与三晋故事》《华夏霸主晋文公》等书，这些书他都慷慨地送给过我，我也拜读过，是文字浅显易懂、内容生动有趣的通俗读物，对普及历史文化知识发挥了很好的作用。而《晋都曲沃》除了保持以上著作通俗易懂的特点，则有了更浓的学术味道，展现了他对晋文化诸多学术问题分析研究的成果。

曲沃是一个古老的地名，中国最古老的一部编年体史书《左传》，最早明确提到"曲沃"是在周平王二十六年，即公元前745年，算来已经二千七百余年了。晋国时期,"曲沃"扮演了非常重要的角色,甚至有可能当过都城,据《毛诗·唐谱》,西周时期的晋成侯曾迁都曲沃,关于这一点,只是还没有考古方面直接的证据。春秋以后,特别是晋国发生"以庶代嫡"事件以后,"曲沃"成为晋国公室宗庙所在地,成为陪都,每个继位的晋侯首要做的事就是到曲沃拜祭祖宗,以示正统。

然而,沧海桑田,古曲沃的确切地望至今还是个谜。今天的曲沃县是北魏太和十一年始置的,在此之前,从秦代到晋代,这里一直属绛县或绛县邑。

今天曲沃的县域内,到处都有古文化遗址。从里村西沟的旧石器遗存,到东许、方城等处的新石器时代遗存、夏代遗存,再到曲村一带的晋文化遗址、汉代遗址以及凤城一带的曲沃东周古城等等,正像琨璋所说的,在曲沃,踢起一块土坷垃都有数千年历史,捡起一块瓦片,都有上百代文明,先民在这里耕耘、制陶、渔猎,日出而作,日落而息,愉快地生活着,这块热土从古到今都散发着古老的气息,充满魅力,沁人心脾。

曲沃是晋国的发祥地。近半个世纪以来,北京大学和山西省考古研究所曾以曲沃为中心在晋南做了大量的工作。早在1963年,北大考古专业即派学生来此进行过调查试掘。1979年以来,北京大学考古文博学院和山西省考古研究所合作,以位于曲沃和翼城接壤一带的曲村-天马遗址作为学生实习基地。20世纪70年代末、80年代、90年代,北京大学考古文博学院多个年级上百名学生曾由邹衡先生带队在此实习,作为指导教师之一和后来联合考古队的领队,我也曾在此工作多年,同样对这块沃土有着深厚的感情。

曲村-天马遗址以晋文化为主,在晋文化层下,有仰韶、龙山、东下冯类型夏文化层,由此表明自新石器时代以来,除商代以外,一直有人类在此活动，留下不少遗迹；自西周以来，一直是晋国的核心区域。特别是大面积晋国西周时期生活居住址的揭露、北赵村南晋侯墓地的发掘和9组19座晋侯和夫人的墓葬面世，以翔实的考古材料证实，这里是晋国早期都城所在地，因此也被中国权威专业杂志《考古》列为"中国20世纪100项考古大发现"之一。

曲沃是一块肥沃的文化土壤，长期在曲沃一带工作的景先生，对曲沃有着特殊的情感，正如作者在书稿前面自序中所说的，"在曲沃和侯马，度过了吾的幼年、少年、青壮年，步入了老年，是土生土长的曲沃人、侯马人，又是地地道道的古晋遗民"，声情并茂，发自肺腑，着实感人。他根植于这块沃土，得丰厚的文化沁润，汲取着营养，散发着果香。他以年逾古稀的高龄，仍笔耕不辍，孜孜以求，坚忍不拔，令人钦佩。《晋都曲沃》是一部融考古材料、历史人物、历史事件、历史故事、风土人情为一体的地方史专著，对曲沃的一山一水、一草一木、一砖一瓦、一土一冢的拳拳之心、眷眷之情跃然纸上。

《晋都曲沃》根据有关文献记载和考古发现，详细梳理了晋国的历史，曲沃的历史，总结了这些年来的一些研究成果，篇幅宏大，章节分明。翻读这本书，细心的读者会发现该书有以下几个特点：

其一，将考古材料融于历史研究论证当中。早在1925年，王国维先生在清华讲授"古史新证"课程时，提出对学术界产生深远影响的"二重证据法"，即地下材料和古籍相结合研究古史的方法研究历史，其后，考古材料和考古发现成为古史研究不可或缺的一部分，许多重大的历史课题需要借助新的地下材料才可以得以解决，曲村-天马遗址的发现和性质的认定也再次证明了这一点，对于一个没有经过考古专业训练的门外汉来说，元祥先生能将考古材料和历史研究有机结合，殊为可贵。

其二，注意吸收、运用最新的学术观点和研究成果。这些年来，特别是侯马晋都新田遗址、曲村-天马遗址的发掘，晋文化研究进入了一个新的阶段，晋文化研究的队伍在不断壮大，新的成果也不断涌现，元祥先生能将这些成果也融入自己的研究当中，吸收、综合、归纳、创新，再形成一些新的认识。

其三，内容组织丰富，图文并茂，生动有趣，这可不是一般的作者就可以胜任的。

当然，该书也存在一些可商榷之处。这也许是元祥先生在曲沃工作多年，太钟情于曲沃的缘故吧？从书名到内容，都有浓浓的乡土情怀，但或多或少地把一些悬而未决的学术课题，一并放到了曲沃解决，诸如晋国始祖唐叔虞所封的古唐国地望问题、古曲沃的地望问题等等。另外，在运用材料过程中，如何将史料、传说和野史分开再有机结合等，均值得再推敲和斟酌。尽管书中的一些提法我不完全赞同，还有待于新的考古材料进一步证实和论证，但丝毫不影响这本书的价值和作者的学术水平，今后无论谁研究晋文化，都必须参阅它。

是为序。

2010年5月23日北京回龙观寓所

（原载景元祥：《晋都曲沃》，北岳文艺出版社，2011年）

《荥阳文物志》序

荥阳地处中华民族的母亲河——黄河中、下游的交接点上，在中华文明起源、形成和发展中占有极为重要的地位。从旧石器时代、新石器时代的原始社会直至历史时期夏、商、周、秦、汉、魏、晋、南北朝、隋、唐、五代、宋、金、元、明、清、民国各代，都留下了人们在生产、生活和各种活动中形成的丰富的遗迹和遗物，成为中华民族悠久历史的见证。正缘于此，早在20世纪20年代初以田野调查发掘为特征的近代考古学由欧洲传入我国之初，瑞典考古学家安特生、阿尔纳等即沿今荥阳域内黄河南岸广武山上及附近地区先后调查发现了池沟寨、牛口峪、秦王寨、青台等新石器时代遗址；上世纪30年代，河南古物古迹研究会成立伊始，即派陈云路、郭宝钧等发掘青台、陈沟遗址。1949年中华人民共和国成立，第二年组建中国科学院考古研究所，1951年即组成以副所长夏鼐为团长，成员包括安志敏、王仲殊、马得志等在内的河南调查团，调查青台、点军台、秦王寨、池沟寨、牛口峪、陈沟等新石器时代遗址以及历史时期的平陶城、荥阳故城、汉王城、霸王城等遗址，并选择青台、点军台两遗址进行了发掘。此后，随着省、县（市）各级文物管理机构的建立，县（市）域内地上、地下文物的保护、维修、调查、清理及流散文物的征集等工作逐步走向正规。而织机洞旧石器时代洞穴遗址、大师姑夏代城址、娘娘寨两周城址等的发掘，则在原来基础上使荥阳涌现了更多的全国重点文物保护单位和省级文物保护单位，成为全国文物点较多的县级市之一。

回溯新中国成立以来荥阳60多年的发展历史，虽然建置和县（市）域几经变动，负责人频繁更换，但除了上世纪五八年"大跃进"的狂热和六七十年代"文革"的浩劫以及伴随改革开放滋生出的拜金主义对古墓葬的盗掘，曾使一些文物遭到破坏外，整体来说文物基本上得到了保护。正是在县（市）历任党政领导对文物工作的重视与关怀下，市文物保护管理所在上世纪末即提出编写《荥阳文物志》的建议并积极组织实施，经过文化局、旅游和文物局及所内几届领导、编写者以及全体同仁十多年的辛勤工作，2010年底终于完成了书稿《荥阳文物志》，是荥阳市文化事业建设取得重大进展和收获的一项重要标志，作为生于荥阳、长于荥阳、从荥阳走出来的一个考古工作者，我内心充满激动和喜悦，我衷心向支持关心此项工作的领导者、策划者、组织者和执笔者表示真诚的祝贺！

《荥阳文物志》共分十章四十节，收录古文化遗址90处、古墓葬（墓地）36处（项）、古建筑（含寺、庙、观、民居及单体建筑等）50处、石窟石刻（含造像、碑碣、经幢、墓志、石棺等）124处（件）、近现代重要史迹及代表性建筑26处、馆藏文物234件（组），国家、省、地（市）、县（市）级文物保护单位及其他有代表性的文物均收入其中，展现了荥阳市已知文物的整体面貌。将这些文物点联系起来、并放在各自的特定历史环境中来看，可以说它就是中原地区乃至中国文明演进历程的一个缩影。

织机洞旧石器时代洞穴遗址出土的大量石器，至少使我们看到了距今十几万年至几万年从旧石器时代中期至晚期文化连续发展的过程，从而从一个侧面否定了某些学者主张的中国现代人类外来起源说。2005年10月，教育部人文社会科学重点研究基地北京大学中国考古学研究中心和郑州市文物考古研究所在荥阳联合举办的"织机洞遗址与东亚旧石器时代文化国际学术研讨会",吸引了英国、加拿大、澳大利亚、韩国和我国几十位研究旧石器的著名学者与会,已足见其在研究旧石器时代考古和现代人起源问题上所具有的重要地位。

梁寨、翟寨、官峪、任店等裴李岗文化遗址,青台、点军台、秦王寨、池沟寨、陈沟、楚湾、汪沟、方顶寨、新沟、满沟、赵寨、任河、北头等仰韶文化遗址以及西柏社、寨子峪、刘沟、魏河、上河、周固寺、竖河、刘庄、西张村、孙寨营房顶河南龙山文化遗址等丰富的新石器时代文化遗存,展现了距今8000多年至4000多年我国原始社会由初级走向繁荣以及向文明社会转化的过程。青台遗址首次发现的丝织品痕迹和熟食用的陶鏊,使我们得以窥见距今5000年前后社会生活繁荣面貌的一角;竖河遗址发掘得出的河南龙山文化两期三段的分期以及晚段遗存与登封王城岗遗址四、五期时代相当的认识,则透露出此时很可能已进入历史时期的夏代早期信息。

位于商汤亳都郑州商城西北郊不远的大师姑夏代城址的发现,是夏代考古的重大突破。研究表明,它很可能是以偃师二里头遗址为晚期都城的夏王朝为抵御东来的商夷联军而在东境建立的一处防御设施,而正是由于它的建立,延缓了商人对夏进攻的速度,使商人在称为"亳"的今之郑州设立屯兵据点并在灭夏后建成正式的首都。

商灭夏后,荥阳成为商汤所建亳都及仲丁迁嗷之后嗷都的京畿之地,大师姑夏人城址亦复为商人重新修葺使用。在一些原为夏人的如西史村、阎河、薛村等遗址之上,往往亦发现有商代早中期二里岗商文化的遗存。商王河亶甲由嗷迁相之后,荥阳虽远离京都,但在今荥阳市域仍留下不少遗迹,被评为2007年全国十大考古新发现之一的关帝庙遗址的全面揭露,使我们有幸看到了一处包含有房基22座、陶窑23座、水井33眼、灰坑1721个、灰沟15条、墓葬269座和大量陶、石、骨、蚌、角等质地的生活、生产用具及工具的商代晚期普通聚落的真实情景。而小胡村"舌"族随葬铜器墓地的发现，亦为了解商代的社会结构提供了新资料。

周灭商后实行分封制度，荥阳境内及其附近有管和东虢等国，西周晚期有东迁的郑国以及被评为2008年全国十大考古新发现之一的西周晚期始建的城址娘娘寨。韩灭郑后荥阳属韩，今所见之成皋城、荥阳故城等都是韩国城址。秦统一六国后，荥阳一度为秦之三川郡郡治所在，秦末群雄并起，刘邦、项羽争霸荥阳，今天站在汉王城和霸王城址上，仍然会让人浮想联翩，眼前重现昔日金戈铁马、相互厮杀的惨烈场景。

入汉直至明清，荥阳虽然远离全国的政治中心，但仍然留下了不少珍贵的文化遗产。大栅城（即荥阳老城）、汜水城、建德城（俗称黄牛寨）等城址，翟沟和任洼瓷窑、楚村官营铁器铸造作坊、贾峪皇家采石场、王湾铁器窖藏坑、大海寺隋五铢钱窖藏坑等遗址，洞林寺、大海寺、圣寿寺（大周山）等寺院以及上街卢医庙（扁鹊祠）、万石君庙、刘河镇伏羲庙、谷山祖师庙（内有清嘉庆地震碑）、虎牢关三义庙、西大村济渎庙、观沟重阳观、宫寨长春观、竹川逍遥观、广武山上的飞龙顶等庙观，荥阳县衙、古宗祠、古戏楼、古民居、古石窟石刻等，苌村壁画墓及槐林、河王水库、石柱岗、苜蓿湾、沈洼、清净沟等两汉墓地，司村、常村、插阁等宋金壁画墓、砖雕墓、石棺墓，明代朱元璋后裔周王陵及北魏郑羲和唐代郑曾、刘禹锡、李商隐等名人墓，均从不同角度和侧面反映了汉及以后各代经济、政治、宗教、文化、艺术等社会面貌。而小寨中共荥汜抗日政府旧址、崔贡琛故居、董天知故居、冯玉祥施政纲领碑、张虎臣懿行碑、魏将军德惠碑等近现代重要史迹及文物，则从另一个方面反映了荥阳人民反抗压迫、抵御日寇入侵和争取解放、建设新中国的革命历程。

《荥阳文物志》除对文物本体做了客观如实的记述，还分别辟专章对文物的保管、宣传、研究和利用以及荥阳从古至今文物要事做了详细介绍，使读者不仅能领略本地珍贵文物古迹的风采，从中受到教益和启迪，而且还可以从中了解我国的文物工作方针、政策，学习到文物工作者忠于职守、踏实认真的精神和作风，提高文物保护意识，自觉投入到自己身边的文物保护中来。

中国自古以来就有修志的传统，但无论省志、州志、县志，都是综合类志书，这类志书涵盖全面，一志在手，可以使人总览全局，但就其某一方面而言却难以专深，于是专志便应运而生，汉代班固的《汉书·地理志》便是最早的专志之一。专志见到的有好多种，宋代以后有金石志，但将遗址收入的文物志却是较晚才有，荥阳市文物工作者适时编辑出版《荥阳文物志》，就全国来说，自然属于先进者的行列。

志书有志书的基本要求，按照我的理解，第一是收录材料要全面，就文物志来说，既要有单体的文物（如以往的金石类志书），也要有近代考古学兴起以后调查、发掘的遗迹、遗址和墓葬，甚至还应包括作为非物质文化遗产载体的"文物"；第二是要注意真实性，对文物的说明要有一说一，不可夸大，更不可弄虚作假；第三是要注意图文并茂，文物不比其他，只有文字描述没有图像，读者就很难掌握。就以上诸项加以衡量，《荥阳文物志》都力求做到了，《荥阳文物志》的确是一部值得肯定和推荐的好书。

2011年1月28日

（原载荥阳文物志编纂委员会：《荥阳文物志》，中州古籍出版社，2011年）

《无锡市文化遗产保护和考古研究所论文集：早期文明与峡江汉墓研究》序

无锡市文物保护和考古研究所2009年7月组建完成，一年半之后即推出由所内同仁执笔的第一本论文集《早期文明与峡江汉墓研究》，其速度之快，令人惊讶！令人振奋！因此，当无锡市文广新局建兴局长和文保考古所宝山所长邀我为之写序时，我没有推辞，我觉得应该借此给以鼓励，即使文中有需改进之处也应指出，以利今后更好地提高发展。当然，通过阅读他们的书稿，我自己也获得了一个学习的机会。

这本论文集共收入三篇大作，一篇是薛琳的《良渚文化出土玉琮研究》，一篇是韩翀飞的《中国早期文明进程中的几个问题》，还有一篇是李一全的《峡江汉墓初步研究》，三篇文章合计40万字，即此已足见其为三位作者的倾心力作。

玉琮是良渚文化中最有代表性的、最具神秘色彩的文物之一，因此也最受研究者的关注，围绕玉琮发表的文章，恐怕也是良渚文化研究论著之中最多的一种。我看到过的专门研究玉琮的文章不算很多，但就我曾过目者言，涉及玉琮方方面面如此全面的，《良渚文化出土玉琮研究》一文也应该是为数不多的几篇中的一篇。该文除前言和后面的参考文献共分四章十节，分别从玉琮有关文献记载与研究历史、原料产地推断与类型划分、随葬玉琮墓葬情况与墓主性别研究、玉琮的用途功能及其对后世的影响等方面做了探讨。文章收集材料丰富，有关的文献记载、传世与考古资料、相关研究论著基本收罗齐备，从其有 248 个注释、附列 68 篇参考文献即可见一斑；文章评价公允，对前人成说能放在当时历史条件下做出评论，对同代人的研究论著能通过相互比较指出其长处和不足，有实事求是的平等切磋，无强加于人的武断；文章有独到见解和创新之处，这在玉琮起源、玉琮分期、良渚文化随葬玉琮墓葬墓主性别推断以及玉琮功能与用途的讨论中均有表现。由此可见，《良渚文化出土玉琮研究》无疑是一篇成功的作品。

中国古代文明的起源、形成和发展一直是我国学术界关注的热点问题，随着考古调查、发掘工作的展开，围绕着该问题的讨论一波紧接一波，不断取得进展和丰硕的成果，《中国早期文明进程中的几个问题》一文是当前该问题讨论中最新几篇中的一篇。该文也分四章，第一章"略论中国文明的起源"有六个小节，分别讨论了"文明"的概念、文明起源探索的历程、文明起源模式的探索、古代文献记载中的中国文明起源、中国新石器时代晚期文明化进程及龙山时代已具备成熟文明的特征；第二章"新石器时代晚期聚落形态研究"三个小节，分别讨论了聚落考古研究历史和应注意的问题、新石器时代早中期聚落形态的特点和对新石器时代晚期聚落形态的分析；第三章"龙山时代聚落形态研究"三个小节，分别从单个聚落、以城址为中心的聚落群展开研究，并对研究成果做了总结；第四章"新石器时代宗教遗存初探"不分节，专门围绕考古遗址中与宗教有关的遗存做了探讨。对上述诸问题的研究，看上去详略不一，繁简有别，各章节的分量似乎不很均衡，但对重点问题都做了较为深入的分析，例如第一章"新石器时代晚期文明化进程"一节，将距今 7000 至 6000 年的新石器时代晚期分为早、中、晚三段展开论述，就使读者清晰地看到了文明因素从孕育诞生、初步发展到进入初级文明阶段的过程；第二章"新石器时代晚期聚落形态研究",并非一开头就从晚期切入,而是从新石器时代早中期聚落特点开始,紧接着又将晚期分为早、中、晚三段依次展开,步步深入,使读者进一步从聚落演变角度看到了新石器时代末期已形成的初级文明社会的面貌;第三章"龙山时代聚落形态研究",是第二章"新石器时代晚期聚落形态研究"的继续和深入,在对单个聚落和以城址为中心的聚落群分别剖析基础上,从多个方面论证龙山时代已进入城、乡分化的比较成熟的文明社会,增强了其所作论断的说服力。

收入本论文集的第三篇大作《峡江汉墓初步研究》,资料丰富,论证严谨,条理清晰,图文并茂,是一篇典型的考古学论著。文章除前言、附录和参考文献,共分六章,分别梳理交代了峡江地区汉墓发现与研究简史、墓室结构形制、随葬品型式划分、分期与年代、墓葬的文化构成因素及汉墓反映的生死观念。峡江地区的文化遗存尤其是汉墓,过去较少受到注意,自三峡工程启动以来,随着三峡文物保护抢救计划的实施,大量汉墓被发掘出来,在多数发掘报告尚未出版的情况下,作者能推出如此全面系统的一部论著,确属难能可贵。我读过之后,留下深刻印象,也学到不少东西。关于墓葬形制和随葬品的型式划分,作者比较严格把握了型与式的区别,以型表示同时存在或时间上虽有先后但无发展关系的墓葬形制或随葬品整体上的不同,以式表示同型之内的墓葬或随葬品局部变化反映的具有发展关系的早晚区别,这样读者即能根据型式之不同判断其内在逻辑发展演变关系;关于分期与年代,正如作者所言,分期是根据墓葬形制和随葬器物的类型学研究成果做出,因而具有较为坚实的科学基础,当然建立在类型学基础上做出的分期只是相对年代,作者继而利用出土的纪年文字材料和随葬品中的铜镜、钱币研究成果一一推定了各期的绝对年代,从而构建起了峡江地区汉墓的分期年代标尺，为今后研究提供了一个科学的年代学依据；关于文化因素分析，作者从峡江地区所处地理位置和环境出发，结合考古发现和有关文献对当地曾经有过的国族、发生过的历史事件的记述，从墓葬形制和随葬品中分析出多种来源各不相同的文化因素，揭示了峡江汉墓体现出的一种由区域性为主到多种文化并存，从多文化并存到大一统的中原文化的演变过程；关于汉墓反映的生死观，此章虽显简略，但通过考证，也基本廓清了墓葬形制和随葬品组合及形制纹饰变化反映的人们思想观念、宗教思想的变化。

学术研究是一个充满乐趣和挑战、不断通过否定之否定逐步接近客观真理的过程，三篇大作取得的成果有目共睹，但也还有可以讨论、改进之处。就我初步研读所得印象，我觉得《良渚文化出土玉琮研究》在"玉琮对后世的影响"一节还可以进一步深入研究：时代变了，出土的地域方位变了，在墓葬中的放置位置变了，经过改制原来的形制花纹变了，玉琮原来的性质和所具有的功能、用途肯定也在变化，在商周时期出土的玉琮上可以看到这样的现象；看出变化比较容易，要揭示变化的意义尚需花费力气，希望在这个问题上继续努力。《中国早期文明进程中的几个问题》结构上显得有些松散，文字上有些重复，在一定程度上影响了对文明的起源、形成和发展这个核心问题的深入，建议加强论文写作的严谨性、规范性锻炼；引用别人的研究成果，不管同意与否，都需经过论证。《峡江汉墓初步研究》第六章"汉墓与汉代生死观"较前几章略显薄弱，建议从汉代社会演进的大背景出发，围绕人死后入殓、下葬及葬后善后处置等整个葬礼的过程进一步考察汉代丧葬礼仪，以揭示汉代社会的思想观念及其变化。

本论文集的三位作者都受过良好的考古学教育和田野考古实地锻炼，知识面广，基础扎实，又热爱考古工作，在新的工作岗位和研究中一定会拿出更多更好的成果,这是你们所在的新组建的无锡市文物保护与考古研究所的愿望,也是全国考古同仁们的热切期待。

2011年2月5日

(原载无锡市文化遗产局委员会:《无锡市文化遗产保护和考古研究所论文集:早期文明与峡江汉墓研究》,文物出版社,2011年)

《中国柯桥：越国文化高峰论坛文集》代序
——越文化研究浅议

一、越文化考古的历程

根据《史记·越王句践世家》《越绝书》等文献记载，越之始祖无余乃禹之苗裔夏王少康之庶子。此记载是否确有其事，无从查考，但越族是广布于我国东南一带乃至中南地区的古老族氏，越国是春秋时期兴起的可以与中原诸国争雄的强国之一，则是不争的事实。从考古学上探寻越文化开始甚早，20世纪30年代，卫聚贤等人发起成立吴越史地研究会，编辑出版吴越史地研究丛书，即开始走出书斋，到野外去调查吴越史迹。他们还将在江苏常州淹城、上海金山戚家墩采集的陶片、石器等标本在上海展出，一时引起轰动，但当时中国考古学主要着眼于中原地区，他们几位又非专业出身，因此总的来看，收获不大，成绩不是很突出。新中国成立以后，随着基本建设的开展，各地不断有文化遗址和文物出土，加之各级文物考古机构陆续建立，考古工作越来越多，收获也越来越大，在这方面，浙江省博物馆、南京博物院以及地市和县级文物单位都做出了重要贡献。粗粗回顾一下，我认为至少有以下几项：

1. 调查发现了成百上千座与研究越文化有密切关系的两周时期的土墩遗存，有的已做过发掘，既有一般的土墩墓，也有先构筑石室再加封土的石室土墩墓。

2. 发掘了一批诸如浙江绍兴306号墓、绍兴印山越王陵、海盐土墩墓、东阳前山石室土墩墓、长兴鼻子山土墩墓、安吉龙山土墩墓、温岭塘山土墩墓，以及江苏苏州真山土墩墓、无锡鸿山土墩墓、福建蒲城土墩墓等越国王侯级或高等级贵族大墓。

3. 调查发掘了一些与探索早期越文化或与越文化渊源有关的马桥文化、高祭台类型等夏商时期的遗存。

4. 在浙江安吉、长兴、温州及福建蒲城等地，出土了一批商至春秋既有中原特点，又有当地风格的青铜礼乐器和兵器及工具。

5. 调查、试掘、测绘了浙江绍兴、安吉等地发现的东周时期的古城址。

6. 调查、发掘了浙江东苕溪流域德清火烧山、亭子桥等商周时期原始瓷窑址。

二、越文化研究的收获

随着考古工作的展开和接连不断的重要发现，有关越文化的研究也逐步深入，并取得了显著的成果。

1. 基本明确了越文化和吴文化的异同以及越文化分布的大体地域。

东汉赵晔《吴越春秋·夫差内传第五》说"吴与越同音共律，上合星宿，下共一理"。西汉司马迁《史记·吴太伯世家》说吴是南下的姬姓周人与"断发纹身"的土著荆蛮人结合建立的国家，《史记》索隐云"荆蛮者，闽也，南夷之名，蛮亦称越"，可见吴国土著和越国土著都属于越人族系。从考古学上来看，两者的确有许多共同点。例如，越和吴均流行土墩墓葬俗，均有印纹硬陶器和原始瓷器，均善于铸造精良的青铜兵器等，但两者也有明显的区别，例如越地较多见石室土墩墓，吴地则多为平地堆土形成的土墩墓；越文化居址和墓葬中几何形印纹陶和原始瓷所占比例较高，王侯大墓中常随葬有成组的原始瓷编钟、编镈、句鑃、錞于等仿青铜乐器，吴文化中所占比例较低，大型墓中亦少见或不见原始瓷乐器；越文化大墓有墓道者，墓道均朝东，吴文化大墓则无此规律；越文化大墓中常见随葬玉器现象，吴文化大墓中则少见随葬玉器等。江苏省考古研究所张敏先生对吴、越文化的区别曾专门做过研究，文章发表于《文物》杂志2010年第1期，可以参考。

根据有关文献记载和以上重要发现及研究成果，越文化主要分布于太湖以南的浙江至福建北部，吴文化主要分布于江苏宁镇和安徽皖南地区，但随着两者势力的消长，其分布范围也不断有所变化。太湖地区本是越文化势力范围，后来随着吴国的强大和扩张，逐步成为吴文化分布的核心领域。不过越灭吴后，原来吴文化分布范围亦尽为越所有，两者的势力范围互为交错，且时有变动。

2. 参照吴文化分期标尺，大体构建起了两周时期越文化年代分期标尺，这在杨楠所著《江南地区土墩遗存研究》和林华东、陈元甫等先生的有关论文中皆有论及。

3. 对越文化出土青铜器铭文资料进行了收集、汇总和研究。在这方面，主要有1992年浙江古籍出版社出版的董楚平所著《吴越徐舒金文集释》和1999年上海书画出版社出版的曹锦炎所著《鸟虫书通考》，以及散见于文物、考古等学术类杂志上的有关论文。通过他们的整理和研究，使我们得以了解越国文字的基本特点，其虽和中原诸国属于同样的籀篆文字体系，但流行所谓鸟虫书却是一大特色。

4. 对早期越文化或越文化的渊源进行了探索。目前倾向性的意见认为，两周时期的越文化主要是由马桥文化逐步发展而来。马桥文化得名于上海市文管会1959-1961年对马桥遗址的两次发掘，其第四层遗存晚于良渚文化早于周代，文化内涵具有不同于周围与其时间基本相当的其他考古学文化,因而命名为"马桥文化"。马桥文化主要分布于太湖、杭州湾地区。研究表明,马桥文化一部分是良渚文化-广富林文化的继承和发展,一部分主要是几何形印纹陶器,从形制、纹样分析当是来自分布于浙、闽、赣交界地带的高祭台类型。其年代上限相当于中原二里头文化二期,下限紧接商周之际的最早的越文化。越文化的前身是马桥文化,基本上已是学界的共识。

5. 对越文化的特征有了基本的认识。正如前面分析吴、越文化异同时已指出的那样,越文化中几何形印纹陶和原始瓷所占比例均高于吴文化;越文化墓葬和吴文化墓葬多集中分布于高高低低的山脊上,越大的墓埋得越高,但越文化中流行石室土墩墓,大型墓的墓道均为东向;越文化墓葬中规格较高者多有玉器和原始瓷质仿铜礼乐器随葬;像印山越王陵那样的两面坡人字形木椁在越文化墓葬中多见。

6. 根据对东苕溪流域的调查和火烧山、亭子桥等处窑址的发掘,初步判定该地区可能与原始瓷起源有关,或者至少是原始瓷重要产地之一。而亭子桥窑址出土的大型原始瓷鼓座、甬钟等,则表明这里很可能是东周时期专门为王室烧制瓷器的地方。

三、越文化研究现存薄弱环节和问题

回顾越文化考古的历程和研究状况,可谓筚路蓝缕,成果多多,但冷静思考一下便会发现还存在一些不足。

首先,越文化年代分期标尺尚有缺环,不够细密准确,尤其缺乏居住遗址的材料。如果和其有密切关系的吴文化年代分期标尺相比,差距是显而易见的。

其次,就越文化考古本身而言,墓葬挖得多,居址挖得少,迄今还没有一处像河姆渡文化田螺山遗址那样通过科学发掘揭示出来的聚落遗址，从而影响了对当时社会结构、社会生活的研究。

第三，一个国家的都城是当时国家政治、经济、军事、文化等最集中的体现，通过城址尤其是都城考古，可以最接近了解当时社会的原貌和各方面所能达到的最高水准。根据文献记载，越国在其数百年历史发展过程中，曾屡次迁都，考古工作者虽对这些地点做过调查，有的还做过试掘，但还没有对一处进行过全面的勘探和发掘工作，致使大家对之知之甚少。

第四，越是一个庞大的族系，战国时称为"百越"。考古材料显示，在越系文化分布范围内，不同地区在文化面貌上存在一定差异，但迄今尚未能通过研究划分出不同的地域类型，从而影响了研究工作的进一步深入。

第五，瓷器是越人的发明，越国是东周时期青铜兵器铸造水平最高的国家之一。考古学上，原始瓷器及其烧造窑址已有发现，越国兵器乃至越王所铸兵器亦屡有出土，但运用现代科学技术手段对原始瓷器的烧造工艺、对青铜兵器的铸造技术研究尚少。

四、今后越文化研究的展望

反思我们的工作，我认为要改变越文化研究较良渚文化等新石器文化研究，乃至越窑、龙泉窑、南宋官窑瓷器研究相对滞后的局面，首要的是提高越文化考古在中国青铜时代考古学上地位的认识，在浙江考古工作布局上重要性的认识。越文化考古既关系到浙江乃至中国东南地区何时开始进入青铜时代、进入国家社会的问题，也关系到该地区何时和如何融入以中原地区为核心的华夏一体文明过程的问题，它既可上推又可下连，重要性不言而喻。

其次，是要有一个切实可行的规划，以规划设置课题，以课题带动研究。我们国家的考古工作，尤其是省、地市一级文物考古部门的工作，主要是配合基本建设和文化遗产保护，这当然是正确的，但将被动转为主动，从配合中寻找课题，将具体工作纳入课题，这是我们可以做到的。那么，就越文化研究而言，有哪些课题是可以做的呢？针对当前越文化研究存在的薄弱环节，有这么几个课题是否可以作为当前的重点：一是越文化年代分期标尺的补充和细化，而且要尽可能与吴文化年代分期标尺相对应；二是越文化类型的划分，这是越文化研究进一步深入的基础；三是越国都城的勘探与发掘，这是越文化研究进一步深入的突破口，是重中之重；四是瓷之源的探索，目前已有重要发现，但需持之以恒，并需主动与相邻省市开展合作研究；五是选择一两处聚落遗址或墓地彻底揭露，以研究其社会结构；六是加大科技投入，围绕瓷器烧制、兵器铸造开展工艺技术研究，揭示其所达水平。

最后，关键的关键是人才。如果没有一定数量的具有一定研究水平的人员投入，再好的规划、再好的课题也难以实现。从学科的发展需要出发，从考古事业的发展需要出发，我们希望人才问题能引起领导部门的重视，加强越文化考古人才的培养，并且为他们创造必要的条件，将越文化研究推进到一个新的阶段。

（原载林华东、季承人：《中国柯桥：越国文化高峰论坛文集》，浙江人民出版社，2011年）

《邢台商周遗址》序

河北省文物研究所研究员段宏振继《北福地——易水流域史前遗址》《赵都邯郸城研究》之后，又推出了第三部专著《邢台商周遗址》。拜读过书稿之后，深深为其体例所吸引，它不同于《北福地——易水流域史前遗址》，也不完全同于《赵都邯郸城研究》。《北福地——易水流域史前遗址》是一部典型的田野考古发掘报告；《赵都邯郸城研究》是围绕赵都邯郸田野考古成果展开的专题研究。《邢台商周遗址》则是在对邢台及相关邻境地区，从史前到东周诸遗址总体把握的基础上，选择了东先贤、南小汪、古鲁营三处代表性遗址的发掘收获，并结合有关文献记载展开的综合研究。

打开《邢台商周遗址》的目录即可看到，除前言外，第一、二、三章是对邢台地区自然地理环境、考古发掘简史和泜河、白马河、七里河、沙河等流域各时代遗址状况及其分布格局的介绍。第四、五、六章是分别对东先贤、南小汪、古鲁营三处代表性遗址地层、分期、各期遗迹遗物及年代、性质等相关问题判断的交代。第七章"总论"则是在此前研究基础上，围绕邢台及相关邻境地区商周文化及聚落发展演进历程、商周邢都探索和邢台商代至东周历史所做的研究总结。这种围绕特定目的，以特定地区、特定时代遗址发掘成果详细梳理为基础进行综合研究的模式，是从田野考古报告、田野考古学研究过渡和上升到历史学研究整个研究逻辑链条中的一个创造。和现在流行的田野考古发掘报告相比，它有报告要求的自然地理环境、历史沿革、考古简史、地层、分期、遗迹、遗物及结语等基本内容，也可以看作是田野考古报告，但又有较大篇幅的综合研究，独立出来就是一篇考古学论文。而与现在流行的考古学论文相比，最大的特点是有分量很大的田野考古报告的内容，属于历史时期的更有大篇幅的相关文献记载的征引和分析。因此，由这种类型的著作做出的论断，当然就具有更大的可信性。这种研究模式出自段宏振之手并非偶然，其实研究一下他的《赵都邯郸城研究》就会发现，已有了这种研究模式的端倪。该书是研究赵都邯郸的，但内容除围绕邯郸有关的田野考古工作，还涉及了邯郸所在的沁河流域史前至夏商西周时期遗存、邯郸城近郊乃至远郊城镇遗址群；至于文献，其第二章"古代文献记载中的赵邯郸城"用了3节22页的篇幅叙述了邯郸城建立之前直至秦汉逐步走向衰落的情况；最后更将赵都邯郸与东周时期鲁、齐、郑、楚、秦、燕、晋等诸侯国都城进行比较，判定了其模式特点、历史地位和意义。如果说《赵都邯郸城研究》这一研究写作模式表现得尚不突出，那么到《邢台商周遗址》，这一特点可以说就相当明显了。现在大家都比较重视区域文化研究，其实每一文化区域之下的遗存还可以分为若干不同的层次，历史时期尤其如此。因此我想，进入历史时期在全国各地陆续涌现出来的都城、郡城乃至县城遗址，如能以对邯郸、邢台两地的研究模式为启发开展工作，则区域文化与聚落演变研究，一定会出现一个新的面貌。

那么，《邢台商周遗址》这种研究模式究竟带来了哪些新的研究成果呢？我认为至少有四项是进展十分明显的。

1. 通过对东先贤、南小汪、古鲁营以及曹演庄、葛庄等遗址分期结果的纵横排比、通联，构建起了邢台地区从先商至战国商周文化的分期框架标尺，勾勒出了其文化演进发展轨迹，为以后新发现遗存的时代定位提供了可靠的依据。

2. 归纳了当地先商文化、商文化、西周邢文化、东周赵文化的特征，提出了先商文化"是在本地基础上、可能主要接受了来自西面和南面的文化因素"而形成、"邢台商代文化的形成是中原成熟后的商文化渐次逐级北上与本地传统文化合流的结果"、西周"邢文化的形成，纵向历程上有突变到渐变的阶段性，平面格局上存在剧变和缓变的交错性。突变，标志着周文化的降临和植入；渐变，表明传统文化的传承与发展。剧变，反映了集中殖民的据点；缓变，则说明了殖民与原住民的逐渐融合"、"邢台地区传统的邢文化和新进入的晋赵文化最终融合成为新的赵文化"等新论断。

3. 在梳理当地商周文化分布格局和聚落演进历程基础上，明确了七里河流域和泜河流域始终是遗址分布最为集中的两个地区，而七里河流域则是核心，是商周邢都所在地，进而重点探讨了商中期"祖乙迁邢"的邢都、商晚期邢侯封地之所在及西周邢都等问题，得出了"东先贤一期遗存或与祖乙迁邢有关，而殷墟四期遗存可能与晚商的邢侯以及地近王畿地区有关"，南小汪——葛庄西周遗址群"应与西周邢国始封地相关"、战国时期泜河流域的"柏人城成为赵之重要城邑，是赵国北方门户"、七里河流域的"邢台城作为邯郸城的外围重地，是赵国的陪都或副都一类的重要城邑"等结论。

4. 将考古材料与文献材料相结合对邢台地区先秦史上诸问题进一步深入研究，从论据和论证逻辑上强化了以上所做论断的合理性和科学性，有了更强的说服力。

以上几点，可以看到该书对商周考古和先秦史研究做出的重要贡献。然而在考古学发现方面，还有一些待解决的问题需要提出。

东先贤一期与"祖乙迁邢"的时间相当，"祖乙迁邢"的邢都应在东先贤一期遗存有密集分布的七里河流域即今曹演庄至东先贤一带，但迄今为止，尚未发现该时间段的大型建筑基址、大型铜器墓葬、重要手工业作坊遗址等与都邑相称的遗存。

晚商时期作为"纣之三公"之一的邢侯的封地所在，据东先贤四、五期（相当于殷墟晚期）遗存在该地有更广泛分布的事实，推定亦应在此附近是有道理的，但如同祖乙邢都一样，目前也还缺乏构成大型高等级贵族邑聚所应具有的遗迹、遗物等证据。

周公之子所封邢侯的邢都，因南小汪西周刻辞卜骨和葛庄西周大墓的发现，推定在七里河流域的南小汪－曹演庄和葛庄一带，应无问题，但尚未发现城址何在，宫殿、铸铜、制玉作坊何在。

春秋邢都所在，战国时作为赵国北方门户的柏人城等城址所在，史有明文记载，据文献所记和考古调查线索，地点虽已锁定，但迄今尚未做过有计划的系统考古发掘。

显然，上述问题较为圆满的解决，还有待今后持续不断的田野调查、发掘和研究工作的深入开展。《邢台商周遗址》一书的出版，必将为今后邢台商周考古的进一步发展奠定坚实的基础。

2011年11月3日

（原载河北省文物研究所：《邢台商周遗址》，文物出版社，2011年）

《贵州董箐发掘报告》序

董箐古遗址位于贵州中西部北盘江下游贞丰县者相镇和镇宁布依族苗族自治县良田乡的交界处的北盘江畔，2005 年 5 月因修建董箐水电站而发现，同年进行了发掘。董箐遗址分为两处，一个是属于贞丰县者相镇毛坪村的董箐小河口，一个是属于镇宁县良田乡顶坛村的坝包组田脚脚，两遗址隔江相望，距离仅 200 米。这部由发掘主持者贵州省文物考古研究所研究员刘恩元主笔的发掘报告，即是对这两处地点发掘成果的总结。

报告由 4 篇 13 章 33 节和前言及编后记组成。第一篇为概述，下分 4 章分别介绍了遗址所在的地理环境、历史沿革、文物分布情况、位置及发掘经过和工作情况；第二篇为田脚脚遗址，下分 3 章 17 节分别介绍了田脚脚遗址地理环境、发掘方法、地层堆积及各种遗迹及文化遗物；第三篇为小河口遗址，分 4 章 14 节，前三章和第二篇一样，分别介绍了小河口遗址的地理环境、发掘方法、地层堆积及遗迹、遗物，第四章介绍了仅有的两座石板墓；第四篇分两章，分别讨论了遗址的性质和年代。

两处遗址面积均不很大，田脚脚遗址约 4000 平方米，小河口遗址约 3000 平方米；文化堆积较薄，厚度都不超过 1 米；文化遗迹虽有房基、灶、灰坑、陶窑、水沟等，但数量都不多，结构亦不复杂；文化遗物虽有石、骨、陶、铜、铁等多种，但多较零碎。实事求是说，董箐遗址不算是内涵很丰富的遗址,况且又是配合基本建设进行的发掘,但即使如此,发掘主持者和报告执笔者,仍然是高标准严要求,没有丝毫的松懈。读过报告文本我们就会知道,无论哪一章节,都写得那么细致具体。例如文化遗迹中的房基,不仅交代了发现的每一座房基的层位、形状、尺寸大小、结构、保存状况,而且还对基址上的柱洞逐一列表写明了其直径、深度和填土情况,读了文字再对照附图和照片,就会有一个完整的印象。再如文化遗物的陶片,除介绍了数量、质地、颜色、纹饰,还对每一器类做了型式划分,并选出标本一一做出说明。作为田野考古发掘报告,最重要的是要将发掘所获资料,经科学整理之后尽可能多地发表,正是对出土遗迹和遗物做了这种细致而又具体的描述,才保证了资料的完整性,使得其蕴含的信息得以最大限度地保留。

当然,考古发掘报告不仅是发表材料,还要用科学方法解析材料。第四篇第一章,通过对田脚脚和小河口两个遗址点文化内涵的比较,认为虽丰富程度有别,房基结构和遗物种类及组合亦小有差异,但基本特征一致,应属同一文化性质的遗存。不过将其与邻近地区的其他文化遗存相比,既不同于安顺宁谷发现的汉代遗址和墓葬,也不同于兴义万屯和兴仁汉墓及普宁铜鼓山战国秦汉遗址等文化遗存,而具有更多自身的特点,可作为北盘江中游一个有地方特色的文化代表。第四篇第二章,通过两地点第(4)层和第(3)层出土陶器的对比,确认两者基本相同,没有根本的区别,又联系文化层中出土钱币,推断其第(4)层可能属魏晋时期,第(3)层可能会晚到唐宋时期,但由其文化内涵反映出来的文化面貌来看,它虽含有来自中原汉地的文化因素,但大量的仍是以当地为主的文化特色。至于其为当地哪一少数民族的遗存,目前仅有的材料,还难以做进一步的推测。这当然是审慎的态度。

从尽可能多的收集材料和尽可能通过分析揭示其反映的社会状况以及丰富的图表、照片等全面衡量,这无疑是一部合格的、达到了基本要求的考古发掘报告。

不过我想借这个机会指出，报告在介绍房基、灰坑、柱洞等遗迹层位时，有时还出现某某遗迹分布于某某层或某某层发现有某某遗迹这样的表述，这是不科学的。因为遗迹也是独立的地层单位，我们只能说某某遗迹开口于某某层下打破某某层，而不能说某某遗迹属于某某层。好在在做这样的表述之后，往往又会紧接着说该遗迹开口于某层之下打破某层。例如，第二篇第二章第二节介绍田脚脚遗址的柱洞，在说"第四层发现的132个柱洞，主要分布于T2、3、4、6、7、8、14、15、17等9个探方"之后，即又说"均开口第（4）层下打破生土"，从而纠正了前面含混的容易造成误判的表述。

将考古发现的遗迹归于某某文化层是以前考古学界常见的说法，报告主笔刘恩元先生是1972年入北大考古专业学习的，当时包括已从北大考古专业毕业十多年的我在内，都是这样的认识，只是后来邹衡先生告诉我"一个遗迹单位就相当于一个地层"，我才做了纠正，因此从根源上说还是老师的责任，这是不能怪刘恩元的，但话又得说回来，现在大家都已认识到将遗迹归入某文化层不妥，当年的老师也已改变了看法，就不能再固守成说了。从1972年刘恩元入北大历史系考古系上学至今，我们相识已近40年了，这次又在一起讨论考古上的问题，一下子就把我们又带回到30多年以前一起摸爬滚打的岁月，真是太有意义了。知识好像无边的海洋，是学不尽的。"活到老，学到老"是我的追求，恩元虽已年届退休，但还是要小我多岁，因此也是适用的。乘应恩元之约为报告写序的机会说了这些话，我想恩元是不会怪罪的。

2011年冬日

（原载贵州省文物考古研究所：《贵州董箐发掘报告》，文物出版社，2012年）

《早期夏文化与先商文化研究论文集》前言

2008年7月18-20日和2009年7月27-29日，北京大学震旦古代文明研究中心分别与郑州市文物考古研究院及河南省文物考古研究所、河北省文物研究所联合主办了"早期夏文化学术研讨会"和"先商文化学术研讨会"，这本论文集即是两次会议与会代表提交会议的论文结集。在这里我要特别说明的是，与会的代表很多，且会上有精彩的发言或新材料的披露，但因未来得及整理成文或其他原因未能全部收入论文集中，是颇为遗憾的。

我们举办这两次研讨会是经过慎重考虑和酝酿的，一来是因为无论是早期夏文化还是先商文化，从它们提出到这时都经过了较长的时间，但一直没有聚到一起交流的机会，我们的目的正是想通过开会提供一个平台，通过交流讨论，以检阅早期夏文化和先商文化研究的进展和成果，找出研究中的薄弱环节和不同学术观点的矛盾焦点，进一步明确今后研究的主攻方向和问题，推进研究的深入。

无论是早期夏文化还是先商文化，都属于原史时期考古研究的问题。欧洲史学家所谓的原史时期，大体相当于中国传统史学上的传说时代，虽然缺乏当时的文字实录，但却有后世史家根据口耳相传史料的追记，其中虽有某些神话色彩甚或荒诞不经之处，但不可否认也包含着史实的素地。因此这两个问题的研究，虽主要依靠考古学，但也必须要参考有关文献，将两者很好结合起来。当然，这两个问题的研究也涉及某些理论问题，正如刘绪教授在他的文章中提到的，诸如考古学文化与族的关系问题、考古学文化的渐变和突变问题、政治事件与考古学文化变迁关系问题、考古学文化演进中的滞后问题等。只有将考古、文献与理论三者密切结合，才有可能取得符合实际的结论。

参加过这两次会议的朋友和看过本论文集的朋友，我想都会有一个共同的感觉，在正确的理论和方法指引下，通过几代学人的努力，无论是早期夏文化研究还是先商文化研究，都有了明显的进展，取得了丰硕的成果。

就早期夏文化研究而言，在邹衡先生提出的"二里头文化是夏文化"已基本取得共识的基础上，随着有关碳-14测年数据的公布和登封王城岗河南龙山文化晚期大城、新密新砦期遗存及河南龙山文化晚期至新砦期城址、巩义花地嘴新砦期环壕聚落等的发现，研究者已将其纳入了探讨早期夏文化的视野，从"夏商周断代工程"至"中华文明探源工程预研究"期间，我们逐步形成的以王城岗大城为代表的河南龙山文化晚期遗存—新砦期遗存—二里头文化是夏文化发展的三个阶段的认识，也受到大家的重视和不少同行的认同。尽管目前对何种考古学遗存是早期夏文化还存有歧见，未能形成一致意见，但将河南龙山文化晚期遗存和新砦期遗存作为探讨早期夏文化的主要对象和主攻方向，应该说已经是多数关注早期夏文化研究的朋友们的选择了。

就先商文化研究而言，经过多年的沉寂之后，随着南水北调工程和第三次全国文物普查的启动，一大批与先商文化研究有关的遗址相继发现，局面有了新的改观。会上提交的论文和发言表明，随着河北省磁县南城与河南省鹤壁刘庄既有相同之处又有自己明显特点（以鼎为代表）的先商文化墓地材料的披露，先商文化起源于或部分因素来自岳石文化的观点又成为热议的焦点；而河北磁县槐树屯遗址的发掘，则不仅填补了下七垣早期先商文化的缺环，而且从传承与发展的角度进一步缩短了其与后岗龙山文化的距离。下七垣文化是先商文化，虽已成为大家的共识，但将保北型以下岳各庄遗址为代表从下七垣文化中分离出来另外命名为"下岳各庄文化"，并认为其可能是有夏氏文化的观点，则得到了更多的响应。下七垣文化的分期和类型划分，随着材料的积累有了进一步的细化，胡保华、王立新的《试论下七垣文化的类型与分期》代表了这方面的新成果；侯卫东提出的在漳河流域下七垣文化可延续至二里岗时期，直至洹北商城时期仍可看到某些下七垣文化传统的认识，因有较多材料的支持而受到大家的重视。先商文化研究如同夏文化研究一样，取得了一定的成绩，但仍有许多深层次的问题需要解决，这既取决于新材料的不断增加，也依赖于研究方法的改进和理论思考的加强。会上，我以《先商文化考古的新征程》为题所作的致辞和段宏振《先商文化考古探索的一些思考》一文可以作为今后开展先商文化具体研究时的参考。

夏文化和先商文化都是中国考古学和中国上古史上的重要学术问题，我们希望这两次研讨会，会对这两个问题的深入研究和进一步解决，增加一些助力。

（原载北京大学震旦古代文明研究中心、河南省文物考古研究所、河北省文物研究所、郑州市文物考古研究院：《早期夏文化与先商文化研究论文集》，科学出版社，2012年）

《商周青铜器幻想动物纹研究》序

在我的印象中,文物考古类图书能出第二版的并不多见,段勇先生《商周青铜器幻想动物纹研究》一书,在第一版之后仅仅过了六年就等来了再版的机会,更是少之又少。在第一版序言中,著名学者李学勤先生对该书做了全面而中恳的评价,我完全同意李先生的意见。作者嘱我利用再版的机会也说几句话,我仅就读过该书的一点感想略做补充,以与作者讨论并求教于方家。

纹饰与器形、铭文、铸造工艺、合金成分共同构成了青铜器研究的基本内容。从青铜器研究的学术史来看,铭文因能"证经补史",一直是重点研究对象;器形因与使用功能和礼仪制度有关,历来亦为研究者看重,现代考古学传入中国以后,借助器物类型学方法更日益成为分期断代研究的重要依据;铸造工艺与合金成分,随着现代科学技术、方法大量运用于考古学,更成为深入了解当时社会经济结构、生产力发展水平新开拓出的研究领域;纹饰,虽然以战国的《吕氏春秋·先识》"周鼎著饕餮,有首无身,食人未咽,害其及身"为例,很早就开始受到人们的注意,但因像兽面纹、夔龙纹等一类主体纹饰难以与实际存在的特定的动物相对应,充满神秘意味,从而在讲求实证的研究环境里却相对受到冷落。《商周青铜器幻想动物纹研究》把青铜器纹饰作为研究对象,可以说是选择了一个"冷门"。不过,饕餮、夔龙、神鸟等主体纹饰无疑又是冷门中研究的热点。

该书首先比较系统地回顾了我国青铜器纹饰研究的历史，从中可以看出历来重视义理探讨的传统和在这方面取得的成就；其次，借助考古类型学方法和考古学文化区系类型理论对青铜器上最流行的饕餮、夔龙、神鸟三种纹饰进行了型式分析和分区，梳理了其发展演变的规律；最后，在此基础上探讨了上述三种所谓"幻想动物纹"的属性及其可能反映的社会意识。我对这部书是做过相当认真研读的，我认为，最后这一部分虽然篇幅最短，但却是本书的亮点。它与第一部分相呼应，吸收前贤研究的精华，延续并发展了前贤研究重视义理的传统，又借助第二部分的分期和分区成果展开讨论，以帮助推导纹饰的属性，做出了自己的论断。逻辑严密，方法得当。最值得关注的是，在这一部分的研究中，作者引入了民族学和艺术心理学的理论和方法，使读者可以从新的角度来看待和理解传统问题，开拓新的研究领域和新的研究思路，尤其是涉及这类与思想观念、社会意识密切相关的问题。学术研究是接力棒，继承创新，与时俱进，是学术进步永恒的规律。虽然本书的写作只是作者的一种尝试，其所做具体论断仍会不断提出新的挑战和讨论，但对青铜器纹饰和其他相关研究来说，仍具有启发和参考意义。

这部书是作者在其博士论文基础上补充修改完成的，在他读博士和撰写论文期间，他投入了太多的精力，付出了太多的艰辛。他和一般同学不同，他是在职攻读学位的，听课的时间经单位领导批准虽是保证了，但大量的参考书和作业却都要他在下班之后的晚上去完成。那时候他对我说，他从来没有在晚上十二点钟以前睡过觉，节假日也很少抽时间带孩子去玩耍。我劝他在职生可以延长毕业时间，他硬是不给自己开这个绿灯，硬是准时参加论文答辩并顺利通过，准时毕业了。时间过得真快，如今他走出北大校门已过去七、八年了，我看他仍然有那么股子劲头，仍然在做好本职工作的同时不忘做些与自己业务有关的研究，他在故宫博物院工作期间，不仅写了多篇论文，还连续出版了两本有关博物馆学的专著，的确是令人高兴的。其实我认为，无论干什么，工作之余在业务上有些追求，不仅不会影响本职工作，反而会有所助益，许多例子都说明了这个问题，我希望段勇能按照这个路子继续走下去。

2012年3月

（原载段勇：《商周青铜器幻想动物纹研究》，上海古籍出版社，2012年）

《中国古代玉器》序

北京大学公众考古与艺术中心在多年举行讲座和培训的基础上，决定出版文物中国鉴赏系列丛书，第一篇选定的即这本由吴棠海先生执笔的《中国古代玉器》。出版这部书是我很早就有的心愿，并且已规划列入由北京大学震旦古代文明研究中心组织的古代文明研究丛书系列。北京大学公众考古与学术中心成立后，考虑到该书具有更强的公众性，经与公众考古与艺术中心主任徐天进教授商议，遂纳入了文物中国鉴赏系列。

作为文物中国鉴赏系列丛书的首篇，《中国古代玉器》是吴棠海先生二十多年来研究玉器的精心之作，其中蕴含了他太多的心血和感情。这本书的雏形是1994年由台湾中华自然文化学会出版的《认识古玉——古代玉器制作与形制》一书，该书是台中自然科学博物馆举办的"认识古玉"展览的图录和说明，前面有台湾著名建筑学家汉宝德教授所做的序。当时，我作为由国家文物局局长张德勤为团长的大陆文物博物馆事业参访团的成员，有幸和大家一起参观了这个展览，展览本着化繁为简、突出重点的原则，按照玉器质地、制作工具和方法、造型、纹饰及功能的顺序，将中国自新石器时代至汉代的各种有代表性的玉器演变的历史清晰地呈现于观众的眼前。我们一行进入展厅时，正值一个小学的老师带学生在参观，几十个学生抬着头整整齐齐地跪在地上，一手拿着笔记本一手拿着笔，边听讲解边记笔记，那专注的神情至今仍令人感动。也许是当老师的条件反射，当时我就想如果能把这个展览接到北大赛克勒考古与艺术博物馆，同时请吴先生讲讲课，那该多好，那一定会受到同学们的欢迎。从外埠参观回到台北，代表团如期返回大陆，我则受"中研院"史语所管东贵所长之邀又留了一周。利用多逗留几天的工夫，我请臧振华副所长和中国文化大学华冈博物馆陈国宁馆长分别作伴同吴先生商谈，吴先生最初比较犹豫，他说："我是个生意人，不是教授，去北大讲课会给您造成困扰。"我说："我只看有没有真才实学，不看出身，您只要答应，别的您不必担心。"其实，这时我已经通过其他渠道获悉，吴先生曾多次受台北故宫博物院秦孝仪院长邀请在院里讲过玉器，还用吴凡的笔名发表过多篇研究文章。谈来谈去，吴先生终于被我的诚意说服，答应了我的要求和邀请，促成了之后从1995年到1998年吴先生在北大考古系的4次讲课（每次15天左右，大体是讲授和实地考察各占一半）和一次玉器工艺展览。当然，这还不包括北大公众考古与艺术中心成立以后，继续受邀的授课。

吴先生的4次讲课，我既是听众，又是主持人。作为听众，我和其他学生一样，毫不夸张地说是用最少的时间学到了最多的知识和技能，我感到非常满足、非常兴奋；作为主持人，我思考最多的，是如何将吴先生授课的认真态度和循序善诱的授课技巧传达给我们自己的教师，也包括我自己，对此我深感存在差距，有义不容辞的责任。吴先生上课的认真，首先表现在有完备的讲义，讲义上既有文字又有图片，凡来听课者人手一册；再者，为使学生看得清楚，能现场对比，每次都是两架幻灯机同时使用，并且有实物标本让大家轮流摩挲。吴先生讲课的技巧，总是视学生的情绪灵活多变，有时堂上提问，让学生轮流作答；有时又把讲课内容编成朗朗上口的顺口溜，让学生当场朗诵，同时还不时插入小测验以考查学生掌握的程度。课堂上，不见我们习以为常的干巴巴的填鸭式，有的是千方百计调动学生情绪、充满欢快气氛的交流和切磋。听吴先生的课，我真是很感动，第一堂课后我在课堂上曾大发感慨，除作自我批评，也呼吁我们自己的老师每上一门课都能有完备的讲义，都能有如此认真的教学态度，都能研究一下教学方法。吴先生正是在这些授课实践基础上，对《认识古玉》不断地充实、修改、加工、提高，才形成了即将付梓的《中国古代玉器》。

《中国古代玉器》分一、二两章。前面有一篇提纲挈领、言简意赅的《古玉的鉴赏方法》，分鉴定的概念、对象、方法和玉器发展史的梳理与掌握几个段落简要介绍了玉器鉴赏的要领。第一章《玉器工艺篇》，是吴先生几十年潜心研究总结出来的鉴赏古玉的一整套理论和方法。正如他在该篇开头所言，"因为玉器是用人工方法将天然玉石转化为可用的物件，它具有特定的造型，表面可能为了某些象征意义或纯粹装饰而雕琢了纹样，因此可以这么说，古代玉器是由玉料、工法、造型、纹饰四项汇聚而成的，每个时代的'料、工、形、纹'都有差异，所以'料、工、形、纹'即是我们进行分类与比较的项目"。换言之，掌握了玉器的"料、工、形、纹"及其差别，也就掌握了揭开玉器神秘面纱的钥匙。所谓"料"，即用肉眼观察和现代科技手段对玉器的质地、颜色以及出土有关现象进行测定，以分清玉器与似玉材质的区别，并考察玉质的变化与其入埋环境的关系；所谓"工"，即在尚未发现完整古代制玉作坊和制玉工具的情况下，通过对玉器残件、半成品或成品上留下的不同切割、打孔、琢磨、雕刻等痕迹的观察、分析、推导、归纳并还原不同时期制造玉器使用的工具和工艺流程；所谓"形"，即对不同时期玉器形制类别（含镂空）、特点、成形工具与工序以及造型与玉料内在关系等进行分析归纳；所谓"纹"，即对不同时期玉器的纹饰类别、特点、雕琢工具与工序进行归纳，并结合有关文献记载推定纹饰的题材与寓意。当对玉器的"料、工、形、纹"通盘考察之后，隐藏其中的奥秘也就迎刃而解了。

第二章《玉器时代篇》，是本书分量最重的一章。该篇运用以上总结出来的鉴赏玉器的方法，从料、工、形、纹等不同角度对红山、良渚、龙山、齐家、商代、西周、春秋、战国、汉以及唐宋元明清各代有代表性的玉器分别做了准确、扼要的介绍，而且每件标本的文字说明都配有清晰的图片。只要对照图像认真阅读说明，并亲手摩挲实物标本，就能将这件玉器的呈色、造型与纹饰特征、制作工序及可能使用的工具等深印脑中。以红山文化玉器为例，关于玉器的呈色，选出兽面玉饰、玉鸟、玉鹰首、玉斧、玉鸟和蹄形器等六件不同色泽的玉器，分别介绍了红山文化中常见的青黄、青碧、青白、墨黑等自然呈色和泥土附着、白化、自然沁等因埋藏环境不同而后天才出现的呈色的区别；关于玉器制作工具与痕迹，选出玉猪龙、勾形玉簪、玉鸟等五件玉器，从其制作过程中留下的痕迹，推出其可能是分别使用了砣具、片状切割工具、线状切割工具、管具、桯具等不同工具所制成；关于玉器的造型与特征，选出红山文化常见的蹄形器、勾云形器、勾形玉簪、玉璧、联璧、玉玦以及象生动物玉器鸟、龟、蚕、猪龙、玦形龙、C形龙等，分别对其特征做了概括；关于红山文化玉器常见线纹及其特征，选出勾云形佩、玉猪龙、玉鸟等四件玉器，分别介绍了什么是宽阴线纹、细阴线纹、网格纹、细砣雕琢纹和隐地突起的阳纹；关于红山文化玉器的纹饰设计，分别对依料成形的玉猪龙、Y形器及玉环上的圆雕、平面、环面猪龙纹和兽形佩、勾云形佩上不同表现的兽形纹做了解析。最后用"红山玉器边薄刃，象生动物形写真，依料施工猪龙首，角度组合兽形佩"四句简明易懂又易记的话，概括了红山文化玉器的特征。以下从良渚至明清莫不如此。我觉得如能以此为准举一反三，读者对其所代表的那个时代的玉器的整体风格便可熟练掌握，再将不同时代的玉器的特征串联起来，脑中就有了一部从新石器时代至明清时期清晰的玉器发展史。当对玉器的认识达到这个高度，读者将其作为研究史料便可得心应手，当下充斥玉器市场的那些假、冒、伪、劣作品，也就原形毕露了。

我听这门课的感受，在一定程度上代表了大多数听课学生的感受。如今十多年过去了，当年听过课的学生，有不少已成为研究玉器的专家。北大也因为开了这门课，在中国考古学系列中除青铜器、陶瓷器等专题，也新出现了玉器研究专题，并且为后来公众考古学的推广开了个好头。想到这些，我倍感欣慰，更要特别感谢吴棠海先生当年接受了我的邀请。

当我怀着感激的心情为本书作序的时候，在我代表当年课堂听课、野外实习、如今都已学有所成的学生向吴先生表示感谢的时候，有一位先生要特别提起，那就是吴棠海先生的夫人蔡锦云女士。因为我知道，从吴先生上课的讲义到即将和大家见面的这本《中国古代玉器》，蔡先生始终都是积极参与者，书中所有拓片都出自她手，书的编排也由她完成，她的贡献有目共睹，她的功劳不可埋没，我们也要向她表示真切的感谢之意。当然，在某种意义上说，这部书也是集体的成果，因此，我们同样也要感谢参与文字编辑的刘玉娟女士和专业摄影的吴正龙先生以及所有为此付出辛劳的朋友们。

（原载吴棠海：《中国古代玉器》，科学出版社，2012年）

《管城回族区文物志》序

《管城回族区文物志》即将付梓，这是全区人民和文物考古界同仁值得高兴的喜事。史载西周初年周武王封其弟叔鲜于管，管作为地名便一直流传下来。到隋开皇十六年（596年）置管城县，作为行政一级建置直至明初并入郑州为止。新中国建立后，1958年成立郑州管城区，恢复行政建置，后改名管城回族区，延续至今。

管城回族区位于郑州市区东南部，地处中国三级阶梯地形之上，地势由西南向东北倾斜，从最高处到最低处有120度的高差，历史上著名的圃田泽即在区内的东部，清末时已干涸，但至今仍留有"梁家湖""螺蛭湖"等带湖字的地名。

管城回族区作为郑州市核心区之一，历史悠久，地下地上留下了丰富的文物古迹。时间上说，从旧石器时代至近现代；品类上说，古动物化石、遗址、墓葬、古建筑、石刻、古民居及近现代有代表性的重要史迹等涵盖了七大类别。现有文物保护单位35处：国家级1处、省级8处、市级10处、区级16处，省级保护单位中有4处申报了第七批国家文物保护单位。如果按本区土地面积计算，是单位土地面积拥有文物保护单位较多的区县之一。这些文物古迹时间早晚不同，品类性质有别，各有鲜明特色。从历史价值、科学价值、艺术价值衡量，在历史发展的长河中，都发挥了一定作用、占有重要地位。

旧石器时代中晚期遗存在郑州市有广泛分布,目前本区内虽尚无线索,但几处化石地点的存在已预示今后有发现的可能。

新石器时代,十八里河镇小刘村是距新郑沙窝李裴李岗文化遗址仅3千米的一处裴李岗文化遗址。站马屯西、河西袁和南曹乡的尚岗杨、席村、曹古寺东北有仰韶文化遗址。龙山时代的遗址分布更为普遍,以十八里河镇和南曹乡最为密集,其中原二里岗遗址、站马屯遗址、十八里河遗址、梁湖东遗址做过发掘,出土有陶器、石器、骨器等遗物,有的还有房基。

进入夏、商时期,属于夏文化的二里头文化遗址仅在圃田乡西营岗发现一处,商代遗址则随处可见。

郑州商城是1961年国务院公布的第一批国保单位,从上世纪五十年代初发现至今,经过几代考古工作者连续50多年的发掘研究,已经确认是商朝第一位国王商汤灭夏后所建的亳都,距今已3600多年。郑州商城有宫城、内城、外城三重城垣。宫城面积约40万平方米,宫城内发现了数十座大型宫殿建筑基址,应是国王和高等级贵族处理政务和举行祭祀活动的场所;内城面积约300万平方米,城内发现有铸铜、制骨、制陶等多处手工业作坊遗址和中小型墓葬,主要是中小贵族和手工业生产者生活居住的地方;外城面积约17平方千米,城内有较多的中小型聚落,是平民阶层集聚之地。郑州商城是当时商王国的政治、军事、经济、文化中心,是当时中国最大的城市,在世界上也是为数不多的大型城市之一。其三重城垣结构,开启了以后历代都城建设的先河,直至今天我们看到的明清北京城,仍然是宫城(紫禁城)、内城、外城三重城垣的格局。

郑州商城是商代早期从汤到五代十王时期的都城,在其周围分布着众多中小型聚落,位于郑州商城东南南曹乡的梁湖遗址即其中之一。该遗址除龙山文化遗存,发现有二里岗期的环壕、白家庄期的祭祀遗存和相当于殷墟三、四期的大型建筑基址，面积达20多万平方米，是距郑州商城最近的一处遗址，由于其从商代早期一直延续到商代晚期，对于研究商代聚落演变和郑州商城作为都城废弃之后商族族人的去向具有重要意义。

周初管国都城的具体地望正在探寻之中，距管不会很远的周公之子祭伯所封的祭伯城在郑东新区已被发现，春秋时期郑国的辖区也已涉及此地。十八里河镇东吴河发现的西周遗址、八郎寨春秋战国遗址和南曹乡于庄、小魏庄春秋战国遗址等可能分别与之有一定关系。史籍有明确记载的晋、楚交兵的邲城和郑国军事重镇圃田城、战国时期的魏长城以及在郑州商城基础上修起来的战国、秦汉城址，至今地面上仍有部分保留，成为历史上发生的重大事件的见证。

战国时期墓葬，在原二里岗和杨庄东南有所发现。上世纪五十年代，省文物工作队在二里岗发掘战国墓212座，分为早中晚三期，为研究韩国平民丧葬习俗提供了难得的材料。

汉代墓葬和遗址一样，也有较多发现。其中在南关外、二里岗等地发掘的画像空心砖墓具有很高的艺术价值。这些模印在空心砖上的画像，内容十分丰富，除米字纹、菱形纹、锯齿纹、涡纹、蕉叶纹等几何形纹饰，较有特色的有：斗牛图、斗虎图、斗鸡图、对刺图、翼龙图、飞鸿图、童子图、辎车图、骑行图、西王母玉兔捣药图、东王公乘龙图、羲和主日与西王母图、九尾狐与三足乌图等，既是研究汉代社会人们生活习俗和思想观念的形象资料，在美术史上也占有重要地位。

汉代以后，南关外发现的魏晋墓、唐代李夫人墓、新天地工程唐代史三藏墓、二里岗北宋胡进墓、南关外北宋孩童墓、郑州卷烟厂元代贾润僧墓、郑州五中明代沈周夫妇双石棺墓、城东路明代牛道充夫妇墓等颇有特色,而发掘出数座至数十座墓葬的陇海东路、南曹乡梁湖、河南中信置业工程区、郑州卷烟厂等地的宋代墓地,则为研究宋代家族状况提供了实物例证。

(原载管城回族区文物局:《管城回族区文物志》,中州古籍出版社,2012年)

《鹤壁刘庄：下七垣文化墓地发掘报告》序

考古界翘首以盼的、由赵新平先生主笔的《鹤壁刘庄——下七垣文化墓地发掘报告》即将付梓，这是先商文化考古的一件大事，谨以此文以为祝贺！

先商文化，即我们所说的以下七垣遗址为代表的下七垣文化，是专指考古学上商汤灭夏建立商朝以前商族（或以商族为主体）创造和使用的考古学文化。自1979年邹衡先生以邯郸涧沟、新乡潞王坟、郑州南关外等遗址为代表，首次从考古学上提出先商文化命名以来，迄今已有30多年的历史。30多年来，除以上3处遗址之外，虽然还发掘了磁县下七垣、内丘南三岐、磁县界段营、安阳梅园庄、淇县宋窑、涞水渐村、易县下岳各庄、任丘哑叭庄、邢台葛庄、邢台粮库等遗址，但这些遗址范围都不大，发掘面积也很小，且内涵单纯，均为居住址，没有墓地。与作为夏文化研究主要对象的二里头文化相比，在遗址发现的数量、发掘的规模和内涵的丰富及研究深度上，还有一定的差距。究其原因，一是主观上对先商文化研究的重要性尚缺少足够重视，主动的、有计划的、持续不断的调查、研究不多；二是客观条件尚不具备，没有像二里头文化分布范围内有那么多基本建设项目动土，能为考古提供较多的线索。值得庆幸的是，继长江三峡大坝和黄河小浪底水库工程之后，从2004年启动的南水北调国家大型工程，正从文献记载的商族发祥地豫北冀南的核心地区穿过，从而为先商文化遗存的更多发现提供了契机。鹤壁刘庄先商文化墓地正是配合南水北调工程开展文物调查时所发现，2005年7月至12月一举发掘了338座先商时期的墓葬，其数量远远超过了二里头夏文化，成为先商文化发现以来最重要的发现，是先商文化考古和研究的重大突破。2005年6月底至9月初第一期发掘期间，我有幸应河南省考古研究所和领队赵新平先生之邀赴现场参观，当时的激动和兴奋至今仍记忆犹新。我记得我曾经对赵新平说，一个干考古的一辈子能碰到这么重要的一个遗址，再苦再累也值了。赵新平虽然在工地几乎是白天黑夜连轴转，什么事都要操心，累得不行，还连说："不累不累，就是以前没碰到过，不大懂。"明显可以感到他藏在内心深处的喜悦。正是这次参观给我留下的强烈印象，以及同样是因为配合南水北调河北省文物研究所在河北磁县南城发现的又一处先商文化墓地及槐树屯、河北村（飞机场）、唐县北放水、淑间等遗址，促成了我提出北京大学震旦古代文明研究中心联合河南省文物考古研究所、河北省文物考古研究所举办"先商文化研讨会"的动议，这次会议已于2009年7月27日至29日在鹤壁和石家庄召开，这是研讨先商文化的首次会议，取得了预期的收获。

鹤壁刘庄先商文化墓地的发掘的确意义重大，当我于2006年参加全国十大考古新发现评选听到赵新平全面的汇报，特别是拜读过考古发掘报告之后，我的这个信念更加坚定、更加强烈，我相信这也是考古学界，尤其是搞商周考古的学人共同的看法。

《鹤壁刘庄——下七垣文化墓地发掘报告》除前言共分五章：第一章概论，分两节分别介绍了历史地理沿革、自然环境和遗址发现、发掘经过；第二章墓地与墓葬，分两节分别介绍了墓地层位关系、墓葬分布和墓葬形制及随葬品；第三章体质人类学研究，分两节分别介绍了埋藏环境、人骨保存状况、性别与年龄推断、牙齿形态与病理学观察以及颅面形态特征观察和研究结论；第四章墓地研究，分两节分别介绍了埋葬制度即墓地选择、墓葬形制、葬式、随葬品及组合、特殊葬俗和墓葬的年代；第五章结语。正文之后，有全部338座墓葬的登记表并附有出土玉器及土样的检测报告。该报告的最大贡献是将发掘的338座墓葬资料全部发表，运用传统手法研究了墓葬的形制、葬式、随葬品特点及墓地年代，并尽可能利用现代科技手段对出土人骨、玉器及对埋藏环境研究直接有关的土样做了分析测定，做出了有益的结论。

我读过报告之后的收获很多，初步形成了以下几点认识：

第一，将刘庄墓地和宋窑遗址综合起来，有墓地，也有居址，较全面地展现了豫北地区下七垣文化的面貌。该地区的夏时期遗存，邹衡先生曾以新乡潞王坟遗址为代表称之为先商文化辉卫型，将其看作是晚于以河北邯郸涧沟遗址为代表的漳河型先商文化的一期；我自己曾将其看成是下七垣先商文化的一个地方类型；张立东先生根据他对宋窑遗址的发掘和研究，认为可以独立成为一个考古学文化，或即文献上所言的韦族的文化遗存。随着材料的积累，特别是刘庄墓地的发现，使我们更清楚地看到，这类被邹衡先生称之为先商文化的遗存，时间虽大体与二里头夏文化基本同时，但文化面貌的确有明显区别，即以墓葬来看，刘庄墓葬随葬品中以鬲数量最多，次为豆和盆，圈足盘亦较常见；二里头的墓葬鬲少见，盆、豆数量不少，鼎较突出，圈足盘基本不见；刘庄墓葬和二里头墓葬虽多为土坑竖穴、木质葬具，但刘庄墓葬中有少量石棺和简化石棺葬，为二里头墓葬中所不见。二里头文化和下七垣文化虽有关系，但不属于一个考古学文化，邹衡先生将其区别开来，推定二里头文化为夏文化、下七垣文化为先商文化是完全正确的。材料和研究表明，刘庄墓葬有早有晚，早的以M94、M103为代表，年代约相当于二里头文化二期偏早；晚的以M298为代表，年代约与二里头文化三期至四期早段同时，证明包括刘庄墓地在内的辉卫型遗存和漳河型遗存一样，也有自己的早晚发展演变关系，它是下七垣文化即先商文化的一个地方类型，而不是它发展过程中的一个期。张立东先生注意到包括宋窑遗址在内的辉卫型与漳河型的区别，在认识上是个进步，但能否另立一个文化从商系统文化中分离出去，牵涉了考古学文化下面类型划分的标准和考古学文化与族如何对应的问题，比较复杂，一时难以做出结论，应持谨慎态度继续深入研究。

第二，夏时期，二里头夏文化墓葬虽有发现，但还无一处比较完整的墓地被揭露。刘庄墓地绝大多数墓葬已被发掘，整个墓地面貌已基本呈现出来。从布局角度观察，明显可分为东、西两大区块。东区按墓葬方向又可分两个小片区，西区虽多为南、北向，但亦可细分为二或三个小片区。和新石器时代至青铜时代多处墓地表明的那样，这种在一个相对完整的墓地中，往往又划分为若干个小区块，小区块之下又可细分几个小片的现象，反映的是血缘关系的远近，刘庄墓地作为一个族墓地，显然也是由若干不同层次、不同大小的宗族、家族乃至家庭单位构成的。刘庄墓地的发现和研究，为我们了解夏时期商灭夏以前商族的基层社会结构提供了一个难得的实例。

第三，对于夏、商关系，过去根据漳河型、杞县鹿台岗、郑州二里岗下层 H9 三者有较密切文化承袭关系的研究，多认为商人征伐夏桀的路线，是从河北南部漳河流域商族兴起之地沿今河南与山东邻境地区南下，至豫东杞县一带与东夷族实行商夷联盟，复挥师西向，至郑州因遇夏人大师姑城驻军所阻遂于郑州亳地建立根据地，经休整后再西向攻克大师姑、西史村等夏人据点直抵偃师二里头，一举灭夏，灭夏后在二里头夏都不远处建偃师商城镇慑夏遗民，同时回到亳地，正式建郑州商城作为国都，我自己也持基本相同的观点；但心中总有一个疑问未能解决：既然辉卫型是先商文化的一个类型，而辉卫型向南的分布范围已距黄河不远，为何舍近求远不从此地出发攻伐黄河南岸的以大师姑为代表的夏人势力，却单纯仰仗漳河型力量迂回到豫东再向西？商人欲求得夷人支持以实现商夷联合是一种解释，但还有没有被我们忽略之处？带着这个问题重新检视郑州南关外的材料，我们发现，南关外类型相当复杂，除当地的洛达庙文化（即二里头文化）因素和已被许多学者注意到的来自东边的岳石文化因素及鹿台岗先商文化因素，还有来自北边辉卫型的因素，这种复杂现象反映的事实可能是：

在灭夏之前，商夷联军和辉卫型商人势力已从不同方向到达郑州地区，虽然商夷联军是灭夏的主力，但也不可小觑辉卫型这股力量的参与。看来重视辉卫型遗存与郑州南关外类型遗存的关系，应是今后夏、商关系研究一个重要的方面。

第四，在何种考古学文化遗存是先商文化的讨论中，有一种观点认为岳石文化是先商文化，山东龙山文化·大汶口文化是其来源。属于下七垣文化辉卫型的鹤壁刘庄墓地 338 座墓葬连同宋窑遗址呈现的面貌，与岳石文化判然有别，而从岳石文化和包括鹤壁刘庄在内的下七垣文化与学术界共认的以郑州二里岗 H9 为代表的早商文化的关系分析，显然下七垣文化与早商文化之间有明显承袭演化痕迹，关系更为密切。鹤壁刘庄墓地的发现，以更丰富的材料再次证明，下七垣文化确系先商文化，先商文化在发展过程中虽曾受到岳石文化的影响并吸收了它的一些因素，但岳石文化却像许多学者所论证的那样，是东夷族的文化，而不是先商文化。至于张光直先生认为商代贵族统治阶层文化的来源可能在山东，被统治的平民大众的文化的来源可能在豫北冀南的观点，虽然理论上说不无这种可能，但实际情况是，具体分析的结果却找不到商代贵族统治阶层文化与山东大汶口文化·龙山文化有什么直接的内在联系。

鹤壁刘庄墓地的发现，是考古学上找到的一座富矿，里面包含着大量有关先商文化的信息。从发掘完成到报告编写和即将面世，表示这些珍贵的信息资源是开发出来了，但这仅是研究过程的第一步，下一步如何解析这些信息，将同样是十分艰巨的任务。以上几点认识，只是作为一个读者初读之后有感而发，并没有做认真细致研究，写出来是想引出话题，激发大家兴趣，共同以考古报告的出版为契机，掀起先商文化探索的新高潮，推进先商文化及相关问题研究的深入。

先商文化是考古学上的一个重大学术课题，先商文化研究要想有突破，像考古学上其他课题一样，最重要的是新材料的发现。在我们以喜悦的心情祝贺凝聚着刘庄考古队全体队员和领导心血的《鹤壁刘庄——下七垣文化墓地发掘报告》公开出版的时刻，我特别提出我们要感谢赵新平先生为此的付出，新平先生是河南省文物考古研究所拼命三郎式的人物，他作为所副所长和考古队的领队，发掘期间日夜奋战在工地，整理期间事无巨细都亲自过问，过度的操劳，终于被病魔击倒了。大约在他生病快一年之后，我到医院看他，他虽略有好转，但说话、走路还有障碍。他看我进屋，异常激动，非要站起来，刚说了一句"谢谢你来看我"，第二句话就是"报告我还要搞"，还说"一定请你写序"。我一时眼圈泛红，不知说什么好。当我接读这本报告稿本的刹那，当时在他病房内的情景又一幕一幕在眼前闪现，如今，我们从他和他的战友们用心血凝成的成果中寻找灵感、查摘材料、研究问题的时候，能不为他们的付出和精神感动吗？谢谢新平，谢谢刘庄考古队的全体同行！

2012年5月18日

（原载河南省文物局：《鹤壁刘庄：下七垣文化墓地发掘报告》，科学出版社，2012年）

《贾文忠金石传拓集》跋

以田野调查发掘为特征的近代考古学传入以前，我国有悠久的金石学传统，宋、清两代更形成高潮。与金石学历史几乎同样久远的，便是金石传拓技术，运用纸、墨两种材料通过捶拓将金石器物的形状、花纹、文字拓于纸上，使之得以永久流传，对我国优秀传统文化的继承和发扬发挥了重要作用。诚如清代硕儒阮元在其《积古斋钟鼎彝器款识·序》中所言："古器虽甚寿，然至三四千年出土之后，转不能久，或经兵燹之坠坏，或为水土之沉薶，或为伧贾之毁销，不可保也。而宋人图释各书反能流传不绝，且可家守一编，然则聚一时之彝器摹勒为书，实可使一时之器永传不朽，即使吉金零落无存，亦可无憾矣。"

金石学在发展，金石传拓技术也在发展，金石传拓技术发展的高峰，即是贾文忠君继承发扬而来的全形拓。全形拓约兴起于清代乾嘉之时，其与以前最大的不同是运用透视技法将平面变成了立体，观摩文忠君收入本书的作品，轮廓分明，字迹清晰，主体花纹和地纹的墨色浓淡、深浅有别，凹凸之感，跃然纸上。尤其是动物类造型铜器，如湖南省博物馆所藏商代猪尊、江西新干出土的商代双尾虎、陕西岐山贺家出土西周牛尊、山西曲沃出土西周兔尊及战国虎钮錞于、汉代羊灯上的虎与羊等，件件形神兼备，而更突出了神、虎和猪的造型狰狞威猛，牛、兔、羊的造型温顺可亲，真可谓活灵活现。这些作品是惯常技术之作，但又不是一般的技术之作，而是作者在对原器把玩摩挲基础上，通过重新构思、提升进行艺术再创作的产品。

近代考古学兴起以后，伴随着照相、实测等技术的发明，对出土文物的描绘表现手段越来越多，也越来越精，但传统的传拓表现技法并未降低自己的作用。照相、测绘的科学性是提高了，但突出什么、强调什么，选择的余地也小了。墨拓则不同，它可以根据研究者、欣赏者的需要，选择重点，分别施墨，或深或浅，或浓或淡，甚至舍弃一些你认为可以省略的部分。尤其是好的全形拓，其艺术韵味更浓，和好的摄影作品放在一起，会各擅所长，相得益彰。因此，传统金石传拓技术，对于文物考古学科来说，不是可有可无的问题，而是如何发扬光大的问题。照相、测绘的手段在发展，传拓技术也应该借鉴、吸收照相、测绘手段的优点，不断创新，不断发展。"欲穷千里目，更上一层楼"，我衷心祝贺文忠君取得的成就，也期盼文忠君再攀高峰！

2012年5月25日

（原载贾树：《贾文忠金石传拓集》，文物出版社，2012年）

《钱汉东考古文选》序

钱汉东先生是位作家、书法家、上海《文汇报》高级记者、文汇新民报业集团《新读写》杂志社社长、主编，他的散文清新隽永，朴实无华，深受读者欢迎，是写作和新闻领域的名人，他的《寻访中华名窑》《日照香炉——中华古瓷香炉文化记忆》两部散文著作曾于2008年和2011年分别荣获中国冰心散文奖，前一部还是2005年评选的全国文博考古十佳图书、全国优秀古籍图书奖。

汉东先生不仅文章写得好，还对中国历史文化、考古、文物有着特别的爱好和研究。我认识汉东先生是2010年5月在浙江温州召开的东瓯历史与文化学术研讨会上，虽是第一次谋面，但他爽朗的性格、渊博的知识却给我留下了很深的印象。通过那次交谈我才知道，他为了弄清楚中国名窑的特点和来龙去脉，曾长途跋涉、不避寒暑，一一前往踏察，并虚心向原上海博物馆副馆长、著名瓷器研究专家汪庆正先生等请教，结下了深厚的友谊，自己也历练成了一名真正的古瓷专家。了解了他这段经历，回头来再读他的《寻访中华名窑》和《日照香炉——中华古瓷香炉文化记忆》，才知道其中凝聚了他太多的汗水和心血，是他潜心研究的结晶，两部著作双双荣获中国冰心散文奖，是实至名归。而从另一角度看，它也是读者喜闻乐见的科普读物，大概这也是《寻访中华名窑》一出版，即被评为全国文博考古十佳图书的原因。

作为一名业余考古爱好者,他涉猎的领域异常之广,瓷器当然是他的最爱,这从他利用出国访问的机会,经常会挤出时间去逛文物市场淘回几件心爱的古瓷器皿,即可知道,但绝不止此,他对新石器时代、青铜时代的重大考古发现,中国文明的起源和形成研究以及自己家乡的文物古迹、名人逸事无不热情关注,表现出异乎寻常的喜爱。我从他发表的随笔、散文和别人的介绍知道,他为追索陶器的源头,除浙江发现的万年前后的上山遗址、跨湖桥遗址,还千里迢迢远赴江西万年仙人洞、广西桂林甑皮岩考察了一万多年前陶器开始发明时期的遗址和标本;为了解文明的起源和形成,专门到辽宁牛河梁参观了文明初始阶段充满宗教气息的红山文化坛、庙、冢遗迹,到杭州良渚参观了面积达290万平方米的良渚文化古城的城墙、瑶山祭坛和良渚文化博物馆内刻有神徽的玉器;为解开奇异的三星堆文化的面纱,多次考察了三星堆和金沙遗址。

汉东先生是浙江诸暨人,从小在农村长大,虽然长期在上海工作生活,但对家乡还是情有独钟。令我感动的事有三:一是对诸暨乃越国早期都城的研究,他从越国历史发展结合地理环境分析,梳理有关文献记载详加考证,访问故旧父老以民间传说加以印证,其结论深得著名历史地理学家陈桥驿教授首肯与好评;二是对西施故里的考证和对西施的评价,他根据文献记载提供的线索,专程沿着西施北上的路线实地考察,发现诸暨以南几乎没有西施的传说而诸暨以北传为西施途经的诸暨钱池、萧山临浦、绍兴、德清、嘉兴、苏州、吴县等地都留有与西施有关的文物古迹,从而倾向西施故里钱池说,并一反对西施的传统看法,认为西施不愧是一位舍己救国的巾帼英雄;三是对誉为诸暨三贤之一的元代文坛领袖、书画大家杨维桢墓的调查,他以文献记载为线索通过实地寻访,终于在上海松江干山找到了杨维桢的墓址,并多方努力获得当地政府支持,将该地建为杨维桢遗址公园,使公众又多了一处凭吊历史文化名人的圣地。

汉东先生令我感佩的，不仅仅是他对自己本职工作的执着和对文物古迹的热爱，还在于他对公益事业和群众疾苦的关心。陈万里先生是中国瓷窑考古的开拓者之一，为了研究龙泉窑，他曾8次沿着山间小道深入龙泉青瓷烧制的中心地区调查，获得第一手资料。汉东先生了解到陈万里先生的事迹，深为感动，认为他不畏艰苦献身科学事业的精神对后人有积极教育意义，遂发动募捐，亲自撰写碑文，在窑址为陈先生立了纪念碑。三年前浙江文物考古研究所所长李小宁和瓷器研究专家沈岳明两位先生陪我去窑址参观，曾专门前往瞻仰。陈万里先生上世纪二十年代在北京大学当校医，对瓷器特别有兴趣和研究，1922年北京大学国学门成立考古学研究室，次年成立中国考古学会，他就是第一批会员。1925年他曾被指派参加美国哈佛大学华尔纳考古队，赴敦煌考察，后来到故宫博物院专门研究瓷器。今年是北京大学成立考古学研究室90年、成立考古专业首次招收本科生60年，我作为北大考古文博学院的一名教师，重温这段历史，怀念包括陈万里先生在内诸位先贤的业绩，心中充满景仰之情。去年6月，浦阳江决堤，诸暨县遭遇特大水灾，作为从诸暨走出来的一位文化人，钱汉东先生心急如焚，立即拿出自己的10件书法作品、10件自己收藏的瓷器，在上海发起义卖捐赠活动，将拍得的78.8万元全部捐赠家乡救灾，表现了一个游子对自己家乡母亲的无私至爱。

上次在温州会上我们谈得虽颇投缘，但两个人搞的专业毕竟不同，所以平时也较少联系，五月二十三号，我高兴地接到了他的电话，没有想到汉东先生居然请我为他即将出版的考古文选写序，我有些惊恐，也有些犹豫。第一，他是作家，文章写得好，为他写序岂不是班门弄斧？怕露怯；再者，从传统观点看，他写的和文物考古有关的文章既不是考古报告，也不是正规考古研究论文，可否归于考古类文章，我也拿不准。正好28日下午我在上海有个会，我便约他当天上午碰面，好好谈一谈。这次我俩谈了快两个小时，主题就是他想出版的这本书。谈着谈着他便拿出了已拟好的《钱汉东考古文选》目录和一些将收入文集的复印好的文章。文选共分三部分，第一部分"中华文明，源远流长"，收了29篇文章，大部分是他参观考察古文化遗址或博物馆后写出的，其中许多我都看过；第二部分"古越诸暨，千古流芳"，6篇文章，全是写的家乡的地理、历史和人物，包括前面提到的"绍兴之前，越国都城是诸暨"的考证、西施生死的考证以及元代文坛领袖杨维桢墓的考察；第三部分"域外寻宝，璀璨夺目"，收了7篇文章，主要写的是到瑞典、英国、韩国等地参观博物馆、观赏瓷器、文物店淘宝的经历与感受，最后一篇是他提出的"建议在沪创建中华世界艺术博物馆"的呼吁。看过拟收入文集的目录和以前已读过的文章，我形成了一个强烈的印象：钱汉东对考古、对文物是真喜欢，钱汉东最大的特点是喜欢到野外去考察，中国文物报钱冶先生称赞他是"田野考古作家"是太贴切了。至于说到什么是考古，我从1961年从北京大学考古专业毕业如今在这个战线上已度过了51个春秋，应该说还是有较深的体会：考古调查发掘报告、考古研究论文固然是考古，而且是正宗的重要的考古，有考古报告对调查发掘的遗迹、遗物客观真实的记录，别人才能依此去做深入的解读；有依据考古材料的专门研究论文，才能不断推进考古学科的发展；但考古不是象牙之塔内的学问，考古工作、文化遗产保护工作，没有人民群众的支持寸步难行，将考古发现、将考古研究成果用浅显、生动的文字报道出去，介绍给公众，难道不是考古所需、考古工作者心中所想？现在大家都很关注公众考古，按照我的理解，考古发掘的过程要有公众通过一定形式的参与，考古发现的成果要通过一定的形式向公众展示，考古研究的成果要用通俗易懂的形式传达给公众，而由业余的文物考古爱好者通过学习考察，将自己的心得体会和研究成果用公众喜闻乐见的形式介绍给大家，和大家交流，其实也是公众考古，是公众真正介入的公众考古，我认为钱汉东先生即是这样一位先行者。我的疑虑打消了，即使我的文笔不能把汉东先生挚爱考古的形象完美刻画出来，但能将他的这种精神和他积累的成果介绍给大家，也是我对公众考古的支持和期望吧！希望《钱汉东考古文选》早日问世。是为序。

2012年6月6日于昌平真顺九鼎山庄

（原载钱汉东：《钱汉东考古文选》，上海辞书出版社，2012年）

《话说金文》代序

——金文学史的绚丽画卷

刘佳女士的《话说甲骨文》一炮打响,《话说石鼓文》在业界也颇受好评,如今《话说金文》又即将付梓,因为有前两部书的基础,我相信它的出版,也一定会受到广大读者的欢迎。

刘佳嘱我为之作序,我虽做商周考古,但并不专门研究金文,因此颇有些犹豫。不过看了该书的章节目录,倒引起了浓厚兴趣,我想借这个机会把金文的发展变化以及研究历史再复习一遍也是件好事,于是就应承下来了。《话说金文》书稿我认真看过两篇,的确收获不小,特别是研究史上的一些故事,过去了解不多,读起来就感到十分亲切。

该书共八章,分为上下卷。上卷包括:第一章青铜时代,介绍了青铜器铭文产生的物质基础和社会基础,以及殷商、西周、东周三个不同时期青铜器及铭文的发展规律。第二章金铸历史,介绍了金文的史学与文学价值、金文反映的当时社会的政治、经济、法律、制度、宗教、婚姻等状况和具体史实。第三章都城金文,分别介绍了周原、丰镐、宝鸡三地在西周历史上的重要性、出土青铜器及金文的历史和重要的有代表性的金文资料。第四章金文研究,分别介绍了汉代以前对金文的研究、宋代对金文的研究、清代对金文的研究、近现代对金文的研究,各历史阶段金文研究概况和代表性的学者、观点及著作。下卷包括:第五章金文春秋,较为详细地介绍了从甲骨文到金文的发展过程和殷商、西周、东周金文的风格演变和特点。第六章金文之美，介绍和总结了金文的铸刻、书体特征、美感及金文在书法史上的地位。第七章金文书法，介绍了金文书法的创立、代表性书家及创新之处。第八章金文书写，介绍了金文书写的理念，如何在继承传统的基础上创作和书写金文等等。可以说，有关金文的方方面面书中均有论及。书中配有大量的插图，内容丰富，图文并茂，形象生动。

我读《话说金文》，和读《话说甲骨文》《话说石鼓文》一样，第一印象是以上提到的内容之全。第二印象是，不是就金文论金文，而是将金文置于特定的时代和社会背景下展开论述，这样就使得读者能较容易理解金文的产生、发展与青铜文化产生、发展的关系，金文的书写铸刻特征与青铜器铸造工艺的关系，金文的内容、功能与青铜器的功能及当时社会的关系。例如，为什么商代金文多见族徽，而西周金文多见铭功记事？为什么商和西周金文书体风格基本一致，而战国时期出现了齐系文字、楚系文字、秦系文字的不同？为什么商周时期金文如此繁盛，而战国以后大大减少？当你知道了金文出现和使用的时代和社会背景，这些问题即可迎刃而解。

第三印象是，对金文发现史、研究史做了详尽记述，使读者能从发现与研究史中掌握不同时期、不同研究者做出的贡献，从中悟出研究金文应该遵循的途径、方法和需具备的条件。任何学术研究都是接力赛跑，都是在一代又一代不断的传承中前进和发展的，想研习金文，就必须了解金文研究的学术史，看看先辈学者是怎样从纷繁的材料中发现问题、提出问题和解决问题的，这样便可避免重复、少走弯路，启迪思维，借鉴好的方法，集中精力去解决关键问题。

第四印象是，对不同时期金文学者做出的贡献做出了实事求是的中恳评价，为后学树立了典范。看过第四章金文研究各节及各节下面的小标题，对历代金文学者的崇敬之情便油然而生。例如，《张敞——

历史上第一位研究和考释金文的人》;《吕大临——最早撰集金文字典的人》;《阮元开私人著录金文之先河》,阮元提出"(青铜)器可藏礼",金文与九经并重,金文可证经补史;《陈介祺——山左金石学领军人物》;《罗王之学——开通金文研究之路的人》;《郭沫若——金文研究集大成者》;《唐兰——古文字学奠基人》,提出"四位一体"古文字研究方法,提出古文字研究的六条戒律,批判"六书"说提出"三书"说;《陈梦家——用生命给铜器断代的人》;《张政烺——用古文字研究八卦的人》等等。书中提到的人我是知道的,郭沫若、唐兰,我是听过他们报告的;张政烺,还是1956年秋季入北大后为我们讲授先秦史的老师。书中提到的著作,我是看过的,像郭沫若的《两周金文辞大系图录考释》、唐兰的《古文字学导论》、陈梦家的《西周铜器断代》等读过还不止一遍,但用一句话、几行字做出如此形象、准确的评价,印象却更为明晰和深刻。

第五印象是,以较大的篇幅将金文书法纳入金文体系,既彰显了金文书法在中国书法史上的地位,使广大书法爱好者了解了金文书法的特点、渊源和演变过程,也为今后如何更好地开展书法教育、加强基本功训练和相关知识学习提出了有益的建议。铸刻在铜器上的金文和后世墨迹金文书法是有原则区别的,但从艺术的角度看,金文也可以看作是当时的书法作品。如果这一观点得到认同,那么,铸刻在铜器上的金文,就和后世以金文为典范的墨迹金文书法有了关系。在该书中,作者从金文的书写、铸刻、书体特征论到金文之美,做出了"金文是书法之祖"的论断,并具体指出大盂鼎铭文是早期金文波磔体代表作,毛公鼎铭文是金文成熟期玉箸体代表作。散氏盘铭文开草篆先河,虢季子白盘铭文开秦篆之先河。在第七章"金文书法的创立"标题下,从杨沂孙论到吴大澂;在书学理论的提出者小节,重点介绍了李瑞清"学书必从学篆始""求篆于金"的书学观和书法教育思想;

在"行草味金石气书风"标题下,从吴昌硕论到黄宾虹;在"以学问书写金文"标题下,从丁佛言论到蒋维崧。字数虽然不多,但演变轨迹清晰可见。

书中的个别论点也许还有可商之处;在群星璀璨的金文学者队伍中,也许还有应该提到而未提及者。但总体来看,《话说金文》和《话说甲骨文》《话说石鼓文》一样,的确是一部好书。相信该书的出版,将会给金文研究和金文书法注入清新之气,也定会给金文研究者、金文爱好者、金文书法家提供一些新的信息。金文学者会从中找到自己平时没有注意的材料,大众读者会从中增加新鲜的知识,书法爱好者会从中找到学书的途径。对专家来说,它像是科普读物;对大众读者来说,它又是一部专业书籍。总之,它是兼而有之,只要涉及金文,谁都要读它。

我是2009年在安阳中国文字博物馆开馆学术研讨会上认识刘佳女士的,当时她送了我刚出版的《话说甲骨文》,从王宇信先生为她所写的序言中我才知道,她原本不是科班出身,但对古文字有浓厚兴趣,看过不少书,访问过很多人,到许多有关的地方做过调查,文笔也很好,给我留下了很好的印象。回到北京,认真读后,感到内容充实,分析深刻,品评允当,且有不少花絮,增加了知识,更令我心生敬意。后来,她为写《话说石鼓文》,我曾陪她去拜访过我的老师高明先生,也就将来撰写《话说金文》征求过我的意见。谁知《话说石鼓文》出版两年之后的今天,这部大作业已杀青,正如前面所言,读过之后给我留下了强烈印象。这篇东西,说是为该书写的序,实际上是我读过该书的体会,一篇读书笔记而已。

2012年5月于北京

(原载刘佳:《话说金文》,山东人民出版社,2012年)

《入土为安：生态殡葬与生态文明研究》序

十一月一日下午，老朋友张俊朴先生风尘仆仆从濮阳赶来北京，送来张存义等先生主编的《入土为安：生态殡葬与生态文明研究》书稿，希望我为之作序。我深为俊朴先生千里迢迢不辞劳苦的精神感动，但我对他说："我一辈子做考古，都是和古人、古事打交道，对现在的事知之甚少，再说我连书稿翻都没翻，怎能随意为人作序呢？"俊朴先生知道我的脾气，也缓和下来，就说："那就看看再说，我在北京等着。"不得已，只好接过书稿，匆匆赶回家，放下书包就伏案阅读起来，下面即是我读后的感想。

这本书的主旨是反对强制火化，主张深埋树葬的生态殡葬。回顾漫长的中国历史，在华夏先民和后来的汉族长期生活的中原及其邻境地区，一直有着土葬的传统；而甘肃、青海寺洼文化的先民则很早就流行火葬，后来佛教传到中国，火葬更曾风靡一时。这既有祖先崇拜、亲情观念的原因，也有宗教信仰的问题。无论土葬还是火葬，无不因时而变，因时而异。春秋以前，土葬墓而不坟，后来才有了高高的坟丘；早期发现的火葬，火化之后将骨灰深埋，后来才出现高高的骨灰塔。随着历史的发展，人们的观念在变，风俗习惯也在变，适应社会发展的需要，作为人们观念形态反映的殡葬习俗势必也会提出改革的要求。新中国成立不久，以毛主席为首的中央领导敏锐地看到大片大片土葬坟丘与活人争地的矛盾，果断地提出实行火葬的倡议和号召，并率先垂范在实行火葬的倡议书上郑重签上了死后火葬的大名，并出台了相关的管理规定，收到了很好的效果。试想像北京、上海这样几千万人口的大城市，如果不实行火葬，哪里去找那么多墓地？无论是从中国丧葬历史发展趋势，还是从现实情况看，我都是实行火葬的拥护者，但也是进行更好的殡葬制度探索的支持者。任何一项改革都必须代表广大人民群众的利益，都必须通过领导者的带头、示范和耐心细致的说服工作，采取自愿原则。我和张存义、张俊朴诸位一样，同样反对书稿中提到的在推行火葬时出现的种种野蛮的、非人道的强制作风等不文明行为，以及火化了还要大修墓园等奢靡现象，但我不赞成一概反对火葬，在行之有效、普遍能够接受，尤其是人口稠密的城市应该坚持。当然对实行中出现的弊病必须根除、必须改掉，我也不一概反对土葬，在提倡科学发展观、古礼改革创新的形势下，以张存义、张俊朴为代表的一批有识之士提出生态殡葬概念，探索殡葬制度改革，出发点是正确的，目标明确，态度积极，无可非议，我支持他们这种坚持不懈的探索态度。

我们做考古工作，十分尊崇前考古学会理事长苏秉琦教授提出的考古学文化区系类型理论和方法，中国这么大，情况这么复杂，在做任何事情，包括殡葬制度的改革，为什么不可以在实事求是调查基础上，区分不同地区、不同情况提出不同的对策呢？

（原载张存义、史志立、李乃岭、晏振军：《入土为安：生态殡葬与生态文明研究》，中国文史出版社，2013年）

《民权牛牧岗与豫东考古》序

郑州大学历史文化学院张国硕、赵俊杰著《民权牛牧岗与豫东考古》一书即将付梓，国硕教授嘱我作序，我当然高兴，这不仅是因为我们有二十多年的师生之谊，平时多有往来，更重要的是给了我一次重温豫东考古历史、重新思考豫东考古学术课题的机会。

豫东在中国古代历史和考古学上的地位，乃始由国学大师王国维在《殷周制度论》《说自契至于成汤八迁》《说商》《说亳》诸文考订商族发源于豫东、商汤国都南亳、北亳在豫东，而为学界所重。1928年开始的安阳殷墟发掘，因王室宫殿基址、商王陵墓及大批甲骨卜辞及青铜器、玉器的出土而确立此地即商朝最后一个都城——殷的所在地之后，1936年河南古迹研究会李景聃等人为寻找殷墟文化的来源即来到豫东的商丘、永城调查，揭开了豫东考古的序幕。自此开始，豫东各地县文物部门、中国社会科学院考古研究所、北京大学考古系、河南省文物考古研究所、郑州大学考古专业等单位先后到此开展工作，推动了豫东考古的开展。其中郑州大学考古专业后来居上，做的工作最多，收获也最为显著：1989年和开封市文物队及杞县、尉氏、通许等县合作，参加了杞县段岗遗址的发掘和朱岗、牛角岗、竹林等遗址的调查试掘；1990年大规模发掘了杞县段岗和鹿台岗；1992年发掘了尉氏椅圈马遗址；2002年调查了商丘地区所属的永城、夏邑、虞县、柘城、睢县、民权等县20余处遗址，试掘了民权李岗遗址；2007年在

2006年调查基础上对民权牛牧岗遗址进行了更大规模的调查和发掘；2008年围绕牛牧岗遗址对其周围包括商丘市所辖的民权、睢县和开封市所辖的杞县、兰考四县相邻地区进行了广泛调查。这些调查和发掘，在前人工作基础上又有许多新发现新突破，例如通过杞县朱岗和牛角岗遗址的发掘在开封地区首次发现和确认了二里头夏文化，通过杞县鹿台岗遗址的发掘首次在黄河以南郑州东面发现了下七垣先商文化，通过尉氏椅圈马遗址发掘在开封地区填补了仰韶文化向东分布的空白，通过对民权牛牧岗遗址的发掘和周边地区的调查证明商丘地区西部亦是下七垣先商文化的分布区。以上调查和发掘多已有简报发表，2000年由科学出版社出版的《豫东杞县发掘报告》更成为豫东考古第一本正式考古报告。现在摆在我们面前的这部《民权牛牧岗与豫东考古》，则是事隔十多年之后，郑州大学历史文化学院师生推出的又一部豫东考古专著。

这部著作我陆陆续续读过两遍，一边读一边思考，它和《豫东杞县发掘报告》有哪些不同？它有什么新的研究成果？又在哪些方面对自己有所启发呢？

牛牧岗遗址位于民权县境的西部，西南22千米即是著名的杞县鹿台岗遗址，周围不远处尚有吴岗、李岗、周龙岗等遗址。2007年，郑州大学历史文化学院等单位对该遗址进行了较大规模的重点发掘，揭露面积375平方米，"发现有龙山、商代、东周、西汉、唐宋时期的地层堆积。出土仰韶、龙山、先商、早商、晚商、东周、西汉、唐宋时期及明清时期的遗迹、遗物"，内涵十分丰富。2008年，又调查了牛牧岗周围的民权吴岗、李岗、白云寺、东山子、睢县周龙岗、杞县孟岗、李岗等7处遗址。《民权牛牧岗与豫东考古》分上篇、下篇两大部分，上篇即是牛牧岗遗址发掘和周围7处遗址调查的正式报告。从考古调查发掘报告的要求来看，除缺少必要的科技检测内容，其他方面均中规中矩，它和《豫东杞县发掘报告》一样，都是符合要求的田野考古报告，两者并无不同，但作为该报告有机组成部分的下篇"豫东考古发掘与研究"，则是新增加的，从这一点来说，两者又是有区别的。也许有人会说，将下篇独立出来单独成书不是也可以吗？我认为当然是可以的，但像现在这样，将上、下篇合在一起也有合在一起的道理，因为牛牧岗遗址是豫东地区经过较大面积发掘、内涵又十分丰富、讲豫东考古必须涉及的一处重要遗址，两者是有内在联系的。现在大家都比较强调区域考古、区域文化研究，我觉得这恰恰是在区域考古、区域文化研究实践基础上产生出来的一种新的成果模式。这种模式既有丰富的具有关键作用的原始材料作基础，又有依据包括这批材料在内的相关材料的分析，做出的论断便具有更强的说服力和可信性，对区域考古、区域文化研究来说，值得借鉴，值得推广。我的这个看法是2011年研读段宏振《邢台商周遗址》时形成的，这部书和《民权牛牧岗与豫东考古》都是有较详细的田野考古报告和较大分量的研究内容，当时我在为其所写序言中说的"这种围绕特定目的、以特定地区、特定时代遗址发掘成果详细梳理为基础进行综合研究的模式，是从田野考古报告、田野考古学研究过渡和上升到历史学研究整个研究逻辑链条中的一个创造。和现在流行的田野考古发掘报告相比，它有报告要求的自然地理环境、历史沿革、考古简史、地层、分期、遗迹、遗物及结语等基本内容，也可以看作是田野考古报告，但又有较大篇幅的综合研究，独立出来就是一篇考古学论文。而与现在流行的考古学论文相比，最大的特点是有分量很大的田野考古报告的内容，属于历史时期的更有大篇幅的相关文献记载征引和分析。因此，由这种类型的著作做出的论断，当然就具有更大的可信性"的话，同样适用于对《民权牛牧岗与豫东考古》的评价。不同的是，《民权牛牧岗与豫东考古》一书，综合研究涉及的地域范围更广，所占分量更大。

下篇"豫东考古发掘与研究"，分豫东考古述论、豫东考古调查与发掘、豫东考古研究、豫东地区考古学文化面貌、豫东考古资料索引五个部分，无疑是本书的重点。这是迄今看到的关于豫东及邻境地区历史、考古学成果及考古学研究现状最全面最系统的最新总结，也是作者综合研究能力和豫东考古系列学术观点的集大成的一次展示。

在豫东考古述论部分，明确表明豫东考古的学术目的是通过豫东及邻境地区史前及夏商周时期的考古调查发掘，弄清楚中国古代历史上华夏集团与东夷集团的文化面貌及两者相互关系，探索商族、商文化起源问题。为此，以时间为线索分阶段历数了各次考古调查发掘的情况和收获，归纳了研究成果，指明了今后待解决的问题。

在豫东考古调查与发掘部分，以时间早晚为线索、按学术单位所做工作分资料发表和内容摘要两项对调查发掘的遗址逐一介绍，对研究者而言，无论是在豫东做过工作还是根本没有去过豫东，看过这些介绍，都会对豫东考古产生一览无余的感觉。

在豫东考古研究部分，分豫东地区考古学文化综合研究、豫东地区龙山文化研究、豫东地区夏商时代文化研究、豫东地区考古与历史研究四个标题，对豫东及邻境地区发现的各类遗存的年代、分期、类型、文化性质、族属及相互关系等仍分为资料（含研究论著观点）发表和内容摘要两项，逐一介绍，读者阅后会像熟悉各个遗址一样对每位研究者的观点全部掌握。

在豫东地区考古学文化面貌部分，按新石器时代文化面貌、夏商时代文化面貌、两周时代文化面貌，在前人研究基础上，分别对新石器时代的裴李岗文化、武庄类型、仰韶时代文化、大汶口文化、龙山时代文化，夏商时代的二里头文化遗存、岳石文化遗存、下七垣文化遗存、早商文化遗存、晚商文化遗存，两周时代的西周时期文化遗存、春秋时期文化遗存、战国时期文化遗存做了梳理归纳，集中而且全面系统地表达了作者自己的见解,构成了本书的精华。

最后的豫东考古资料索引,则分考古调查与发掘报告、著作、研究论文三部分,将迄今为止有关豫东及邻境地区的考古资料和研究论著基本收录,既是本书立论的依据和参考,也为读者的研究提供了查阅的方便。

前面我们曾经指出,该书是一部资料丰富可信、全面系统论述豫东考古的集大成著作。那么,它有哪些重要的论断、对豫东考古有哪些重要的推进呢?从我读后的感受而言,我认为至少以下几点是可以肯定的:

一、基本廓清了豫东及邻境地区新石器时代至夏商周时期考古学文化的分布格局、谱系演变,建立起了诸考古学文化分期、年代的基本框架;

二、基本廓清了豫东的开封地区东部、商丘地区西部大体是裴李岗文化—仰韶文化—河南龙山文化—二里头文化、下七垣文化—早商文化等中原系统文化与后李·北辛文化—大汶口文化—山东龙山文化—岳石文化等海岱系统文化交错分布、互有进退的过渡地带;

三、依据考古材料和文献材料的综合比对研究,基本确定了文献史学中华夏集团、东夷集团分别与裴李岗文化—仰韶文化—河南龙山文化—二里头文化、下七垣文化—早商文化等中原系统文化和后李·北辛文化—大汶口文化—山东龙山文化—岳石文化等海岱系统文化的对应关系;

四、学术界倾向认为的下七垣文化即先商文化在商丘地区西部的发现,表明商灭夏以前,商族的一支确曾到过豫东地区西部,某些文献所记和王国维等学者考证商族起源于豫东地区并非空穴来风,但大量考古材料证明,豫东地区尤其是商丘东部从新石器至夏商时期一直是东夷集团海岱文化分布区,属于中原系统文化的下七垣文化在豫东西部的出现，是灭夏战争过程中商、夷联盟的反映，并不能作为商族起源于豫东的证明；

五、考古材料证明，从新石器时代以来，中原系统文化与海岱系统文化一直存在着交流、影响、碰撞、融合的关系，有时中原系统文化占优势，如仰韶文化、河南龙山文化、二里头文化、下七垣文化的东进；有时海岱系统文化又盖过中原系统文化发展的势头，如大汶口晚期文化、山东龙山文化、岳石文化亦曾一度波及郑州附近。直至商代中期，中原系统文化始以较快步伐向东方推进，西周初年，更随着西周王朝在豫东乃至山东的用兵和宋、戴、齐、鲁等诸侯国的建立，才彻底改变了中原系统文化与海岱系统文化对立并存的格局，实现了以原中原系统文化为基础的融合和统一。

当然，豫东考古尚存在不少需要深入探讨的问题，这是今后应该继续努力的。例如：

在考古调查发掘和研究中，比较重视豫东地区文化与中原系统文化的关系，而较少考虑豫东地区与东边山东地区文化的关系，事实上，山东地区是东夷集团海岱文化的核心分布区，豫东地区是其向西扩展的地区，豫东地区西部更是其与中原系统文化交错分布的过渡地带；

东夷和淮夷属于一个大的族系，两者文化上虽有不同，但关系十分密切，鹿邑武庄石山子—侯家寨文化系统遗址的发现，表明距今六千年前左右淮河中游的文化曾一度北上至豫东地区，以此为线索扩大调查范围和研究视野，当会有新的发现；

作为先商文化的下七垣文化在豫东地区的分布仍是今后工作的重点，通过缜密的调查发掘，如果在文献记载的汤都南亳、北亳所在地点确无下七垣文化遗存发现，则南亳说、北亳说的合理性将大打折扣，再联系到下七垣文化自身的分期、来源、与豫东地区造律台类型河南龙山文化关系研究，商族和先商文化起源地问题将最后得到解决；

商丘东周宋城和鹿邑长子口西周初大墓的发现，为寻找西周宋国都邑提供了重要线索，淮阳亦发现有春秋城址的迹象，随着工作的开展，豫东地区宋、陈、戴等周代封国考古将会成为豫东考古新的热点。

七十多年来，通过几代学人的努力，豫东考古取得了骄人的丰硕成果，我一边阅读张国硕、赵俊杰两位先生的大作，一边也陷入深深的回忆，我虽不是豫东考古主力军的一员，但毕竟也是一个参加者，1988年至1999年我带着北大考古研究生张翠莲、段宏振和本科生蒋卫东、蒋迎春，徐水县文管会杨永贺，郑州大学历史系宋豫秦同商丘地区文管会闫根齐、刘兆云，县图书馆程丕勤、孟繁玲、张帆等在夏邑清凉山遗址发掘和县图书馆整理的情景，至今仍历历在目。回忆以往的工作，成绩巨大，令人振奋，在新进展的基础上提出的新课题同样诱人，我相信今后豫东考古一定会有新的发现、新的研究成果问世。

2013年5月7日

（原载郑州大学历史学院考古系：《民权牛牧岗与豫东考古》，科学出版社，2013年）

《泉州六朝隋唐墓》序

泉州位于福建省东南部晋江下游，是以海上交通闻名的海港城市，对面隔台湾海峡即台湾省。泉州市是福建省地级市之一，下辖洛江、泉港、鲤城、丰泽四区，石狮、晋江、南安三市，惠安、永春、德化、安溪四县。境内西北高东南低，多山峦丘陵，俗称"八山一水一分田"。从发展农业的角度看，自然条件不算好；但从发展海外交通贸易看，却有着得天独厚的优势。

泉州历史悠久，早在旧石器时期即有人类栖息于此，1998年在东海鹧鸪山，后来在石狮、惠安、南安等地发现的旧石器，是有力的证明。新石器至夏商时期，泉州和福建的其他地区一样，也是几何形印纹陶文化分布区。至迟至商晚周初，南安大盈出土的青铜兵器、晋江出土的青铜鱼钩等，表明当地居民已掌握了青铜冶铸技术。周代，泉州为闽越地。秦始皇统一中国，推行郡县制，泉州属闽中郡。秦末，闽越首领无诸起兵反秦，又助刘邦灭楚，西汉时被封为闽越王，辖地改为会稽郡，泉州亦属之。秦汉时，泉州虽已与中原建立联系，关系并不十分密切，至今泉州市尚未发现秦汉时期的墓葬和其他遗迹，但自两晋之交开始至隋文帝平陈，中州动荡，兵祸不断，大批中原士人向南迁徙，不少人一路南下，来到泉州定居，带来了先进的生产力和文化，成为泉州发展的最初源动力。隋唐时期，全国统一，泉州开始蓬勃发展，逐渐成为"涨海声中万国商"的重要贸易港口和"市井十洲人"的文化交流融汇之地，为日后泉州在宋元时期成为东方第一大港奠定了基础。可以说，六朝隋唐时期是泉州从一个偏远蛮荒之地发展为重要对外贸易港口和中外宗教文化融合之处的重要历史发展阶段。

作为社会文化发展的一个重要反映——墓葬及其背后的丧葬制度，体现了一个社会的发展与文明程度。因此，在六朝隋唐时期社会经济文化发展的大背景下，泉州出土墓葬有着重要研究价值，它所反映的不仅仅是一座座有着精美随葬品的地下建筑，更是泉州社会经济文化发展的一个缩影。

迄今在泉州市域范围内发现的六朝隋唐墓葬已有一百多座，泉州市博物馆考古部主任范佳平先生倾数年之力对这批墓葬进行整理研究，写出了《泉州六朝隋唐墓》一书，分五章十八节对其做了系统介绍和讨论。第一章简要交代了泉州的地理环境与总结；第二章、第三章分别介绍了墓葬的形制和随葬器物；第四章是时代与分期，通过墓圹形状比较、随葬的各种器物的形制花纹演变，并参照众多纪年墓资料，将墓葬分为西晋、东晋、南朝前期、南朝后期、隋、初唐至盛唐、中晚唐七期，建立起了泉州六朝隋唐墓葬分期标尺；第五章结论分为三节，第一节探讨了中原百姓入泉问题，认为根据南安丰州庙下村出土的晋"太康五年"墓砖，至少在西晋初年就有中原士人在晋江流域中下游平原定居，而"晋江"的得名，则可能缘于迁居此地的中原士人对故土的思念。大批中原士人的南迁，促进了当地经济、文化的发展，泉州更以其濒于大海之滨的区位优势，逐渐发展成了海外交通贸易的著名港口城市。第二节总结了墓葬反映的六朝隋唐时期泉州的社会经济生活状况，指出六朝隋唐时期泉州地区社会经济的长足发展，大批中原人口的南迁定居及其带来的先进生产力和文化是重要原因，而且由墓葬材料亦可看出，当时中原士人的南迁定居是有组织的活动，不仅延续了原来的社会组织形式、生活习俗，而且由东晋宁康三年（375

年)出土的"部曲将印"印章,还表明当时仍保留着以往流行的私人武装——部曲。第三节总结了墓葬反映的六朝隋唐时期泉州的宗教文化状态,指出"泉州地区墓葬中佛教纹样的大量发现,把人们对泉州地区佛教传入历史的认识提早了几百年,也反映了汉晋以来中原地区的佛教艺术装饰在泉州百姓日常生活中的普及程度超过了我们以往的认识,说明早在南朝时佛教在泉州已经很兴盛。佛教文化、宗教信仰已深深地扎根于人们的心中,作为生活的一部分不可分离"。

考古研究和狭义文献史学研究最大的不同在于,考古必须从调查发掘开始,发掘出了遗迹、遗物,要一一洗涮清理,登记造册,对破损的要修复保护,然后才能进入运用考古地层学、类型学方法对其分型、分式进行分期,断定时代,如果是像这批六朝隋唐墓这样的历史时期的遗存,还需要查找相关文献材料,做更深入细致的研究,才能得出正确的结论。我阅读这部书稿之后,深深体会到了作者在写作过程中付出的劳动和辛酸,也为其熟练运用考古学方法分析材料并得出符合实际的研究结论而高兴。我自己不研究秦汉以后考古,可能做不出中肯的评论,但实事求是讲,我在阅读过程中学到了不少东西,加深了我对泉州历史的认识。我相信,只要看到这本书的人,也会有和我一样的感觉与收获。

如果要我提点建议,我倒觉得作为一部考古学著作,有可能的话,最好附上几处经科学发掘的墓葬分布图,也许对研究当时的墓地制度会有帮助。另外,墓葬的照片如能像线图那样也随文插入,从读者角度考虑,阅读起来也可能会更为方便。

2013年5月31日

(原载范佳平、黄伟:《泉州六朝隋唐墓》,九州出版社,2013年)

《晋学探微》序

张有智和谢耀亭编的《晋学探微》一书，是山西师范大学三晋文化研究所（前身是晋国史研究室，现在也是山西省晋学研究中心）两代学者自1980年该所成立至今30多年来所发表的重要论文的选集，是他们几十年来在晋学研究领域辛勤耕耘取得的成果，是他们在晋学领域从初创到不断克服重重困难勇登研究高峰的写照，代表了当前晋学研究领域的最高水平。

这部书共分"论晋学""尧文化研究""晋国史研究""三晋文化研究"四大部分，收论文58篇，并附有"山西师范大学历史与旅游文化学院晋学研究论著目录"，共约50万字。

尽管我没有逐篇逐字阅读完全部书稿，但它已给我留下强烈印象，使我深受教益，深受启发，大致可归纳成四个方面。

一、对何谓晋学、如何研究晋学，有理论高度的认识和理解，从而保证晋学中心一直能够沿着明确的方向开展研究，做出骄人的业绩。在"论晋学"部分，共收了5篇论文，张有智的《关于"晋学"研究的战略思考》，可以看作是晋学研究的纲领性文件，在这篇文章中，他首先对晋学进行了科学界定，提出了"所谓'晋学'，是对晋地历史与文化进行多学科、全方位研究的学问。其时空范围，当是自远古至近代以来的晋地文化，包括远古文化、晋文化、三晋文化、河东文化和山西文化。其研究的内容，当是在这个时空范围内所表现出来的千姿百态的文化事项及其演变和关于它们的研究史包括民族文化、考古学文化、思想文化、宗教文化、语言文化、民俗文化、艺术文化、制度文化、体育文化、科技文化、文化地理、文化事业、比较文化及政治与文化、经济与文化、军事与文化等"的概念，并将其区分为微观研究和宏观研究两类，认为可以看作是"微观"的各分支学科研究，是晋学研究的基础。"没有这些分支学科的研究，宏观层次的'晋学'只能是无源之水、无本之木；相反，我们如果不把各个分支学科置于整个宏观层次的'晋学'研究中来考察，那么，我们的研究便难以升华，同时也难以把握晋地区域文化的总体面貌和特征，难以把握它在中华文化浩瀚海洋中的地位"，这是完全正确的。同时，他提出"繁荣晋学研究是实现三晋大地传统文化向现代化转换、振兴山西的必由之路"的观点，不仅是晋学研究者的着眼点，也是山西省各级领导者应该清醒认识到的。现在的竞争，无论是国内各省区之间，或者是国际各国之间，归根结底是文化的竞争。而文化实力的增强，一个重要方面就是从自己的传统文化中汲取营养。2003年山西省委审时度势提出"文化强省"战略，在时任山西省委宣传部长申维辰同志倡导下成立了八大研究中心，令人振奋，令人鼓舞。当时我曾有幸参加了宣布八大研究中心成立的盛会，但10年过来，除了屈指可数的包括晋学中心在内的几个，其他许多所谓中心似乎都沉寂下来了。面对如此形势，很希望主管部门有所察觉，加以整顿，支持像晋学中心这样10年来孜孜以求、蒸蒸日上的单位，把"文化强省"战略真正落到实处。

二、研究范围广泛，不仅涉及晋地的历史与文化，也涉及不同历史时期晋地的经济、政治、军事等社会的方方面面。关于晋国史的研究，除1988年李孟存、常金仓出版的《晋国史纲要》和1999年李孟存、李尚师出版的《晋国史》早为学术界所熟知，许多单就某一方面、某一问题进行研究的论文，对于全面了解晋国历史发展也发挥了重要的补缺、纠误的作用,这里可以举出李孟存、常金仓的《叔虞封地诸说正误辨析》、李孟存的《略论春秋与战国的年代界限》、畅海桦的《晋国史书〈乘〉探微》、卫文选的《晋国灭国考略》《晋国县郡考释》、杨秋梅的《试论晋吴联盟》等。关于晋国政治、经济、军事、社会方面的研究,晋"作爰田""作州兵""铸刑鼎"等一直是史学界十分关注又争论不已的问题。对此,李孟存、常金仓、张玉勤围绕"作爰田"的研究和讨论,围绕"作州兵"和晋国军制的研究与讨论,李孟存、常金仓围绕范宣子"铸刑鼎"的研究和讨论,都有自己的真知灼见,深受好评。"晋无公族"是东周时期晋国不同于其他封国的重要特点之一,在这方面,杨秋梅的《"晋无公族"的形成及其历史影响》《晋国公族与公室关系的变异》、卫文选的《历代晋卿与晋国兴衰的关系》及张有智的《论春秋晋国宗族组织间的政治关系》《有道与无道:春秋晋国史中最生动的一页》等,做了有益的探讨,谁要研究这个问题,都应该参考它们。晋和三晋是东周时期诸国中最早产生法家和法制思想的地区,围绕这一课题,李孟存的《晋法与鲁儒的冲撞与融通》、陈德安的《荀子的哲学和社会政治思想》和《韩非子的哲学和社会政治思想》、张有智的《论法文化在先秦时期的孕育》、杨秋梅的《魏国率先变法原因探析》、谢耀亭的《子夏法思想论析》等均有深入研究,给继续研究者以启迪。当然,晋学中心朋友们研究的领域还有很多,这里就不一一列举了。

三、注重研究质量,不断涌现创新成果。科学研究有自己的规律,有严格的程序,在浮躁炒作之风不断向学术界袭来的现在,像晋学研究中心这样,能够坚持正确方向,保持清醒头脑,甘于寂寞,潜心做学问,时时把质量放在首位,实属难能可贵。在这里,我要特地提到仝建平的《晋学研究资料利用问题》这篇文章,他清醒地指出,作为晋学研究重要资料来源的"碑刻、地方志、家谱的史料价值的高低具有相对性，在研究中必须认真鉴别，要具体内容具体分析，以求合理利用。但在近年来的晋学研究中，对碑刻、地方志、家谱资料不加辨析地盲从之现象却经常能够见到。这种倾向在外省的地方文化、地方学建设和研究中也屡见不鲜，务必引以为戒"。对此，我举双手赞成。

在具体研究方面，我可以举出许多事例，其中给我印象最深、也是我十分推崇的是常金仓的《晋侯请隧新解》一文。晋侯请隧的故事见于《左传·僖公二十五年》，究竟"隧"指什么？历来有不同解释，主要有两种说法，一说是指只有天子葬礼才能用的四个墓道；一说是指周代都城郊外实行的乡、遂制度的遂，"掌供王之贡赋"和徭役。搞考古的多主张第一种说法，认为晋侯请隧就是晋侯自恃有功向周王要求死后也享用四个墓道的待遇。但苦恼的是，无论是晋国或东周其他封国国君之墓都没有发现有四个墓道的，所以至今未得其解。常金仓看到了这两种解释的牵强，别开路径，引《周礼·春官·司常》"日月为常，交龙为旂，通帛为旃，杂帛为物，熊虎为旗，鸟隼为旟，龟蛇为旐，全羽为旞，析羽为旌"的话，考证晋文侯请隧的隧，就是指周王旗章制度中的"全羽为旞"的旞，"旞"通"隧"，是指标志身份地位的非常高规格的一种旗帜。他指出："晋国在晋武公时是拥有一军的诸侯，晋献公时发展为二军，晋文公勤王方才有三军，所以晋国不能建旞在当时也是很可能的。这时晋文公要称霸诸侯，要求建旞，提高自己的地位，合乎情而顺乎理。"对"晋侯请隧"，还会有不同看法，还会有争论。但我认为，常先生的分析有较充分的理由和说服力，是有新意的、可能更符合事实的一种解释。

科学研究要从材料出发，要有创新思维。常金仓做到了，晋学研究中心的许多先生做到了，我们应该向他们学习。

四、实事求是、与人为善地开展学术讨论、学术批评，是促进学术进步的重要手段。体育赛事中的接力赛跑是如此，学术研究也是如此。在学术研究中，每一个学术观点的提出，都是在对前人、别人研究成果认真分析的基础上，吸收其精华，找出其问题，通过自己的潜心研究得出的。例如围绕"晋作爰田"问题，李孟存、常金仓同林鹏展开的讨论，张玉勤同李孟存、常金仓之间的讨论及卫文选的有关文章，尽管看法不同或存在差异，但都是本着与人为善的态度、求得确解的目的进行的。从这些文章中，可以看出的是基于对史料的不同理解而进行的平等的讨论，而不见时下并不少见的盛气凌人、扣帽子等现象。通过这样摆事实、讲道理的讨论和批评，既推进了对讨论问题的解决，又不伤感情，甚至增加了彼此之间的友谊。我觉得应该提倡这样的学风！

阅读《晋学探微》文集，使我增长了许多新鲜的知识，我坚信，它的出版一定会促进晋学研究的深入和更好的发展。

我常常对朋友说我是半个山西人，因为在我的学术生涯中，有20多年是伴随着晋文化研究度过的，我做过调查，做过发掘，写过文章，至今还在为北赵晋侯墓地的发掘报告而冥思苦想……我深爱着山西这块土地，也常常怀念和想念共同在天马-曲村遗址奋斗过的老师、领导和朋友，想到这一层，我也不揣冒昧为晋学中心提两点建议：一个建议是，在中心增加一两个学考古出身的人员，懂得和熟悉用考古学的方法做研究；再一个建议是，希望实行课题制，吸收中心以外有实力、有兴趣者参加研究。如果能有这样的改进，我想，晋学中心一定会不断扩大研究领域，办得越来越红火，取得越来越多更加骄人的成绩。是为序。

2013年8月16日于北京昌平区回龙观寓所

（原载张有智、谢耀亭：《晋学探微》，科学出版社，2013年）

《晋国通史》序

中国是史学大国，远古时代留下了许多美丽动人的口耳相传的神话和传说。进入历史时期，代代设有史官，"左史记言，右史记事"，帝王们的一言一行、一举一动均有记录。现在可以看到的成文史书，在某种意义上也可以说是史学性质的著作。而就种类而言，则有通史、断代史、国别史、县史、村史、家族史、个人传记等等的不同；就体例而言，则有编年体、纪事本末体和纪传体的区别，可谓琳琅满目、不一而足。李尚师先生新近完成的百万言巨著《晋国通史》，既是国别史中的通史，又兼具纪事本末体和纪传体两种体例，还吸收了志书的一些特点，可以说是一部新型的史学专著。

今年五月下旬，我到侯马出差，尚师先生带着他的书稿到侯马找我，希望我能为此书做个序。这是真正的书稿，百万字内容，用数十本稿纸装了一大箱子，而且全部用钢笔誊抄，笔记工整隽永，文稿中还有多处修改，更有多页是剪贴、粘接、拼对。我们知道，即使在光电办公的今天，在电脑上写文章，这百万字也是十分繁重的工作量，而尚师先生还是完全用钢笔在纸上写作，仅写一遍、改一遍，再誊抄一遍，其间的辛苦可想而知。尚师先生寓居芮城小村。黄卷青灯，个中清苦甘甜，唯有自知，不得不令人敬佩！

我是怀着崇敬的心情、用了差不多二十天的时间读完这部书稿的，虽然有些章节看得还比较粗疏，对一些内容还未来得及消化，整体上还不能拿出来完整的、经过深思熟虑的评价，但以下特点却是非常鲜明、十分突出的：

一、范围广泛，内容丰富。该书共分三十三章，另有十个附表，分别介绍了晋国国君、国君夫人、妻妾及女儿、执政卿、卿、大夫、学者名流及九流人物，涉及各色人等276个；晋国所处自然地理环境和农业、畜牧业、手工业、商业、交通、城市及其发展和特点；晋国社会阶级结构和各阶级、阶层生活状况及其变化；晋国的宗法制度、婚姻制度和在不同时期实行的军事、政治、法律、教育、外交以及丧葬等各种制度；晋国国内的族别及处理族别关系的方针政策；晋国地理、地名和疆域的演变；晋国最高统治阶层内部的嫡庶之争、同姓与异姓之争及由此形成的晋国政治特征；晋国的治国思想及文化成就。可谓上知天文，下知地理，在从西周成王"叔虞封唐"至公元前376年静公被贬绝嗣663年间，晋国社会历史文化的方方面面，无不涉及。为了说明晋国的成立，甚至不惜用一章的篇幅，专门介绍了晋国成立前其中心地区从尧舜禹至夏商时期各方面的情况。我读后的感觉是，这不仅是一部晋国历史，也可以看作是一部晋国的百科全书。如果想查找晋国历史上一个人物如传为音乐始祖的师旷，翻开本书第七章学者名流之十三乐圣师旷和第二十九章晋国的文化成就之六诗歌与音乐，都有记载，认为"师旷是晋国著名的音乐家，也是'先秦音乐家的杰出代表'"。如果想查找晋国历史上的一个地名如晋吴"黄池之会"的黄池，翻开第三十二章地名（上）"黄池"条，即可看到"《春秋经》哀公十三年：'公会晋侯及吴子于黄池。'杜注：'陈留封丘县南有黄亭，近济水。'西晋陈留封丘县在今河南封丘县西南"等相关记载和唐兰先生对传出卫辉的赵孟疥壶铭文"禺邗王于黄池"的考证。

二、立足文献史料，又重视考古材料，体现了新时期史学著作的新的追求。尚师先生的这部著作是在他和李孟存教授合著的《晋国史》

《晋国人物评传》和他独著的《先秦三晋两个辉煌时期暨治国思想》三本专著基础上写成的,他对与晋有关的文献史料的重视和掌握,是很少有人能够匹敌的,但他并不以仅仅掌握文献史料为满足,在考古新发现层出不穷的今天,他深知地下新材料对史学研究的重要。因此,在撰写《晋国通史》的过程中,他克服种种困难,千方百计、想方设法去收集与晋有关的考古新发现和研究新成果,并经过与文献史料的综合,尽量吸收到自己的新书中。这方面有两个例子是特别要提及的,第一个例子是关于"叔虞封唐"地望的考订。司马迁《史记·晋世家》:"武王崩,成王立。唐有乱,周公诛灭唐……于是遂封叔虞于唐。唐在河、汾之东,方百里,故曰唐叔虞。"但唐究竟在何地,看法甚为分歧,历史上基本分为两大派,一派主张在今太原盆地,一派主张在今晋南临汾盆地,而以太原盆地说最占优势。尚师先生根据20世纪70年代以来在襄汾陶寺龙山时代遗址和曲沃曲村-天马晋文化遗址发掘的考古材料及研究成果,毅然选定临汾盆地说,在本书第二章国君纪(上)唐叔虞纪中,认为"以上的考古结果与古文献相吻合,唐国地域盖在今山西省西南的翼城、曲沃、侯马、绛县山北、襄汾县河东部分,甚至尧都区一部的县市之间"。同样的表述,还见于第九章西周时期的晋国之"一、叔虞封唐"一节。第二个例子与此相关,尚师先生继肯定叔虞所封的唐地在临汾盆地之后,又据曲村-天马遗址北赵晋侯墓地从晋侯燮父至文侯仇九代晋侯及其夫人墓葬的发掘和研究,特别是出土青铜器上多位晋侯名讳铭文的材料,填补了以往晋国史研究的缺陷,于第二章国君纪中在晋国始封君叔虞之后增列了晋侯燮父、武侯宁族、成侯服人、厉侯福(棘马)、靖侯宜臼(喜父)、僖侯司徒(对)、献侯籍(苏)、穆侯费王(邦父)和文侯仇的名字与事迹,并在第二十九章晋国的文化成就之五中,对包括多位晋侯名讳在内的北赵晋侯墓地出土铸(刻)铭文字器物列出专表作为证据,从而成为该书最为出彩的亮点之一。

三、铺陈史实，寻绎联系，探索其中的发展规律，体现了马克思主义史学的特质。什么是史学？研究史学的目的是什么？立场不同，观点不同，看法也就不同。胡适把史学看作是可以任人打扮的小姑娘，傅斯年则主张史料即史学，把胡适和傅斯年的话放在特定的场合和语境中分析，也许有一定合理的成分，但无论如何，也不能认为这是正确的。马克思主义史学观，既不主张历史可以由个人意志任意塑造，也不同意历史是史料的堆砌，而是认为，历史是客观的，历史是有规律可循的。史学家的任务正在于通过自己的研究，从纷繁复杂的史料中去伪存真、去粗取精，寻绎其间的有机联系、因果关系，总结出发展规律。尚师先生的《晋国通史》正是贯彻这一宗旨，向这一方向努力结出的硕果。读过这本书就会知道，为什么晋国会从西周初年分封时的甸服小国一步一步发展成为春秋五霸之一，而且是五霸中保持霸主地位时间最长的强国；为什么晋国会从春秋中期以后一步一步走向衰落最后导致韩、赵、魏三家分晋，"静公迁为家人，晋绝不祀"的悲惨结局。

四、总结经验，启迪后人，体现了史学家的社会责任。历史是人类活动的历史，研究历史不是坐而论道，不是发思古之幽情，而是要从历史演进过程中，总结经验教训，使人知道，古人的哪些活动促进了经济、社会、文化的发展和进步；哪些活动则破坏或阻碍了社会的前进，从而促使人们规范人类自身的活动，正确处理人与自然的关系、人与社会的关系、人与人的关系，顺应和推动社会健康发展。我不知道，尚师先生在自己的研究中是否自觉认识到了这是一位历史学家应尽的责任，但我从读这本书的过程中，的确能从字里行间意识到这一点。例如，关于县郡制的研究。晋国是春秋时期较早出现并实行郡县制的国家，尚师先生在本书第十七章晋国奴隶制的瓦解和封建因素的增长一章中，用相当长的篇幅梳理了晋国县郡制的出现和发展过程，分析了其对绵延已久的世袭制的破坏和促进晋国社会发展的积极意义，正确指出"县郡制的出现为后来历代中央集权的封建王朝找到了一种理想的统治形式"。其实，单从形式上看，我国从辛亥革命推翻帝制以后所实行的中央以下省、地、县三级或省、县两级行政区划建制，还不是以往郡县制的延续？又如，关于晋国治国思想的研究。尚师先生在本书第二十八章晋国治国思想的发展一章中，从尧时皋陶的"德主刑辅""明刑弼教"，说到叔虞封唐时周王室针对周围尽是戎狄所居而提出的"启以夏政，疆以戎索"治国方略，进而说到东周时期晋国以反宗法制度为核心的变法思潮和以卜子夏为代表的"儒法兼容"及以他的第五代门人荀子为代表的隆礼重法观念发展形成的符合国情的帝王治国思想，认为"对中国当代治国亦有相当可借鉴的现实意义"。在这本书中，类似这样的表述还有多处。即此，亦可见作者热爱自己的国家、民族，关心国家、民族发展的拳拳之心。

当然，仼何优秀的著作都难免会有这样那样的不足。作为尚师先生的朋友，我也不回避我在学习当中发现的我觉得是问题的问题，不过需要说明的是，其中有些问题属于看法不同，提出来是想引起注意，是可以讨论的。

作为一部通史著作，关键是在一个通字上，这一点作者做了很好的把握，无论是一个人物还是一个事件，甚或是整个晋国，我们都可以从中看到其来龙去脉、发展历程，但是在组织材料、叙述史实时，却多有重复，显得有点拖泥带水，不够精练。例如，叔虞封唐、蠻父徙晋、桓叔封曲沃、魏绛和戎、下宫之役等事件，不仅在讲事件经过时着力描写，在介绍相关人物时还要提及，有的甚至在三四个地方都能看到。一个事件、一个人物，在不同章节中出现是难免的，但总要做到前后照应，主次分开，尽量节省笔墨。

《晋国通史》是严肃的学术著作，为了表明严肃性，在征引材料时，应尽量引用严谨的、科学性强的专著和论文，不用或少用报纸上的材料。遗憾的是，在本书中有时也能发现这种本来可以避免的例子。在第一章西周以前晋国中心地区的尧舜禹及夏商时期一章注（4），作者引用某报1993年11月18日以《重新认识黄河流域是古中国文明摇篮》为题的报道，说"偃师县二里头遗址南部新发现了两处规模宏大的宫殿旧基址……绝对年代为距今5000年左右……如此规模宏大的宫殿遗址，绝非一般部落、部落联盟所能拥有，它表明了一个较大规模的国家政权已建立"。像这种不见于考古发掘报告仅据道听途说而编成的通讯报道提供的材料，是不能轻信的。

一部完整的著作，你所选用的观点可以和别人不同，但一定要注意自圆其说，避免自相矛盾之处。本书第九章西周时期的晋国一章中，作者认为桓叔所封的曲沃即今曲沃县与侯马市交界处的凤城古城，至晋侯武公时始迁今闻喜境内；但紧接其后的第十章晋国的勃兴和骊姬之乱一章之注（9），在考证武公之庙是在曲沃还是在绛时，却引严杰《经义丛钞》平阳条下云"今闻喜县东二十里为桓叔所封之曲沃，经庄伯、武公之三世，凡六十七年灭晋，后仍为别都，一名下国，有武公之庙在焉"，又未指出其言非是，似乎在桓叔所封曲沃的地望上又有了犹豫。若如此，则和自己的本意产生了抵牾。

作为《晋国通史》，涉及晋国和与晋有过往关系的其他国家的国君和人物是必然的，但在名称上见到的诸如"楚子庄王""秦伯共公""晋侯成公""卫侯成公""郑伯襄公""曹伯文公""许男昭公"等称谓，读起来总觉得有点生疏，我没有一一找到出处，不知是否另有所本？

重视考古发现的新材料，正如前面所言，是本书的亮点之一，但对任何新材料和研究结论，都必须经过自己的分析甄别，看看是否真有道理再决定弃取。本书第一章之"尧、舜及禹、契、后稷的后裔由西周前的晋国中心地区向外辐射的夏、商时期"一节,讲到商族起源,是肯定垣曲商城为商汤亳都的意见的。尚师先生应该知道,关于何处考古遗址可能是商汤亳都的问题,自邹衡先生提出郑州商城亳都说以来,已争论了30几个年头了,目光基本上集中到了郑州商城和偃师商城,而垣曲商城亳都说很少有人提起了。因为无论从城的年代之早、城的规模之大、出土遗迹、遗物之丰富哪个方面考虑,垣曲商城都望尘莫及,不具备商汤都城的条件。尚师先生博览群书,又具有深刻的分析能力,按理说不会出现这样的问题,我思忖再三,很怀疑尚师先生身上有乡土情结在起作用,联系本书将尧、舜、禹的起源也都放在了山西,也就不奇怪了。乡土情结,人人有之,但我想说,在这么一部严肃的著作里面,最好少用或者干脆彻底摒弃,否则严肃的著作也就会让人觉得不那么严肃了。

尚师先生诚恳、勤奋、虚心、好学,我们之间无话不谈,以上所言,是我读这部书稿时的真实感受,赞扬也好,讨论也好,商榷也好,都是为了使晋文化和晋国史研究迈上一个新台阶。希望这部新作早日出版。是为序。

2011年7月14日于京郊九鼎山庄

(原载李尚师:《晋国通史》,山西人民出版社,2014年)

《两周封国论衡：陕西韩城出土芮国文物暨周代封国考古学研究国际学术研讨会论文集》代前言

这是上海博物馆为庆祝建馆五十周年和有关单位合作于2002年举办"晋侯墓地出土青铜器国际学术研讨会"十年之后，在六十年馆庆期间又一次举办的同样以最新考古发现为主题的国际学术研讨会。十年来，两周时期重要考古发现层出不穷，陕西韩城芮国墓地，山西曲沃羊舌晋侯墓地、黎城黎国墓地，甘肃礼县大堡子山秦子墓陪葬乐器坑、张家川戎王墓地，河南郑州祭国城址、荥阳娘娘寨城址、官庄城址，山东高青陈庄城址及贵族墓葬，湖北随州鄂侯墓地、曾侯墓地，安徽蚌埠钟离国君墓，江苏苏州木渎城址、无锡西山城址，江西靖安大型土墩墓，浙江印山大型土墩墓、安吉龙山大型土墩墓，辽宁朝阳东大杖子战国贵族墓等不胜枚举。围绕两周考古举办的学术讨论会一个接着一个，以西周宗周考古为主题的有北京大学考古文博学院、陕西省文物考古研究院、北京大学考古学研究中心和宝鸡青铜博物院于2005年、2009年联合举行的两次讨论会；以两周为主题的有河南省博物院与台湾历史博物馆分别于2009年、2011年举行的讨论会；以国别为主题的有吴文化讨论会、越文化讨论会，由鄂、豫、皖、湘四省联合的楚文化讨论会，以及以山东齐文化、小邾国考古新发现为主题的座谈会等应接不暇。每次讨论会虽然重心各有侧重，讨论的问题也不完全一样，但总的看来，涉及的大的时代范围、地域范围基本一致，涉及内容的共同之处甚多。

十年来，两周考古的许多新发现我都到现场参观过，围绕两周考古的学术研讨会许多也都参加了。这次来参会，又看到许多新材料，听到许多新见解，学到不少新东西，又有许多新收获。这次会议可以看作是对十年来两周考古、历史与文化研究成果的最新检阅。从大会发言和提交的论文来看，无论是宗周考古还是封国考古，甚或两周时期的周边考古，都有了很大进展，表现在以下几个方面：

一、在分区基础上的两周时期考古分期标尺的建立与细化（周原、周公庙、洛邑、晋、燕、齐、鲁、郑、韩、楚、秦等）。

有些地方框架已经起来了，但是可能还不够细；有些地方不断往里面填充，所以就很细化。我们有山西的晋侯墓地，再加上以前侯马晋都新田遗址的发掘，晋文化这个标尺已经够细了。晋侯墓地分为三期六段，从西周早期到春秋初期，再往后还有。侯马也是分了好几期。我们再想，北京琉璃河燕国墓地的发掘尽管比较早，但是在我们做断代工程的时候还组织过一次发掘，特别是还发掘了遗址，也是分了好几期、好几段，应该说它也有一个标尺了。再看看山东，围绕着临淄和曲阜。尽管都是比较晚一些的遗存，还没有早到刚刚分封的时候，但是从西周晚期到他们灭国的时候，这个标尺也还是清楚的。齐国、高青的发现尽管不是在核心地区，但是离临淄也比较近，从分期的这个角度，我觉得也还是可以接起来。现在比较缺的是鲁国，朱凤瀚先生在他的演讲中提到了几件铜器，都是西周早期的，但很可惜不知道是什么地方出的。如果能够找到，我们再做发掘，鲁国的框架也应该起来了。其他的，河南的应国也应该说有了一个基本的框架。比较晚的，像郑国，这些年也做了很多工作。总而言之，第一个问题就是，在分区分国的基础之上，大体的考古学年代分期的标尺可以说基本建立起来了。我想这点应该是很大的一个进展。

二、在分区与分国别基础上的文化特征得以进一步归纳和明晰。

我们回顾一下北边的、南边的、西边的、东边的、中间的，大体上都会看到，不同的地区在文化面貌上还是有差异。尽管他们统一都叫作周文化，但还是有所不同，其实可以分得更细一点，即使在同一地区之内，如齐和鲁也不完全相同。

三、随着考古工作的推进，发现了不少见于文献记载的封国、封邑的新材料，如钟离、曾、黎、鄂、许、芮及佣、霸等怀姓九宗。

我们这次会议当中有许多先生的发言都提到了，比如山东就有一大批，13个见于文献的小国家已经找到了它的遗存，有些还进行了较大规模的发掘。这些发现可以说对学术界起到了一个非常重要的提供材料和积累材料的作用，有些是耳目一新的。比如钟离国，谁也不会想到在这个时期，突然出现圆形的墓葬，而且不是一座，整个钟离国的范围之内挖的墓葬都是圆形的，这在过去是从来没看到过的。

四、对两周时期分封制度、礼乐制度、宗周与封国关系、封国相互关系及青铜器、玉器、玛瑙器、金器、原始瓷器等制造工艺等方面研究的深化。

过去一般我们看考古报告，描写一下形制、花纹基本就差不多了。现在不一样，不仅考古报告都有科技检测的结果，而且对它们在整个工艺技术发展的过程当中所具有的地位、产生的影响等，都有很多深化的表现。

五、研究理论、方法的提升与运用。

六、不同单位之间、不同学科之间合作研究模式的推广、提高与普及的并重。

现在做考古学的、做历史研究的、做古文字研究的、做科技考古的，各个方面，甚至包括做人类学的，大家都围绕这些重要的发现来进行研究。除了个人的研究之外，还有很多单位之间的共同项目的研究。我觉得这是一个新的现象。

从这六个方面概括我们十年来两周考古的新收获、新面貌，可能还是很不够的，但至少在这六个方面都是存在的。这是我想说的第一个方面。

第二个方面，关于两周时期整个研究的指导思想或者方法，想谈一点儿我自己的想法。

两周时期，属中国古代国家形态演进的酋邦（邦国）—王国—帝国三个发展阶段的王国阶段的后期，是法国史学家所分史前—原史—历史三个阶段的原史时期。作为研究的指导思想和方法论，我特别想谈谈对原史时期的研究如何处理好考古与文献的关系问题。原史时期，是指已有一些时人的文字记载或后人对该段历史的追记，但不系统、不全面，其在传抄过程中还可能有漏记、有讹误，因此研究这段历史，主要依靠考古，这当然是对的，但绝不能由此轻视文献，认为文献都靠不住。我在几次相关学术讨论会上都提出，原史时期考古有两个方面是需要把握的。

一、注意将苏秉琦先生主要针对新石器时代考古提出的考古学文化区系类型思想移用过来。

刚才我谈到在分区的基础之上，对文化特征的归纳，对国别特征的归纳，都是运用了考古学区系类型这种理念来进行的工作，但是还不够。比如说我们过去做晋文化研究，一块儿统统都是晋。现在横水墓地出来了，大河口墓地出来了，一看就跟晋侯墓地不一样。时代相同，但是在葬俗上很多方面表现得都是有差别的。如果运用了分区系的理论来研究的话，可能就会更深化。

二、注意考古与文献、文字的结合，改变考古是考古、文献是文献两者互不相涉的状况。

我们这三天的会，很多研究的文章，很多先生发言，实际上都是运用考古学和文献学、古文字学，还有其他相关学科结合起来综合研究的结果。如果说考古就是管你的考古，搞文字就是搞我的文字，搞文献就是搞文献，不互相照应，我想我们的研究就很难深入。当然，这个研究还是要以考古材料作为基础和根本。文献材料要作为一个线索，不能作为根据。因为文献本身比较少，传抄过程当中还有这样那样的遗漏和讹误，运用材料的时候，必须对文献进行可信性研究。这是我们做断代工程中很重要的一条经验，如果拿来就用，不知道可信度怎么样，对还是不对，就可能要出问题。所以我想强调他们之间的结合以及主次、互相的作用，怎样把它有机地结合起来，这是我们研究这一段历史（原史时期）很重要的一个方面。

在这里，我特别要提一下如何看待金石学的问题，强调以田野调查发掘为特征的现代考古学是从西方传来的，和金石学没有关系，这当然没有错，但金石学传统、金石学的研究方法是否就一无是处没有一点可以继承的呢？从我自己的亲身体会，我觉得不是这样的。我们看金石学著作，它对器物描写之细致，对文字考释之严密，都不无可借鉴之处。因此我们从事考古研究，应该在分析基础上继承这份遗产，不可一概否定。

此外，两周时期可研究的问题很多，就宗周考古来说，我认为以下几个问题是今后需要继续深入研究的：

1. 考古材料反映的商周关系。文献上有一些相关记载，但是从考古上看究竟怎么样？这是我们要注意的一个问题。

2. 周原遗址的聚落结构、布局和性质，周原与周公庙、孔头沟等遗址的关系。周原遗址迄今为止还是从先周到西周早期最大的一个西周时期的遗址，这样一块地方，究竟是什么性质的一个遗址呢？其实看法是很不一致的。我觉得这个关键是要认真做考古工作。

3. 宝鸡石鼓山新发掘的青铜器大墓的年代、墓主及与強国墓地、戴家湾墓地关系问题。过去，在石鼓山大墓的附近，強国墓地、斗鸡台、戴家沟出了很多青铜器。现在出现了30件青铜礼器，这个大墓文化归属为何、墓主人是谁，争议很大。这个墓葬的发掘是一个很好的契机，能够把宝鸡市周围这一块好好弄清楚，我想会有突破性的进展。

4. 洛邑成周的地望、分期及有无城墙问题，洛邑王城遗址的分期、布局问题。前些年发现了庞家沟西周早期的墓地和早期的铸铜遗址之后，尽管有一些零零星星的发现，比如祭祀遗存，但是没有太大的突破。我一直觉得成周地位很重要，希望这个问题能引起注意。最近洛阳两个考古队组成了考古研究院，很希望他们在这方面重点开展工作，有所突破。

以上是就宗周考古来讲，至少有这么几个问题。而就封国考古来讲，问题就更多。

1. "叔虞封唐"地望探索及曲沃北赵晋侯墓地和羊舌晋侯墓地关系问题。我们在天马-曲村遗址做了这么多年的工作，最初都觉得可能"叔虞封唐"就是在那儿。后来夨公簋，或者叫疏公簋出来以后，一下就不对了。我们改变了看法，那就是叔虞的儿子的都城所在地。那么他父亲叔虞的封地究竟在什么地方呢？这是一个摆在我们面前需要探讨的问题。

2. 齐、鲁始封地望探索。高青陈庄被发现以后，有些先生写文章认为那就是比较早期的都城所在。现在我们听到的很多先生发言，显然不是，只不过是它再下一级的，或者二级的，属于采邑。那个分封区，是曾经在某一代或者某几代曾经担任过齐师首长的那个人物居住的地方，但是其实齐国、鲁国始封地的问题到现在还是没有线索。过去传统观点是认为齐国、鲁国最初分封的都不是在我们现在看到的这些地方，都是在河南、陕西一带。这类观点现在可能越来越少了，但是究竟在什么地方还需要继续探索。

3. 芮国始封地探索及韩城梁带村芮国墓地与居址的关系。

4. 曾国考古新发现及曾国历史演变的梳理。随州叶家山西周早期曾国墓地与曾侯乙墓的关系。叶家山的发现确实很重要，那它究竟是姬姓还是别的姓？我觉得这个问题没有解决，还需要继续探讨。

5. 湖北随州、河南南阳鄂侯墓地的发现与鄂国历史研究。河南省最近的消息是，南阳发现了稍微晚一点的、西周晚期到春秋的鄂侯夫人的铜器，据说也是一个墓地，那这就很有意思。曾和鄂关系很密切，我迫不及待地想要把它梳理清楚。

6. 楚王为随仲嬭作器铭文的发现与曾、随关系再研究。曾、随关系，是先曾后随，还是怎么回事？这个问题我觉得没有解决。

7. 楚季宝钟的发现与楚文化发展过程及早期楚都探索。这些年因为早期楚文化的探索有很大进展，学术界特别是搞考古的人都把目光集中到了陕西的汉水上游、丹江上游的那一块，然后逐步往南推进，所以楚国最初的都城在丹淅之会这个说法越来越占优势。过去传统中，枝江起源是一个很重要的说法，现在都被冷落了，楚季宝钟的发现又使我们要回头考虑考虑是怎么回事。

8. 封国、采邑之别及其发展；采邑的级别问题。会上很多先生都涉及了诸侯国的分封和是不是诸侯的采邑问题，还提出来究竟是几级采邑的问题。这些从考古学上看还是一个比较新的问题。

9. 山西绛州、翼城发现的倗伯、霸伯墓地的性质及反映的历史问题。这个问题我觉得很重要，因为不管是倗还是霸，离晋国都非常近，但是其墓葬规模之大，随葬品之多、之精都和晋侯墓地相近。这是怎么回事？我想以此为契机，很多问题是应该展开讨论的。

10. 河南荥阳发掘的娘娘寨、官庄两周时期城址的性质与国属。这两个小城的时代大概是西周晚期到春秋，性质还不清楚，是不是郑国东迁的过程当中建造休息一下或者暂时住一住，然后再往南边去？实际上这是当时一段历史的一个反映。

11. 分别在苏州、无锡发现的两座大型东周城址的年代及性质比较研究。两家在争，究竟谁是阖闾城？时代大体上都在春秋末年这个阶段，规模也很大。我想对这两处的探讨还是需要继续深入的。

12. 秦文化探索及周秦关系研究。

13. 江西靖安土墩大墓的文化归属与国别。48口棺材的那个墓，究竟是徐、越，还是什么人的呢？我觉得作为封国的周边，这个问题也应该引起我们的关注。

14. 甘肃张家川马家塬戎人大墓文化渊源及其与秦人关系探索。

15. 新郑郑韩故城韩王陵发掘与战国王陵建制研究。尽管那个韩王陵是韩国快亡的、大概是倒数第二个王的一个陵，但这是我们唯一通过考古发掘的一个王陵，上头还有建筑，王后的墓也挖了。这个还是很重要的，也希望引起大家的关注。

16. 两周时期中外交流问题。两周时期是个文化大交融的时代。不仅是南北相交，南北两边夹击都到中原来，还有个东西的问题。很多先生发言中都涉及了中原和周边与中心和周邻，甚至更远的，西亚等这些文化交流的问题，也希望能够引起更多的关注。

两周时期可研究的问题当然不止这些，但在这些问题上如果有新的进展，那将会极大地丰富两周历史的内涵，促进学科的发展。

最后我还想谈谈参加此次会议的另一点感想。2002年上博召开了以晋侯墓地出土青铜器为主题的研讨会，十年之后，又以芮国墓地的重要发现召开了这次研讨会。大家知道，上海博物馆是收藏传世青铜器、瓷器、玉器、书画等精品的重地，过去主办过的讨论会也基本是围绕这些藏品或与这些藏品有关为主题召开，这当然是正确的，但这两次会却突破了博物馆藏品的范围，和新的考古发现联系了起来。为什么会出现这种新情况新做法，我想了又想，我认为这可能与他们办馆思路的拓展有关。上博的藏品无疑都是第一流的，但大部分也是传世的，传世的藏品都已失去了它原来的存在背景关系，要对它做更深入的研究，或是回答观众更深层次的问题，很自然便会和日新月异的考古新发现联系到一起。把重要的新发现引进来作展览，利用展览的机会召开相关的讨论会，一方面可以加深对馆藏藏品的研究，如过去马承源先生对晋侯苏钟的研究；另一方面也可以促进与此相关学科的发展，促进自身与馆外研究同行的交流，提高研究的水平。对观众来说，也会带来新鲜感，引起他们的新兴趣。在某种意义上，我觉得这可能代表了博物馆今后在学术层面上发展的方向。

2012 年 8 月 15 日

（原载陕西省考古研究院、上海博物馆：《两周封国论衡：陕西韩城出土芮国文物暨周代封国考古学研究国际学术研讨会论文集》，上海古籍出版社，2014 年）

《说陶论瓷：权奎山陶瓷考古论文集》序

为权奎山编辑出版一本论文集是我的提议，为论文集作序也是我主动要求的。可看着堆在案头的权奎山文稿，我却迟迟难以动笔。从1972年奎山入学到去年突然辞世，40年间和奎山相处的件件往事，一件接着一件在我的脑海中闪现……在他离去前半个多月我和高崇文、刘绪去通州结核病医院看他，他一见我们走进病房便猛地坐起来和我们打招呼，还说"我就是一般感冒，可能肺部有点感染，吃点药输点液，很快会好起来的，惊动大家真不好意思"。当时尚未确诊，我们只是说些宽慰的话，盼他早点出院。临走时，他还坚持要下床送我们出门。谁承想，没过多少天，当年北大田径队的短跑队员、历史系篮球队主力，64岁就被癌症夺走了生命。

72级考古班是"文革"后期北大历史系考古专业恢复招生开始招收的最早一班工农兵学员，因为是各地推荐，年龄相差较大，文化水平也参差不齐，全班38个学生，权奎山是他们当中上过高中、文化水平算高的一员。他们入学时，"文革"尚未结束，校、系还是军工宣队掌权，老师大部分还被看作是未改进好的知识分子，经常被叫去参加各种运动。当时，我是考古教研室年轻教师中的一员，上山下乡，大批判，开门办学……常常和他们班一起活动。权奎山给我的印象是，运动随大流，学习抓得紧，尊重老师，和同学关系好，干事很认真。那时候教师的"权威"虽还不怎么高，但老师们交他的任务是可以放心，保证完成的。再加上他又是党员，毕业时就留下当了老师，直到因病去世，一直奋斗在教师岗位上。

权奎山主要是随宿白先生做隋唐宋元考古，在宿先生的悉心指导下，业务上提高很快，不仅能上课堂讲课、带学生到野外实习，研究能力同样有很大提高。最能代表他这一阶段学术水平的是收入本书的发表在 1992 年第 2 期《考古学报》上的《中国南方隋唐墓的分区与分期》一文，该文从墓葬形制、墓壁装饰和随葬器物分析入手，将墓葬分为长江上游、长江中游、赣江地区、长江下游、福建地区和岭南地区 6 个区，每个区又根据墓葬与器物形制的演变分为若干期，进而参考有关文献记载，探讨了墓葬分区与唐代行政建制的"道"的关系、各分区之间及与中原的关系，正确指出"六个区墓葬材料所反映出的与中原关系上的差异，实际上是从一个侧面说明了中原与各区的往来情况和中央对各区控制程度上的不同"，将考古学研究上升到了历史学研究。与这篇文章几乎同时发表的还有刊于 1992 年第 4 期《南方文物》上的《试析南方发现的唐代壁画墓》，在详细梳理材料基础上，结合有关文献记载深入探讨了墓葬埋葬时间与墓主人身份、墓葬形制的类型、壁画的布局与内容、随葬器物的种类与内容，做出了"南方发现的这九座唐代壁画墓，均是在特殊背景下产生的"，"它们是南方与中原北方文化结合的典型实例之一，为从考古学角度考察中国大统一时期各地文化交往，特别是考察中央与地方的文化关系，提供了有益的启示"的论断，我认为它和上一篇文章一样，都是如何撰写考古学论文的典型范例。后来，教研室对教课分工有所调整，权奎山转入陶瓷考古，我知道当时他有点不高兴，但后来证明这是为他打开了又一扇窗户，为他扩大了学术领域，使他成为将瓷器从单纯的鉴赏转变为研究社会的手工业考古有机组成部分的陶瓷考古实践队伍的重要一员。

由于权奎山有比较扎实的隋唐考古根底，在宿白先生、杨根先生指导下，很快便进入了新的角色，在陶瓷考古领域展现了他的能力。在短短十多年的时间内，他先后参加并参与主持了河南临汝窑、江西丰城洪州窑、浙江慈溪越窑、江西景德镇明清御窑等不同时代、不同窑系的著名窑址的发掘，撰写了几十篇有真知灼见的论文，参加并参与主持了《寺龙口越窑址》以及洪州窑址、景德镇明清御窑址考古发掘报告和《中国古陶瓷图典》《中国陶瓷艺术》《中国陶瓷史》《中国出土瓷器全集》的编写，他作为北京大学考古文博学院陶瓷考古研究所负责人、中国陶瓷学会理事，凡是与陶瓷有关的学术讨论会，几乎每次都会被邀请参加，并在会上发表自己的见解。我自己不研究陶瓷考古，难以对他的研究成果一一做出符合实际的中恳评价，但作为一个读者，我特别推崇他在1997年12月出版的《考古学集刊》上发表的《试论南方古代名窑中心区域移动》一文。这篇文章，从大的区域空间出发，从长时段的时间演进角度考察了窑址分布格局变化与当时社会政治形势、交通运输、资源状况的关系，揭示了其反映的特定社会的面貌，从单一的瓷窑址研究上升到了对社会发展状况的研究，这是一般孤立的瓷器或瓷窑研究难以达到的。

在北大做老师，不仅要上课，做研究，还要带实习，承担一定的社会工作。权奎山毕业不久就在1976年随俞伟超、严文明两位先生到陕西周原参加了考古进修班的实习辅导，负责宣传工作。1980年我们带77级到山西曲沃县曲村实习，他也是辅导老师中的一员。曲村虽是一处两周时期的晋文化遗址，但也有一些汉和元明时期的墓葬，我对元明墓葬很不熟悉，多亏他在，才保证了对这批墓葬发掘和整理的质量。后来，他还当过班主任、辅导员、考古系副系主任、陶瓷考古研究所所长，对学生的全面成长，对陶瓷考古学科的建设发展，做了大量工作，做出了重要贡献，直到他躺在病床上，还惦记着北大陶瓷考古怎么办。这里我还要特别提起,就在他逝世的前一天,院里的同事去看他,谈起景德镇的发掘和报告,他躺在北大肿瘤医院病榻上,眼含热泪用颤抖的手断断续续写下了"对不起,没能完成任务"几个字,凡是看到的人无不扼腕叹息。

权奎山离开我们已经两年了,他的考古文集的出版,既是对他在隋唐考古尤其是陶瓷考古领域所做贡献的肯定,也是对他深深的怀念!

2014年3月13日

(原载北京大学中国考古学研究中心、景德镇市陶瓷考古研究所:《说陶论瓷:权奎山陶瓷考古论文集》,文物出版社,2014年)

《周易悬解》序

《周易悬解》是周大明先生继《破解千古谜团——中华远古文明衍变轨迹探索》《中华文明寻根——从口耳相传到文字著述》《远古图符与"周易"溯源》之后即将推出的第四部著作，朋友们从四部大作的书名即可看到，这四部书都是围绕中国远古至上古历史上出现的太极、八卦、五行、河图、洛书、周易等深奥难懂、聚讼不决的人类在长期实践中对自然、社会认识积累起来的认知体系的解读，四部书各有侧重，前两部着重从纵向发展角度构建起了中华远古先民积累下来的知识的先后嬗联关系及发展框架；《远古图符与"周易"溯源》着重于对远古图符内蕴的剖析及"周易"与其渊源关系；本书则集中于对"周易"及其相关著作内容及相互关系的探讨，它们在内容上有密切内在联系，但一部比一部更为深刻，一部比一部更接近对研究对象的原始意义和本质的揭示。

以前我并不认识大明，对他研究的学问也知之不多。是1999年他的大作《破解千古谜团——中华远古文明衍变轨迹探索》出版后，河南省社会科学院马世之研究员和河南博物院张维华研究员写信推荐才认识的。我读了他的书，又同他见了面，真的好像一见如故，深深为他的见解所吸引。在这次交谈之后，他又从建立中华文明大架构出发，认真研究梳理考古重要成果，完成了《中华文明寻根——从口耳相传到文字著述》一书，于2007年7月由人民出版社出版。后来我才知道，周大明的这些成果，是在辞职下海没有固定职业收入，生活相当窘迫的情况下完成的，除了敬佩，更使我感动。为了表示支持，在这部书稿正在撰写过程中，北京大学震旦古代文明研究中心于2007年1月26日在赛克勒考古与艺术博物馆贵宾室召开了由大明策划的"勘定历史轨迹航标，疏浚中华文明源流暨远古文明遗址与当代文化产业发展"系列论坛专家论证会，中国社会科学院历史所孟世凯、宋镇豪和宫长为，中国社会科学院考古所曹定云，国家博物馆李先登和我院葛英会等许多著名学者与会，建言献策，提出许多好的建议，事后宫长为向李学勤先生汇报也得到李先生首肯。当时，《中华文明寻根——从口耳相传到文字著述》刚交出版社，他正酝酿撰写《远古图符与"周易"溯源》(原定名《中华秘学》)。和他交往中我发现，他的知识面非常广泛，除了浩繁的古代典籍、先贤著作，他还涉猎了大量考古发掘报告和研究文章，安徽含山凌家滩出土的玉龟和玉版、河南濮阳西水坡出土陪葬蚌堆龙和虎的墓葬、湖北荆门郭店楚简、殷墟及周原甲骨等重要考古发现，都是他的研究对象。在大家的鼓励下，大明干劲倍增，经过几年的努力，终于在2010年由人民出版社出版了《远古图符与"周易"溯源》，对考古发现的各种神秘图符做了浅显易懂的解读，并探讨了与《周易》形成的关系。对这部书，许多学者都有好评，我在看过他的初稿后，亦曾写信给他给予肯定，指出该书"提出了从远古图符到《周易》等典籍的系统解释及其发展源流的梳理，内容丰富，新见迭出，蔚为大观，成为该研究领域中具有创新思考的一项新的收获"，出版时大明还作为书影之一收入了书中。

  作为一个考古工作者，长期习惯于与发掘出来的遗迹、遗物等物的东西打交道，较少注意它们蕴含和反映的宇宙观、宗教信仰、思想意识等精神层面的东西，古代文明既要研究物质遗存，又要研究精神遗存，只有将之密切结合，才能揭示文明的真谛，而这恰恰是我们成立北京大学古代文明研究中心的宗旨。在学术界急功近利、浮躁浮夸之风日甚一日的当下，还有大明这样甘于清贫、潜心做学问并且与我们意气相投的学者，真是求之不得。以他的第三部大作出版为契机，经征得他的同意，2011年中心聘请大明做了我们的客座研究员，希望为他提供一个平台，在事业上有更大的发展。不负所望，在担任北京大学震旦古代文明研究中心客座研究员后，他想方设法，积极建议，为进一步办好北京大学震旦古代文明研究中心出谋划策，乘他去张家界出席"第二届鬼谷子文化学术研讨会"之机，和张家界政协文史委联系，建议与文明中心合作，共同开展张家界市文化遗产的研究与保护工作，得到对方积极响应，且已制订了规划，准备实施。除张罗这些事，他还连续在我们主办的通讯上发表了《三皇与三坟考辩》《五行源流考辩》《太极源流考辩》等文章，围绕"周易"继续作了大量研究，形成了《周易悬解》这部大作，经审阅后列入北京大学震旦古代文明研究丛书系列，送到上海古籍出版社，计划2013年出版。但天有不测风云，人有旦夕祸福，正当大明踌躇满志，准备在学术事业上大干一番的时候，突然一场大病、怪病向他袭来，不到半年时间，连寄托着他终身心血的、他最钟爱的这部书都未能看上一眼，便抛妻舍子，含恨而去。

周大明先生是河南温县人，1966年4月生，1986年9月以优异成绩考入河南大学物理系，曾任系团总支副书记，1990年毕业。毕业后分到开封无线电厂工作，当过干部；1996年任"黄河文化"杂志副主编，1998年至2000年曾在职攻读武汉大学国民经济系研究生，于2001年由经济出版社出版"社会财富论"。2001年来到北京，在中华锦绣出版社任编辑、记者、发行部副主任；2006-2007年任人民日报社人民论坛杂志文化专题部主任，有一段时间还在光明日报社任过职。从他的简历可以看出，二十多年来，他的工作几经变动，工作内容差别很大，但他对自己喜爱的学术研究非但未曾放松，反而愈加用力。如果不是病魔夺去了他的生命，他在中国远古文化研究上的贡献将不可限量。

在大明先生最为用心的大作出版之际，谨以此文作为对他永远的纪念。

2014年3月27日

（原载周大明：《周易悬解》，上海古籍出版社，2014年）

《夏商周考古探研》序

大家期盼已久的刘绪教授《夏商周考古探研》一书即将面世，这是学界同仁和广大夏商周考古爱好者值得高兴的事。

刘绪先生山西广灵人，1972年作为工农兵学员被推荐到北京大学历史系考古专业学习，1975年毕业分配到山西省文管会文物工作队（后更名考古研究所）工作，曾担任副队长。1980年报考北京大学历史系考古专业硕士研究生，随邹衡先生攻读夏商周考古，1983年获硕士学位毕业留校任教。刘绪先生受过正规高中教育，业务基础好，平时又刻苦好学，虚心向老师同学学习，深得邹先生真传。他不仅在考古知识、技能、理论和方法上有很大提高，在工作上一丝不苟、对学生严格要求、做学问勇于探索、精益求精的精神和作风，也都能看到邹先生潜移默化的影响。三十多年来，刘绪先生在夏商周考古领域辛勤耕耘，结下了丰硕的果实，我们看他收入该书的论文便会知道，几乎在所有重大学术问题上，他都有深刻的分析和真知灼见。过去，是单篇单篇的看，这个感觉还不突出，现在放在一起集中阅读，便强烈感到他对夏商周考古的认识，不仅深刻，而且系统全面，仿佛有一根红线贯穿始终。

他把收入该书的33篇论文分为四个部分，在"夏文化研究"部分有7篇文章，从早期夏文化到夏商分界、从夏文化的年代到类型划分、从二里头文化与二里岗文化的关系到性质的判断均有涉及。其中由硕士论文补充修改完成的《论卫怀地区的夏商文化》最见功力，该文通过对自己亲自调查发掘的典型遗址的地层、分期、特征、相互关系的分析，将卫怀地区的夏代遗存分别以北平皋－赵庄遗址、李固－潞王坟遗址为代表，分为沁河以西、以东两类遗存，继而通过与二里头文化、二里岗文化的比较，判定沁河以西的以北平皋－赵庄遗址为代表的遗存属二里头夏文化，沁河以东的以李固－潞王坟遗址为代表的遗存属早于二里岗早商文化的先商文化。分析深刻，论证严密，所做论断之无懈可击，堪称考古学论文之典范。继该文之后提出的《从墓葬陶器分析二里头文化的性质及其与二里岗期商文化的关系》，在该文基础上着重从墓葬随葬陶器着眼，比较两者的异同，以丰富的材料证明两者在器物组合、造型与纹饰特征诸方面都有明显的区别，这种区别同样反映在遗址出土陶器上，从而使最早由邹衡先生提出、他在上文中继续论证的二里头文化是夏文化、二里岗文化是早商文化的论断，更加具有说服力，并且成为迄今大家仍在沿用的判断新发现的遗存何者属二里头夏文化、何者属二里岗早商文化的标准。

在"商文化研究"部分，涵盖范围更加广泛，商文化的起源、商文化向周边的拓展、商文化分布的四至、商族先公的迁徙、河亶甲居相的推断……均有涉及，但重点则是夏商分界、郑州商城与偃师商城的关系。熟悉夏、商考古历史的朋友都知道，大概从上世纪50年代初郑州洛达庙遗址、偃师二里头遗址相继发现和发掘起，夏、商分界问题就提出来了，近60年来，二里头文化一、二期之间，三、四期之间，四期前、后段之间，二里头文化四期与二里岗下层一期之间，各种可能性都提了出来，但不可否认，随着讨论的深入，焦点基本上集中在是二里头文化三、四期之间，四期前、后段之间，还是二里头文化四期与二里岗下层一期之间，夏商分界的标志是只有偃师商城的始建，还是有郑州商城和偃师商城两个商城的始建上了。围绕这一焦点问题，刘绪写出了《早商都邑比较之一——二里头遗址第四期遗存与偃师商城第一期遗存比较》一文，先刊登于北京大学震旦古代文明研究中心主编的内部交流刊物《古代文明研究通讯》，不久，又正式刊发于《中国国家博物馆馆刊》2013年9期。该文针对主张偃师商城始建于与二里头文化四期晚段同时的偃师商城分期的第一期第一段的观点，搜遍已发表的偃师商城的资料，除"大灰沟"最底层很少一点堆积，在宫城、宫殿基址、府库、铸铜作坊、墓葬等可见的遗存中，没有任何可早到第一期第一段者。因此他做出结论说："我以为，仅依靠'大灰沟'底部的一点遗存，就断定此时汤亳建成，实在太过大胆。"以此文为基础，他又将《夏商文化分界与偃师西亳的若干问题》《夏商文化分界探讨的思考》等相关论著中的观点加以整合，在去年10月28日于偃师市召开的"夏商都邑考古暨纪念偃师商城发现30周年国际学术讨论会"上向这类观点的主张者发出了"八问"的挑战。从《困惑八问——向偃师商城西亳说求解》发出，半年多过去了，但至今尚未看到有谁出来应答。在这个问题上，我虽然对偃师商城可能即史书上所称的西亳的说法不持异议，但在其始建年代和性质上，我基本和刘文的看法一致，即偃师商城晚于郑州商城、偃师商城的始建早不到偃师商城分期的第一期第一段、偃师商城不是早商时期的主都。如果说在材料尚不充分的情况下，这个问题存在争议不足为奇。那么，在资料翔实、介绍客观的《偃师商城》考古发掘报告刊布之后，对此已经没有继续讨论的余地，是该适时做出结论了。商代考古，都邑无疑是重中之重，继郑州商城、偃师商城之后，洹北商城的发现自然会引起大家格外的重视。在围绕洹北商城的讨论中，多数意见主张其为盘庚所迁之殷，而发现洹北商城的消息披露伊始，刘绪和雷兴山合写的《洹北花园庄遗址与河亶甲居相》一文则率先提出其最大可能是河亶甲的相都。我一开始即是这一观点的支持者，2012年12月我在《古代文明研究通讯》总五十五期上发表的《商王朝考古编年研究中的两个问题》，再次在他们所作论断基础上进行了论证，特地指出，多数学者都比较采信的《竹书纪年》，明言"自盘庚迁殷至纣之灭，二百七十三年更不徙都"，洹北商城如是盘庚所迁之殷，就很难解释四周城墙还未彻底建好，为什么到武丁时便废弃不用迁到了一河之隔的洹河以南？当然，洹北商城的考古工作还在继续，前些年发掘的资料尚未全部公布，和偃师商城不同，学术界对其年代和其为何王所都还有讨论的空间。我之所以特别提到这篇文字并不很多的小文，是想强调刘绪在学术研究中善于独立思考、敢于提出新解的精神和勇气，因为在科学研究中，真理常常掌握在少数人手里的情况是屡见不鲜的。

周文化研究部分，和夏、商文化研究一样，同样是围绕重要的新发现展开的。也许是为学生讲课的需要，刘绪先生对每年新发现材料的熟悉，可谓如数家珍。2012年他发表的《近年发现的重要两周墓葬述评》，列出了西周墓地10处、东周墓地9处，涉及墓葬数千座，引用文献96篇。这就是说，这不是简单的统计，因为他既要述又要评，如果没有认真地对文献的阅读、分析和比较，是很难评出一个所以然的。周文化研究部分，选出文章最多，涉及范围最广，研究重点则是刘绪先生参加过多年发掘的山西曲沃、翼城两县交界的天马-曲村遗址及晋侯墓地，北京房山董家林燕都遗址和陕西周原及周公庙遗址。

关于天马-曲村遗址及晋侯墓地，刘绪是邹衡先生主编的《天马-曲村》大型考古报告居址部分的整理者和执笔者，是晋侯墓地M1、M2组及M64等晋侯或晋侯夫人墓发掘主持者、报告编写者。他一边发掘，一边整理，一边思考，先后写出了《晋与晋文化的年代问题》《天马-曲村遗址晋侯墓地及相关问题》《关于天马-曲村遗址晋国墓葬的几个问题》《晋侯邦父墓与楚公逆编钟》《晋国始封地与早期晋都》等，涵盖了年代分期、文化特征、始封与都城迁徙、墓主推定、墓葬制度、器铭考释等方方面面。我1979年随邹衡先生到曲村，随后刘绪投考邹先生研究生也来到曲村，从1980年开始直到2000年田野工作结束，中间断断续续，是我和刘绪先生共同在野外工作最长的地方，我深知他的用功，深知他发掘技术的熟练和观察与分析问题的锐敏与深刻。他的这些文章皆是从材料出发，皆是潜心思考的结晶，在不少问题上，例如叔虞始封地望的推求、晋侯墓地分期的分析、楚公逆钟铭文的考证等，对我都有启发。当然，限于材料之多寡和出土之早晚，有些观点前后略有调整甚至差异，这并不奇怪，我们读这些文章，关键是要弄清其思路之变化和最终结论得出之过程，从中悟到研究问题的途径和方法。

关于以北京房山琉璃河董家林燕都为中心的研究，因刘绪先生现在的精力主要放在"夏商周断代工程"中琉璃河董家林燕都城址发掘报告的编写上，发表的论文不算多，但《琉璃河遗址西周燕文化的新认识》和《西周燕文化与张家园上层类型》两篇文章，对燕文化研究来说都相当重要。前者在对燕都遗址分期基础上，将其文化内涵分为周文化系统、商文化系统和土著文化系统，认为"既然三者共同存在于西周燕国都城，当然都属燕文化，而不能把任何一种因素排除在燕文化之外"，并指出至西周晚期，"所包含的文化因素远不像早期那样容易区分，已形成了比较固定的文化特征，这当是各类文化因素长期融合的结果"。燕国是西周初年众多封国之一，这一论断的得出，对于正确分析和认识其他周初封国尤其是东土封国文化有重要启示意义。后一篇专谈西周燕文化与张家园上层类型的文章，和我对张家园上层文化的意见相左，上世纪90年代初我写过一篇《张家园上层类型若干问题研究》的文章，认为周初召公封燕到达燕地时遇到的土著文化即是张家园上层文化，燕文化对张家园上层文化的吸纳融合经过了漫长的过程，直到西周中后期才推进到琉璃河燕都以远70多千米以外包括今天津蓟县在内的地区。当时对这些看法颇为自信,但看过刘绪先生和赵福生先生合写的这篇文章后,慢慢琢磨才发现,我注意的只是一个方面,其实正像他们合写的另一篇《琉璃河遗址西周燕文化的新认识》一文已经说过的那样,西周早期琉璃河遗址出土的以叠唇高领直绳纹鬲为代表的张家园上层文化因素及以折沿袋足粗绳纹鬲为代表的商文化因素都已是西周燕文化的有机组成部分,在京津相当大范围内这类遗址多有发现,已不能将之排除在西周燕文化之外,这就使我必须重新思考原来的观点究竟是否符合历史的实际。至于张家园上层类型与围坊三期文化的关系,当然也是迫使我不得不重新审视的问题。学术上出现不同观点是正常现象,我和同行交往,包括刘绪先生在内,听到不同观点,尤其是针对自己的观点,非但没有埋怨,反而觉得愉快,我感觉好像在自己脑子迟钝、懈怠时,突然被打了一针激素、一针强心剂,激活了自己的思考力,使自己重新获得灵感和继续探索的勇气。

周原是周民族隆兴之地,周原和周公庙遗址在商周考古上的重要性较晋都、燕都有过之而无不及,刘绪先生最值得欣慰的在自己田野考古生涯最辉煌的阶段是在这两个地点度过的。在这里,他和在曲村、在琉璃河一样,同参加实习的本科生、研究生、培训班学员朝夕相处,言传身教,既尽到了一名教师培养学生的职责,也围绕这两处遗址和周文化研究,思考了许多具有全局性的问题,发表了《西周西土的考古学初探》和《周原考古札记四则》两篇作品。在《西周西土的考古学初探》一文中,他根据考古发现探讨了西周西土的范围,梳理了周人西土观念的变化,考察了西土外围考古学文化的状况和周、秦文化关系的发展以及向东的开拓和诸侯国的分封,明确指出"西周王朝在倾力统治东方的同时,对其大后方——西土地区的统治,没有给予足够的重视,对来自西北方向的威胁没有加强防范。这一治国方略的失误，对西周的衰亡产生了作用，至少它是西周亡国的主要原因之一"。《周原考古札记四则》是刘绪先生在周原考古工地边思考边写下的，在文中谈到四个问题：一是何种遗存是周原遗址的先周文化，二是周原遗址揭出的大型建筑基址的形制分类及其性质的分析，三是以宽沿方唇分裆无实足根鬲和侈口方唇矮圈足簋为代表的商式陶器的年代和性质，四是乳状袋足鬲和联裆横绳纹鬲的年代下限和与其同时的甲骨文、铸铜遗址等能否晚到西周早期。这四个问题均是当前周原考古最热门也最有争议的问题，其中对一、三两个问题，刘文有明确的表态，即周原殷商时期考古学文化两期五段分期的第二期第二、三、四段以高领袋足鬲为重要特征的遗存为先周文化，以宽沿方唇分裆无实足根鬲和侈口方唇矮圈足簋为代表的商式陶器的出现是进入西周早期的标志。而对二、四两个问题即大型建筑基址和乳状袋足鬲、联裆横绳纹鬲的时代只做了客观的介绍，并未做出肯定的论断，反映出谨慎的态度。应该说，这些问题的提出代表了周原考古的新进展，没有长期周原考古的实践和思考是想不到也提不出来的，但同时也表明，周原的问题十分复杂，在许多问题上似乎尚未形成趋同的意见。不过循着刘文的思路，进一步开展田野考古工作和综合研究，加强探索的广度和力度，这些问题解决的途径、方法，将会越来越清晰起来。

刘绪先生的研究范围很广，在除上述之外的其他部分，我特别提出希望大家看一看《田野考古中存在的几个问题》和《春秋时期丧葬制度中的葬月和葬日》两篇文章。《田野考古中存在的几个问题》，虽然是田野考古中习见的发掘区如何划分、探方如何编号、地层及遗迹如何编号、基点及基线如何设置、深度与厚度如何测量等看似十分简单的问题，但现实状况是各行其是，远未统一。田野考古的水平决定着考古研究质量的高低，田野考古水平的提高涉及新的科技手段、方法的采用等许多方面，但基础的则是田野考古的规范，而规范首先就包括上面提到的这些内容。刘文写这篇文章是有感而发，不是长期在野外摸爬滚打的人不会想到写这方面的东西。《春秋时期丧葬制度中的葬月与葬日》，是根据《春秋》及三传、三礼和《汉书》等文献的有关记载，对古代丧葬制度中一个具体问题的专题研究。考古学研究的一个重要方面是古代的丧葬制度，但要在这方面有所建树，就必须与文献的研究相结合。我之所以向大家推荐这篇文章，是想说明一个考古工作者要重视文献，要从考古与文献结合的角度分析问题，不能老停留在考古是考古，文献是文献，两者不相涉的状况。从这个角度讲，刘绪先生的这篇文章是为我们指明了方向。

这部论文集是刘绪先生自己学术研究的结晶，也是献给夏商周考古领域同行们一份厚重的礼物，在它即将出版之际，是要特别向刘绪先生说声感谢的！

2014年6月10日

（原载刘绪：《夏商周考古探研》，科学出版社，2014年）

《具茨山岩画调查报告》序

历经五年艰辛酝酿、六年艰苦调查，河南新郑黄帝故里文化研究会和中央民族大学联合推出的《具茨山岩画调查报告》终于要出版了，这是中国岩画研究领域的一件大事。

刘五一、肖小勇两位先生，对具茨山岩画有着深入的了解和研究。其中，刘五一先生在新郑工作多年，对具茨山和新郑有着深厚的感情，在具茨山岩画的保护和研究上付出了大量心血。肖小勇先生在考古和民族学研究上成绩卓著，他不仅参加了对新郑具茨山岩画的调查，还多次亲自参加了对禹州、方城等地以及其他地方岩画的调查和研究，他博闻强识，学识广博，而且还有着丰富的专业知识。因此，由这两位先生推出的这部学术专著，确实是有兴趣于岩画研究、钟情于中华文明起源研究的学者不可多得的珍贵资料。同时，这部专著又文笔流畅、通俗易懂、图文并茂，也是广大岩画爱好者的优秀读物，对中国岩画的研究发展、岩画知识的普及都将产生积极的作用。

位于"天地之中"的河南省，在整个史前与原始文明时期都处于领先地位，有着丰富的旧石器时代、新石器时代、青铜时代、早期铁器时代的文化遗存，是研究东亚现代人起源、华夏文明起源、城市文明起源和传统文化核心价值观起源与形成的重要地区。具茨山及其周边，不仅有大量岩画分布，还发现有新郑赵庄、新密李家沟、许昌灵井、郑州二七区老奶奶庙等旧石器时代遗址，裴李岗文化、仰韶文化、河南龙山文化新石器时代遗址以及夏商周同时期的遗址和许多有关黄帝的传说，号称中华人文始祖的轩辕黄帝，相传就出生在距离具茨山十几千米的新郑轩辕丘。具茨山岩画在这一带产生绝非偶然。

中华文明经历了一个从幼稚到成熟，从简单到繁复，从低级到高级的发展过程。具茨山岩画，很可能是中华民族幼年或少年时期所创造的智慧作品，是中华先民精神世界的写照。它是古代部族在人口达到一定数量，文明发展到一定阶段之后的产物。研究具茨山岩画这一蕴含着中华先民早期智慧的经典之作，对于探索中华文明起源的奥秘，有着重大意义。同时，对于激发当代国人不畏艰险，努力探索，奋发前行，开拓进取，实现中华民族伟大复兴的中国梦也有着重要意义。

河南新郑黄帝故里文化研究会在具茨山岩画的调查和研究中已经取得了显著的成绩，而且围绕具茨山岩画的研究，还在不断开展着诸如年代断定、内涵分析等有益的工作。这些努力和探索，向为学界所注目并感佩。希望学界同仁和社会各界，积极支持他们的工作，为他们提供力所能及的帮助，也为中国岩画研究和其他方面的考古学的研究做出新的贡献，感谢他们的工作，并祝他们不断取得新的成绩。

是为序！

（原载河南新郑黄帝故里文化研究会调查组、中央民族大学民族学与社会学学院：《具茨山岩画调查报告》，光明日报出版社，2014年）

《时惟礼崇：东周之前青铜兵器的物质文化研究》序

夏、商、周三代是我国的青铜时代，在长达一千五、六百年的发展历程中，戈、矛、刀、镞、斧、钺、剑、殳等兵器一直是青铜器群中的重要门类，仅次于鼎、簋、鬲、甗、觚、爵、斝、尊、卣、壶、罍、觯、盉、盨、簠、豆、盘、匜、钟、镈、铃、钲、铎、勾鑃等所称的礼乐器，在人们的政治、社会生活中同样占有重要的地位。从宋代的金石学、清末民初的古器物学以至于现代的考古学，对青铜兵器的著录、研究一直不绝于书。这些著作，随着科技手段的运用和研究方法的提高，通过摹绘、照相、工艺分析、成分检测以及分类、分型、分式和功能与使用方法的研究，不仅保存了大量有用的资料，也大大提高了我们对兵器的认识，但不必讳言，由于历史的原因和传统研究方法的束缚，这些研究大部分是就物论物，未能将这些所谓兵器放在特定的出土和保存环境中、放在更广泛的联系和社会背景中展开，因而所得出的结论，就难以避免与其应该反映出的本质意义有一定的距离。

现在，摆在我案头的徐坚教授的《时惟礼崇：东周之前青铜兵器的物质文化研究》书稿，便是冀望摆脱传统研究方法藩篱，以新考古学主要代表人物宾福德的考古学文化系统和层次理论为指导，从全新的视角出发，尝试对商和西周青铜兵器展开全方位研究的一部著作。正如徐坚在引论中所言，在这个观念下，对兵器的研究"就不能以传统的类型学区分和综合的方式完成，而纾解这一困局的方法取向就是物质文化研究方法"，而所谓物质文化研究方法，"具体而言，就是在宾福德的考古学文化系统和层次理论基础之上，分离出青铜兵器作为器具、标识和象征的表现，在不同的层面上，即不同的情境中，运用不同的方法，从物质回溯技术、经济、社会、精神等层面"。

看一看本书的章节结构，我们即可知道，徐坚是严格按照他选定的理论体系和方法展开研究的。

以"考古学文化系统观念下的青铜兵器"为标题的"引论"部分，在追溯和反思中国青铜兵器研究历程的基础上，着重从方法论角度阐释了所谓考古学文化系统观念的要点，即第一节"超越物质形态的青铜兵器：从物质观下的物质走向超越文本的物质"，第二节"重新观察青铜兵器的体系：宾福德的考古学系统观念"，第三节"研究范式的转型：学术史的观察"，第四节"青铜兵器的定名与分类"，和第五节"东周之前青铜兵器的考古学系统观：结构与方法"。作者通过这五个小节的阐述是要强调，自己对东周以前青铜兵器的研究，不是简单的、僵化的、孤立的将其当作物质的"物"的研究，而是像宾福德考古学文化系统理论要求的那样，将其放在特定的事物的联系中，特定的社会情境中，分为技术经济的、社会的和精神与意识的三个不同层次的研究。通过这样的研究，我们看到的青铜兵器就不仅仅是具有杀伐和防卫功能的武器，而且是具有标识和象征意义的礼器，在一定程度上还反映了某种精神和意识。"引论"既是本书的指导思想，也是本书写作的总纲。

第一章"青铜兵器的形式分析：从蒙特留斯式类型学到物质文化分析方法"。本章分为四小节，即"形式风格分析的适用性和方法选择"，"东周之前的青铜兵器的形式谱系"，"东周之前青铜兵器的纹样分析"和"青铜兵器形态的功能化和美术化倾向"。该章对考古类型学创始人蒙特留斯的类型学对考古研究的贡献和问题进行了全方位的检讨，倡导从遗物的形式分析发展到物质文化的分析，并选择戈、矛、铍、钺、刀、镞、剑、盾、胄等青铜兵器进行了形式划分，建立了形式演进谱系；选择戈、钺进行了纹样分析。由于作者熟悉传统类型学方法，又经过物质文化分析方法的熏陶，他对这些兵器形式、纹样的分析，并未停留在外在表现的分类与演化上，而是进一步揭示出其形式、纹样演化的功能化和美术化两种倾向及其兼具的"器具"和"符号"价值，认为"两者贯穿了青铜兵器生产、流通和使用诸环节，青铜兵器的形态也是功能与形式、实用与非实用、标识与象征等多个侧面考量和角力的结果"，并指出"长期以来的研究过度关注作为实用器具的青铜兵器，往往忽略青铜兵器的'符号'价值，或者至少认为非实用价值在考古学中是不可见的，但是形式分析却揭示了可接触性"。不过他又提出，"更全面地揭示青铜兵器的'符号'价值有待于考古学研究超越形式分析"。

虽然在青铜兵器的研究中，也有学者很早就发现了商晚至西周墓葬中出现的毁兵和冥器化现象的象征意义，但总体上毕竟注意不够，徐坚的批评是对的，提出的要求是正确的。

第二章"青铜兵器的社会层面意义：情境分析方法"。本章分四小节，即"界定考古学情境"，"作为学术史情境的商和西周考古学"，"东周之前青铜兵器个案的情境分析"和"作为社会标识的青铜兵器"。其中，第一节是阐明什么是考古学情境及考古学情境分析的要点；第二节是对商周考古研究方法的反思，批评研究中的编史倾向和以文献为主导的倾向；第三节分量最大，是运用情境分析方法对偃师二里头、盘龙城、新干大洋洲、益都苏埠屯、安阳殷墟、长安张家坡、洛阳马坡与北窑、曲沃天马-曲村、宝鸡纸坊头、竹园沟与茹家庄、北京琉璃河、浚县辛村、平顶山、上村岭、曲阜鲁故城等十几个商周墓地墓葬的个案分析；第四节，是讲通过青铜兵器在墓葬中的组合、空间分布特征及规律的情境分析，反映了什么样的层级、礼制等社会标识，指出"青铜兵器就是青铜礼器"。

第三章"青铜兵器的精神层面意义：认知考古学或者情境考古学取向"。本章也分为四个小节，即"认知过程主义考古学和情境主义考古学"，"青铜兵器的文化归属表达"，"青铜兵器的认知和建构"和"青铜兵器的禁忌和信仰"。第一节着重阐明什么是认知过程主义考古学、什么是情境考古学以及两者的关系，表明自己对东周以前青铜兵器精神层面研究遵循的原则。第二节，以柳叶形短剑为例，阐明在一般情况下，作为文化归属指征符号的价值在不同时间和不同地域会发生改变，指出"在厘定作为文化归属指征物的青铜兵器上，由于青铜兵器在不同的文化环境下具有不同的象征意义，而不涉及青铜兵器的形态、产地及生产传统，所以，形式分析无法实现这一目标；真正具有区分价值的是使用方式，因此我们仍然需要从组合和空间着手"。第三节，着重阐明青铜兵器在一般情况下具有性别认知的价值和意义，但这不能一概而论，因为墓葬随葬兵器是相当复杂的，有一般规律，也有特殊性，关键是要具体情况具体分析；第四节，指明作为思想性和观念性表达的偏好、禁忌和信仰，在墓葬随葬青铜兵器上是可以观察到的，但又是相当困难的。因为"墓葬器物组合和空间关系与禁忌和信仰之间并不是一一对应关系"，因为"禁忌和信仰的流传范围和时间是变化的，既有可能广泛见诸共存的不同族群，或者在特定族群中延续相当长的时间，也有可能在族群、阶级或者年代上极其受限，甚至不排除是由特定的历史原因或者个人原因造成的"。

第四章"早期中国的玉质兵器：从辅助线索到多元景象"。本章也是四小节，即"早期中国玉质兵器的发现和研究"，"玉质兵器的形态分析"，"玉兵的多元特征：以玉戈为中心"和"金石之缘"。第一节

315

和第二节在玉器研究的论著中司空见惯，不必多言。第三节，着重强调"无论是玉兵的形式风格分析，还是对其形式风格形成的历史情境考察，都揭示出玉兵是一个复杂的集合概念，其界定建立在外部形态特征判断标准之上，因此玉兵内部高度分化，不仅在是否具有礼制意义上各不相同，在礼制意义的具体指向上也不统一"。第四节，是想说明，"作为辅助性线索，玉兵并不是独立于铜兵之外的平行发展线索，两者之间存在双向、复杂而动态的关系"，"玉兵和铜兵在形态上存在交互影响，即在不同的情境之下可能互为原型，不同的模仿过程可能揭示青铜时代文化的不同侧面"；"金石之间并非只有替代、模仿或者更迭的关系，它们也可能合为一体"；"通过揭示青铜时代的金石之缘不是金石更替，而是金石互补的过程，我们可以更深刻地认识青铜时代的社会和精神表达的多样性。玉兵作为铜兵的辅助性线索，而不是被替代的历史孑遗，吁请我们关注与金石并存的多元线索，并再度提醒我们，单单依据铜兵，甚至铜器就能复原青铜时代中国是片面甚至误导的"。

以上我不厌其烦地将本书的引论和各章节的内容做出扼要介绍，是想告诉大家：这是一部以西方考古学理论、方法为指引，全面、系统研究我国商周青铜兵器和玉质兵器的著作。书中对铜兵、玉兵的类、形、式划分我是比较熟悉的，除个别地方（例如将大洋洲墓葬的双面人首形神器归入青铜面具）尚需商榷，总体上看可以成立，挑不出大的毛病。至于运用物质文化分析方法、情境分析方法推导出来的那些涉及技术与经济、社会和精神层面的结论，则令我眼界大开、思路大开：研究的指导思想变了、方法变了，原来可以得出这么多想不到的新见解、新论断！就我读后的感想而言，至少有以下几项令我印象深刻，受益匪浅：

一、类型学和地层学一样，也是近代考古学两大理论支柱之一，类型学自传入中国以后有长足的发展，它对构建考古遗物、遗迹的分期和谱系发挥了重大作用，这是学术界有目共睹的事实，但仅仅固守类型学对遗物、遗迹的分类和型、式划分，我们看到的只能是它们的外在形态，而难以从中发现更多的信息并推导出更多的结论。本书将国际考古学界流行的物质文化分析方法、情境分析方法引入对商周青铜兵器和玉质兵器的研究，并将这种研究细化为"技术经济的、社会的和精神与意识的"三个层次，是将国外考古学理论方法与中国考古实际相结合，指导中国考古实践的具有创新性的尝试，值得肯定，值得提倡，值得学习。

二、青铜兵器的原本功能无疑主要是用于杀伐和格斗，但随着时间、地域、时势、具体出土和存在情境的变化，它就逐渐被赋予了身份、地位、职业、性别、礼制等具有标识和象征符号的意义。从这个角度讲，"青铜兵器就是礼器"的命题是可以成立的，研究者可以由此出发，通过墓葬出土的青铜兵器去探索其背后所隐藏的、从一个侧面反映社会状况的"礼制"。

三、墓葬随葬青铜兵器不仅是墓主人身份、地位、职业的标识和特定礼制的有机组成部分，也反映一定的精神、意识和思想。商周时期墓葬中出现的毁兵现象，包括青铜兵器在内的铜器冥器化现象，究竟反映了什么禁忌和意识，许多学者结合古代文献记载做过探讨，取得了一定成绩，但迄今未形成共识。本书辟专章、专节讨论此一问题，但亦无定论。精神考古已引起学术界的重视，将本书阐明的研究方法与考古学、历史古文献学、民俗学、神话学、文化人类学等学科密切结合起来开展研究，也许是解决这类问题有效的途径。

四、将玉兵作为辅助线索开展青铜兵器研究别开生面，有助于青铜兵器研究的深化。有些玉质兵器（以玉钺、玉戚、玉矛、玉刀为例）的出现早于同形制的青铜兵器，由于其材质的珍稀，其一开始似乎就是作为礼制组成部分的仪杖使用的。因此进入青铜时代以后，有的青铜兵器仿照玉兵的样式铸造，很可能一开始就具有了和玉兵相同的功能。当然，玉质兵器也模仿青铜兵器，不过随着玉兵本身的分化，例如西周时期大型玉戈和小型玉戈的分化，作为佩饰器组件的小型玉戈虽还保留戈的基本形制，但其已失去原有的礼器的功能，而转换为装饰器的一部分了。在这里可以看出，类型学的分型、分式和情境分析对推断玉戈等玉兵的功能变化都发挥了应有的作用。

这本书对我的启示作用当然还有许多，需要慢慢咀嚼才能享用，但也不是说在一些问题的认识上没有一点相异之处。实事求是而言，除前面提到的新干大洋洲出土的那件被称为双面人首形铜器我不认为是一般的面具之外，书中对中国考古学存在以文献为主导的倾向的评价，我也不完全苟同。由于中国有大量古代文献留传下来，又不断有地下金石简牍文字出土，历来即有修史的传统。在以田野调查发掘为特征的考古学传入中国之初，受原来金石学、古器物学研究方法的影响，难免会出现一些这样的现象，但从中国考古学几乎是和古史辨伪运动同时兴起的产生环境及其发展历程和主流来看，并不存在让文献牵着鼻子走的倾向，从李济、梁思永到夏鼐，掌握中国考古学发展方向逾半个世纪的领导者都是受过西方学术训练，从国外回来的，他们自己不会这么做，也不会给单位和别人开绿灯。自上世纪七十年代末实行改革开放国策以来，国外考古学理论方法一波又一波传入进来，在国内大展拳脚，也不可能再有围着文献打转的环境，即使个别学者对此情有独钟，也改变不了考古学发展的主流。我自己认为：无论是对一个民族、一个国家来说，还是就整个世界而言，对古代历史的记述，无非是三个系统，一个是从口耳相传的传说到文献史学的系统，一个是旧石器时代-新石器时代-青铜时代-早期铁器时代的考古学系统，再有一个即是从摩尔根的蒙昧-野蛮-文明到马克思的原始社会-奴隶社会-封建社会的社会学系统。三者都是在不同历史发展阶段、从不同角度对社会发展做出的概括。三者都有自己的优势和不足，传说史学、文献史学起源最早，难免带有神话色彩和错记、漏记现象；考古学虽然依据的是古人留下来的真实的遗迹和遗物，但对整个社会来说毕竟只是沧海之一粟，据此难窥全貌；社会学系统着眼的是社会发展大势，社会发展的阶段、规律构建起来了，生动、丰富的社会生活内容却丢弃了。因此，三者应该是互补的关系，互相学习、取长补短的关系，而不应该相互排斥。对考古与文献两者而言，文献只能提供线索，考古才能提供根据；考古不能排斥文献，但引用文献必先进行可信性研究。如果能正确处理好三者关系尤其是考古与文献的关系，我相信这样复原的历史才可能是有血有肉的、更接近历史真实的历史。

徐坚的这部大作是在他于北大攻读博士学位时的学位论文《战争与礼仪：商周青铜兵器研究》基础上修改增补完成的，从那时到现在，十多年过去了，徐坚一直孜孜以求，心无旁骛，把时间和精力都投入到自己心爱的考古事业，而他的工作重点之一就是把国外有代表性的考古学理论方法介绍到中国，让它在中国考古学土壤上开花结果。据不完全统计，他已出版和发表考古学译著3部、文章20余篇，而这部著作则是他矢志将国外考古学理论方法中国化、为中国考古学研究所用的实践的结晶。徐坚成功了，祝徐坚不断有新成果问世，不断给大家带来快乐！是为序。

2014年7月12日写毕于回龙观通达园寓所

（原载徐坚：《时惟礼崇：东周之前青铜兵器的物质文化研究》，上海古籍出版社，2014年）

《宁乡青铜器》序

中国和世界上许多文明古国一样,在其文明发展历程中,继漫长的旧石器、新石器时代之后,也经历过青铜时代,而青铜器的铸造和使用,则是青铜时代最重要、最显著的标志。中国历史上的商和西周王朝,是中国青铜文化发展的高峰,至迟到距今三千三百多年的商代后期开始,在当时商王国统辖和影响的范围内,已形成多个青铜器制作中心,地处长江中游湖南洞庭湖区宁乡一带即是众多中心之一,据记载,早自清道光二十四年(1844年)便有青铜器出土,有方鼎、圆鼎、分裆鼎、尊、卣、罍、瓿、觚、盉等礼器,铙、钟等乐器,戈、矛、刀、镞等兵器,軎、辖等车器,尚有铲、臿、斧、凿等农业及手工业工具,迄今已超过三百多件。宁乡及其周邻地区出土的青铜器,不仅数量多,种类丰富,而且独具特色,其中以四羊方尊、虎食人卣为代表的动物造型铜器和大型青铜铙,更是与其基本同时或略有早晚的湖北武汉盘龙城、河南郑州商城、安阳殷墟、陕西绥德、山西石楼、陕西城固、扶风周原、山东滕州等青铜器产地不见或少见的。"宁乡铜器群"为研究青铜器的学者所青睐,很早即享誉国内外学术界,是有充分根据的。

宁乡县文物考古工作者和对宁乡青铜器有独到研究的向桃初教授合作,适时推出《宁乡青铜器》大型图录,第一部分收入商周青铜器70件,既有鼎、瓿、罍、盉、尊、卣、铙、钟等礼乐重器,又有戈、矛、剑、镞、刀、凿、锸等兵器和农业、手工业工具，基本上涵盖了出土青铜器的所有门类，其中人面方鼎、四羊方尊和虎食人卣是享誉世界的国宝重器，具有重大的历史、科学和艺术价值。同时，也将宁乡出土的秦汉及以后铜质文物，包括钟、瓶、香炉、镜、仿制的方罍、鼎及佛教造像等作为第二部分收录，从一个方面反映了当时的社会生活。在两大部分的前面都有概述，对每件器物都有简要的说明，读者将清晰的图像和说明结合阅读，会留下深刻印象。总体来说，《宁乡青铜器》是具有科学性、可读性的一部文物图录，如果每一个县级文物部门，都能像宁乡一样，将本县（市）出土的文物编辑出版，那将是让文物走出尘封的库房同群众见面，发挥其教人育人作用的重大进步。不过我也觉得有些许美中不足：一是商和西周时期的青铜器学术界已形成"宁乡铜器群"的特定概念，将秦汉及以后的青铜器也在"宁乡青铜器"名下作为第二部分收录，容易使读者对其文化属性造成认识上的混淆，如果作为附录并加以说明，可能就会避免这样的误导；二是作为断代标准器的炭河里城址新出土的铜器未收入，未免有些遗憾，当然这可能是因为未能复原的缘故；但是从研究需要考虑，即是有些残缺，收进来还是更好。

宁乡青铜器数量虽多，但多非科学发掘出土，存在背景关系不明。因许多器物的造型、花纹与安阳殷墟出土的商晚期青铜器相似，有的甚至有相同的族徽铭文，故研究者多认为其时代为商代。后来由于炭河里城址及相关遗存的发掘，已证明原来被认为是商代的器物有的可晚到西周早期，这在发掘报告和本书主编向桃初教授的大著《湘江流域商周青铜文化研究》中已有说明和详细的论证。

位于沩水流域黄材盆地的炭河里古城的发现，无疑是该地区商周考古的重大突破，2004年被评为当年全国十大考古新发现之一，2006年被国务院公布为全国重点文物保护单位。通过发掘、研究，对宁乡铜器群所属文化性质和年代，有了科学的认识。宁乡铜器群虽和中原地区商文化有密切关系，但它并非商文化，而是受商文化影响的以当地文化因素为主的一支地方青铜文化，现已命名为炭河里文化，其部分青铜器的年代应已进入西周纪年的范围。这一论断因有考古材料为依据，是可信的。不过宁乡铜器群中大部分仍是商代器物，正如《宁乡青铜器》一书所标明的，人面纹方鼎、四羊方尊、内贮 224 件铜斧的兽面纹瓿、重达 61.9 公斤的兽面纹巨型瓿、铸有"癸冉"徽铭的兽面纹提梁卣、兽面纹觚、兽面纹铙、弧刃钺等，均属商代晚期。这些青铜器的年代既然早于炭河里城址及其相关遗存，那么它的来源就是一个值得讨论的问题。我不否认因为中原地区商、周政权更替部分，商人贵族携贵重的青铜器南下带至此地的可能性，其中带有与殷墟出土同样徽铭的青铜器便是证据之一；但似也不可完全排除就是当地所铸，我的这种推测理由有三：

一、在宁乡铜器群分布范围的北部邻境地区，发现有年代较早的商式青铜器及相关遗存，它有可能继续南下影响到宁乡铜器群分布地域之内。这些例子有：

石门皂市遗址相当于郑州二里岗上层至殷墟二、三期的遗存中，出土有青铜镞、钩和铸造斧、斤的石范和熔铜炉残块（《考古学报》1992 年 2 期）；

津市涔澹农场相当于殷墟早期的墓葬中出土青铜爵、觚各一件（《华夏考古》1993 年 3 期）；

岳阳荣家湾鲂鱼山出土商代晚期青铜尊一件（《湖南考古集刊》第 2 集，1984 年）；

岳阳温家山商时期墓葬中出土有铸造青铜锛、铃的石范（《巴陵古文化探索》2003 年）；

岳阳市郊铜鼓山遗址出土相当于殷墟一期的青铜觚一件，相当于殷墟三期的青铜鼎一件（《湖南考古 2002》2004 年）；

汨罗市玉笥山商时期墓葬中出土青铜戈、矛各一件，灰坑中出土青铜锸一件（《巴陵古文化探索》2003 年）。

二、"宁乡铜器群"以出土牛、羊、豕、马、虎、象等动物象生形铜器和大型铜铙为特色，而中原地区以殷墟出土青铜器为代表的典型商文化铜器群则基本不见。

三、宁乡青铜器和殷墟青铜器都曾做过部分成分检测，发现两者有明显的差异。对宁乡铜器群素有研究的高至喜即曾引用湖南省冶金研究所化学分析室对老粮仓出土象纹大铙的分析检测结果，指出其成分是"铜占 98.22%、锡占 0.002%、铅占 0.058%"，为红铜。

四、炭河里文化的主体成分是由当地的土著文化发展而来，其西周早期的青铜冶铸技术不会是因中原地区的王朝更迭突然从外部传来，因而不能排除是继承当地较早的青铜冶铸技术进一步发展的结果。

当然，由于考古工作滞后的原因，在宁乡铜器群核心分布范围内，目前尚未发现确切地可早到商时期的青铜冶铸遗迹，致使对那些可确认为商代的铜器的来源上产生歧见。不过，正像上面所言，商时期当地可以铸造青铜器的可能性非常之大，只要围绕这一课题坚持不懈地开展田野工作，是一定会有所发现的。炭河里城址及相关青铜遗存的发现为我们提供了线索，《宁乡青铜器》的出版是对我们的鼓励和鞭策，我相信，这一愿望迟早将会实现。

2014 年 10 月 3 日于北京昌平九鼎山庄

（原载炭河里遗址管理处、宁乡县文物管理局、湖南大学岳麓书院：《宁乡青铜器》，岳麓书社，2014 年）

《考古学视野下的吴文化与越文化》序

吴国和越国是春秋时期在长江下游江、浙地区崛起的两个强国，在其历史进程中，两国冲突不断，互争雄长，并均曾北上，欲与中原大国一决高下，留下了可歌可泣的美丽传说。在先秦和汉及以后的典籍中，虽曾有过一些吴、越历史的记载，但数量少又不连贯，且多为后人的追记，因此它还处于欧洲史学家所分的原史时期。对原史时期的研究，文献材料固然珍贵，但更不可忽视考古材料，因为通过考古调查、发掘获得的材料，都是当时人们从事生产、生活乃至各种政治活动的实物遗留，有的甚至还打上了当时人们思想观念、意识形态的烙印。中国是史学大国，历来有修史的传统，关于吴、越史地的研究，如同对与其基本同时的齐、鲁、燕、晋等中原大国一样，陆陆续续都不断有成果问世，但或则侧重文献，诸如古籍整理校注或者抽绎文献材料编缀而成的吴史、越史；或则从考古材料到考古材料，看不到人物的活动。可喜的是，最近看到的叶文宪教授新著《考古学视野下的吴文化与越文化》一书，在将文献与考古密切结合上做出了有益的探索，并取得了丰硕的成果。

该书分上、中、下三编。上编一、二、三章，探讨了吴文化和越文化的渊源；中编第四至第十一章，分别对吴越地区的土墩墓（含土墩石室墓）、几何形印纹陶与原始瓷、青铜器、玉器、铜器铭文、吴越城址以及越迁琅琊与越文化后期华夏化倾向问题进行论述分析；下编

第十二章至第十五章，分别对灭吴后吴人的去向、楚灭越后越人的去向及吴越地区的汉文化做了分析。从该书章节篇目即可看出，凡涉及吴、越及与吴、越有关的历史、地理、文化、关系等问题几乎都涵盖了。这在迄今已知关于吴、越问题的著作中，无论是侧重文献的还是侧重考古的，无疑是最为全面、最为系统的。

该书作为一部综合性著作，一方面尽量吸收了前人和别人的研究成果，同时自己对许多重要问题都事先做了深入研究，因而与常见的通过摘编综合而成的一类综合著作不同，而是看着分析论证和自己独立见解的、具有新意的一部研究性论著。通过初步研读，我认为至少在下列问题上作者做出的论断是很有见地的：

一、甲骨文中的P字，不是钺，也不是越国之越，而是位于晋南的一个非子姓方国，对殷商王朝时服时叛，至西周时可能已经消亡，退出了历史舞台。

二、吴文化的源头是分布于宁镇、皖南地区的湖熟文化，湖熟文化是先吴文化；越文化的源头是分布于太湖－杭州湾地区的马桥文化，马桥文化是先越文化。

三、西周、春秋时期，流行于宁镇地区的土墩墓是吴人的墓葬，流行于太湖地区的石室土墩墓是越人的墓葬。春秋后期，在太湖北岸与石室土墩并存出现的山顶土墩墓和木石结构土墩墓，是文献记载诸樊徙吴、伍子胥筑城以后，吴人东进和吴文化与越文化交流融合的反映。

四、"在土墩墓中用木料构建人字形两面坡木屋的现象最早出现在宁镇地区"，"而在越人的印山大墓中却得到了完美的表现，并在吴国灭亡以后继续被越人所继承，成为越人墓葬的一大特色"。

五、春秋后期，在吴越地区大型土墩墓周边出现的方形壕沟，"既可以提供堆筑封土的土方，又可以降低墓中的地下水位"，是因应当地环境出现的陵园保护措施，并非凤翔秦公陵园隍壕之制影响的产物。

六、几何形印纹硬陶和原始瓷是越人的发明，吴、越虽异域而同族，春秋时期吴、越文化虽有一定区别，但在使用几何形印纹陶和原始瓷上却有明显的"吴、越同器"现象，联系到烧制几何形印纹陶和原始瓷的窑址主要发现于越文化分布范围之内的情况，是否"吴人使用的这些器物本来就是从越人那里输入的"，值得考虑。

七、越文化与吴文化的重要区别之一是青铜器远远落后于后者，如从谏壁至大港一线吴国高等级贵族大墓均有成组青铜礼乐器、兵器、工具随葬，而越国大墓如绍兴印山、长兴鼻子山、安吉笔架山、无锡鸿山大墓等则主要是随葬印纹陶器和原始瓷器，如仿中原青铜器的原始瓷礼乐器、兵器和工具等。被视为越文化的特征性器物越式鼎，有两个渊源，一个是作为先越文化的马桥文化，一个是作为先吴文化的湖熟文化，其"实质上是商周春秋时代长江下游地区吴文化和越文化融合的产物"。

八、浙江黄岩小人尖、温州瓯海杨府山土墩墓出土的茎上带耳短剑，和福建浦城洋山土墩墓、浙江长兴长港等地出土短剑，形制、大小相若，但不同的是茎部中空可以纳柲，此是兵器中的铍，非是短剑。看来这类时代可早到西周早中期的兵器，"不仅是吴越式铜剑的源头，而且也是吴越式铜铍的源头"。

九、史籍记载"诸樊徙吴"，此吴或即在楚人压力下将都城东迁所筑的传为阖闾城的无锡阖闾城遗址；连云港九龙口城址或即史籍所载"勾践徙琅琊"之琅琊故城；安吉递铺古城或即越王翳由琅琊回归吴地所建之都城。

十、战国前期，越灭吴，后楚又灭越，激烈的政治变动也造成了文化上的断层。楚人"没有继承、接受、融合越文化，在吴越地区楚文化只是覆盖、置换、替代了越文化"。越人在越国灭亡后逐步向南迁徙，经秦灭楚，汉灭秦，西汉时在今温岭市大溪建立东瓯国，在福建武夷山建闽越国,在广东广州建立南越国,在不少方面还保留延续着越人风习。直至东汉,越文化才逐步被汉文化同化、融合,融入了中华一体文化大系统。

以上所举诸项,当然不都是叶著首先提出来的观点,但确有不少是叶先生新的见解。即使是前人或别人所提出,也都经过了叶教授认真仔细的分析、取舍和重新论证。这从书中所附自己的著作论文目录和"良渚文化遗址表"等13个附表即可看出,叶教授为完成这部著作收集了大量资料,对涉及的问题,无论难易大小,都一个一个亲自做了研究。因此,在这部著作中看不到作者有任何武断,也没有任何毫无根据的臆说。你可以不赞同某一个观点,但你一定会从他就该观点的阐述中看出他对该问题思考的来龙去脉和论证的前后逻辑,这就为不同观点之间的交流切磋奠定了科学基础,从而通过心平气和的讨论促进研究的深化。

叶教授从1982年大学毕业进入高校教书,一直坚持先秦史方向,更因身处苏州,尤其关注吴、越史地和吴文化与越文化研究,三十年来默默耕耘,收获不断,这部《考古学视野下的吴文化与越文化》只不过是他诸多论著中最新的一部。他在这部书的后记中写道"现在将近退休,也应该有个交代——无论对自己、对学界还是对地方都应该有个交代,于是就有了这部书",说得颇有些悲凉,但我可以断定,作为一位将自己的大半生都贡献于自己热爱的学术事业的知识分子,不管退休还是不退休,他决不会就此罢手,放弃自己的学术追求。正缘于我的这个判断,所以我很愿意利用这个机会,把我研读过程中认为今后尚值得深入讨论的若干问题提出来,供叶教授继续研究时参考:

一、关于良渚文化的"主体"是否"渡江北上进入了中原",传说中的蚩尤是否有可能即是渡江北上的良渚文化先民的首领?

二、良渚文化玉器上常见的兽面纹(神徽)是否"龇牙环眼的虎形"，虎是否"可能就是他们部落的标识"，金文中常见的虎形是否"商周时代淮河流域"方国虎方的族徽，是否可用郭沫若"徐、虎一音之转"的说法证明虎方即文献中的徐方，徐方可能即传说中北上的良渚文化先民首领"蚩尤寄居之地"？

三、从良渚文化衰落至二里头文化，年代相差已有500多年时间，能否将两者看似相似的某些器物如封口盉、扁足鼎、锥形器、柄形器等进行考古类型学的比较，证明其间确有继承发展关系？

四、《周礼》中的"公墓""邦墓"制度，是否是华夏族继承了"良渚文化的贵族和平民分区埋葬"习俗的反映？

五、中原及北方地区陶寺文化、齐家文化中发现的玉琮，是否可以统统看作是良渚文化的器物？

六、在吴越地区的历史演进过程中，越灭吴，楚灭越，秦灭楚，汉又灭秦，政治上政权的改变也带来了文化的变迁和融合，"汉文化却是以楚文化为本底发展形成的"提法，是否反映了历史的真实？

这些问题是提给叶教授的，也是提给我自己的，因为我自己虽有一些思考，但也没有解决。

我和叶教授相识已有近二十年的时间，会面时间虽不多，但不是在学术讨论会上，就是在考古发掘工地上，他的热情、执着和认真，都给我留下了深刻而美好的印象。我和叶教授都是吴、越文化的爱好者，这次能应邀为他的大作作序，是为我提供了一次以文会友、重新学习吴、越文化的机会，这是要特别感谢的。

2012年7月23日于昌平真顺九鼎山庄

（原载叶文宪：《考古学视野下的吴文化与越文化》，中国社会科学出版社，2015年）

《殷周金文族徽研究》序

　　见于商周青铜器上的族徽铭文,从宋代金石学兴起伊始即受到学人关注,搜集、著录、研究代不乏人。关于这类铭刻的性质,学界说法很多。氏族说、姓氏说、图画说、文字画说……不一而足。至1931年郭沫若发表《殷彝中图形文字之一解》提出族徽说,倍受推崇,几成学界共识。然细较起来,其中仍有许多问题认识远未统一,例如这类铭刻究竟是不是文字,其含义是什么,都包含哪些内容,所谓复合族徽究竟是两个或两个以上族徽的合署还是族氏分衍的反映等,都需要继续深入探讨。随着学科的发展和研究的深入,这类铭刻愈益受到大家的重视,于是将其从一般金文研究中独立出来作为专项,便成为目前研究的趋势。我们看到王长丰博士的《殷周金文族徽整理与研究》学位论文,反映出该领域研究的活跃和深入。

　　前些年曾陆续读到过王长丰先生的一些文章。去年在中国文字博物馆召开的学术委员会会议暨新馆长李学勤教授任命仪式上,我们第一次见面,才知道王先生是王蕴智教授的高足。言谈之中,得知他的博士学位论文即是《殷周金文族徽整理与研究》,同时还有姊妹篇《殷周金文族徽集成》一书,目前正联系出版事宜,并恳切地说希望出版时能请我写序。今年春节过后不久,收到了他寄来的两部书稿,出于我对族徽铭刻的重视和研究参考的需要,我放下手头的工作,重新调整了计划,便认真学习起来,但实事求是地说,这部书的体量太大了,一边看一边还要查书,再加上开会、出差和其他一些活动的耽误,直到几天前才算读完,今天才稍微理了理思路坐下来动笔写读后的感想。

这部书共有七章,除去第一章"概述"和第七章"殷周金文族徽分类通览",第二至六章共有二十四节,后面还附有《近出》与《集成》互重、自重校勘""参考著录书目及简称"等,总字数粗计在50万字以上。别的学科的情况我不太清楚,就我比较熟悉的考古和古文字学来说,这样分量的博士论文恐怕是很少见的。因此,我读过之后形成的第一个印象即是:搜罗丰富,涵盖面广,资料齐全。从这个角度看,这部书既是一部学术性著作也是一部资料性著作,同时还是一部学习、研究殷周金文族徽必备的工具书、参考书。

该书给我第二个较深的印象是:作者简明扼要地梳理了族徽的著录、研究的历史,指出了目前存在的问题、今后的方向和目标。这一印象主要是由学习第一章"概述"形成的,在"概述"中作者同意族徽研究在殷周金文和古文字研究蓬勃发展的局面下显得相对落后的说法,而落后的主要表现是研究方法的落后,提出了"对殷周金文族徽进行研究,首先应建立信息资料库,其次进行分类、归纳,最后再结合甲骨、金文及文献学等知识进行深入综合、分析与研究"的方针。这无疑是正确的,是大家应该共同努力的。

我的第三个印象是:作者提出了自己的"殷周金文族徽的判别原则与整理方法"。阅读第二章即可知道,作者是在总结和吸收黄盛璋、张懋镕、刘雨、林沄诸位先生的研究成果基础上提出的。关于族徽的判别原则,集中在第二章第一节,对简单形式族徽提出了六条标准,对特殊类型族徽提出了四条标准;关于族徽的整理方法,集中在第二节,提出了八个步骤:一是严格甄别族徽与其他类型铭文,二是殷周金文族徽与陶器刻画符号相互印证、系联,三是将族徽与商周甲骨文、秦汉简帛书、玺印相互印证、系联,四是同一类族徽铭文应综合判定时代并尽可能恢复其原有礼制顺序，五是利用族徽铭文字形之间的比较推求族徽的异体字形，六是运用考古学知识根据出土地点并结合文献记载整理族徽铭文，七是对同一墓葬出土的多种族徽应分清墓主铜器族徽与赗赠铜器族徽之区别，八是利用姓氏史料加以佐证，九是利用族徽字体早晚变化特征辨别、系联其他族徽。这类探索、研究会更好地促进殷周金文族徽的深入研究。

我的第四个印象是：通过对殷周时期同墓异属族徽铭文的一系列论证，得出七项结论：其一，殷周时期同墓异属族徽铭文是由于"赗赠"助葬制度造成的，参加"赗赠"助葬的人是墓主的"同轨""同盟""同位""外姻"等，与墓主人不是同一族属，所以表现在殷周金文族徽铭文上就是不同族属的族徽铭文出土于同一墓葬中。其二，在殷周墓葬中出土的族徽不能作为该方国、族、氏地望的判断标准。其三，同墓出土非墓主族属的殷周族徽铭文不能提供判断墓主国族与"赗赠"者国族的地望远近、方位的衡量标准。其四，在研究同墓出土的主属族徽铭文与他墓出土的同类型族徽铭文时应充分考虑两墓葬的时代或朝代更迭因素。其五，同墓出土的族徽不能依据出土族徽（铭文）的数量来判断墓葬主人。其六，同墓出土的族徽只有在证明此墓地为该族的族墓地的时候，才能将墓中所出土的族徽铭文作为该方国族氏地望的判断依据。最后，可以根据同一墓葬出土多种族徽铭文来判断墓主。这应该是我们对族徽研究的进一步认识，对考古学具有重要的参考作用。

我的第五个印象是：对族徽进行了精细统计和分类。在第四章中，作者统计的16000余铜器金文中含族徽的有8000余件，并以族徽龙头字进行系联，分为377组，继而又将其分为六类：一类均是一个相对独立的族徽，二类是两个或两个以上族徽的缀联，三、四、五、六类是族徽分别与"册""史""子""亞""干支"等缀联者。之后分专节就与"冊""子""亞""干支"缀联者展开了深入分析，对其性质、意义等做出了自己的判断。

我的第六个印象是：提出"盟姻族徽"的概念。部分"盟姻族徽"就是之前所称的"复合族徽"。作者在第三章中认为，"同轨""同盟""同位""外姻"是造成国族与国族之间所铸具有族徽礼器并祀的主要原因。如安阳殷墟郭家庄M160墓出土"亞橐止中"器应为"中"族女子嫁到"亞橐址"族所作的媵器，这种"复合氏名"就是"盟姻族徽"的一种形式。在第四章中，通过对"亞［某族徽］＋某族徽（亞［某族徽］）"和"某族徽＋某族徽"等族徽内涵的分析与研究，发现两种或两种以上相对独立的族徽进行缀联、复合而成的这种特殊族徽，也是由于"同轨""同盟""同位""外姻"等原因形成的一种结盟、联姻等社会关系的族属同祭同祀的结果。王长丰博士对"盟姻族徽"概念的提出，及其性质与内涵的深入研究，是对殷周金文族徽及其家族形态变迁研究的巨大进步。

我的第七个印象是：整合甲骨文、金文及文献资料对学术界长期争论未决的族、姓、氏的源起、含义、关系及演变进行了系统梳理辨析，提出了族徽一词应包含"方国、族、姓、氏、私名"多方面内容的见解，并用第六章十节的篇幅以"令支""戈""𦥑""束""亞［束］""告"、"𦰩（葡）""竝""息""虎"十个族徽为例做了深入探讨。

学习王长丰博士这篇论文的文稿，我也用了较多的时间，我认为这部书是近年来在金文族徽研究领域取得的可喜最新成果，标志着族徽研究取得了重要进展。在学习过程中，我不仅看到了许多具体族徽研究上的新见解；更重要的是，我觉得其研究视野和研究方法，对今后的研究会有很好的启发。他不是像传统路子那样，就族徽说族徽，而是把族徽放到了社会结构发展、放到了文字的产生与发展、放到了族徽出土的存在背景关系以及字形（图形）结构及演变中，并参考甲骨文、古文献等相关学科和材料，进行比较分析，综合研究，从而做出更有说服力的论断。

当然，任何学术问题，在研究过程中都不可能没有不同意见，即使有些看法趋同了，但随着学科的发展和新材料的发现，也可能会出现新的歧见，展开新的讨论。在学习过程中，我对该书取得的新成果称赞有加、欣羡不已，但也觉得有些问题还需要继续深入研究，例如关于族徽的源起，是否均源于私名？族徽的范围是否涵盖"方国、族、姓、氏、私名"这么宽泛的内容？族徽究竟是《左传·隐公八年》"因生以赐姓"（如"夏为姒姓""商为子姓""周为姬姓"等）的姓徽，还是"胙之土而命之氏"的氏徽？铭文中常见的"亞"究竟是职官、宫庙符号还是族徽之一种？殷周铭刻中的数字类卦辞确如张政烺先生考证属八卦符号，但这类符号是否都不能作族徽使用？甲骨文和金文徽铭中的虎与宜侯夨簋铭文中的所谓虎侯、安州六器之一"中甗"铭文中之虎方、虎簋盖铭文中之虎、元年师虎簋铭文中之师虎及史密簋铭文中之虎究竟是什么关系，等等。

以上这些问题，有一些我曾有所接触，但自己并无定见。利用这个机会提出来，是想提请作者和有兴趣的朋友们注意，对于族徽和与族徽有关的问题，还有不小的讨论空间，还有不少工作在向我们招手，我们不可满足，还需乘胜前进，继续努力。是为序。

2012年7月31日于北京回龙观通达园寓所
（原载王长丰：《殷周金文族徽研究》，上海古籍出版社，2015年）

《殷代史六辨》序

我于 2013 年 9 月断断续续用了半个月时间读完了殷作斌先生撰写的《殷代史六辨》一书的初稿。当时根据其初稿写了几点意见，近一年多来，作者又根据我和其他学者的意见，对初稿进行了修改。前些日子，殷作斌先生将修订的书稿寄给了我，并希望我为之作序。这几天，我对作斌先生寄来的修改稿，又仔细地看了看。觉得作者在修改时是下了大功夫的，有不少地方改得较好，与一年前的初稿相比，对一些敏感问题论述得更加严密且能自圆其说了。我也将一年前写的几点意见，略加修改，权以为序，并作为对他多年努力并取得成功的祝贺吧！

首先令我感动的是该书作者的执着和他们的团队在成书过程中付出的艰辛。殷先生是清华大学毕业的理工科高材生，毕业后在国防科研部门某研究所工作，后受组织照顾调回家乡淮安在高校任教，直到 2001 年退休。由于参与编修《殷氏志》的机缘对殷商史产生了浓厚兴趣而一发不可收拾，他和他的几位朋友为了搞清楚殷商史上的一些疑难问题，对新出版的代表当今最高研究水平的由社会科学院学部委员宋镇豪主编的 11 卷《商代史》逐字逐句进行研读，查阅了《甲骨文合集》、于省吾《甲骨文字释林》、胡厚宣与胡振宇著《殷商史》等有关著作，归纳出六个方面的问题，反复琢磨讨论，提出了自己的看法。为了证实这些观点，还到许多地方去参观考察。当下，在学术界浮躁之风日盛一日的情况下，殷作斌先生和他的团队竟然还能如此认真、如此执着地去考证几千年前历史上的问题，真是难能可贵。而且，他们并非专业研究人员，而是一批业余爱好者，这一点更值得尊敬，更值得学习。

因为我自己重点研究商周考古，所以特别关注他们提出来的殷代史六辨。这六辨分别是"高祖'河'之原型人辨"、"殷人屡迁'前八后五'辨"、"成汤国号辨"、"帝辛（纣）之功过辨"、"微子评价辨"、"帝辛政治中心朝歌辨"。每一辨虽只突出一个主题，但实际上每一辨又分为若干节，其中涉及的学术问题也不少。我的实际感受是：阅读书稿的过程，也是学习的过程、重温殷商史研究和殷商考古的过程，我在阅读中曾不时向作斌先生请教，因此也是互相切磋、互相讨论有关问题的过程。

第一辨"高祖'河'之原型人辨"中，作者在对各种解说梳理之后，认为甲骨文中的"河"是商王祭祀的自然神或上甲借河伯之师以伐有易的"河伯"等说法，都不能成立，而只有郭沫若等主张的"河"为商王先祖之一、常玉芝根据商王祭祀规律考证的"河"为王亥之父，即《史记·殷本纪》第六位先公冥的说法是正确的。为什么在商王祀典中冥称为"高祖河"，作斌先生做了大量论证，认为与今本《竹书纪年》载夏帝少康"十一年，使商侯冥治河"、夏帝杼"十三年，商侯冥死于河"有关。这种分析，有理有据，我认为是有说服力的。至于认可"高祖河"即冥的论断，是否殷商史中诸如"殷""商"之别、殷地何在、何人始称"殷侯"、成汤国号是否称"殷"等"千古难题"即可"迎刃而解"？由于牵涉问题太多，又复杂纷繁，似不可一概而论，有的可能尚需继续深入研究，但无论如何，他关于冥因治水而死，被夏帝杼赐地于殷追封殷侯是称商、称殷的一个界限，以前称商、之后称殷的说法，确是一个能够自圆其说、颇具新意的解释。在目前有关为什么会有殷、商之别的诸种说法中，这恐怕是最有说服力的说法之一。河南固始侯古堆一号春秋墓出土的铜器铭文"有殷天乙唐（汤）孙宋公栾乍（作）其妹勾敔夫人季子媵臣（簠）"和湖北随州文峰塔M1号春秋墓出土的A组M1∶1编钟铭文"达殷之命，抚定天下，王遣命南宫……"，证明司马迁《史记》称"殷本纪"而不称"商本纪"是有依据的，因为至少在周代，特别是周代商族子姓宋公室的殷商后裔，是称殷不称商的。然而，许多研究者都注意到，甲骨文中称商而不称殷，如"商""天邑商"等，甲骨文虽有"殷"字但其义则与族称或国名无涉；文献中有的地方称殷而有的地方称商，如《诗经·商颂·玄鸟》"天命玄鸟，降而生商，宅殷土芒芒"等。为进一步弥合称商、称殷的矛盾，作斌先生进而提出"族内行王权称商，全国行天子权称殷"的观点，并在第三辨中专用第六节一节的篇幅，论证此乃"成汤立族规'殷、商并用，族号称商，国号称殷'"。他说，"从冥封于殷以后，商族的国号早就叫殷"，而（据《世本》）子姓商族有"殷、时、来、宋、空同、黎、北髦（比髦）、目夷、萧"九大氏族，每个氏族内又有分族，面对族内氏族林立、族外方国各霸一方的局面，成汤如何实现对国家和族众的有效管理，于是便形成了上述决策性的"族规"。这一分析，应该说有一定道理。

第二辨"殷人屡迁'前八后五'辨"，是专辨商之起源、先公八迁和汤都亳地望的。在第二辨中，作者有一个明确的观点，即商之起源和先公八迁之地均在黄河左近。虽然对商之起源地和先公八迁具体地点看法上不全相同，但无论是文献的梳理还是考古上的发现，都指向了这一大的区域，表明这一判断是正确的；但也许是研究商周考古的原因，我在一年前阅读作者的初稿时，提出下述意见："作者对这些问题的论证全是从文献到文献，而忽视了考古学上的新发现。以汤亳地望为例，郑州商城、偃师商城的发现是商代历史和考古上的划时代事件，不论对其性质有多么不同的认识，都不能回避它。就我个人而言，邹衡先生关于郑州商城乃汤都亳的论证，有理有据，是完全可以成立的。根据我们做研究的经验，文献材料可以提供线索，考古材料才能作为根据，这正是王国维、郭沫若、傅斯年、饶宗颐等史学大家之所以重视地下出土材料的原因。通过研究，弄清楚郑州商城的性质，以郑州商城为定点，再结合其他考古发现和文献考证，就可能得出全新的与单纯文献研究不同的结论。作斌先生及其团队对文献史料和基于文献史料的研究论著已多有涉猎且有独到见解，如果进一步扩大视野，多注意考古学上的发现和研究成果，将文献材料和考古材料结合起来开展研究，定会有新的进展和新的成果。"这次作者寄来的修订稿中，针对我的上述意见，增加了对殷墟、郑州商城、偃师商城等考古材料的引用和讨论，我认为作者在这方面是用了心的，他的某些见解有一定的启迪作用。

第三辨"成汤国号辨"，是第一辨的逻辑发展，其中心仍然是讨论"殷"、"商"的含义和什么时间、什么场合称"殷"，什么时间、什么场合称"商"。第一辨可以看作是"殷"、"商"之别问题的提出，第三辨则是对这一核心问题进行全面而系统的讨论和论证，只有看了第三辨，人们才会发现他们在这一问题上论证之深刻、逻辑之严密。你如果不认同他们的论断，你就必须针对第一辨和第三辨各节所涉问题一一做出论辨，看能否将之一一驳倒，拿出自己的令人信服的立论。

第四辨"帝辛（纣）之功过辨"和第五辨"微子评价辨"，讨论的是如何以历史唯物主义态度评价历史人物的问题。我认为，帝辛也好、微子也好，他们都是历史人物，都必须放在当时社会环境下，从其当时的地位、行事及其对历史、人民的功过的角度进行分析，抱着实事求是的态度、运用一分为二的方法进行分析。我同意该书所持的观点，帝辛作为一代帝王，正如郭沫若等史学家所言，他对开拓东南、促进民族文化融合确有功劳，但文献所记的骄奢淫逸、杀戮无辜也应该是事实，帝辛不是英雄，但亦不是一无是处的"暴君"。微子被孔子尊为"殷之三仁"之一，从其反对帝辛暴虐、担心灭国之后生灵涂炭来看，确有爱民之心，有一定合理之处，但其丧失民族气节投降周军的行为，至多是可以理解，但并不值得提倡。

第六辨"帝辛政治中心朝歌辨"，讨论的是古朝歌是否曾为帝辛都城的问题。诚如作斌先生所言，文献确有朝歌为帝辛都城之记载，作斌先生更从七个方面论证其为真。但作斌先生也曾提到的古本《竹书纪年》"自盘庚徙殷，至纣之灭，七百七十三年，更不徙都。纣时稍大其邑，南距朝歌，北据邯郸及沙丘，皆为离宫别馆"的记载，不管其是竹书原文还是后人的注文，是否真的那么不可信，在没有考古证据的情况下，似乎很难得出一个决断性的结论。"九五"国家重大科技攻关项目"夏商周断代工程"进行期间，我们专门有一个子课题去做古朝歌的调查，但仍没有发现有价值的线索。

对于古朝歌是否帝辛都城的问题，我认为必须联系安阳小屯的发现一并考虑。自1928年至今，安阳小屯已断断续续发掘、研究了八十多年，宫殿基址、商王陵墓和大批甲骨刻辞、青铜重器、玉器及铸铜、制玉手工业作坊址的发现，已完全可以证明此即古本《竹书纪年》"自盘庚迁殷，二百七十三年更不徙都"之殷墟。这一事实的确定，也就否定了古朝歌是又一殷墟的可能，随着今后考古工作的开展，如果在作斌先生推定的"淇、浚、滑"三县交界一带确有晚商重要遗存发现，我想那它是帝辛的"离宫别馆"的可能性很大，而不大可能是又一殷墟的遗迹。当然，这是尚需继续研究的问题，我谈出我的看法，只是想借此机会与作斌先生交换意见而已。

真理愈辩愈明，《殷代史六辨》已经取得了丰硕成果，在今后的研究中，建议进一步敞开胸怀，向别人请教，与不同意见的人切磋，通过讨论，取人之长补己之短，丰富完善自己的论点，不断向真理前进、前进再前进。

作斌先生的《殷代史六辨》是由修《殷氏志》引发出来的，六辨取得的成果理应体现在《殷氏志》的编修中。中国作为史学大国历来有修志的传统，当前似又有形成高潮之势，但如何修志，修成什么样的志，是需要讨论和研究的。我认为"实事求是"是第一重要原则，无根据的杜撰、附会、美化不能要，好人好事要歌颂，不好的人和事也不应刻意去回避。作斌先生和他的团队为修好《殷氏志》做了很多很好的研究工作，我相信他们也会拿出一部令人耳目一新、令人信服的具有教育意义的志书来。

2013年9月初稿、2014年12月修改定稿

于北京回龙观寓所

（原载殷作斌：《殷代史六辨》，中国文史出版社，2015年）

《怎探古人何所思：精神文化考古理论与实践探索》序

读者一看这部书的书名就知道，这是一部专门探讨精神文化考古理论与方法的专著。"精神文化考古"一词，在现在的中国考古学界已不是什么新鲜的名词，但退回到三、四十年前，要问什么是精神文化考古，不仅考古圈外的人很少知道，就是专门做考古的专业人士恐怕也很难说得清楚。这一方面是因为有关精神领域考古的遗存发现不多，但另一方面可能与当时片面强调唯物主义指导思想、片面理解考古学文化是指"特定时间、特定地域内一群遗迹、遗物的总和"的定义有关。随着改革开放国策的推行和基本建设考古的大规模开展，国外的考古学理论包括精神领域考古理论在内不断介绍到国内，与精神领域考古有关的遗迹遗物的发现也越来越多，遂促使我们中国考古学者解放思想，摒弃固有的思维模式，寻找新的理论武器，去迎接新的挑战，解析新发现的包括精神领域遗存的秘密，做出新的符合客观实际的论断。

精神是相对于物质而言的。何驽在本书中给出的精神文化考古的定义是："考古探索人类社会认知能力的主流成果所形成的文化内涵，即社会心理和社会意识形式。""社会意识形式以自然观、社会观、宗教观为核心，以符号与文字、艺术为两大表达体系。"

本书除前言和后记共分八章：

第一章是"精神文化考古研究史回顾"，下分"国外精神文化考古研究现状""国内外有关中国古代精神文化考古研究现状"和小结三节。看了这一章三节，国外和国内有关精神文化考古研究的发展脉络、成就、问题和方向便一目了然，因为何驽不仅以时间为序忠实地罗列了基本事实，还对不同时期有代表性的研究者的成果有深入的分析和中肯的评论。

第二章是"精神文化考古的理论概念"，下分两节。第一节交代了"认知及认知考古""精神文化""精神文明"等精神领域的诸多定义；第二节则提出了自己的"精神文化考古理论总体框架"和精神文化考古的准确定义。

第三章是"社会心理基础考古理论概念"，亦分两节分别阐述了他提出的社会心理基础考古理论的概念和在此方面可研究的重要课题的试举。

第四章是"自然观考古的理论与实践"，下分两节。第一节，介绍了包括宇宙观考古和古代科学的考古在内的理论概念。第二节是陶寺文化的自然观研究，该节分两部分，第一部分是通过对陶寺发现的"观象台"遗迹、漆绘"圭尺"、铜铃与带齿铜环、夯土建筑技术、白灰、陶板瓦、蓝色建筑装饰材料及朱砂等的分析，探讨其反映的陶寺文化科学技术状况及水平；第二部分是通过对陶寺"观象台"遗迹、漆绘"圭尺"、陶寺城址总体规划布局等的分析，探讨其反映的太极阴阳两仪概念、盖天说理念、宇宙观模式、"地中"宇宙空间概念、政治地理五方概念以及牙璧反映的月相变化阶段划分概念等。

第五章是"社会观考古的理论与实践"。和第四章一样也分两节，第一节是对社会观考古的理论与方法的阐释。第二节是陶寺文化社会观考古的实践，包括陶寺文化文德统治观念、陶寺文化的"地中"观念与王都居地中、陶寺文化玉石圭所体现的官僚委任凭信观念的由来、陶寺晚期的政治报复观念和等级观念等内容。

第六章是"宗教观考古的理论与实践",下分三节。第一节是包括宗教信仰体系的考古和宗教权力分配观念考古在内的宗教观考古的理论概念的阐释。第二节是包括罗家柏岭祭祀中心遗址和肖家屋脊文化玉石礼器与宗教信仰在内的肖家屋脊文化宗教信仰的个案研究,第三节是包括陶寺遗址出土的宗教用器所反映的宗教信仰、IFJT3主殿宗庙功能蠡测、陶寺文化宗教崇拜的特点在内的陶寺文化宗教信仰个案研究。

第七章是"符号系统考古的理论与实践",下分两节。第一节是包括符号与文字基本理论的梳理和符号系统考古内容理论分述在内的符号考古理论概念的阐释,第二节是包括石家河文化陶符神徽象征意义蠡测、陶符神徽的等级制度、陶符神徽的性质、标记符号简述在内的石家河文化刻画符号研究。

第八章是"艺术考古理论与方法",下分六节。第一节是艺术考古能否成为精神文化考古独立领域的分析,第二节是美术考古与艺术考古理论概念的分析,第三节是艺术的本质,第四节是包括黑格尔艺术类型分析和艺术类型学新分类在内的以考古为视角的艺术分类问题,第五节是艺术考古内涵与定义,第六节是石家河文化彩陶纺轮太极图艺术分析示例。

我之所以详细罗列本书的章节篇目,是想说明无论从书名还是内容,都可看出这的确是一部全面系统阐释精神文化考古理论方法并有丰富典型实践运用例证的著作。

这部书稿我断断续续用了一个半月才读完,有的章节更是反复阅读、反复琢磨。书中的有些观点在过去何驽发表过的文章中曾有所披露,但如此完整系统的将自己的观点和盘托出,这还是第一次。何驽计划写这么一部书的想法我是知道的,但我拿到书稿之前我还有些担心,他会不会把西方考古学界流行的有关精神领域考古的理论方法编缀一下完事，但当我认真阅读并研究过书稿之后，我所有的担心都彻底打消了。只是在这时我才敢说：这部书不仅是一部系统的有关精神文化考古的专著，而且是一部在对西方有关考古学理论方法分析研究、合理弃取基础上，结合自己的考古实践总结提升、补充、改造、完善形成的盖有明确何驽印记的充满创新色彩的考古理论著作。

在这部书中，何驽很重视对国外考古学理论方法的吸收，列维-布留尔、列维-斯特劳斯、马林诺夫斯基、J.G.弗雷泽、格罗塞、B.A.伊斯特林、弗洛伊德、黑格尔、亚里士多德、张光直、格林·伦福儒、福兰纳利、大和岩雄、米海里司、班大维、艾兰、王爱和、普特、崔格尔、罗兰·巴特尔、凯文·林奇、宇野隆夫、拉尔夫·伊利斯、林巳奈夫、吉田祯吾、E.H.贡布里希、罗伯特·莱顿、哈里·卡纳、杰西卡·罗森等著名学者的著作，都对他的理论体系的形成和构建发挥了重要的作用，但他不是一味模仿、生搬硬套，而是一一经过分析，他认为正确的予以吸收，不足的予以补充完善，有问题的予以改造，错误的予以指明不用。大家知道，英国的格林·伦福儒是国际考古学界公认的著名学者，他和巴恩合著的《考古学：理论·方法与实践》前些年译为中文在国内出版，深受好评。其中用了第十章一章的篇幅介绍了与何驽所倡导的精神文化考古概念密切相关的"认知考古"。何驽虽然肯定了伦福儒关于认知考古理论与方法的概括，"有个案分析实例，也有规律性的指标，深入浅出地介绍了探索古人认知构图的具体方法论"，"注重理论与西方考古实践相结合，实用性比较强"；但又认为"整个理论体系缺乏一个完整的和逻辑的框架"，"缺乏一个有效的哲学层面上的系统支撑"，"缺乏系统性"。对于在认知考古学上同样有重要建树的福兰纳利，何驽虽然承认他的理论方法体系"比伦福儒更加系统得多"，但又认为"对于认知考古的方法，福兰纳利并没有十分明确的阐释"。对其他学者，包括日本的大和岩雄、著名美籍华人学者张光直等，他都有这样的分析。何驽正是在对这些国际一流学者的研究成果批判吸收基础上，通过自己的研究，在对"精神领域""精神文化""精神文明""认知"等一一进行科学界定之后，提出了自己的精神文化考古理论总体框架。按照何驽的表述，这个框架包括一个基础，即社会心理；三个核心观，即自然观、社会观、宗教观；两个表达体系，即符号体系和艺术体系。本书第67页图6"精神文化考古理论结构图示"，即是对此框架的最直观、最简洁的表达。第三章至第八章则是从理论与实践结合的角度分别对此框架的六大内涵所做的说明和阐释。

关于社会心理基础考古研究，国内外都鲜见成功的范例，何驽认为"必须在方法论上有所创新，那就是以比较成熟的社会心理理论范式，指导从考古资料中萃取古代社会的社会心理，其中主要包括普遍的社会动机、社会态度、社会价值取向、民族心理特征等"。就中国而言，他认为可以开展古代大型公共建筑、大型水利工程兴建等"统一意志"意识形态形成的社会心理基础研究，社会进入分层和早期国家出现以后等级制度形成的集权独断意识和对权威绝对服从的社会心理基础研究。在这方面，何驽虽提出了问题，但自己并未有具体的实践。

关于自然观考古，何驽认为包含宇宙观考古和古代科学的考古两个方面。所谓宇宙观，"是关乎天、地、人三者关系在时空框架内发展变化的认知与理论解说"，"宇宙观中关于天的观念认识构成'天道论'，关于人本身的观念认识构成'人生论'，有关地的观念认识构成'地器论'"。"天道论、人生论、地器论往往又可以综合起来，构成阴阳太极、阴阳八卦、阴阳五行、天人感应、天地形成、大地肌体等等观念，实际上也是自然观中本源论、空间论和时间论的综合"。因此，宇宙观考古研究的方法，是"对相关的遗迹和遗物进行宇宙观角度的探索。古代文献包括传世文献和地下出土文献对于探索古代的宇宙观具有十分重要的参考和引导价值"。本书第71页图7b是一张宇宙观解构图,看了这张图,何驽对宇宙观的理解和认识便可一目了然。在这一理念指引下,何驽对河南濮阳西水坡有蚌堆龙虎图案的M45、湖北天门石家河罗家柏岭遗址红烧土建筑、新石器时代流行的瓮棺葬习俗等做出了自己的解释。"古人结合各种经验性知识,从自然观客观的半边中凝结出的系统知识体系就是古代的科学",何驽根据夏鼐先生的相关分类,列出的有"中国古代天文学(包括历法)、数学(包括度量衡)、地学、物理(水利与交通知识)、农业知识、生命科学知识(医药)、化学(陶瓷与冶金)、建筑学等"。而古代科学的考古方法则仍然要"立足于考古发掘的遗物遗迹,结合相关自然科学和技术的原理,进行多学科综合研究,依靠地下出土文献,参考必要的传世文献"。

在自然观考古方面,何驽对以山西襄汾陶寺遗址为代表的陶寺文化费时最长、用力最多、影响也最大。其中最引人瞩目的是编号为IIFJT1的观象台址和IIM22∶43漆杆圭尺遗存的发掘和解读。

IIFJT1观象台址位于陶寺中期大城附设的小城内,是依托小城内道城墙建造的一座三层半圆形基址,第三层也就是最上一层台基上,有一道弧形夯土墙基础,人为挖出10道浅槽缝,形成11个夯土柱基础。因"迎日门"错位原因,还有两个夯土柱基础设置到了第二层台基上,于是便形成了一个包含13个夯土柱和12个观测缝的完整的特殊建筑。2003年,当何驽揭露出这一形制特殊的遗迹时,琢磨是否与观象制定历法有关,引起了许多人的注意。由于过去考古从未发现这类形制结构的建筑,多数人持慎重态度,持怀疑态度的也不少,也有讽刺挖苦甚至于毫无根据诬为"造假"的。在2003年至2005年发掘期间,我曾两次前去参观。第一次去时夯土柱和观测缝基本露出,尽管我内心倾向认为可能与观测太阳运行有关,但未在何驽面前"表态",我只是告诉他"只要是按田野考古操作规程挖的,挖出什么样就是什么样，不怕别人说三道四。至于是干什么用的，可以有各种解释，没有想法的考古工作者不可能成为真正的考古学家"。我还问他"搞天文考古的人怎么看"？他告诉我"他们说没有固定的观测点就很难定下来"。第二次再去参观时，果然在根据第三台基上弧形夯土墙基的弧度推定的圆形中心部位，发掘出了由大小四个圆圈组成的固定观测点。从2003年到2005年，他们站在观测点上，透过观测缝远望对面高低起伏的塔儿山山峦，对太阳的日出视运动运行进行了72次观测，得到了重要的判定节令的模拟观测数据，为恢复四千多年前黄河中游地区的历法奠定了科学的基础。只是在这时，常常默默无语而面无笑容的何驽才露出了灿然的微笑，压在我心上的一块石头也才落了地。何驽写有一篇《陶寺中期小城内大型建筑IIFJT1发掘心路历程杂谈》的文章，真实而又生动地记录了这期间他思想情绪的变化。

IIM22:43漆杆圭尺和IIFJT1观象台址一样，也是中国考古学史的第一次发现，如果何驽他们没有过硬的田野考古技能和严肃认真的态度，头脑中根本没有这样的观念，恐怕就很难发现，即使清理出来了，也难以做出合理的解释。

除此之外，何驽还对陶寺考古发掘出土的铜器、夯土、板瓦、朱砂、颜料等一一做了科技检测，对当时的科技水平得出了符合实际的认识。

至于陶寺文化自然观的宇宙观，何驽通过分析IIFJT1观象台址第三层半圆形台基生土台基芯和花夯土台基芯构成的太极图形，探讨了陶寺人的太极两仪观念、盖天说观念，通过对陶寺城址总体区划布局探讨了其反映的宇宙观模式，通过对陶寺圭尺分析探讨了其反映的"地中"宇宙空间概念及扩展出的陶寺文化政治地理五方观念，通过对牙璧的分析探讨了6点6段月亮运行规律的朔望月阴历。我认为其中基于太极两仪观念、盖天说观念、方位观念和陶寺城址功能布局的实际情况提出的城址区划布局反映的宇宙观模式,只要根据具体情况灵活运用,对于研究历史上的城市规划布局有普遍的启发指导意义。

关于社会观考古,何驽基于他对"社会观即是人们对社会组织的认知和理论解释所形成的观念,包括社会治理理念和伦理道德两大部分"的认识,提出"社会观研究方法是以遗物遗迹考古研究为基础,将相关考古资料回归到考古存在背景关系中去,结合政治学、出土文献、历史文献、民族志资料参考、行为心理学等的综合研究方法"。在此理念指导下,他对陶寺文化反映出的文德统治观念、"地中"观念与王都居地中、玉石圭所体现的官僚委任凭信观念的由来、陶寺晚期的政治报复观念等做了探讨,我认为其中对"地中"观念与王都居地中和政治报复两问题的分析最深刻,也最有说服力。

我国先秦文献多有"测日影以定地中"(即以夏至影长确定地中)的记载,《周礼·大司徒》即云:"以土圭之法测土深,正日景(影),以求地中。……日至之景(影),尺有五寸,谓之地中……乃建王国焉。"过去只知道周公在洛阳测日影定成周的故事,何尊"宅兹中国"铭文发现以后,才知道西周早期"中国"一词的出现确与"地中"有关。而正如何驽所论证的那样,IIM22漆杆圭尺的发现和研究,则一下子将"中国"概念形成的历史提早到了四千多年以前的陶寺时代。

根据陶寺遗址考古发表的报告,陶寺文化分为早、中、晚三期,在中、晚期之际,确实发现有中期居址、城址、墓葬有遭陶寺文化晚期人捣毁破坏的情况。何驽据此提出"政治报复"的概念,并"推测陶寺中期政权很有可能被外来的武装势力所推翻,并遭到了政治报复"。联系到陶寺晚期人牙锶同位素分析结果,外来人口的比重竟占到了76.9%,对羊骨鉴定结果证明在陶寺晚期来自西北地区的绵羊养殖业迅猛增加,合乎逻辑地"将摧毁陶寺城址的征服者指向石峁城址"。我不否认这种大规模暴力行为的存在,也不否认这有可能反映了陶寺政权发生过更迭的推测，但陶寺文化从早期到晚期在考古文化面貌上却看不出有什么突然的变化，这牵涉考古学文化与族的共同体能否对应、如何对应以及陶寺文化早、中、晚期的族系是否发生过重大改变的理论问题，恐怕还需要继续深入研究。

关于宗教观考古，何驽认为"宗教观是人们对自然存在和社会存在的超自然的（神的）认知、解释和信仰与崇拜，包括宗教信仰体系和宗教权力分配观念两大部分"。在本书第244-245页图195有一幅宗教观结构图示，在宗教信仰体系中，列有神祇、巫觋、物用、法术和宗教仪式；在宗教权力分配观念中，列有教义制定权、教义解释权和主祭权。

"宗教信仰体系是宗教观最基本的内容"，而宗教仪式及其物用的探讨则是宗教信仰体系考古的核心。何驽在讨论如何开展这方面工作时，援引了伦福儒、巴恩在《考古学：理论、方法与实践》一书中提出的包含环境、场所、建筑、礼器、法器、祭品、牺牲、舞蹈、膜拜、相关物品处理方式等的四个方面16条内容的"礼仪的考古标志物"概念，他自己又提出补充了5条共21条内容，他说"经过上述补充，我们认为判断宗教礼仪的考古标志就更加全面，更加本土化"。在分析时，"要利用一切可以利用的考古资料，尽量从各个角度来综合分析论证，尤其要注意遗物与遗物、遗物与遗迹、遗迹与遗迹之间的考古存在背景关系"；并以红山文化的牛河梁、东山嘴两遗址为例，通过具体分析其包含的"礼仪考古标志物"，探讨了遗址作为大型祭祀场所的性质。

"所谓宗教权力总体上说是与神沟通的权力"，宗教权力分配观念研究，是要从微观聚落形态、随葬品、象征符号垄断状况这三个方面来考察，是哪个阶层的人控制着宗教教义的制定、对教义的解释和主祭权，控制的程度又如何。

在此理念指引下，何驽将肖家屋脊文化罗家柏岭遗址和自己实际参与考古的陶寺文化陶寺遗址作为两个个案探讨了其宗教信仰状况。

罗家柏岭是石家河城址南墙壕沟外一片红烧土遗址，过去的发掘报告认为是玉石器制造遗址。何驽援引众多古代典籍有关记载，对遗址所处的位置、形状以及其上发现的长直墙与长沟、烧土房基、烧土坛面、坛面上的燔柴遗迹与遗物一一进行考证，认为应是"郊天祭日的圜丘，与上天或祭天有关的小祭祀，如杀牲前灌祭告幽、大祭后报先炊老妇、炫祀焚巫尪求雨、射天狼救日食、击鼓救日等也在此举行"。肖家屋脊文化包括罗家柏岭遗址在内，也出土有牙璋、璧戚、管、环、柄形器、玉人、玉动物等玉器，也对照文献中提到的玉器名称进行了命名，考证了其功用和象征意义。其中他所分的 A 型无露齿平顶冠玉人头像是颛顼、B 型露齿玉人头像是蚩尤、玉蝉为祝融、玉勾龙为后土、玉凤环为阳鸟以及玉鹰、羊、鹿、兽面等为巫觋通天的蹻等推测，颇为新鲜，但要证实，却也困难。不过，这些玉器大部分是礼器和与宗教信仰有关的遗物，则是可以肯定的。

陶寺文化中与宗教信仰有关的遗迹，前已提及的有观象台址、漆绘圭尺，遗物中彩绘龙盘、彩绘日云纹组合及红云羽毛纹组合低温陶罐、彩绘太阳纹大口罐、三角形陶板和一些玉器等。彩绘龙盘仅出于早期王墓，低温陶，没有实用价值，何驽推测其上所绘动物应为身形似蛇的黑鱼，鱼头顶和头下的"垂耳"可能是角，口中所衔的草可能是起致幻作用的麻黄草，这种器物肯定与祭祀先祖有关。何驽对三角形陶板的考释也颇有新意，这种三角形陶板发现时成圈状摆放，外缘较厚，尖端较薄，可拼成一个圆形，将其复原水平摆放并向上叠码，恰似"且"的造型。他结合云南丽江摩梭族村寨祖庙广场上矗立的石砌祖先塔形状，推断这种三角形陶板很可能就是建造祖先崇拜物的组件。我去陶寺参观时没有注意这些东西，何驽的分析是有道理的，至少对研究其性质和用途有重要的启发意义。

关于符号系统考古。符号系统（含文字）"是有关自然观、社会观、宗教观以及艺术的符号和文字表达"。本书第320页图275是何驽制作的符号系统结构图示，它包括实物立体符号、标记符号、象征符号、含图画符号与线条符号的句意符号和文字五个系统。所谓符号系统考古，就是对上述五个子系统的考古研究。一般所说的图像考古，实际上也属于符号系统考古的范畴。

实物立体符号出现甚早，"多与古人的记事与帮助记忆有关，是我们符号考古不能舍弃的、必须提高重视的部分"。何驽指出像西亚考古中常见的陶封球、陶筹一类遗物，在我国许多新石器时代遗址中也不乏出土，安徽潜山薛家岗出土的小陶球、陶棒，蚌埠双墩遗址出土的"投掷器""尖状器"，陕西西安杨官寨遗址出土的小陶罐、小石球等，都可能是和西方出土的陶封球、陶筹一样，具有同样的功能，只是未引起中国学者的注意。

标记符号在仰韶文化、大溪文化、双墩文化等新石器时代文化中常见，历来受到重视，研究者也不乏其人，但何驽认为，将其放在考古存在背景关系中进行研究应是正确的方向，一味与汉字起源挂钩，限制了研究者思考的范围，可能是个误区。他以双墩遗址出土较多的外底部有刻符的陶碗为例，先推测其可能具有像秦汉漆器外底刻的"画押款"一样的标识功能，后又受古希腊雅典发现的用于投票决定放逐对象的"陶片选票"的启发，大胆推测这些刻符陶碗也可能充作无记名投票选举时的"票箱"使用。当然这是一种无法证明的推测，但我觉得有推测有想法，总比不管不问好。

"标记符号没有固定的意思"，象征符号则"是与它所象征的事物存在一定约定联系的符号"。何驽认为象征符号"有重复几率较高的考古存在背景关系、有比较固定的符号形态、有比较固定的含义、有比较固定的功能"等一系列鲜明的特征，"比如大汶口文化、良渚文化、石家河文化的陶尊上的刻划符号"即如此。他说象征符号的"构形法则以象形为主，在多数案例中古人和今人都可以大致懂得其所象为何物，在比较固定的使用环境中（考古存在背景关系中），在一定的范围内（通常是本考古学文化内），具有比较固定的、众人皆知的约定含义"，并以山东莒县大朱家村大汶口文化陶尊上的"旦"符为例，通过实地考察观测，认同了莒县博物馆馆长苏兆庆最先提出的此乃"大朱家村遗址东部屋楼崮山春分日出观天象的描绘"的意见，认为"多数象征符号多与宗教有关，是通神的媒介，通常也是单独使用，不必用语言表达，或其本身不能与固定的发音对应，它所表达的是一位神、一段神话、一句祈祷或咒语等等，脱离了特定的使用环境或存在背景关系，它可能就丧失了原来的意义甚至什么也不是"。我同意何驽的分析。

句意符号包括图画句意符号和线条句意符号两类，何驽对句意符号给出的定义是："句意符号是一组简化的图画（好像连环画）或由图画简化和抽象出来的象形符号，独立表达（不是插图）某个完整的、在图形上没有分解为单个词的信息，只是重现信息的内容，不反映语言的形式。"句意符号也"不是文字，没有固定的词语来表述，却能独立完整地传达语言所要表达的核心思想"；其中句意图画符号，他举出的有第337页图295余杭南湖出土陶罐上的良渚文化刻符、句意线条符号，他举出的是第338页图297山东邹平丁公出土陶片上的山东龙山文化刻符。对句意符号的研究，他提出"可以通过当时解释者解释其具体含义，也可以通过今天受众思维转换而被受众所接收，即在考古存在背景关系中、在考古学文化的背景下，结合民族志资料，进行句意图画符号内容的探索"。句意线条符号"因其抽象性，探索的难度远大于句意图画符号，目前尚无成熟的研究范式。从技术路线的角度看，句意线条符号的探索，首先要澄清这些抽象的线条符号原本象形的本源是该考古学文化中存在的哪种现实事物，复原或翻译成句意图画符号的版本，再按照句意图画符号研究的方法进行分析"。这当然是很好的研究思路，但迄今还不知道有谁遵循这一研究路线，破解了南湖出土陶罐和丁公出土陶片上的良渚文化、山东龙山文化句意线条符号。

文字也是符号，有关汉字起源的研究，恐怕是符号系统中最为热门的话题。何驽认为"汉字起源的考古探索，不仅要在明确文字定义和特质的理论基础上，从考古学角度判别文字符号，还要研究汉字起源的动力和过程"。他说汉字是表意文字，象形、指事、会意、形声、转注、假借所谓的"六书"是汉字构形的原则，掌握了"六书"的精髓就掌握了判别式。他依此为突破口以陶寺出土"文""尧"朱书符号为例，详细地阐述了自己考证的过程，认为这两个符号确为"文""尧"二字，由此证明"陶寺文化已经产生文字了"。至于汉字产生的动力与过程，他也用较多的文字做了说明。何驽并非古文字学家，但他对文字的认识，特别是对陶寺出土"文""尧"二字的研究是颇有说服力的。

符号系统是精神文化考古中最为复杂的系统之一，何驽在阐明符号系统理论诸问题之后，制定了本书第346页图300的符号系统发展关系图，十分明白地告诉了大家符号系统各子系统之间的逻辑关系。

何驽曾长期在湖北荆州博物馆从事考古工作，对石家河文化、肖家屋脊文化都很熟悉。在他梳理完善的符号系统考古理论指引下，他以整整一节的篇幅对石家河文化陶符做了研究。根据他的研究，这类陶符多为神徽，集中出土于肖家屋脊F12、F13、F15所谓家庙区及附近。在邓家湾的出土情形，与肖家屋脊类似。他对这些陶符神徽的含义做了分析，分为以角形符、帝形符、高柄杯符、介形符等为代表的人神类，以凸形符、灶形符为代表的人造物类，以斜腹杯符、鬶形符、宫室符等为代表的土地神类和镰刀符、阳鸟符等其他自然神类四大类，共22种。其中14种能破解其确切或较明确的含义，涉及11种神祇，不明其确切含义者有7种，"石家河文化陶符神徽所沟通的神祇总计18位"。

研读何驽对石家河陶符的研究，可以看出其思路和方法是：一是看其存在背景关系，二是辨其所象何物（属于何种符号系统），三是从古籍记载和别人研究成果中寻找参考，这就使其研究放到了科学的轨道上，而与毫无根据的无端猜想划清了界限。这样的研究思路和方法，应该是可行的。不过，这些陶符存在的时间距今已经有四千年左右的时间，许多软性的证据已经消失，要从现在看到的遗留下来的一鳞半爪来恢复当时的情景，困难极大，如果能做到有部分接近真实就是很高的褒奖了。

关于艺术考古，何驽基于艺术是"用幻象形式显现原型的部分特征以表达人类认知世界的图示和艺术家与受众的情感"的认识，将艺术考古的定义表达为："用考古综合研究方法分析古代艺术物质遗存资料（艺术品遗存），以探索古代艺术的发生、特性与社会功能。"而"所谓艺术考古的考古综合研究方法，不是指考古地层学、类型学以确定古代艺术物质遗存的相对年代……艺术考古的基本工作是在考古已经确定了古代艺术物质遗存年代的基础上，将古代艺术物质遗存放回到考古存在背景关系中，运用艺术类型学、艺术学、艺术心理学、民族志考古、实验考古、人类学或民族志参考、古代文献甚至必要的科技考古检测等综合分析方法，探索古代艺术的发生、特性与社会功能"。

艺术考古是精神文化考古的有机组成部分，它和前述符号系统一样，也是精神文化考古理论结构中自然观、社会观、宗教观三个核心观的表达系统之一。尽管原始艺术与宗教观及符号系统有不少交集，有的甚至难以区分，但艺术考古的重点、目的、方法还是与之有所不同的。如何开展艺术考古研究，何驽在本书的最后一章"艺术考古研究理论与方法"的第六节以"石家河文化彩陶纺轮太极图艺术分析"为例，从素面纺轮、一点纹纺轮到太极图纹纺轮，探讨了纺轮创作者的艺术心理变化及纺轮图纹的象征意义。并引用著名艺术心理学家贡布里希的如是赞誉："历史上的'动态对称'的大师应属于中国和日本的图案设计师。他们设计了著名的和谐的象征符号——阴阳太极图，在这一协调的符号中，不对称的两半在一个宁静的圆中组成了一幅完美无缺的图案。"何驽说："太极图彩陶'纺轮'的例子说明，动态对称的动态平衡秩序所造就的美感，使'天地形成、动态和谐'的宇宙观理论更加生动形象而深入人心，最终的目的是使'阴阳太极图'的象征意义，让更多的人易于接受。"

如果以上这些可以看作是我在阅读这部书过程中断断续续写出的读书笔记，那么整合起来总体上是什么样的评价呢？

第一，这是在对国内外相关考古学理论和前人研究成果做了认真研究分析吸收基础上，结合自己的实践和研究写出来的一部系统的原创性的精神文化考古理论方法著作，它的出版必将推动中国精神领域考古的开展，改变以往在此领域不够活跃的状况；

第二，提出了一条科学的、切实可行的把研究对象放在特定的考古存在背景关系中，借鉴和吸收文化人类学、民族学、艺术学等相关学科研究方法，从我国浩如烟海的古籍中汲取灵感，和考古实践密切结合的研究思路；

第三，强调理论的实践性，运用精神文化考古理论方法对考古发现的相关遗存开展研究，提出了诸如陶寺观象台遗址性质、漆杆圭尺功用等一系列有创见和说服力的解释，开阔了人们的眼界；

第四，对自己提出来的一些理论、概念的界说和阐释，需在实际运用中不断总结提炼，精益求精，使其成为考古工作者人人耳熟能详的标尺；

第五，古籍记载是重要资源，应予珍惜。书中大量引用古籍记载证成己说，方向无非议，但如何使用、使用到什么程度，要进行可信性研究，这方面应予加强。

精神文化考古是一个广阔无垠的领域，许多问题等待大家去研究、去回答。何驽的理解是否完全正确，运用是否完全得体，需要实践加以检验和修正，但我相信，他的方向是正确的，他一定会矢志不移，继续前行，在已经取得的成果基础上去创造更多奇迹。是为序。

（原载何驽：《怎探古人何所思：精神文化考古理论与实践探索》，科学出版社，2015年）

《重读郑州：一座由考古发现的中国创世王都》序

作为河南省省会的郑州，在人们的印象里是一座交通便利、工业发达、商贸繁荣，而且又具有光荣革命历史的英雄城市，但读过阎铁成同志的《重读郑州》一书你便会知道，郑州不仅是新兴的现代化都会，还是一座历史底蕴丰厚、具有悠久历史的文明名城，在中国文明形成、发展史上占有重要地位。

《重读郑州》之所以做出这一论断，既不是凭空想象，也不是靠人云亦云的道听途说，而是基于实实在在的考古发现。在这本书中，作者以五个小节的篇幅，大体按时代先后和不同类别概述并评价了一系列重大考古成果：

对东亚现代人起源有重要研究价值的荥阳织机洞、二七区老奶奶庙、新郑赵庄、登封西施等旧石器时代晚期遗址；

对研究中原地区旧石器时代向新石器时代的过渡有重要价值的新密李家沟遗址；

新石器时代中期裴李岗文化由63座房基和广场及排水沟组成的外围以环壕护卫的新郑唐户典型聚落遗址；

新石器时代晚期中原地区最早出现的仰韶文化郑州西山夯土城址及相距不远至今尚有一米多高墙壁矗立地上的以排房为特征的大河村聚落遗址；

龙山时代中原龙山城址群最早的具有方形城圈和环壕、目前尚有十多米高城墙矗立地上的新密古城寨城址；

据考证可能是禹都阳城的登封王城岗河南龙山文化晚期城址；

据考证可能是启居皇台后又为代夏的夷羿所居的河南龙山文化末期至新砦期的新密新砦城址；

荥阳大师姑、新郑望京楼等夏代城址；

商汤灭夏后在亳邑基础上建立的当时在世界上规模最大的商朝第一个国都郑州商城城址；

西周至东周兴建的郑国、韩国国都新郑郑韩故城城址；

秦代末年刘邦、项羽争霸的荥阳汉霸二王城遗址；

秦汉时期郑州荥阳故城城址；

登封汉三阙及新密打虎亭汉代画像石、壁画墓；

郑州惠济区隋唐大运河遗址；

巩义隋唐石窟寺；

登封北魏隋唐宋元明清天下之中古建筑群；

巩义北宋皇陵；

登封告成元代观星台等。

这一系列重大考古发现像一颗颗璀璨明亮的珍珠，穿缀起来就是一条闪闪发光令人艳羡的彩练，虽然它只是现今郑州行政局区内的发现，但也象征着中华文明从孕育、萌生、形成、壮大、发展的全过程。从这一过程可以看出，郑州地区之所以在距今5300年前即出现带有环壕和夯土城墙的城址，成为王国阶段夏王朝、商王朝最早建都之地，绝非偶然，而是因为它有着从旧石器时代到新石器时代经济、社会、文化综合发展的深厚基础。在以后的历史发展中，尽管政治中心、经济中心、文化中心几经移易，但仍然是作为中华文明核心的华夏文明的有机组成部分，对中华文明的发展壮大做出了重要的贡献。

与一系列重大考古发现反映的社会、经济发展相适应，在思想、文化等精神层面也有许多重要的建树。在书中作者用七、八两节概述了郑州地区在历史演进过程中在阐释发扬儒、释、道微言大义思想领域，在诗、词、歌、赋创作的文学领域，在包括天文、历法、医药、数学、建筑等在内的科学技术领域涌现出来的名冠中华的理论家、思想家、文学家、科学家、艺术家的事功及其遗迹和遗物，列子、子产、邓析、申不害、郑国、韩非、苏秦、陈胜、桑弘羊、嵇含、潘安、摄摩腾、竺法兰、张道陵、寇谦之、杜甫、白居易、刘禹锡、李商隐、范仲淹、司马光、程颢、程颐、朱熹、李纲、包拯、寇准、杨延昭、欧阳修、李诫等人的名字名列青史广为传颂，他们是中华优秀文化的创造者、代表者、继承者、弘扬者，几千年来，中华文化绵延发展、长盛不衰，无不浸润着他们和以他们为代表的历代先贤哲人的心血。

《重读郑州》不是考古报告，也不是历史专著，而是对郑州重大考古发现的意义所做的宏观的、高屋建瓴的概括和阐发，文笔流畅，浅显易懂，读来令人回肠荡气，精神振奋。郑州需要重读，郑州需要重新认识，郑州像祖国大地上的许多历史文化名城一样，一定会发挥自己历史资源深厚的优势，在历代先贤哲人精神鼓舞下，在党的正确路线指引下，创造出更加辉煌的业绩，谱写出更加雄伟壮丽的新曲！

阎铁成同志生于郑州，长于郑州，长期担任郑州市文物局局长工作，对郑州市文化遗产的保护、开发、利用，做出了自己的贡献。《重读郑州》的写出，是他对做文物工作的一份答卷，也是对自己做文物工作的一个慰藉和纪念。

我祝贺《重读郑州》的出版！

李伯谦 2014 年 11 月 26 日于北京

（原载阎铁成：《重读郑州：一座由考古发现的中国创世王都》，科学出版社，2015 年）

《古礼足征：礼制文化的考古学研究》序

中国自有史以来即是一个重视礼仪的国度，孔老夫子在谈及三代礼时曾说"夏礼吾能言之，杞不足征也；殷礼吾能言之，宋不足征也；文献不足故也。足，则吾能征之矣！"（《论语·八佾》）可见，早在春秋时期的孔子是认为至少从夏代开始是有礼的。从有礼到形成完备的礼制，是社会的一个发展。春秋时期，《周礼》《仪礼》《礼记》所谓三礼的形成，标志着周代已是成熟的典型的礼制社会，学术界将古代中国称为礼制国家，是符合实际情况的，这也正是古代中国国家区别于世界其他国家的一个重要特征。中国历史上改朝换代屡屡发生，但其文化系统却从未中断，作为其重要有机组成部分的礼制也在不断发展。正缘于此，至少从战国秦汉以降，对礼制的研究便不绝于书，形成所谓"礼学"。不过很长时间以来，对礼的研究都是从书本到书本，跳不出文献的圈圈。上世纪二十年代以田野调查发掘为特征的近代考古学传入我国以后，从考古调查发掘的遗迹、遗物进行研究，开辟了礼制研究的新天地，获得了许多新收获。即将由上海古籍出版社出版的高崇文教授《古礼足征：礼制文化的考古学研究》一书，便是从考古学角度开展礼制研究取得的一项最新的标志性成果。

该书分为五章，第壹篇是礼制文明篇，第贰篇是都城礼制篇，第叁篇是丧葬礼制篇，第肆篇是青铜礼器篇，第伍篇是江汉地区古文化与楚文化研究篇，全书共收论文32篇，67万多字，是他在北京大学从事教学研究40年间对考古礼制文化和楚文化潜心研究的结晶。其中有些文章我是读过的，但这次通读全书之后却使我形成了全新的认识，给我留下了强烈印象：

一、通过长时段研究，全面系统梳理了礼的起源、形成、发展、演变的全过程及其在不同历史发展阶段的特点和发挥的作用，如果你认真学习过第壹篇中的《中国古代礼制文明的考古学观察》一文，你一定会有和我相同的认识。关于礼的起源，在这篇大作中，他在列举出诸位学者的观点后，正确地指出"以上诸观点都是从某一方面或某一形式来谈礼的起源，只是观其形，而没有探其实。……夏商周三代之所以用礼来治理国家，形成一种独特的礼制性社会，是因为这种礼具有一定的约束性、权威性的特质，三代的统治者正是利用这种礼的特质制定了礼仪制度来维护统治秩序的"，礼源于祭祀，但"如果没有三代统治者将祭祀中逐渐形成的神权用在对国家的治理上，也不会形成三代独特的礼制性社会。正是三代的统治者利用祭祀中出现的神权和祖权的权威性来维护社会秩序，实现了神权、祖权与政权紧密结合的国家体制，才形成了夏商周三代独特的礼制性社会"。我认为，正是抓住了礼的约束性和权威性特点，便抓住了作为古代中国礼制性社会特点的特质。

二、以考古发现为中心，将考古材料与文献材料相结合，在系统分析新石器时代城址、夏商周都城遗址和历史时期从秦汉至明清的都城遗址基础上，深入探讨了从防御性的城堡发展为政治性的都城，进而演变为兼具礼制意义的都城的过程，揭示出以维护最高统治者权威和治理国家为宗旨的贯彻于从设计到施工全过程的礼制观念的决定性作用。这在第壹篇和第贰篇中的《古代都城礼制文化的形成》《东周列国都城的礼制文化》和《古代北京城规划中的礼制文化》三篇文章中均有充分的阐述。建于北京的辽南京、金中都和元大都，分别是原居北方的契丹、女真和蒙古三个少数民族的都城，但其建筑均遵从了中原地区从周代延续下来的都城礼制，基本上仍是宫城、皇城、郭城三重城垣和前朝后寝、左祖右社的格局，足见礼制文化的强大影响。

三、以考古发现为中心，将考古材料与文献材料相结合，在系统分析商周秦汉丧葬礼仪制度发展演变基础上，细致深入探讨了殉葬与祭祀、装殓礼俗及仪节、从"墓而不坟"到陵丘高筑、从庙祭到墓祭、棺椁制度、器物随葬及车马随葬制度等，对文献中一些艰涩难懂的有关丧葬礼仪的记述，依据考古学上的发现做出了符合实际的解释，并依据考古学上的发现和文献提供的线索，通过一环紧扣一环的分析、考证，补充和填补了文献记载的缺失，有创见的复原了古代丧葬礼仪中早已失而不传的内容。这在收入第叁篇的《殷周时期殉葬与祭祖仪式的变迁》《试论先秦两汉丧葬礼俗的演变》《中国古代陵墓制度的发展》《西汉诸侯王墓车马殉葬制度探讨》《再论西汉诸侯王墓车马殉葬制度》《秦汉帝陵陵寝制度探讨》等文中，均有精彩的论述。

四、以严格的考古类型学方法，对两周时期青铜壶、东周时期晋和楚国青铜器进行了系统排比，构建起了严密的两周时期青铜壶的分期与发展谱系，晋系青铜器形制发展演变反映的墓葬分期及楚式鼎演变规律，为青铜器分期与谱系研究提供了范例。

五、在分别梳理考古材料和出土文字、文献材料基础上，通过对两者的比较与综合研究，揭示了楚文化从早到晚由陕鄂交界——丹江流域——沮、漳河流域而向江汉平原发展的轨迹与《清华简·楚居》所记楚人、楚都从早到晚由北而南转而向东迁徙路线之间的耦合关系，澄清了楚文化起源发展与楚都屡迁地望讨论中各执一词的混沌局面，提出了论证逻辑清晰、证据充分、可以自圆其说的、有说服力的论断。

总括而言，这部从考古学出发所做的礼制文化研究，突破了以往单纯从文献到文献的框框，扩大了研究范围，拓展了研究渠道，论述全面系统，逻辑清晰严密，观点明确，论证有力，是该研究领域值得关注的一部佳作。

高崇文先生之所以能在礼制文化和楚文化研究领域取得令人瞩目的成绩，第一要归功于他的勤奋。他毕业留校时，考古教研室给他定的方向是战国秦汉考古，几十年来，他不仅带着问题读遍了先秦两汉典籍，钻研了三礼和前辈学者有关礼制研究、楚文化研究的专著与论文，还连续不断参加田野考古发掘，从考古实战中积累资料、获取灵感；第二要归功于他的好学。从一毕业他就在俞伟超先生指导下，一边教学，一边研究，学习理论，学习研究方法。他的《两周时期铜壶的形态学研究》，既是俞先生给出的题目，也是在俞先生亲自指导下通过多年努力写成的第一篇研究论文，读过此文，才知其用力之巨和功力之深。为了研究楚文化，他随俞先生不畏艰苦参加沮漳河流域考古调查，发掘纪南城，发掘季家湖古城，参加各种研讨会，不断从多渠道汲取营养，了解、掌握学术动态和学术方向，从不自满。在去年召开的鄂、豫、皖、湘四省楚文化研究会第十三次年会上被推举为新一届会长，读一读他在闭幕会上所作的《楚文化研究的回顾与展望》报告，便知道这完全是出于学术追求的众望所归的选择。

从他1972年进入北大求学做学生当老师，我和他已相处了43个年头，我对他取得这样的成绩并不感到意外，而是在意料之中。当他这部凝结着几十年奋斗心血的著作出版之际，写了上面一些话，作为发自内心的对他的祝贺。

（原载高崇文：《古礼足征：礼制文化的考古学研究》，上海古籍出版社，2015年）

《岭外求真：朱非素考古论集》序

　　同窗好友朱非素的考古论集终于要出版了，李岩嘱我作序，我犹豫再三还是答应担起这个任务。因为朱非素把自己的论文整理好送出版社之前，曾对我说过让我写个序，但被我拒绝了。我说"我们是同班同学，一同上课，一同实习，一同写作业，谁也不比谁高多少，我怎么敢给你写序呢？我确实给别人写过序，但他们要不是我的学生，要不就是年龄比我小"。从电话里听得出非素不太高兴，但她倔强的性格也没反驳我，就这样放下了。谁承想，大概过了半年时间，她就查出肺部癌变住进了医院。今年四月，我们全家飞到广州去看她，精神还好，想不到两个月之后就与世长辞了。每每想到拒绝为她的书写序这事，心中总有说不出的愧疚，现在她人走了，她的同事好友李岩重提此事，我想一定是传达她的意思，我岂能再固执己见呢？

　　收入论集的文章不算多，但光看看篇目就知道，许多篇都是她到广东省文物考古研究所参加考古调查、发掘工作过程中，对发掘出来的遗迹、遗物观察、思考的结晶，既有对个案的研究，也有对全省考古的概括。从这些文章中看不到华丽辞藻，看不到无病呻吟，你也许对她的某个观点有不同意见，但它都是言之有物的"干货"，绝对挤不出什么水分。论文集以"岭外求真"命名，符合她的性格，再也贴切不过了。

广东地处岭南，开发较晚，文献缺乏，远古上古的历史，渺茫难稽，许多问题都要靠考古发现和研究来回答。问题很多，但最重要最紧迫的还是要通过考古建立全省的考古学文化年代分期框架、考古学文化区系类型体系、梳理清楚各文化间及与周邻文化的关系。针对和围绕这些目标，朱非素自上世纪六十年代初进入广东者考古队伍，无论是作为一般考古队员还是考古研究所的副所长，她始终身体力行、孜孜以求，在粤北、粤东、珠江三角洲的考古工地上均留有自己的足迹，为构建上述目标大厦做出了努力和突出的贡献。

位于粤北曲江盆地的马坝石峡遗址，是朱非素用力最多、研究最多的一处遗址，从1975年至1978年，她是发掘的参加者；从1978年以后断断续续十多年，她和杨式挺先生分工合作，是资料整理和报告编写的承担者。现在，石峡遗址考古发掘报告已经出版发行，从收入论集的由她执笔的"结语"知道，她把石峡遗址分为四期：一期属于新石器时代晚期前段；二期属于新石器时代晚期后段，因有不同于 期和三期的鲜明特征而称之为石峡文化；三期的年代相当于中原地区的夏商，下限可晚至西周初年；四期为西周晚期和春秋。根据地层叠压和遗迹打破关系，一、二、三期都还可以细分出不同的小期段。这一分期体系是发掘期间她和她的同事们从不断的实践中总结出来的，收入论集的早在2012年她为庆祝李仰松教授80华诞而写的《石峡遗址发掘与分期》一文已做了详细的论证。石峡遗址分期框架的提出，无疑使衡量广东其他地区新石器时代晚期以降遗存的考古年代分期有了可靠的参考标尺，而将第二期遗存单独分出命名为石峡文化，把分期和谱系演变分开，对考古遗存的深入研究也有普遍的启发意义。

广东省地域辽阔，自然地理环境复杂，不同地区出土的文化遗存也有着自己鲜明的特点，不能像以前那样仅以砂陶—软陶—硬陶笼统概括其发展规律。朱非素深深懂得苏秉琦先生提出的考古学文化区系类型理论对自己研究所具有的指导意义，收入论集的《中山历史文物概述》《广东石峡文化出土的琮与钺》《浅析石峡文化和河宕类型文化遗存的几个问题》《珠海考古研究新成果》《珠江三角洲贝丘、沙丘遗址和聚落形态》、《试论石峡遗址与珠江三角洲古文化的关系》《粤闽地区浮滨文化遗存的发现和探索》以及在个案研究基础上做出的《广东考古三十五年概述》《考古新发现和重要收获》《广东考古新发现的几点思考》《广东新石器时代考古若干问题的探讨》等综合论著，均是从区系的视角展开的研究。通过这些研究，使我们得以看到一幅立体的广东新石器时代至青铜时代考古学文化分布格局及其变化的清晰图画。

关于文化关系研究，正如上列有关篇目所言，在新石器时代，不仅涉及省内粤北石峡遗址与珠江三角洲河宕文化关系的探讨，也涉及省外太湖地区良渚文化对粤北石峡文化、粤东同时期文化的影响。进入青铜时代，粤东饶平浮滨文化青铜戈的出土，也以确切的证据证明，商时期中原地区的商文化也辗转南下影响到了粤东闽南地区，促成了广东青铜文化的诞生。

广东濒临大海，海上"丝绸之路"是考古研究的重要课题。本来侧重于新石器时代和青铜时代研究的朱非素，也以锐敏的眼光和极大的热情关注于此。收入本论集的《〈南海丝绸之路〉先秦至明清部分概述》和《南海"丝绸之路"考古发现浅析》两文即是她潜心研究的成果。《南海丝绸之路》是一部大型图集，书中的文字介绍全出于她手，而另一篇则是她根据文献记载和考古发现的遗迹、遗物对"南海丝绸之路"所做的考证。为写作《南海"丝绸之路"考古发现浅析》一文，从文末注释可知，她至少查阅了42部（篇）有关文献记载和考古发掘简报、报告，其投入的时间和精力可想而知。过去，由于在学校教书分工的原因，我只对青铜时代和新石器时代考古有兴趣，较少关注历史时期尤其是历史时期后段的材料，正是看了这两篇文章，我才知道可早到东周时期的珠海宝镜湾岩画中船头船尾上翘的船只形象，很可能是当时海路已经开通的证明，"秦汉是开发海上'丝绸之路'并将航海向远洋发展的时代"。以后的吴晋南朝、唐宋、明清，中国国内王朝虽屡屡变换，但南海通向远洋的商贸和文化交流却络绎不绝。

　　作为一名在省考古研究所工作的业务人员，尽管可以有自己的侧重，但面对的是全省的考古工作，不论时代，不论地域，不分门类，只要碰上了、只要是工作需要，就要责无旁贷承担下来。石刻和碑帖与丝绸之路一样，都不是她的长项，但因全省文物普查训练班讲课的需要，她却勇敢地承担起讲授《简介中国古代石刻和碑帖》的任务。这篇讲稿从介绍什么是石刻、什么是碑帖开始，将石刻、碑帖出现的年代，石刻的形制特点，石刻的断代方法以及石刻、碑帖的类型和调查、研究的意义，说得既全面又系统，专门研究石刻、碑帖的专家看着可能觉得有点浅显，但对初学者来说却具有针对性，一听就懂。我查了这篇讲稿是发表在1982年印的《广东省文物普查训练班讲稿集》上，我记得她"文革"中下放连城煤矿回来不久，1975年就参加了石峡遗址的发掘，可能没有多少时间搜集资料作准备，对于过去全然没有学过石刻和碑帖的人来说，能拿出来这篇东西真是难能可贵，令人敬佩。

　　朱非素小学毕业就参加了抗美援朝，1955年复员回乡复习一年，1956年响应党中央发出的"向科学进军"的号召，以优异成绩考入北大历史系，我和她是考古专业同班同学，有五年同窗之谊。她聪敏好学，每天歌声不断，浑身有一股冲劲，学习也好，劳动也好，她从不畏惧困难。不必讳言，她因未上过中学，文史底子不厚，但大学五年的刻苦努力和工作岗位上多方面的锻炼，使她真正成为一名优秀的考古学家，为祖国的考古事业贡献了自己的一生。这部论文集是她所从事的考古工作的记录，是她所开展的考古研究的精华，是广东乃至全国考古事业发展的见证。它的出版，是对她的表彰，也是对她最好的纪念。

2015年9月7日

（原载朱非素：《岭外求真：朱非素考古论集》，科学出版社，2015年）

《文明之光：古都郑州探索与研究》序

——融汇古今话郑州

作为一个老家在郑州的人，我看过不少介绍郑州的书，有话说的，有图说的，也有编成歌曲吟唱的，形式多种多样，不一而足；从内容来看，有综合的，也有专项的，但百分之九十以上都是说的现在的郑州。郑州成为一个新兴的现代城市，充其量也就是六七十年的时间，但要追溯它的历史，仅从商王朝第一个国王商汤灭夏在郑州建立亳都算起，也已有三千六百多年。如果以现在的行政区划，把新郑、中牟、荥阳、巩义、新密、登封都作为郑州的一部分，那么夏王朝的第一个都城"禹都阳城"，甚至传说五帝之首的黄帝的龙兴之地，也都在这一范围之内与郑州有密切关系了。城或城市的出现，是历史发展的产物。作为现代化新兴城市的郑州的崛起，也是历史上该地区社会经济发展的结果，更是文化的长期积淀所累成。郑州如何发展成为世界性的都会城市，尤其是要建设成为世界历史文化名城，打造中原经济区核心增长区，从历史上汲取经验、寻找灵感就十分重要了。因此，编写一部介绍郑州辉煌历史的书，激发郑州人民群众把自己的家乡建设成为世界历史文化名城的热情并投入行动，就成为一项刻不容缓的任务。

十分高兴，适应社会急需和广大公众要求，由郑州市文物考古研究院院长顾万发编著的《文明之光：古都郑州探索与研究》一书应运而生，就要和大家见面了。

这部书共分二十章和一篇参考书目，和我以前见过的介绍郑州的书相比，有六个鲜明的特点：

一是将郑州历史的各个阶段打通，从郑州在中华文明演进过程中的基本情况和地位到中华统一王朝都城的建立，从夏商王都，周代封国管、祭、郑、韩等都邑的辉煌到汉以后至明清时期的历史现状甚至到近现代，环环相扣，脉络清晰，发展轨迹清楚明了。了解了夏商周及战国以前郑州这块地方的历史发展，就会理解郑州之所以成为中国统一王朝夏商都城首选之地的深刻原因；了解了郑州汉以后至民国渐趋衰落的境况，将会激发人们总结经验教训、奋起直追建设美好家园的热情，并从文化自豪的心理上树立必胜的信心。

二是内容丰富，涵盖方方面面，几乎无所不包。其一至四章从中华文明之源讲到商汤在郑州建立亳都，是对郑州成为当时世界上最大规模都城之一及其形成渊源的追索；五至七章主讲郑州的经济、商贸和交通；八至十五章主要介绍郑州古今思想、文化、宗教、城市发展、建筑、科技、陶瓷生产；十六至二十章将郑州的文化古城、重要墓葬、历史文化建筑、宗教石造像与碑刻、近现代重要史迹等悉数列入。这是对郑州从历史到现状、从地理到人文、从经济到文化全方位的展示。生活、工作在郑州的人读了会增加心中的自豪，外地的人读了会心生景仰之情，没有到过郑州想来郑州旅游的朋友，甚至都可以将它看作是行前的导读和旅游的手册。

三是既图文并茂地介绍了郑州市以全国重点文物保护单位为主的物质文化遗产，也以附录的形式刊布了郑州市市级第一、二、三批共111项非物质文化遗产名录。根据最新公布的第七批全国重点文物保护单位名录的统计，郑州市的全国重点文物保护单位数量已跃升至全国省会城市第一，仅次于北京市。无论是物质文化遗产，还是非物质文化遗产，都是我们的先民在生产、生活、社会、经济与政治、文化等各种活动中的遗存，在一定程度上是郑州历史的记录和反映，我们认识了它、了解了它，就能更好地珍惜、保护、发扬，使它在实现中华民族伟大复兴的实践中发挥应有的作用。

四是作为一部综合介绍郑州的著作，既有从档案和其他书中摘录的资料，同时也有占全书相当篇幅的由作者潜心研究的成果和独到见解，尤其是作者在第二章中对"中"字的解析，第十五章中对柴窑产地、郑州出土的两件唐青花塔式罐产地在郑州的考证，以及对两件唐青花塔式罐上儿童步打图案和卍字形图案、牡丹纹演化图案内涵的阐释、对祭伯城的论证等。我认为作者在这些问题上的研究，思路清晰、方法新颖、逻辑严密，具有启发意义。

五是书中公布了不少新的考古资料，像郑州商城外廓城西北段的有关考古内容，汪沟遗址、青台遗址、小双桥遗址、稍柴遗址、祭伯城城址、京襄城城址、东周故城城址、惠济桥遗址等最新的勘探和考古成果，既使我们能及时了解郑州最新的考古发现，又使大家对有些多年前已知遗址的文化内涵有了更新和更关键的认识，这些新素材的公布为促进学术界相关学术研究提供了难得的素材。

六是为便于读者对某个方面的深入了解和研究需要，在书后列了参考书目。这些书目好比是为读者打开通向了解郑州之门的钥匙。

由于这六个方面的特点，就使得这部书既有通俗性、普及性的优点，又有较高的学术性。普通民众阅读会对郑州辉煌的历史及其在中华文明史上的地位和坐标有全面的认识，激发建设国际性大都会、世界历史文化名城的积极性和创造力，专门研究者阅读也会引起兴趣、生发新的思考和讨论的空间。我读后的感受是，这是一部值得一读的好书，我愿意推荐给老家郑州的父老乡亲、兄弟姐妹和在郑州打拼的、上学的，以及像我这样从郑州这块土地上走出去的朋友们。

当然，我想我也应该指出，可能由于原为电视剧本素材等原因，这部书在结构上显得有些松散、不够紧凑；有些问题如第四章对郑州商城三重城垣含义的解释，有些虽有线索但尚未最后结论的问题，如第四章对郑州商王陵可能地望的推测、第十六章仅根据钻探资料就认为寻找到了望京楼二里头文化和二里岗文化两座城址外廓城的线索等表述，似乎尚需更多材料的佐证。这些问题，可以通过写专门的论文进行讨论，更需要通过实地调查发掘加以证实。瑕不掩瑜，指出以上几点，只是想请作者精益求精，把这块大家都翘首以盼的璞玉打磨得更温润一些。是为序。

  2013年5月30日于北京大学赛克勒考古与艺术博物馆

（原载顾万发：《文明之光：古都郑州探索与研究》，科学出版社，2016年）

《吉金萃影：贾氏珍藏青铜器老照片》序

从距今约四千年前的夏代至距今约两千四、五百年前的战国，是中国的青铜时代。在长达一千五百年的历史长河中，青铜冶铸技术日臻完善，青铜制品运用到了社会生产、生活的方方面面，对于推进社会的进步、提高社会的文明程度发挥了重要作用。即使到了铁器时代乃至更晚的历史时期，青铜器的制造和使用，仍然络绎不绝。有鉴于此，古代先民留下的具有历史价值、艺术价值和科学价值的青铜制品，就成为人们进行历史研究、艺术鉴赏和收藏的重要对象。不过，天长地久，由于自身和环境的变化，从地下挖出来的青铜器大多锈蚀严重或残破不堪，很少能见到保持原来形状和色彩者，于是对青铜器进行修复、复制的技术和从业者便应运而生。早在商代，就有针对青铜器的铸造缺陷而出现的修补技术、以冥器为代表的依照实物复仿的技术，这都可以看作是至少从宋代金石学出现便逐渐成熟起来的青铜修复技术的滥觞。在以后的发展中，随着经验的积累和技艺的精进，不断涌现出一代又一代技术大师甚至世家，而且由于师承的区别，还形成了各有绝活和风格的不同门派。珍藏这批青铜器老照片的工艺大师贾玉波，即是出于清末内务府造办处专门修复青铜器的高手、人称"古铜张"的张泰恩的弟子王德山门下。

贾玉波河北省束鹿县人，1923年12月17日生，13岁来到北京琉璃厂，投到王德山门下学习修复青铜器，40年代初出师自立门户，专门为著名古董商黄濬即黄伯川开的尊古斋修复铜器。铜器修复前大多残破，有的会碎成几十片甚至上百片，修复时需要反复揣摩，寻找其内在联系规律，然后才能细心拼对，粘接复原成整器，一件器物，少则几天，多的要花十几天甚至上百天功夫，这里凝聚了修复者大量的心血和智慧，一件修好的铜器就是一件新生的艺术品。铜器修好后，一般都会拍照留存资料，贾玉波就是这样的有心人，在他从事铜器修复的生涯中，就留下了许多这样的老照片，至今在他小儿子也是修铜器高手贾文忠手上还有300多帧玻璃板底版。经初步清理辨识，大部分是商周时期的青铜礼器、乐器、兵器，有方鼎、圆鼎、分裆鼎、簋、鬲、甗、方彝、觚、爵、斝、尊、罍、壶、盉、盘、匜、钟等，也有汉及以后朝代的镜、熏炉等，其中许多国宝级珍品包括人面盉已流出海外。实物虽然散失，但这批老照片，无疑仍是研究青铜器修复技术、鉴赏、收藏以及流散历史的珍贵资料。文物出版社慧眼识珠，玉波先生哲嗣积极配合，决定出版这批老照片，实乃学界幸事，谨表真诚的感谢！是为序。

2014年2月于北京

（原载贾文忠、贾树编：《吉金萃影：贾氏珍藏青铜器老照片》，文物出版社，2016年）

《治国方略史鉴》序

尚师先生继2014年底正式出版三巨册的《晋国通史》之后，又用不到一年的时间完成了这部《治国方略史鉴》的写作。我虽然有些吃惊，但并不感到意外，因为在我阅读他的《晋国通史》的过程中，我已发现他对涉及精神领域、思想文化方面的问题异常重视，在书中专门用第二十八章一章的篇幅论述了"晋国治国思想的发展"，在第七章"学者名流"中专门介绍了主张"儒法兼容"的大学者卜子夏。更为难能可贵的是，他不是停留在一般情况的叙述介绍，而是有自己的分析，能提出独到的见解，例如在第二十八章一开始，他就从分析叔虞封唐时周王室给出的"启以夏政，疆以戎索"治国方针说起，认为正是这一方针，"导致了晋国后来的反周人宗法制的变法思潮，使晋国法治思想成为春秋时期的主流。春秋末晋人卜子夏继承了孔子儒家思想返晋后，又容纳了晋国的法治思想，便形成了他的'儒法兼容'思想，并培养出了魏斯（即后来的魏文侯）儒法并用的国君。他的思想后来又为第五代门人——荀子所继承，并发展成为中国两千多年的符合中国国情的帝王治国思想"。可见作为《治国方略史鉴》重要内涵的"儒法兼容"思想，当时在他的脑子里已经有了初步酝酿，也就在那时，他还出版了《先秦三晋两个辉煌时期暨治国思想》（中国文联出版社，2008年）一书。

《治国方略史鉴》共分三篇，第一篇从第一章到第十章，是"治国方略的孕育与形成",概述了中国文明起源、形成、发展的过程和与之有密切关系的治国思想发展的线索；第二篇从第十一章到第十五章，是"治国方略主线"，从唐尧时皋陶的"明刑弼教"发展到春秋末卜子夏的"儒法兼容"，再发展到战国中期荀子的"隆礼重法"；第三篇从第十六章到第二十六章，是"治国史鉴"，按国别概述了各国治国思想的同异和实践及其经验教训，并对历代王朝更迭的原因进行了分析总结，提出了当下治国理政可以借鉴的诸多方面。

读过尚师先生的这部新作，不难看出他对中华五千年文明史的发展轨迹，特别是精神文化的发展演变十分熟悉，对历朝历代的治国思想有很深的研究，且不乏创见，与前此发表的有关治国思想的文章和专著相比，更加全面系统，更加符合历史实际，对当今治国理政，推进社会主义建设，实现中华民族伟大复兴的中国梦更加具有借鉴意义，是对中国历史上治国思想的一个总结，是对治国思想认识的一个全面提升。

我不研究思想发展史，更没有系统接触过历史上的治国思想，但我通读书稿之后，除全面系统外，更强烈地感到他有许多新的见解、新的认识，甚至可以说是和以往学术界不同的一个新的思想体系了。

一、梳理治国思想发展过程，提出了历史上治国思想发展史框架。他认为历史上的尧舜时代以传说皋陶提出的"明刑弼教"为标志为第一阶段，已有了治国思想的萌芽，是治国思想的朦胧阶段；夏商和西周以传说的"禹刑"的制定和周公"制礼作乐"为代表为第二阶段，是治国思想真正的起源和奠基阶段；第三阶段是春秋战国时期，此时出现了老子、孔子、卜子夏、管子、孟子、孙子、荀子、庄子、韩非子等一大批思想家，形成了儒、道、法、墨等思想流派，是治国思想迅速发展并臻于高度成熟的阶段，但限于列国纷争的政治局面，当时并未形成统一的治国方略；第四阶段是秦汉时期，适应大一统的中央集权的政治体制的形成与发展，以"儒法兼容"为核心的治国思想得以推行实践，推动了社会发展；第五阶段，秦汉以后自隋唐宋辽金元直至明清，历代治国方针无大的变化，刻板僵化，没有提出新的治国思想。

二、对荀子所属学派和汉武帝所谓"罢黜百家，独尊儒术"重新分析，提出了全新解释。过去学术界一直认为荀子是孟子之后儒家的代表，但该书认为荀子的思想是"隆礼重法""儒法兼容"，是继承发展卜子夏而来，并非以前以孔孟为代表的纯儒家；汉武帝所谓"罢黜百家，独尊儒术"，是罢黜了文景时期因应当时社会形势推行的道家黄老思想无为而治的方针，尊崇的是适应社会发展需要的荀子"儒法兼治"的所谓"儒术"。

三、剖析了秦朝速亡和王莽改制速败的原因，指出秦始皇排除儒家纯用法家治国，虽提出了许多有利于社会发展的新政和措施，但横征暴敛、严刑苛法，终激起民变，倏忽而亡；王莽一味推行"王道"，全面复辟"周礼"，不了解社会和人民需求，亦迅遭历史唾弃，表明纯用法家或纯用儒家均不能治国。

四、总结历史上治国思想发展规律，提出将儒家的"隆礼尊贤而王"和法家的"重法爱民而霸"学说结合起来的以"儒法兼容""德主刑附"为核心的思想才是中国历史上治国理政思想的主线。历史经验表明，儒家、法家都有自己积极和消极的一面，只有发扬它们积极的部分，避免消极的部分，将上述治国理政思想主线付诸实践，才能推进社会发展。

五、在历史发展过程中，尤其是历史发生转型的关键时刻，出现不同的社会思潮是常见现象。主政者站在以人民为本，以国家、社会发展为目的立场上，高瞻远瞩，分析这些社会思潮，汲取其积极因素，摒弃其消极落后因素，制订符合社会发展需要的治国理政方针并推而广之，是义不容辞的光荣义务。

历史是一面镜子。胸怀人民和国家社会，从我国五千年文明发展史中总结经验教训，为当前社会治理发展建言献策，是一位历史学家的本分。从尚师先生发表的一系列文章和专著中，我深深感到了这一点。我不敢说他提出来的每一种看法、每一个观点都无懈可击，我也不敢说我对他的看法和观点的理解都对，但总体上看，从主流上看，我认为他总结出来的中国历史上治国理政思想发展主线是符合实际的、正确的，对新时期我们的社会主义建设有积极的启发意义。尚师先生为我们作出了榜样，我们应该向尚师先生学习。

（原载李尚师、李光达：《治国方略史鉴》，三晋出版社，2018年）

《中国奴隶社会大一统：兼论龙山时代五帝的历史地位》序

山东大舜文化研究会会长谢玉堂先生继2009年至2010年连续出版《论大舜》和《甲骨文的由来与发展》两部大作之后，又于今年在2011年撰写的《尧舜禹是夏王朝的奠基人》一文基础上经补充修改完成了这部新作。在这部书的前言中，谢先生说该书是响应我在2001年8月21日《中原文物》百期纪念暨中原文明学术研讨会上发言建议的夏商周断代工程结束之后"从夏以上再推一千年"，以"华夏文明的起源及早期形成"作为课题，"集中精力来探讨一下考古学上的龙山文化和传说中的尧、舜、禹时期究竟是一个什么样的社会"的号召而写成的。我虽感到荣幸，但却很惭愧，我虽也写过几篇文章，但和谢先生及以他为首的山东大舜文化研究会取得的成果相比，就显得望尘莫及了。

这部书除前言共有九章，研究的重点虽是尧、舜、禹，但也用第二章、第三章、第四章、第五章几乎近一半的篇幅讨论了黄帝、颛顼和帝喾，从纵向角度看，可以说是一部传说史学中"五帝"的通史；从横向角度看，说到每一"帝"时，都会涉及当时的社会生活、宗教信仰和人物关系，也可以说是"五帝"每一帝的断代史、社会史。其系统性、全面性，在研究传说"五帝"时代的同类著作中，就我浏览所及，恐怕是相当突出的。

我在学习本书过程中，感到有以下几个鲜明的特点：

第一点是对理论的重视。"前言"是本书的纲,在"前言"第一部分,他们经过讨论得出的"五千多年的中国文明社会历经了四次大的统一",即"第一次是黄帝对氏族部落的大统一;第二次是尧、舜、禹对奴隶社会的大统一;第三次是秦始皇对封建社会的大统一;第四次是中国共产党及其英明领袖毛泽东对社会主义社会的大统一"的提法,以马克思主义社会发展学说为指引,勾画并指出了五千年来中国社会的发展阶段及其领袖人物在社会转型中发挥的关键作用,颇有新意,而且不是把"统一"看作一时一事的孤立事件,而是看作一个过程,是实事求是的、符合客观实际的。在"前言"第二部分中"关于蚩尤的历史地位问题""关于对少昊的评价问题""关于对颛顼和帝喾的论述""关于虞朝是否存在的问题""关于对大禹的地位评价问题"等,有些具体细节虽然还需继续深入讨论,但都能运用马克思主义的辩证唯物主义、历史唯物主义观点和方法加以分析,对其基本论断,我都持积极肯定的态度。过去有些史家,站在华夏-汉族正统的立场对来自非华夏族系的蚩尤、少昊加以贬斥,不符合历史事实,是不正确的。虞在尧后,根据考古发现和研究,位于山西襄汾的陶寺遗址已被推定为"五帝"之一尧的都城遗址,在那里已发现面积达 280 万平方米的城墙、大型宫殿建筑基址和只在这类建筑上使用的板瓦、只有王才能享用的随葬有丰富器皿和玉钺玉戚的大型墓葬、大型仓储设施、铜铃铜环铜齿轮形器等红铜器群、彩绘陶器陶鼓石磬等礼乐器、观象台址、测量地中的圭表和最早的朱书汉字,用我提出的文明和国家形成的十项标准来衡量,应该就是中原地区继河南灵宝铸鼎原西坡"古国"之后最早出现的"王国"的典型实例。从唯物史观来看,对照文献记载,舜和尧基本同时,而且是受尧的禅让而登上帝位的,既然尧时已进入文明和国家阶段,那么舜建立的虞朝也必定是客观存在的事实,只不过现在考古学上尚未发现而已。至于第二部分的第 6、7 两个问题即"从皇甫谧、邵雍到当代的夏、商、周断代工程"和"如何评价中华民国创始阶段的黄帝纪年说",我虽是"夏商周断代工程"专家组的成员,有时也会翻一翻皇甫谧的《历代帝王世纪》和邵雍的《皇极经世》,但我作为一个考古人员,主要关心的是夏商周遗存通过地层叠压关系透露出的相对年代及其包含的含碳样品碳十四测定结果,并不从文献记载的王年出发研究古代的年代问题,对民国初创前夕刘师培、章士剑诸位前贤所做的工作,更甚少了解,既缺乏这方面的知识,更没有什么研究,对他们在年代学上付出的努力和贡献,我由衷地钦佩,但并不敢从学术上做出什么具体的评论。"前言"的第三部分谈的是"本会目前研究的主要课题"。我注意到,书中说的主要研究课题一个是由谢玉堂会长主持编写的这部书,另一个就是由赵立银先生负责的《中国氏族部落的大一统》,谢会长负责的《中国奴隶社会大一统》正在拜读中,我也期待着不久的将来也有机会学习赵立银先生的大作。正确的理论和方法,是正确观察、分析、解决问题的指导和手段,本书从始至终在这方面都有鲜明的体现。

第二点是对考古学材料和研究成果的重视。本书将自己倾力研究的"五帝"时代与考古学上的龙山时代相对应,我认为是十分有见地的,这和以前多将黄帝推前至仰韶文化时期相比,显然是一个进步。作者对考古学的重视,限于篇幅我不能一一列举,这里仅从他文中提到的"北辛文化""后李文化""大汶口文化""龙山文化""岳石文化""王湾三期文化""大溪文化""屈家岭文化""石家河文化""庙底沟二期文化""河南龙山文化""陕西龙山文化""山东龙山文化""裴李岗文化""仰韶文化""崧泽文化""良渚文化""二里头文化""二里岗文化"等主要以首次发掘的遗址命名的考古学文化名称即可看到他对考古材料的熟悉。

第三点是对文献材料的重视。中国是史学大国,在几千年历史发展的长河中，先人们留下了浩如烟海的史籍，这些材料对研究我国远古至上古时期的历史具有重要的参考价值，本书中引用的古籍，按顺序说有《孟子》《尚书》《墨子》《史记》《左传》《礼记》《帝王世纪》《易经》《汉书》《大戴礼记》《今本竹书纪年》《黄帝内传》《世本》《吕氏春秋》《太平御览》《云笈七签》《古史考》《商君书》《淮南子》《通鉴外纪》《路史》《释名》《尚书大传》《越绝书》《古本竹书纪年》《世说新语》《白虎通义》《拾遗记》《说文》《古今图书集成》《通考》《易通卦验》《管子》《初学记》《古今注》《国语》《逸周书》《山海经》《皇览》《盐铁论》《荀子》《楚辞》《开封图经》《鹖子》《潜夫论》《韩非子》《庄子》《尸子》《通典》《述异记》《困学记闻》《论语》《诗经》《夏小正》《春秋公羊传》等，粗粗数来不下五十多种；从书的时代说既有先秦时期的，也有两汉及以后各代的；从性质说有经、史、子、集，也有类书，可谓应有尽有。

第四点是参考了丰富的现当代学人的著作，熟知当今该领域的研究动态和问题。初步统计，本书引用的现当代学人有关著作有徐旭生《中国古史的传说时代》，郭沫若《中国史稿》，杨宽《古史新探》，何兹全《中国古代社会》，邹衡《夏商周考古学论文集》，许顺湛《五帝时代研究》，李学勤《走出疑古时代》、《话说中国大历史（壹）上古春秋：华夏文明的滥觞》、《中国古代文明与国家形成研究》，袁行霈等《中华文明史》，王仲孚《中国上古史专题研究》，李伯谦《文明探源与三代考古论集》，王大有《三皇五帝时代》，任乃强《四川上古史新探》，逄振镐《东夷文化研究》，谢维扬《中国早期国家》，王震中《中国文明起源的比较研究》，江林昌《考古发现与文史新证》等，有关论文有卢钟锋《新时期中国历史学的回顾与思考——以中国历史的发展道路研究为线索》、杨向奎《应当给"有虞氏"一个应有的历史地位》、赵家祥《也谈"古代生产方式"与"奴隶社会"》、严文明《龙山文化和龙山时代》、何德亮等《大汶口文化发展与研究概论》、李学勤《论新出大汶口文化符号》、裘锡圭《汉字形成问题的初步探索》、高广仁《试论大汶口文化的分期》、周本雄《宝鸡北首岭新石器时代遗址中的动物骨骸》、张富祥《由东夷古史探讨绝地天通》、叶林生《帝颛顼考》、冯广宏《颛顼史迹及其改革作为考》、蔡先金等《论颛顼时代巫教之变革》、张学海《鲁西两组龙山文化城址的发现及对几个古史问题的思考》、安作璋《虞朝的建立与夏商周三代文明》、俞伟超《先楚与三苗文化的考古学推测》、郭沫若《古代文字之辩证发展》等。

正是作者重视马克思主义理论、方法的运用，重视考古材料和文献材料的结合，重视吸收前人的研究成果并从中汲取灵感，所以在自己的研究中才能提出新的见解、做出别人没有做出的论断。连同前面我已经提到的，这些新的见解和论断有：中国历史上"四次大统一"的总结，虞朝的存在，"炎黄之战"、"炎蚩之战"、"黄蚩之战"没有正义与非正义之分，蚩尤和少昊历史地位的肯定，尧以二女妻舜是"以姻联族"的政治举措，尧、舜、禹是夏王朝诞生的奠基人以及大禹治水重点地区的分析等。学术研究反对"舆论一律"，也不可能"舆论一律"。对于本书中提出的这些观点，你可以不认同，可以反驳，但你不可以不了解它，不可以视而不见，因为你只有对它认真分析之后才能再建立自己的论断。

我是对本书书稿认真学习过的，我在研读过程中，的确有很多收获，也得到不少启发，但确实也感到有些问题尚需进一步讨论研究。例如：

关于五种生产方式问题。从总体上来说、从社会发展规律来说，我同样认为这是马克思主义对社会发展规律的重要揭示，但是不是每一个地区、每一个民族都完整地经历过五种生产方式？即使是同一种生产方式其表现形式是否只有一种模式？我觉得作为学术问题是可以讨论的。拿中国来说，过去把殷墟王陵区发现的成排祭祀坑中的死者统统解释为奴隶，作为商代是奴隶社会的证据，但根据对此类骨骸的DNA分析，绝大部分与陕甘地区发现的同时期墓葬墓主测定结果相同，联系甲骨文商王经常征伐羌方的记录，现在都认为是战争中抓获的异族俘虏了。商代当然是有奴隶的，但主要是充当服役的家内奴隶，考古上发现的大墓中的那些陪葬墓的主人大体上就是这种身份。商朝生产尤其是农业生产的担当者主要是那些和商王有从属关系的族的成员或曰族众，这些人对商王有贡献物品、服兵役、徭役的义务，但可以有自己的家世，不能随便杀死，这和希腊、罗马那种可以任意生杀予夺的奴隶不可同日而语。对这种称为"古代东方尽人皆是的奴隶制"的形态究竟怎样认识，直到今天仍是国际学术界讨论的问题。

  关于考古材料的运用问题。引用大量考古材料是本书的一个特色，但如何做到恰如其分的解读却并不容易。在本书第五章"龙山时代中后期的帝喾——兼论良渚文化突然消失之原因"中，用较大篇幅介绍了良渚文化的重要发现，并引用严文明先生在《中华文明史》中关于"在今天靠近山东的苏北地区，突然出现了一批良渚文化聚落。有研究者认为，这批聚落是良渚集团的一支远征军的遗留。这次远征部队，给北方带来的威胁是不言而喻的"的论述，进一步扩大解读说，"当时的北方帝国首领是帝喾。当时盘踞在太湖一带的良渚古国的防王（又名房王）吴将军，是强大的军事首领，一直在防王氏的旧地实行着神权和军权的统治，形成了和北方的帝喾政权并列的对峙集团。这时，以玉石为国家支柱膨胀崛起的良渚古国，为了报当年颛顼征服之仇……现在开始以武力问鼎中原了"。接下来，又用不知什么出处的文献叙述了防王与帝喾集团经历的三个阶段的战争，最后帝喾手下濮水伯、盘瓠"将防王军一步一步全线击溃，乘势夺下了防王首都会稽。……良渚古国由此而亡"。为了说明此事不虚，还特地说"后来，考古学家在良渚一带发现大量的华夏文化遗址遗物，说明王权政治对神权政治的摧毁是彻底的"。在这里，与良渚集团对峙的帝喾集团对应的是什么考古学文化，良渚集团防王氏遗存有些什么发现，帝喾集团濮水伯、盘瓠的居地究在何处，所谓良渚一带发现的华夏文化遗址遗物都有哪些呢？似乎都难以落实。另外，山西襄汾陶寺、安徽蚌埠禹会村这些倍受学界重视的可能与研究尧文化有密切关系的遗址，河南登封王城岗、新密新砦这些倍受学界重视的可能与研究早期夏文化有密切关系的遗址，都经过了发掘，都有不少重要发现，书中未予介绍，也不能不说是个遗憾。

　　关于文献使用的问题。正像前面已经指出的，本书引用的文献多达几十种，是本类著作中不多见的。我在研读学习过程中，虽佩服作者对文献的熟悉，但也感到欠缺必要的分析。因为中国浩如烟海的史籍中有关上古史的记述，多是来自口耳相传的传说，其中难免杂有不实之词，甚至神话。对于这类文献，虽不可全盘否定，但也不能完全相信。我们在做夏商周断代工程的时候形成了一个共识，那就是在引用之前要做可信性研究，看一看其记述内容的形成背景、流传原委甚至书籍的版本，判断其是否可信及可信程度，然后再决定是否使用、如何使用，切不可随意拈来作为某一论点的证明。本书关于尧伐东夷、尧划九州、舜划十二州等的记述，我以为都存在这方面的问题。

　　瑕不掩瑜，尽管我说了些需要注意和今后需要继续深入研究的问题，但这并不影响对它的整体评价，《中国奴隶社会大一统：兼论龙山时代五帝的历史地位》仍然是一部好书，只要研究中国上古史，就不能绕过它。

2015 年 10 月 25 日

　　（原载谢玉堂：《中国奴隶社会大一统：兼论龙山时代五帝的历史地位》，山东大学出版社，2021 年）

《海岱地区商周考古与齐鲁文化研究》序

　　山东地处中国东方的黄淮下游，史前时期的文化自成体系，是中国史前文化多元一体中的重要一元。海岱地区是探索文明起源和早期国家形成的重要区域，东夷族团及其创造的东夷文化，为华夏文化的形成做出了重要贡献。商文化东渐及其与东夷文化的融合，周文化东渐及其与商文化、东夷文化的融合，诸多古族、古国以及周边古文化古国的交流，使得山东地区成为古代文化交流融合的最佳平台，形成了具有鲜明特点的齐鲁地域文化，为研究中华传统文化的形成发展做出了重要贡献。

　　山东地区商周考古工作起步早。二十世纪三四十年代就对临淄齐国故城、曲阜鲁国故城、青州苏埠屯商代墓地等进行过考古调查，据记载，元代、清代在山东地区就出土过周代齐国和鲁国青铜器，著录中亦常见齐、鲁、邾、莒等许多古国传世青铜器；新中国建立后随即对齐国故城、鲁国故城展开考古工作，二十世纪六七十年代中国社会科学院考古研究所、北京大学、山东大学、山东省博物馆等单位陆续在山东开展考古调查勘探与发掘工作，如济南大辛庄、青州苏埠屯商代遗址和墓葬的发掘，齐国故城、鲁国故城的勘探发掘，鲁中南地区遗址调查等项目，为田野考古、文物保护和专业队伍建设进行了积极探索。

　　山东地区商周考古取得诸多重要成果，文化谱系和系统研究均走在了全国前列。文献记载商王朝不断征伐东方、夷商交融，山东成为商王朝的大东，西周时期则以分封的齐国、鲁国而闻名，东周时期典籍记载更为丰富。考古工作的持续开展，证明了山东地区商周时期文化资源丰富，是夷人文化、商文化、周文化及其相互融合的重要地区。二十世纪八十年代以来，众多科研单位、高校对此十分重视并在山东地区开展考古工作，山东省文物考古研究所（院）、山东大学考古系是主力军，取得了系列重要成果，如大辛庄商代遗址、定陶十里铺北岳石文化与商文化遗址、齐国故城、鲁国故城、高青陈庄西周城址与贵族墓葬、济阳刘台子西周贵族墓葬、滕州薛国故城、邹城邾国故城、长清仙人台邿国贵族墓地、沂水刘家店子春秋大墓、枣庄东江小邾国贵族墓地、新泰市周家庄东周墓地、滕州市大韩东周贵族墓地等重要发现。北京大学在胶东半岛发掘珍珠门遗址并探索商代夷人文化遗存、发掘青州郝家庄遗址后提出岳石文化郝家庄类型、发掘菏泽安邱堌堆遗址后提出岳石文化安邱堌堆类型、发掘章丘邢亭山和乐盘遗址促进了商文化遗存研究，中国社会科学院考古研究所数次发掘滕州前掌大商代至西周早期墓地、发掘牟平照格庄岳石文化遗址，与山东省文物考古研究所（院）合作开展龙口归城遗址的调查勘探发掘和研究。其中，入选全国十大考古新发现的商周考古项目：商代有济南大辛庄遗址、滕州前掌大墓地、寿光双王城盐业遗址群，西周时期有高青陈庄西周城址与贵族墓葬，春秋时期有长清仙人台邿国贵族墓地、临淄后李春秋车马坑、沂水纪王崮春秋大墓，战国时期有临淄淄河店二号战国大墓。众多考古发现奠定了考古学研究良好基础，较早系统地建立起了山东地区商周时期考古学文化谱系——岳石文化、商文化、珍珠门文化、齐文化、鲁文化、莒文化等，诸多古族、古国得以发现与确立，文化交流融合现象解读更加清晰。

我一直关注山东地区商周考古成果、支持考古研究工作，经常到山东现场考察重要考古发现，与山东的同仁保持密切友好交流交往，也为山东商周考古的持续进展由衷地感到高兴。近些年，我多次到山东参加刘延常同志组织或主持的考古研究活动，如曲阜鲁国故城、滕州大韩东周贵族墓地发掘，在新泰、莒县、曲阜、临淄、济南、滕州等地方举办的商周时期考古学文化学术研讨会与座谈会等，在全国商周考古座谈会和学术研讨会上，也经常听到刘延常同志发言介绍情况。通过以上各类活动，加深了我对山东地区商周考古的了解，对其活跃的研究氛围印象深刻，也促使着我不断思考和研究。

《海岱地区商周考古与齐鲁文化研究》收录了刘延常同志于1998年至2021年间发表的28篇文章，内容分为商周考古研究、齐鲁文化研究、东夷文化研究和青铜器研究四个单元。"商周考古研究"单元，内容侧重于考古发现及其认识，主要包括山东地区商周考古学文化谱系研究、商周考古发现研究史、商代考古研究、新泰市周家庄东周墓地和滕州市大韩东周墓地的收获与认识。"齐鲁文化研究"单元，内容侧重于山东地区周代考古学文化内涵研究，包括齐鲁文化谱系研究、发现与研究史梳理，齐文化、鲁文化、莒文化研究，山东地区吴文化、越文化、楚文化、燕文化等周边古文化遗存研究，相关古国文化遗存研究。"东夷文化研究"单元，内容包含了传说时代、夏代、商代和周代东夷文化，包括五莲县丹土遗址大汶口文化和龙山文化遗存、岳石文化王推官类型、晚商至西周早中期珍珠门文化研究，还讨论了东夷文化与日本考古学文化的关系。"青铜器研究"单元，包括对山东地区出土古代青铜器的整体梳理研究、西周晚期至春秋早期东土青铜器群的研究、山东地区周代青铜殳的研究。

通过研读《海岱地区商周考古与齐鲁文化研究》，我认为有以下几个特点比较突出：

1. 绝大多数文章是作者主持考古项目的研究成果，或是从中找出研究题目扩展而成。体现出了考古学科特点，即重视田野考古和从实际材料出发，这是学术研究的基础。

2.所选文章均为山东地区商周考古研究的重要内容，填补了诸多研究空白、解决了相关学术问题。体现出了作者考古研究工作的学术意识和问题导向，"学思践悟"终有所得。

3.从文章内容和文集体例选排看，包括了考古资料的初步分析到文化谱系研究，再到区域文化及其交流融合研究，从而以考古学视野研究古代社会与传统文化。体现出了作者学术研究的系统性，为构建山东商周考古学科体系、学术体系和话语体系所做出的努力探索。

4.作者既是学习考古、从事考古的专业研究人员，又较早地长期做管理工作，研究文章多是利用节假日、晚上时间加班加点完成的，体现出了个人努力拼搏与执着追求的学术精神，彰显出了新时代考古工作者的使命感和责任感。

目前，山东地区商周考古研究已经取得阶段性成果，展示出了其丰富文化内涵和区域特点，奠定了良好的工作与研究基础。在此我提出三点建议：一是要加强商周时期山东地区与中原地区、淮海地区、环渤海地区及东北亚地区的文化关系研究；二是从实际问题出发规划考古工作与课题研究，如加大对齐国、鲁国早期都城和相关诸侯国都城的考古工作力度，积极开展和细化对胶东半岛、鲁东南地区、鲁中南地区商周考古学文化谱系与聚落考古研究；三是发挥山东地区商周考古研究优势，加大阐释与宣传力度，为中华传统文化的挖掘、研究、弘扬、传承做出更多贡献。

当前，考古学科理论研究持续创新、科技手段应用不断加强、学科交叉日益融合、国际交流与跨界合作深入拓展、公众考古深入民心，中国考古学真正进入了黄金时代。考古学在保护文化遗产、挖掘阐释价值和让文物活起来等方面，彰显出了学科优势；考古工作者在满足人民群众日益增长的文化需求、服务经济社会发展大局、提供文化智慧和提升文化自信等方面，能够扛起行业使命和时代责任。

让我们共同接续奋斗，一起向未来。期待山东商周考古、东夷文化、齐鲁文化研究取得更多新成就。

（原载刘延常：《海岱地区商周考古与齐鲁文化研究》，上海古籍出版社，2022年）